ROWOHLT
BERLIN

Andrzej Stasiuk Der weiße Rabe

Roman Aus dem Polnischen von Olaf Kühl

Rowohlt · Berlin

1. Auflage Januar 1998

Die Originalausgabe erschien 1995 u. d. T. «Biały kruk»
bei OBSERWATOR, Poznań

Umschlaggestaltung Walter Hellmann unter Verwendung
eines Gemäldes von Magdalena Głowacka-Mróz,
Droga za widnokrag, 1980
Satz aus der Sabon (Linotronic 500)
Gesamtherstellung Clausen & Bosse, Leck
Printed in Germany
ISBN 3 87134 282 3

Andrzej Stasiuk   Der weiße Rabe

1

«So ein Mist», sagte Bandurko und sagte dann gar nichts mehr, sondern wühlte sich aus dem Schneebrei, in den er bis zur Hüfte gerutscht war.

Anfang Februar, und dieses verfluchte Tauwetter hatte eingesetzt. Wir gingen schon vier Stunden, naß bis zum Sack, aber das hätte man noch ausgehalten, wäre nur der Schnee einigermaßen hart gewesen. Doch nein. Es war Föhn, jeder Schritt bedeutete ein Loch bis zu den Knien, in dem unten das Wasser platschte. Über uns rauschte endlos der Wald, zum Verrücktwerden. Wir befanden uns auf der Mitte des dritten Kammes. Vorher hatte er gesagt, das wäre eine gute Abkürzung und hier würde uns kein Schwein finden. Damit hatte er recht. Aber mit der Abkürzung nicht. Ich wollte nichts sagen, war aber sicher, daß wir in die Irre gingen. Dieses verfluchte Tauwetter machte einen Lärm. Zu dem Geheul über unseren Köpfen kamen die anschwellenden Bäche in jedem kleinsten Tal. Das Wasser war trüb, kalt und überall gleich.

Wenn es still ist, bei Frost, arbeitet der Verstand besser. Ich sah, wie Bandurko sich nervös nach allen Seiten umschaute. Angeblich kannte er diese Gegend und hätte eigentlich wie ein Pferd mit Scheuklappen abdüsen müssen. Aber jetzt waren wir in einer großen Fabrik, an einem albtraumhaften Ort mit Tausenden von Querstraßen und Möglichkeiten, und jede von ihnen war hoffnungslos. Ja, dieser Buchenwald dröhnte wie eine Fabrik. Er toste und hämmerte. Ich hatte weder Hunger noch Durst, ich hätte nur für einen Augenblick taub sein wollen. Kein bißchen Schnee auf den Zweigen, und in dieser monotonen Spannung neigte sich alles in eine Richtung – nach Norden.

Ich heftete den Blick auf Bandurkos Arschbacken im straffen grünen Drillich. Sie arbeiteten gleichmäßig. Ein stabiles Element in diesem Chaos ringsum. Sie drängten voran. Wir waren nicht scharf darauf, im Wald zu übernachten. Wir hatten nichts zu essen, keine trockenen Kleider zum Wechseln. Bis zur Dämmerung blieben uns höchstens drei Stunden.

Auf dem Gipfel der Anhöhe sagte ich: «Gut. Fünf Minuten Zigarettenpause.»

Bandurko schaute sich um, als unterschiede sich diese Stelle von allen anderen. Dann streifte er den Schnee von einem umgestürzten Holzklotz und setzte sich.

«Ich weiß nicht. Ich bin hier vielleicht zweimal langgegangen, aber immer im Sommer. Man konnte irgendwelche Pfade und Stege erkennen, man konnte zumindest etwas sehen.»

Ich zog die rote Packung Sensenmänner hervor. Sie war naß geworden. Vom Wasser oder vom Schweiß. Ich dachte an ein Zigarettenetui. Mit so einem Stück Metall ist man gleich besser drauf. Bandurko zog sich eine Zigarette, steckte sie zwischen die Lippen, aber das Papier fiel sofort auseinander und blieb wie ein Fächer am Mund hängen. Ich kramte eine neue Lulle heraus, die einigermaßen kräftig aussah. Das dritte Streichholz ging an.

«Wenn wenigstens die Sonne schiene. Dann wüßte man, wo Norden und Süden ist, immerhin etwas.»

«Moos», sagte ich.

«Was für Moos?»

«Das an den Bäumen.»

Aber uns war nicht zum Lachen zumute. Uns war kalt. Er nahm die schwarze Strumpfmütze ab und kratzte sich am Kopf. Das gelbe Haar war angedrückt und verklebt. Sein Gesicht, rosig und rund, erinnerte an das Schnäuzchen eines Ferkels im Zeichentrickfilm, das Schnäuzchen eines gequälten Ferkels. Unter den Augen hing die Haut schlaff, dort sammelte sich Schatten, obwohl die Sonne ringsum fahl und zerstreut war, als wären hier nicht 20° östlicher Breite und ca. 49° nördlicher Länge, sondern Petersburg und weiße Nacht.

«Czetwertne muß ungefähr dort sein», sagte er und zeigte mit dem Kopf zu den Bäumen, die am nächsten standen.

«Dort müßte es sein, es sei denn, wir drehen uns im Kreis oder gehen zurück. Es liegt links von diesem Kamm, also am Nordhang.»

«Von welchem Kamm?»

«Diesem hier.»

«Wir sind unterwegs auf mehrere Berge gestiegen.»

«Das waren kleine Senken. Wir bewegen uns die ganze Zeit den Gipfel entlang.»

Ich wollte nichts sagen. Das war seine Idee gewesen. Ich hatte gar keine. Anders kam man angeblich nicht hin. Wir waren extra zwei Haltestellen vorher ausgestiegen. An der Schutzhütte. Der Bus fuhr weiter, aber dort im Dorf, in den Überresten der LPG, wo er wendete, kannte jeder jeden, und wir wollten nicht auffallen. Also sprangen wir an dieser Schutzhütte raus, denn dort stiegen immer Fremde aus, umgingen das große Holzhaus unter dem rostenden Dach und drangen auf einem von Schlitten ausgefahrenen Weg in den Wald ein.

«Hör mal, wir hätten auch diesen Weg nehmen können, aber nach fünf Kilometern kommt ein Dorf, da hätten wir durchdefilieren müssen. Dorf kann man das eigentlich gar nicht nennen, fünf Häuser und in jedem Fenster fünf Fratzen. Geht nicht.»

So bogen wir in eine Schneise ein. In dem feuchten

Schnee sah man die Spuren von Gummistiefeln. Hier mußten Holzfäller zum Aushieb gegangen sein. Dann endete die Schneise, und wir standen vor dem Wald. Die letzte Aussicht, außer Bäumen, war die Hütte weit unten. Ein winziges Häuschen auf weiter weißer Ebene. Rauch stieg aus dem Schornstein, jemand schöpfte aus dem Bach Wasser in rote Eimer. Wir hofften, daß das der letzte Mensch wäre. Wir hofften, niemanden mehr zu Gesicht zu bekommen.

Der Wald stieg vor uns auf, und wir überholten Tannen und Buchen wie in einem Rennen. Bandurko ging sicher und schnell, als ließe er sich von einem Pfad oder seinem Instinkt leiten. Ich kam nur mit Mühe hinterher. Den ersten Halt machten wir nach etwa einer Stunde, als der Berghang verflachte und sich in einen Kamm verwandelte und der Wind doppelt so laut toste wie unten. Zum Hinsetzen hatten wir keine Lust. Auch zum Rauchen nicht, aber wir rauchten dennoch, obwohl die Zigaretten einen seltsamen, windzerzausten Geschmack hatten, sie brannten ungleichmäßig, säten Funken und glühende Papierstückchen.

«Hörst du?» sagte Bandurko und legte ganz unsinnig den Finger an die Lippen.

«Nein.»

«Die Hunde von Czetwertne.»

Ebenso unsinnig spitzte ich die Ohren und hörte womöglich ein Bellen, aber es hätte auch ein abwärts sausender Ast sein können, reine Einbildung, oder Angst vor der Leere des Waldes, in dem es nicht einmal Hunde gab. Bandurko schnippte seinen Sensenmann in den Schnee und stand auf.

«Sargnagel wäre ein besserer Name. Gehen wir.»

Und er zog los, als wäre er eben von einer Parkbank aufgestanden.

Nach einiger Zeit lichtete sich der alte Buchenbestand ein wenig, wurde zwergenhaft und hörte irgendwann ganz auf. Der flache Gipfel war mit rachitischen Weiden und Birken bewachsen. Einige krüpplige Kiefern krallten sich mit einem an Wurzeln erinnernden Astgewirr in die Luft. Hier und dort, wie die Säulen eines nicht vorhandenen Kirchenschiffs, standen riesige vermodernde Tannen. Ihre Stämme waren völlig durchlöchert. Der Wind blies durch sie hindurch. In dieser Gegend mußte es eine Menge Spechte geben.

«Ganz schön leergeholzt», sagte Bandurko. «Und dann wußten sie nicht mehr weiter.»

Was da quer auf unserem Weg lag, war kein Bruchholz. Unter dem schmelzenden Schnee konnte man sehen, daß die Enden glatt abgeschnitten waren. Es erinnerte ein bißchen an Leichenschauhäuser im Film. Aufeinandergetürmte Leiber, überkreuzt, ineinander verschlungen, reglos, mit Würmern im Innern und faulender, sich schälender Haut an der Oberfläche. Wir stiegen über sie hinweg, stiegen und stiegen. Der große Einschlag vor uns sah aus wie ein Amphitheater. Ein warmer Wind hatte die aufragenden Stümpfe entblößt. Man hätte ganz oben auf die Tribüne klettern, sich setzen und der langsamen Veränderung der Landschaft zuschauen können, dem weichenden Weiß, dem auftauchenden Schwarz und Grau. Eine verdammt lahme Vorstellung.

Der Wald verschwand und wir spürten, daß wir in den Bergen waren. Zur Rechten und zur Linken begrenzte Himmel den Horizont. Grau, aufgewühlt und dahinjagend – aber Himmel immerhin.

«Das könnte der Berg Ickowa sein», sagte Wasyl Bandurko.

«Ickowa. Der war so kahlgeholzt. Bei gutem Wetter kann man hier den Pisany Vrh sehen.»

«Was?»

«Vrh ist slowakisch, denn der Gipfel befindet sich auf slowakischer Seite.»

Er verlangsamte den Schritt und schaute nach rechts, als wollte er seinen Vrh ausfindig machen, dann sagte er: «Wir wissen ja sowieso nicht, wo wir sind, stimmt's?»

«Ich wußte es von Anfang an nicht.»

«Na gut. Dann sagen wir uns eben, das sei der beknackte Berg Ickowa. In dem Fall müssen wir gleich hinter der Lichtung nach links abbiegen und bis ins Tal runter, da ist dann so ein großer Bach. Groß, ziemlich groß. An diesem Bach steigen wir bergab und kommen heute noch an.»

2

Ich starrte auf das schwarze Zifferblatt. Rote Flämmchen spielten auf ihm, aber die Bewegung täuschte. Die goldenen Zeiger standen still. Nur der Sekundenzeiger bemühte sich, mit der Nacht fertig zu werden. Es ging auf zwölf. Von Zeit zu Zeit fiel ich in eine Art Schlummer. Aber das war kein Schlaf. Die Gedanken erlangten nie das Gewicht von Traumbildern. Ich konnte mich nicht, vom Glauben an sie getragen, treiben lassen, so wie man sich einem Traum hingibt. Bandurko lag an der anderen Seite des Feuers und schien zu schlafen. Den Kopf an einen Balken gelehnt, die Hände auf dem Bauch gefaltet, atmete er gleichmäßig und langsam, sein Gesicht war ruhig und regungslos. Der Drillich der Hose erwärmte sich und dampfte. Ihm wurde wohl heiß, denn von Zeit zu Zeit rührte er die Beine.

Ich legte mich auf die Seite und zog die Knie ans Feuer. Einmal würde ich doch trocknen und aufhören zu schlottern.

Das war niemals der Berg Ickowa. Bandurko mußte sich an irgend etwas halten, deshalb hatte er diesen Namen aus seinem Gedächtnis gegraben, an irgendwelche Namen muß man sich halten, auch wenn man in die Irre geht. Wir überquerten die Fällung, gingen den mit jungen Kiefern bewachsenen Hang bergab und sahen den Bach. Aber Bandurko war nicht sicher.

«Bißchen klein. Und er fließt in die andere Richtung. Bergab sollte er nach rechts. Fließt aber nach links.»

Das gelbe, schlammige Wasser brauste zu unseren Füßen, während wir gedankenlos in die Strömung starrten, die verstockt gegen den eigenen Strom fließen wollte. Am Boden der Schlucht wurde die Finsternis so dicht, daß unsere Gesichter ergrauten, alle Züge verloren und wir aussahen wie Vogelscheuchen aus Lehm, zufällige Geschöpfe aus Dreck, ebenso zerbrechlich wie der Rest der Umgebung, wie dieses steile Ufer, von dem alle Augenblicke Erdklumpen wegbrachen.

«Wir müßten durch den Bach und diesen Abhang hoch.»

«Dann los», brummte ich und rutschte ein paar Meter auf dem Arsch geradewegs in die trüben Strudel. Das Wasser reichte kaum über die Knie, in der Mitte etwas tiefer, aber um aus dem Flußbett rauszukommen, mußten wir einige Meter stromabwärts gehen, denn hier war das Ufer ein senkrechter Lehmsturz.

Nach einer halben Stunde waren wir auf dem Gipfel.

«Scheißtageszeit», brummte Bandurko. «Gleich wird's Nacht.»

Dann begann sich der Wald zu lichten. Bald stolperten wir nicht mehr über Stubben und entwurzelte Stämme. Die Brombeerfelder endeten, der Schnee lag jetzt in großen, glatten Flächen, nur die Silhouetten der Wacholderbäume ragten hier und da hervor und sahen aus, als warteten sie auf unsere Gesellschaft. Dann verschwanden Schwärze und Grau vollständig. Wir traten in ein Weiß, das vielleicht nicht das reinste, aber griffig und stofflich war. Der Hang fiel sanft ab, und wir wateten durch eine Aufschwemmung, durch Zuckerwatte, durch ein eisiges Dampfbad.

Als ich zehn Jahre alt war, waren die Lokomotiven noch schwarz, nur ihre massiven Speichenräder hatten eine lebhafte rote Farbe. Wir wohnten nicht weit vom Bahndamm. Schwere Güterzüge ließen das Haus erzittern, so daß der Putz in feinem, mehlweißem Staub von der Decke rieselte. Doch der Lärm war gering, denn von den Gleisen trennte uns ein Birkengehölz. Wenn ich einen Zug sehen wollte, mußte ich einen Spaziergang machen, am besten bis zum Bahnhof – zwei mit braunem Kies bestreute Bahnsteige und ein grünes Holzgebäude. Das Braun des Kieses, das Grün der Ölfarbe, das Schwarz und Rot der Lokomotiven, obwohl manche von ihnen gar nicht schwarz, sondern dunkelolivgrün waren.

Auf diesem Bahnhof, dem letzten einer Reihe von runtergekommenen Stationen mit dem Namen Warschau-Soundso, -Sonstwie und -Weißnichtwo, hielten nur Personenzüge. Ja, ihre Lokomotiven waren dunkelolivgrün, die der Güter- und Eilzüge schwarz. Man mußte am Ende des Bahnsteigs stehen, an den Rand treten und warten, bis eine dicke Dampfschwade unter dem geölten Bauch der Maschine hervorkam. Ich verschwand völlig darin. Ich spürte auf dem Gesicht die warme Berührung, fast wie ein Pelz. Es roch nach Öl, nach Kohlenrauch, heißem Metall und noch etwas, vielleicht dem Imprägniermittel für die Bahnschwellen. So muß es im Himmel zwischen den Wolken sein, dachte ich, so fühlen sich bestimmt die Engel, die ich vom Himmelsgewölbe des Presbyteriums der Kirche kannte, die eine Station weiter stand. Der Lokführer, einem Teufel ähnlich, sah sich dieses himmlische Entzücken aus seinem Fenster an, und wenn er gut gelaunt war, ließ er zusätzliche Wolken fahren.

Das hier am Hang erinnerte an das Fegefeuer, ein fieses, nördliches, slawisches Elysium, eine dünne Lösung aus Kälte, Feuchtigkeit und Finsternis.

Mit der Dämmerung kam auch der Nachtfrost. Der Schnee wurde hart an der Oberfläche, und wir stiefelten mit einem Insektengeknister abwärts. Bandurko knirschte voran, und ich versuchte, in seine Stapfen zu treffen.

«Dort ist was», rief er gegen den Wind. Die Worte streiften mich kaum.

Aus der grauen Dunkelheit tauchten eine Wand und ein steiles Eternitdach auf.

«Eine Hütte.»

«Was für eine Hütte, Wasyl? Negerhütte? Indianerhütte?»

«Von der LPG. Hier haben sie Schafe geweidet. Ich weiß ungefähr, wo wir sind.»

Die Tür hing an einem Scharnier. Es stank nach alten Lappen. Der Wind toste gegen die Wände und das Dach, aber ins Innere drangen nur vereinzelte dünne Pfiffe. Bandurko kauerte an der Feuerstelle, scharrte ein bißchen Müll zusammen, einen Pappkarton und zündete ihn an. Dann entdeckte er ein Brett in der Ecke, lehnte es schräg gegen die Wand und zertrümmerte es mit einem Tritt. Die Splitter breitete er über die züngelnden Flammen. Wir fanden die Überreste einer Bank, fanden ein paar Zweige, rissen lockere Latten aus dem Dach. Es wurde heller, die Zerstörungsarbeit hatte uns aufgewärmt. Die ausgerissene Tür rückten wir zurecht, und dann blieb uns nichts anderes übrig, als uns zu setzen, die durchnäßten Stiefel auszuziehen und uns trocknen zu lassen. Der Rauch ballte sich und suchte einen Weg ins Freie, uns kratzte das nicht. Wir legten uns auf den Boden. Unten ließ es sich atmen.

«Ich weiß, wo wir sind. Hätte schlimmer kommen können. Zwei Kilometer weiter unten ist eine Straße, aber jetzt im Winter ist sie weg. Wir bleiben bis morgen früh hier sitzen, und dann in aller Ruhe. Mir ist jetzt alles klar. Weißt du, wie weit wir gelaufen sind?»

«Keine Ahnung.»

«So zwanzig Kilometer. Fast zehn zuviel. Wir waren zu scharf darauf, dieses Dorf zu umgehen. Sind abgedriftet. Aus Angst oder aus Vorsicht. Vielleicht besser so. Die einzige Hütte in der Gegend ist das Forsthaus. Etwa fünf Kilometer weiter. Aber Holzfäller kommen hier nicht her. Das hätten wir auch an den Spuren gesehen. Unten ist die Straße, wie gesagt. Vor zwei Jahren war ein Hochwasser, und das Bächlein, das wir überquert haben, hat die Asphaltstraße aus der Vorkriegszeit ruiniert, was vorher weder die Deutschen noch die Russen, noch die Polen geschafft hatten. Heute kommt da niemand mehr durch, auf der einen Seite ist eine senkrechte Wand, auf der anderen ein Abhang direkt in den Fluß. Da paßt noch nicht mal ein Fahrrad durch. Wenn morgen früh kein Nebel ist, gucken wir uns das alles an. Dann noch zwei Stunden, und wir sind da. Ich hab Hunger.»

Aber wir hatten nichts zu essen. Wir hatten nur Sensenmänner. Und Feuer. Die Wärme löste ihm die Zunge, wie Schnaps.

«Eine Einöde. Nichts. Nicht weit von hier ist ein Haus, aber leer. Ein ganzer Hof. Woron hieß der Typ. Hat sich aufgehängt. Soll durchgedreht sein. War schon immer ein Irrer gewesen, aber am Ende ist er richtig verrückt geworden. Er hatte zwei Söhne, seine

Frau ist vor einiger Zeit gestorben. Angeblich hat er sie vor den Pflug oder die Egge gespannt und über den Acker gejagt. Die Jungs waren nicht ganz richtig im Kopf. Vielleicht haben sie keinen Unterschied zwischen sich und dem Vieh gesehen? Worin liegt denn auch der Unterschied, he? Bei so einem Woron zum Beispiel. Später hat er sich eine neue Frau gekauft. Ein fünfzehnjähriges Mädchen, für Geld, von irgendwelchen geldgeilen armen Schluckern. Erst hat er sie als Hausmädchen gehalten, als sie sechzehn wurde, hat er sie geheiratet. Frau Woron pflügte auch. Die Leute erzählen, sie mußte sich manchmal in einen Hund verwandeln und bellen. Dann hat er sich aufgehängt. Woron heißt ‹Krähe›. Kennst du diese Vogelscheuchen auf den Beeten? Eine tote Krähe, auf eine Stange gespießt. Die Söhne und das Mädchen sind weggegangen.»

Der Wind ließ die losen Eternitplatten scheppern. Er fuhr durch eine dreieckige Öffnung über der Tür, und wir mußten die Augen zusammenkneifen und das Gesicht mit Handschuhen bedecken, weil der Rauch sich über dem Boden ausbreitete. Bandurko schwieg, er wartete, bis die Luft wieder rein war, quetschte mit verrußten Daumen die Tränen weg und sprach weiter.

«Zu LPG-Zeiten fuhr hier sogar ein Bus. Ungefähr drei Kilometer von hier ist eine Straße. Hier weideten sie Schafe und Vieh. Einfach so wild. Gingen ein halbes Jahr in die Berge und weideten, das ging von allein. Hier schliefen, tranken und fickten sie, wenn es was gab. Vielleicht sogar die Schafe. Wenn man sein ganzes Leben mit Tieren verbringt, werden sie irgendwie menschlich, nicht? Eine Gefängnis-LPG war das. Die Strafen waren abgesessen, sie aber blieben. Die Töchter der Einbrecher heirateten Diebe, und die Diebinnen aus dem Büro verliebten sich in Räuber. Neue Mutation, neue Nation. Freiheit? Die Klügeren kapierten, daß der Unterschied nicht sehr groß war. Sie hatten recht. Selbst als das Gefängnis schon aufgelöst war, blieben die Fenstergitter noch ein paar Jahre. Auch die Stacheldrahtzäune. Stell dir vor – Gitter, Stacheldraht und dazwischen spielen Kinder, trocknen Windeln. Jetzt gibt's dort nichts mehr. Eine Ruine. Was müssen die geflucht und geheult haben, als sie erfuhren, daß sie gehen können und müssen. Wohin sie sind, weiß man nicht.»

Danach erzählte er noch etwas, aber ich hörte nicht zu. Das erwartete er auch gar nicht, glaube ich. Er starrte ins Feuer, blinzelte mit geröteten Lidern und erzählte diese Geschichten wahrscheinlich nur, um sich zu vergewissern, daß er sich an einem konkreten Ort befand. Der Raum hatte ihn getrogen, ihn zum Narren gehalten, jetzt klammerte er sich an Erinnerungen. Das war eine gute Methode. Er schlief mit der Zigarette in der Hand ein. Vorsichtig nahm ich ihm den Stummel weg.

Ich konnte nicht schlafen. Ich schaute ins Feuer, schaute auf die Uhr, schaute auf meinen Kumpel. In einem Stapel zerbrochener Bretter in der Ecke der Hütte bemerkte ich etwas wie das Skelett eines Tieres. Gleichmäßige Konstruktion des Brustkorbs, die Überreste eines Hundes oder Schafes.

3

«Leben oder Tod, wenn ihr verrecken wollt, verreckt.»

So hatte Wasyl Bandurko im Spätherbst letzten Jahres in der Kneipe Zum Scheideweg geredet. Es war abends, in der Betonrinne der Łazienkowska-Straße staute sich der bunte Autostrom, die Hochglanzkotze floß von Ost nach West und umgekehrt, während wir

in diesem durchsichtigen Terrarium saßen, unter Leuten mit unbewegten Mienen und langsamen Gesten.
Wir waren zu fünft, und jeder trank, was er mochte.

Bandurko süffelte trockenen Roten, der Kleine nahm klaren Wodka in kleinen Schlucken, Gąsior Bier, weil er fuhr, Kostek auch Bier und ich billigen Brandy. Es regnete. Wir saßen direkt an der Wand, das heißt am Fenster, die Scheiben waren naß und die Menschen auf der Straße sahen aus wie schwarze, vom Himmel geschubste Drachen, die der Wind zum Schlund der Unterführung trieb, zu den eisernen Barrieren und Treppen, die auf den Grund des Zementhohlwegs führten. Vollgestopfte Gelenkbusse quälten sich nach Ursynów und halbentleert in die Gegenrichtung. Alles bebte. Die Erde, die Gläser auf dem Tisch. Nur der Zigarettenrauch blieb immun gegen das Zittern.

«Sozialismus oder Tod, Sozialismus, Bandurko. So sagte comendante Castro, und so bitte ich ihm nachzusprechen.» Kosteks Gesicht zeigte keine Regung, so als hätte ein anderer diese Worte gesprochen. Schwarzhaarig, mager und dunkelhäutig, sah er aus wie ein Zigeuner oder jemand, der zufällig hierhergeraten war. Er sah immer aus wie jemand, der sich dazugesetzt hat, weil gerade ein Platz frei ist. Er dachte, spöttelte und langweilte sich auf eigene Faust. Die Hände in den Hosentaschen, die Beine unter dem Tischchen ausgestreckt, den Jackenkragen hochgestellt, den Blick auf dem Etikett des Okocim-Bieres, saß er da wie der Zuschauer eines langweiligen Fußballspiels. Denn wir waren konzentriert, klebten mit den Ellbogen am Tisch, den Blick auf der Tischmitte, auf dem Aschenbecher, und die Köpfe hatten wir in die Hände gestützt, in denen Zigaretten qualmten. Das heißt – Konzentration. Obwohl Wasyl ungereimtes Zeug redete, unterbrachen wir ihn nicht. Vielleicht war der Unsinn allzu haarsträubend, so horrend, daß er schon wieder interessant wurde, wie eine Skandalmeldung aus der Regenbogenpresse.

«Bandurko, du faselst, weil du Rentner bist.»

«Reiner Klassenhaß. Ich bin kein Rentner, sondern Stipendiat mit privatem Stipendium, und du bist ein gemeiner Hund...»

«Richtig», stimmte Kostek zu. «Und deshalb möchte ich dich bitten, mir noch ein Bier auszugeben. Und den anderen, was sie wünschen. Du willst doch wohl, daß wir dich bis zu Ende anhören.»

«Ich hab Kleingeld», sagte Gąsior.

«Das weiß hier jeder. Du kommst auch noch dran», brummte Kostek und setzte sich aufrecht hin, um die Kellnerin zu rufen. Es entstand eine Art Pause, wie auf einer Versammlung. Bandurko verstummte und starrte in seinen Wein. Er war vermutlich sauer über die idiotischen Witze, die seinen Wortschwall unterbrochen hatten, und fand jetzt nicht den Anknüpfungspunkt beziehungsweise die Stimmung, die es ihm erlaubte, eine halbe Stunde lang ununterbrochen zu reden. Das war nämlich eine Sache der Inspiration. Bandurko war erleuchtet. Das wußten alle. Und er war ein Zelot. Ein sensibler Eiferer, leicht verletzlich. Vielleicht hatten wir deshalb so lange schweigend dagesessen, bis Kostek seine Nadel rausgeholt und die Luft aus Wasyls Ballon gelassen hatte. Als die Kellnerin kam, platzte unser Kreis endgültig, wir redeten über albernes Zeug, davon, was gestern war und heute, was wir morgen tun würden, mit wem wir es tun würden und mit wem wir es früher getan hatten. Gąsior fing von Geschäften an, von seinem Auto, von Geschäften, vom Auto und kam genau so in Rage wie Bandurko, nur daß sich das bei ihm in Stottern und Schweißperlen auf der Stirn äußerte.

«Mist, ich muß ja fahren», und er schob das kaum begonnene Bier von sich weg, nahm die Brille ab und putzte sie mit der Jeansjacke, wollte dann wieder von vorn anfangen, aber der Kleine hörte ihm gar nicht mehr zu, sondern redete mit seiner langsamen, ruhigen Stimme auf Wasyl ein, wobei er mit der Hand die Luft in dicke, gleichmäßige Scheiben schnitt. Kostek saß wie vorher da, nahm ab und zu einen Schluck, und nichts deutete darauf hin, daß er gleich das leere Glas wegschieben, «tschüs» sagen und gehen würde, worauf ich «dann geh ich auch» hinwarf, um ihn in der Garderobe einzuholen und noch zu sehen, wie er die Vitrine mit den Zigaretten musterte und die morsche Frau um *Extrastarke* bat. Aber ich hielt ihn nicht auf. Auch er sah sich nicht um. Ich wartete einen Moment und trat dann auf die nasse Straße, um über Wasyl Bandurko nachzudenken.

4 Jetzt musterte ich sein regloses, ruhiges Gesicht und hätte wetten können, daß ein leichtes Lächeln um seine Lippen spielte. Das waren keine Schatten, nicht die tanzenden Flecken des goldenen und roten Scheins. Das war Siegerfreude. Sie durchbrach sogar die Maske des Schlafs. Denn schließlich hatte Bandurko gesiegt, er hatte uns davon überzeugt, daß unser Leben einen Dreck wert war und wir etwas tun mußten. Er wußte schon, was.

Dieser Auftritt damals in der Kneipe, wenn auch dick aufgetragen, war nur die Einleitung. Danach griff er sich uns einzeln, er muß uns nachspioniert haben, denn wir liefen ihm im Bus, in Kneipen, irgendwo auf der Straße über den Weg. Zu Hause besuchte er uns nicht, als hätte er gewußt, daß wir dort widerstandsfähiger waren, daß die geordnete Welt uns vor Torheiten schützte.

Deswegen Straßen, Brücken, Hinterhalte. Einmal sprang er mir in ein Taxi nach, um es zehn Minuten später an einem trostlosen Ort wieder zu verlassen, im Industriegebiet Służewiec vermutlich, sonntags war dort keine Menschenseele, bestimmt wanderte er zwischen diesen Würfeln aus Stahl und Glas umher, tauchte in Hallen und Hangars ein, um sich rhetorisch zu üben, um in der Wüste zu fasten, eine Vision zu bekommen und diesem Wellblech-Jerusalem den Untergang zu prophezeien.

Ich habe keine Ahnung, wen er als ersten anwarb. Wir trafen uns von Zeit zu Zeit, aber Wasyl wurde mit einem kurzen «durchgedreht» abgetan.

Was für ein amüsantes Spiel. Wer war der erste? Der Kleine? Kostek? Gąsior?

Ich hätte es mir schenken können, aber die Nacht war lang. Also der Kleine? Gąsior? Gąsior bestimmt nicht. Er hatte am meisten zu verlieren und zählte nicht zu den Mutigen. Aber er war sentimental, und daraus schöpfte er vielleicht am Ende die Kraft und den Mut, im letzten Augenblick zu rufen: Jungs! Ich komme mit euch! Als die Jungs schon fast um die Ecke der kleinen Straße verschwunden waren, an der ähnliche Holzbungalows standen wie der am Bahnhof, nur daß sie nie jemand angestrichen hatte. «Jungs! Ich komme!» Obwohl er wußte, daß wir zu einer jener gefährlichen Expeditionen auszogen, die fast immer mit der Flucht vor einem wütenden Nackedei endeten, denn wenn der Älteste von uns, Rudy Griszka, genug von der Pornographie mitten im Wald hatte, kroch er aus dem Gebüsch und sagte so etwas wie: «Wie spät?» oder «Schrei nicht, Kleine, vom Ficken ist noch keine gestorben.»

Mann o Mann! Wie sind wir losgerast! Gar nicht mal vor Angst, denn welche Geschwindigkeit kann so ein Nudist in einer Kiefernschonung, im Hagebuttengestrüpp entwickeln? Meistens rührte er sich gar nicht. Wir rasten davon wie Diebe der verbotenen Frucht, beflügelt, verflucht und frei. Die Jüngsten von uns hatten überhaupt keine Ahnung von der Bedeutung der paradiesischen Szene, sie empfanden nur Angst, den Hauch des Unbekannten. Die Ältesten, wie Rudy Griszka, spuckten mit betont männlicher Verachtung aus und wandten den Blick ab, um sich selbst und den Kumpels zu verstehen zu geben, daß daran nichts Hypnotisierendes war.

Also Gąsior bestimmt als letzter. Aber ebensogut als erster, gefangen in Wasyls machiavellischen Schlingen, denn schließlich kannte Bandurko seine Schwächen, wir kannten sie alle. «Hör mal, Gąsior, alle haben zugesagt, du bist der letzte, du bist wichtig für uns, überleg doch, Gąsior. Wir können nicht ewig warten.» Und wenn schon, die Reihenfolge war ohne jede Bedeutung. Jeder hätte der erste und der letzte, jeder der Belogene sein können.

Das Feuer drohte auszugehen. Ich nahm ein paar Stück Holz aus dem Stapel und legte sie vorsichtig auf die Kohle. Es knisterte. Funken stiegen empor, die Dunkelheit löschte sie wie Wasser. Die Kälte war verschwunden, oder ich hatte mich an sie gewöhnt. Nur der Hunger war geblieben. Die Därme hatten sich zu einer unnatürlichen Position verdreht und drückten. Der Zigarettenrauch wollte dieses Geknäuel nicht entwirren. Ich dachte an die Indianer, die den Rauch schlucken. Es stieß mir geradezu auf.

Letzte Nacht, im Zug, hatten wir jeder einen Hamburger gegessen, ein Bier dazu getrunken, das war alles gewesen. Zentralbahnhof, Westbahnhof und dann nichts als die schwarze Fläche des Fensters und die verschwommenen Lichterketten von irgendwelchen beschissenen Bahnhöfen, Zigaretten, keine Flasche unterwegs, das sollte besser sein. Noch vor Radom war ich eingeschlafen. Ich hatte keine Lust zu reden. Wir hatten vorher soviel geredet. Ich drückte mich in meine Ecke und verlor Wasyl aus den Augen. Irgendwo hinter Sandomierz weckte mich seine Stimme.

«Sie haben uns die Rucksäcke geklaut.» Er stand mit der Hand am Lichtschalter und sah sich im Abteil um, als könnten in diesem leeren, kahlen Raum zwei Segeltuchsäcke einfach so verschwinden.

«Mitgehen lassen...», als wäre das etwas, was menschliche Begriffe übersteigt, nicht zu fassen ist, eine übernatürliche Tatsache.

«Na ja. Bestimmt Diebe», sagte ich aus meiner Ecke. «Bot sich ja geradezu an.»

Denn tatsächlich hatten wir sie nonchalant auf die Sitze geworfen, filmreif, wie alte Söldner, wie jemand, der nichts zu verlieren hat. Dazu diese Hitze, also die Türen halb geöffnet. Mich konnte das irgendwie nicht aufregen. Schlafsäcke, Unterhosen, Freßzeug, Kocher, ein Fläschchen Brennspiritus.

«Die Karte! Scheiße, die Karte!» stöhnte Wasyl. «Ein halbes Jahr Arbeit. Eine normale Wanderkarte, aber mit einem Haufen Notizen, Korrekturen, jedes Erdloch markiert, Busfahrpläne...»

«Wir sind nicht in Sibirien, Wasyl. Wir werden uns nicht verlaufen.»

«Hast du eine Ahnung.»

«Habe ich. Ich war dort.»

«Nicht dort. Weiter östlich. Und es war im Sommer.»

«Geld?»

«Habe ich bei mir.»

«Wir kaufen ein paar Sachen unterwegs.»

«Präser am Kiosk. Ist schließlich Sonntag.»

Ich war sauer, wollte aber nicht aus meiner Ecke krabbeln, um sinnlos diesen hellen Metallkäfig zu durchsuchen. Wir waren irgendwie nackt ohne die beschissenen Säcke. Gleich kam Tarnobrzeg, und Bandurko stürzte ans Fenster. Aber der Kumpel, der es getan hatte, war bestimmt so clever gewesen, unsere Klamotten vor dem Bahnhof in ein Gebüsch zu pfeffern, in irgendwelche Baracken oder sonstige Löcher. Wenn das nicht überhaupt schon vor ein paar Stunden passiert war. Fängt ja gut an, dachte ich. Beklaut sind wir schon, bleibt nur noch Mord. Vielleicht eine Vergewaltigung irgendwo auf halber Strecke. Sagen wir in Dębica.

Aber niemand nahm uns von hinten. Als wir in Grobowo ausstiegen, dämmerte der Morgen. Die kleine Straße, die vom Bahnhof wegführte, war still und sauber. Holzvillen in den Gärten, altmodische Schilder: Hausmannskost. Heiligenfiguren in gläsernen Schaukästen. Über den weißen Dächern wurde der Himmel rosa. Diese Farbe war entsetzlich. Klar, hart und eisig. Von so einem Himmel würde nicht nur die Stimme zurückgeworfen, dachte ich, sondern auch jeder Gegenstand, sogar ein Stein. Von oben kam uns eine schwarze, bis zum Rand beladene Kohlenfuhre entgegen. Das graue, magere Pferd knickte in den Hinterbeinen ein, und das Zaumgebiß zog ihm das Maul so breit auseinander, daß wir die rote Zunge und das Zahnfleisch sahen.

«Am Sonntag?»

«Vielleicht ist es seit Sonnabend unterwegs, oder seit Donnerstag.»

Auf dem abschüssigen gepflasterten Marktplatz fanden wir eine Haltestelle. Der Bus kam irgendwie sofort und hielt bei unserem Anblick an. Wir sprangen in das leere Fahrzeug, und der Fahrer fluchte über die Rutschbahn, den Streudienst, den Kapitalismus und vielleicht auch über uns, wir jedoch hatten uns ins hinterste Ende verkrochen.

«Weißt du noch», sagte Wasyl, «als alle Busse der PKS blau waren?»

«Ja.»

Und dann fuhren wir Richtung Südosten, die Sonne ging etwas weiter links auf, und rechts erstreckte sich ein breites, flaches Tal.

Die ausgetretenen, von Schlitten ausgefahrenen Pfade führten zu Hütten und Hüttchen, Ställen und Ställchen, diese ganze Bethlehemsche Landschaft, durchzogen von den ersten Rauchfahnen aus den Schornsteinen, war umrahmt von einem Streifen schwarzgrünen Gebirgs. Es war so hell, so durchsichtig, als bewegten wir uns nicht auf den geographischen, sondern den idealen, mythischen Südosten zu.

Der Fahrer setzte eine dunkle Brille auf und schaltete das Radio ein. Es schepperte höllisch. Aber der Typ schien das zu mögen, er drehte auf. Durch das Elektrogewitter drangen abgerissene Meldungen aus Warschau. Wie eine Verfolgungsjagd, ein Memento, eine Mahnung.

Nach einer Stunde waren wir in Gardlica. Die Sonne war verschwunden. Keine Wolken, nur als hätte jemand den Himmel mit dünner weißer Farbe überstrichen. Ein warmer, klebriger Wind ging, von dem man den Rappel kriegt. Auf einem Plakat lasen wir: «Katyń, Kozielsk, Ostaszków – Bustour in zwei Tagen.»

«Billig. Dreihundert», sagte ich.

«Marktwirtschaft», sagte Wasyl.

Dann stiegen wir in den Berliet-Bus ein, dazu kamen

eine kinderreiche Familie, drei nüchterne Bürger, und nach halbstündiger Fahrt sagte Bandurko:

«Damit sind wir eigentlich schon außer Landes.»

5 Als ich erwachte, war es grau und kalt. Wasyl saß am erloschenen Feuer und zog seine Militärstiefel an. Die Schnallen klirrten leise. Meine waren noch kaum getrocknet.

«Du hast einen Schlaf.»

«Ich war fix und fertig. Die letzten Tage in der Stadt habe ich kein Auge zugetan», antwortete er.

Wir traten hinaus in das bläuliche Halbdunkel. Die abgebrochenen Staketen eines niedrigen Zaunes und unsere Spuren von gestern – das war alles. Eine unregelmäßige Naht von Stapflöchern kletterte den Abhang bergauf und verschwand in der milchig-tintigen Emulsion von Schnee und Luft.

«Wir gehen zum Wald und warten dort, bis es aufhellt.»

Ich erwiderte nichts, ich wollte nicht immer zustimmen. Nach wenigen Minuten war mir warm. Ich griff mir eine Handvoll körnigen Schnee und biß ein paarmal ab. Er hatte den Geschmack von Eiszapfen, den Geschmack von spröden Dolchen. Wir benutzten sie in kurzen, theatralischen Duellen. Die Waffe zerbrach schon beim ersten Zusammenprall, verwandelte sich in einen Lutscher. Der Priester in schwarzer Soutane trat vor das flache Gebäude und rief: die Dritte zum Unterricht! Schnell, sonst frieren euch die Schwänzchen ab. Wir saßen in Bänken aus unbehandeltem Holz, die Maserung hatte nach tausendfacher Berührung eine glatte, glasige Struktur, und sahen fasziniert zu, wie sich in den 45 Minuten die Zigarettenschachtel des Priesters zur Hälfte leerte. Hinter diesen blauen Weihrauchwolken hörten wir die Theodizee, durchwirkt mit gewagten Exemplifikationen, etwas von Gott als Brot, aber, um Gottes willen, nicht als Wurst, «denn zum Teufel, ohne Wurst geht es auch, es sei denn, man ist Malinowski, also ein künftiger Gottloser».

Ich konnte mich an den Anblick unseres Priesters bei der Messe nicht gewöhnen. Er rauchte und gestikulierte dann nicht. Er starb an Zigaretten, Alkohol und seinem Temperament.

Ich spürte meine Kehle klamm werden. Ich warf den glasharten Klumpen weg. Wir kamen an Wacholdersträuchern vorbei. Zwischen den ersten Bäumen blieben wir stehen. Der Talgrund war mit Nebelschwaden gefüllt. Der Wind riß sie auseinander und trieb sie in die Bachklausen am gegenüberliegenden Berghang.

«Siehst du, unten führt ein Weg entlang. Wir müssen ihn kreuzen und sehen, ob es keine Spuren gibt.»

Eine halbe Stunde später stiegen wir steil ab, durch einen Buchenwindbruch, bis auf den Grund des Tales, ans Ufer des Flusses, genauer gesagt des Quellgebiets zweier Flüsse.

«Der links ist der Uhriński, der rechts der Schwarze Gebirgsbach. Wir müssen nach rechts. Und zwar erst mal am Wasser entlang. Wir gehen am Schwarzen. Das Tal ist eigentlich eine Sackgasse. Früher war hier mal ein Weg, eigentlich ein Pfad, aber dann gab es einen Erdrutsch. Trockenen Fußes kommt man nicht mehr vorbei.»

Wir stiegen in die Strömung, um auf die andere Seite zu gelangen. Es riß ganz schön. Es reichte bis zum halben Oberschenkel, nicht viel hätte gefehlt, und wir wären weggerissen worden. Am Ufer hielt Wasyl an.

«Siehst du, hier ist die Furt und der Weg zum Forsthaus.»

Es gab keine Spuren. Nichts.

Wir bogen nach rechts ab und versuchten, am Ufer des Schwarzen langzugehen, teils im Wasser, teils über die herausragenden Felsen. Das war zu mühsam, deshalb gaben wir die Akrobatik auf und wateten knietief durchs Wasser. Schließlich war das schon das Ende der Reise. Nach einiger Zeit befand Wasyl, wir könnten ans Ufer zurückkraxeln. Wir gingen über den Grund eines flachen, sich verengenden Tales. Der Bach schnitt uns noch zweimal den Weg ab, denn er floß im Zickzack. Dann roch ich Rauch. Wasyl sah mich an, lächelte und nickte.

«Na, noch einen Kilometer.»

Das Tal verengte sich und schloß sich am Ende. In seinem äußersten Winkel, von einigen Fichten verdeckt, stand fast unsichtbar eine Hirtenhütte.

«Hübsches Plätzchen», sagte ich.

«Sachte. Hübsch ist es hier im Sommer.»

Vor dem Eingang war der Schnee zertrampelt.

«Hätten auch etwas weiter pissen können», sagte Bandurko beim Anblick der gelben Löcher.

Innen herrschten Halbdunkel und Rauch, deshalb sahen wir nichts als die Glut eines Feuers. Jemand erhob sich und kam auf uns zu. Es war Gąsior. Er hatte gerötete Lider und war grau im Gesicht, aber er lächelte sein leicht verschlagenes Lächeln.

«Wir warten seit gestern. Ist was passiert?»

«Nein. Die Navigationsinstrumente sind hin. Mußten ein Stück weit von hier übernachten.»

Hinter Gąsior stand der Kleine und verdeckte den ganzen Raum.

«Hunger?»

«Bißchen abgefuckt», sagte Wasyl. «Nur Modder den ganzen Weg.»

Wir setzten uns an die mit Steinen ausgelegte

Feuerstelle. In einem roten Töpfchen am Draht brodelte Wasser. Die Buchenklötze gaben so viel Hitze, daß man kaum sitzen bleiben konnte.

«Kaffee?»

Der Kleine goß sprudelndes Wasser in die Blechbecher und schüttete «Leopard» drauf.

«Zucker gibt's nicht. Dafür das» – und er zeigte auf eine angefangene Flasche Royal-Spiritus.

«O Scheiße, Mann», schüttelte Bandurko den Kopf.

Mit der einen Hand trank ich, mit der anderen band ich die Schuhe auf. Sie dampften und begannen anzubrennen.

Später, als der Kaffee etwas abgekühlt war, tröpfelte ich mir fünfzig Gramm von diesem Schmuggelgift hinein. Gąsior gab jedem von uns eine Scheibe Brot, zeigte auf die Speckseite, die im Rauch über dem Feuer hing, und reichte uns ein Messer. Ich schlug rein, schlürfte und zog die bloßen Füße vom Feuer weg. Gąsior erzählte.

«Die Gebirgler haben viel Holz hiergelassen. Zugeschnitten und trocken. Nachts ist es ganz erträglich, wenn man sich ein gutes Lager macht. Sogar ein Wassereimer hat sich gefunden. Eine Axt bräuchte man. Wenn man noch die Ritzen abdichtet, wird's ein Palast. Ich würde ein paar Steine vom Fluß herschleppen und um die Feuerstelle legen, damit es eine Art Ofen wird. Das würde die Wärme halten, denn morgens friert man doch ganz schön. Sogar ein paar Nägel habe ich im Schuppen nebenan gefunden. Eine Forke war da, eine Schaufel…»

«Hat euch niemand gesehen?» unterbrach ihn Bandurko.

«Glaube ich nicht. Das heißt, im Dorf hätte uns jemand sehen können. Nur wir sind aus dem Bus gestiegen. Er bog nach Niewierka ab oder wie das heißt. Wir gingen geradeaus. Wir hätten überallhin gehen können, nicht? Bei diesem verlassenen Hof sind wir ab in den Wald. Genau an dieser Stelle müssen Hirsche über die Straße gelaufen sein, denn es war so ausgetreten, als wäre eine ganze Herde von oben vorbeigedonnert. Anfangs haben wir sogar unsere Spuren mit einem Zweig verwischt. Aber dann ließen wir es bleiben. Am Waldrand sind wir bis hierher gekommen. So vor drei Stunden...»

Wasyl fragte noch etwas, aber ich hörte nicht mehr hin. Ich krabbelte in meinen schwarzen Schlafsack, rollte mich zusammen und dachte beim Einschlafen noch, daß ich mir keine Zigarette angesteckt hatte.

6

«So ging es nicht weiter, Gąsior, das weißt du selbst, du hast es selbst gesagt. Wenn man richtig überlegt, habe ich dir zu gar nichts zugeredet. Damals in der Kneipe hat Kostek darüber gelacht, daß ich vom Tod spreche. Auf so eine Art. Auf welche Art hätte ich denn davon sprechen sollen, damit mich überhaupt jemand beachtet. Wir sprechen doch täglich vom Tod. Guten Tag, Mama, guten Tag, Papa – das heißt Tod. Jede Bewegung der Zahnbürste, jede Schaumblase bringt dich ihm näher. Hätte ich euch diese Story verkaufen sollen? Von der Ratte, dem Borkenkäfer unserer, eurer Tage? Gąsior, ich will nicht verzweifeln, will nicht schwermütig sein. Aber vielleicht will ich, sagen wir, ohne die Hilfe dieser Bürste sterben, vielleicht will ich, daß jemand das sieht, denn die Angst läßt mir keine Ruhe, und ich will nicht vor Angst sterben, was noch nicht mal das Schlimmste ist, da man vor Überdruß zu sterben droht. Schau dich an, Gąsior, du mickriger Yuppie mit Aktentasche und Schuhen für eine Million. Ihr alle werdet verrecken oder durchdrehen, weil alles, was ihr zu tun habt, schon getan sein wird. In Wirklichkeit verreckt ihr lange vor dem Ende oder dreht durch, schon allein deswegen, weil dieses Ende nicht abzusehen ist. Es gibt nur ein Ende, aber das will euch nicht in eure dämlichen Köpfe. Ich bin zweiunddreißig, ich war Pianist und Päderast, dann las ich Bücher und lief durch die Straßen und glaubte, ich sei nach Seinem Bilde. Besonders wenn mich jemand so richtig getreten hatte. Dann litt ich, und mir kam keine andere Ähnlichkeit in den Sinn. Was hast du deiner Frau gesagt?»

Im Schlafsack war es warm und dunkel. Ich roch den schwülen Geruch des eigenen Körpers. Wenn meine Mutter mich zugedeckt hatte und weggegangen war, gab ich mich meiner Lieblingsvorstellung hin. Mein Bett schwamm durch das schlimmste Wetter, durch Schnee und Regen, es segelte durch die eisigen Wogen des Nordmeers, durch Wind, Frost und Dunkelheit. Und ich war in alledem völlig sicher, in die Bettdecke gehüllt, und nicht der leiseste Hauch drang in meine angewärmte Höhle.

Das war's. Ich steckte in einem Kokon, in dem kleinsten denkbaren Raum. Ich furzte, um alle bösen Geister zu vertreiben. Und lauschte.

«Nichts Besonderes. Ich habe gesagt, ich bin erschöpft und will ein paar Tage wegfahren. In die Berge. Wir haben Bekannte in den Bergen.»

«Irgendwo hier?»

«Nein. Hinter Przemyśl.»

«Konntest du ihr nicht die Wahrheit sagen?»

«Was für eine Wahrheit? Daß ich Partisan spielen fahre? Wasyl, sei nicht albern.»

«Und wenn du umkommst?»

Zu gern hätte ich Gąsiors Gesicht gesehen, aber ich durfte mich jetzt ja nicht rühren, den Kopf rausstrekken, nicht einmal seufzen. Ich mußte mir vorstellen, wie er Bandurko seitlich anschaut, wie seine unruhigen Augen hinter der Brille starr werden und in Wasyls Gesicht irgendeinen Hinweis suchen, Spott, Ironie, irgend etwas, das diesen einfachen Worten ihre Bedeutung rauben würde.

«Du meinst wohl, im Wald.»

«Ganz gleich wo, Gąsior.»

«Red keinen Scheiß. Und trink nichts mehr von dieser Salzsäure. Ich kann deinen Witzen nicht mehr folgen.»

«Es ist ernst, Gąsior. Todernst.»

Sie verstummten. Ich hörte das Klirren des Bechers, das Gluckern des Spiritus beim Eingießen und das Pladdern des Wassers, das das Maß auffüllte. Die Holzscheite im Feuer rutschten ab, und das irre Toben des Windes schlug gegen unser Häuschen. Schließlich hielt Gąsior diese eigens für ihn gebastelte Stille nicht mehr aus.

«Willst du? Warte nicht, bis es richtig durchgezogen ist.»

«Gib. Und gib mir deine Camel. Wir haben irgendeinen Scheiß gekauft.»

Ich wette, daß er in diesem Moment sein maskenhaftes Lächeln zeigte, bei dem nur die Oberlippe eine Reihe ebenmäßiger, gelblicher Zähne freilegte. An dieses Lächeln mußte man sich erst gewöhnen.

«Du gehst im Wald verloren, und wir finden dich wieder. Oder du findest dich selbst. So was in der Art.»

«Wenn sich nur das Wetter ändern würde. Ein bißchen Sonne. Man könnte einen Ausflug machen. Du hast gesagt, wir werden wandern.»

«Wandern werden wir, Gąsior, und zwar unabhängig vom Wetter. Und jetzt ist es das beste, wir gehen in die Heia.»

Ich wartete, bis das Gewusel aufhörte, bis sie sich

hingelegt hatten, bis ihr Atem langsam und tief wurde. Dann erst streckte ich den Kopf heraus und krabbelte aus dem Schlafsack, um den Spiritus und die Camel zu finden. Ich kletterte zurück, nahm einen schnellen Schluck, der mir den Atem raubte, zündete mir eine Zigarette an, legte mir ein Buchenholzscheit unter den Kopf und lag einfach da. Gąsior schlief zusammengerollt, und sein Haar sah aus wie der Wattebausch, der aus der verrotteten Decke kam, in die er sich gewickelt hatte. Bandurko und der Kleine schliefen auf der anderen Seite des Feuers. Die Flammen verdeckten sie.

Wir waren also ein Partisanentrupp unter der Führung von Wasyl Bandurko. Gut dreißig, Nachkommen auf dem Hals, teilweise auch verheiratet. Um diese Uhrzeit setzte sich Gąsiors Frau bestimmt vor den Fernseher, um sich ein paar News aus Ost und Süd reinzuziehen: gut Dreißigjährige, mit Familie auf dem Hals. Sie sah, wie sie sich hinhockten und durch die Trümmer robbten, während kleine Staubwölkchen die Spur von 7,62-Kalibergeschossen an den Mauern und auf den Fußgängerwegen markierten. Sandströme rieseln aus den Säcken, unter den Helmen läuft der Schweiß hervor. Oder dieselben Typen, wie sie langsam durch Ruinen gehen und über zerstörte Gegenstände und Leiber steigen. Die Kalaschnikow in der Hand, den Lauf nach oben gerichtet. Fast alle dunkelhaarig, so als gingen Mord und Wahn an den Blonden vorüber, als wären die Blonden eine Art Engelsrasse, die in jenen Regionen der Erde zu Hause ist, wo das Sterben nicht auf dem Bildschirm geschieht, an Orten der Stille, Asepsis und Scham. Gąsiors Frau ist eine dreißigjährige Blondine mit mittellangen Beinen und empfindsamem Herzen, deshalb entsetzt sie der Haß. Wenn die Soldaten fort sind, wenn seriöse Kumpel in Anzügen die Manschetten hochschieben und ihre

Hände waschen, tritt sie in die helle, mit Kiefernholz getäfelte Küche, zwischen Plastikgeschirr und Geräte – rote, gelbe, schwarze –, um sich das Abendbrot zu machen, dunkles Graubrot, Milch, rote Paprika, vielleicht ein Saft. Dann geht sie ins Zimmer, stellt all das auf ein niedriges Tischchen aus Rauchglas, setzt sich in den tiefen Sessel, zieht die Beine an, ihre Knie sind rund und weiß, die zusammengepreßten Oberschenkel zeichnen eine dünne, gerade Linie bis in den Schatten des Unterleibs unter dem halboffenen, kirschroten Schlafrock; aber heute wird nichts passieren, da bleibt ein Buch. Der Geisterseher aus Kentucky, Organismus und Orgasmus, Heilende Selbstmassage, Die Geheimnisse der tibetanischen Lamas. Aber jedes legt sie nach wenigen Seiten weg, geht in die Küche, holt sich eine Tüte gesalzener Erdnüsse, schnipst die Fernbedienung durch, um zu sehen, was es Neues bei Daisy und Rick gibt. Als die Geschichte zu Ende ist, geht sie ins Bad, kommt zurück, kuschelt sich unter die Decke, um einzuschlafen, während das Radio Gespräche über gebrochene Herzen sendet und der dürre Schamane des Äthers Hunderte von Worten ausschickt und vergißt, daß Beichtväter im allgemeinen schweigen.

Wir waren ein Partisanentrupp unter der Führung von Wasyl Bandurko, obwohl Gąsior gewiß lieber seine Frau als Anführerin gehabt hätte.

«Paß auf, keine große Sache, wir verkriechen uns für eine Woche oder zwei. Ich kenn da eine Stelle, da findet uns niemand, selbst wenn man uns suchen würde. Wir tauchen in die Wälder ab, es wird dunkel, kalt und menschenleer sein. Wir müssen für Fressalien sorgen. Bis zum nächsten Geschäft sind es zehn Kilometer, und nicht mal dort dürfen wir einkaufen.»

Er marschierte ein Stück hinter mir und mußte sich

bücken, damit seine Worte mein Ohr erreichten. Es war fünf Uhr nachmittags auf der Marszałkowska-Straße gleich hinter dem Platz der Verfassung, und es war unmöglich, nebeneinander zu gehen. Also lief er gebeugt und rief mir diese seine Ideen zu. Ich war in der Zbawiciela-Straße aus dem Neunzehner ausgestiegen und hatte ihn von den Säulen des Kolonialwarengeschäfts wie ein ferngesteuertes Schreckgeschoß auf mich zuschießen sehen. Er ließ mir keine Zeit, verblüfft zu sein.

«Lach nicht. Das ist eine Frage von Instinkt und Glauben. Überzeugen kann ich dich nicht, ich habe keine rationalen Argumente. Wie stehst du heute da? Und in ein, zwei Jahren? Du lebst wie ein Clochard und sagst dir immer wieder – so ist die Welt nun mal. Denn du lebst wie ein Clochard, das weißt du selbst, dein Müllhaufen ist nur ein bißchen feiner und dein Hunger von der anderen Art. Klammerst dich an diese Zeitung, wo dich ohnehin niemand richtig will, schusterst irgendwelche Meldungen zusammen, Russe beißt Tschetschenen Ohr ab, Kaschuben wählen Schönheitsfotze nach stürmischer Abstimmung, Verkäufer sticht Löcher in Kondome, weil Gott ihn zum Kampf gegen das Böse aufgerufen hat…»

Er lavierte, lief Slalom, redete. Sein graugrüner langer Mantel flatterte und streifte die Passanten.

«… wodurch unterscheidet sich diese Scheiße von dieser Promenade», und er warf einen Blick die Marszałkowska hinunter, die mit Buden, Tischen, Betten vollgestellt, mit Bettlern und Toten in Adidas-Schuhen übersät war. «Mein Herz ist weit und ich liebe all diese Fressen, mein Herz ist weit, denn anstelle des Hasses ruhen Verachtung und Liebe in ihm. Und ich weine, denn auch wir stehen in diesem Spalier, das nie und nirgends enden wird, denn das Ende der Welt ist eine

Erfindung und die Apokalypse auch, und wenn sie kommt, dann bemerkt dieses Geschmeiß sie gar nicht, der Hunger kratzt sie nicht, weil sie sich gegenseitig auffressen werden, und solange nicht der Letzte den Vorletzten fertiggemacht hat... so lange wird die Erde nicht stillstehen und dieses Ungeziefer von sich abschütteln. Denk daran, wie wir hier vor zehn Jahren langgingen, betrunken, geplagt und einsam, denk daran, wie ich dich aus der ‹Überraschung› geholt habe, nein, das hast du vielleicht schon vergessen, aus der ‹Überraschung›, die es heute nicht mehr gibt, und dich zum Taxistand getragen, wo es leer und dunkel war und der Wind wehte, so daß ich dich auf den Hof am Kino schleppte und abwartete, bis du zu dir kamst. Wir waren arm, grau, vergiftet von billigem Alkohol, aber wir fanden noch all die Plätze, die es heute nicht mehr gibt. Und alle rundum waren genauso, vergiftet, arm, aber wir konnten... was weiß ich... wir konnten alles» – da sagte ich ihm, daß ich zum Kleinen ginge und er solle mitkommen und sich betrinken, er aber winkte nur ab und tauchte in den Schlund der Unterführung ein, den Kopf zwischen die Schultern gezogen, jemand stieß ihn an, aber das hat ihm bestimmt nicht weh getan.

7 Nachts ließ der Wind nach. Als Gąsior am Morgen die Tür aufstieß, verschwand seine Gestalt im Licht.

«Jungs! Steht auf und seht selbst!»

Durch das Grün der nächststehenden Fichten sah man unbeflecktes Himmelsblau. Schräge Strahlen fielen in die Hütte, und wir sahen im eisigen Inneren den Staub wirbeln. Ganz so wie an einem Julinachmittag.

Der Kleine lag mit dem Rücken zu mir. Vor dem Hintergrund seiner Schultern im schwarzen Pullover wirkte Wasyls sitzende Gestalt zierlich und irgendwie hilflos. Er rieb sich die geröteten Augen. Wind, Rauch und jetzt das Licht – er sollte diese Triefäugigkeit wohl nie loswerden.

«Das stammt auch von den Gebirglern», rief Gąsior und schwenkte eine verbeulte, verrußte Pfanne. Ehe wir uns aus den Lagern gewühlt hatten, flackerte das angefachte Feuer, brutzelte der Speck auf der Beutepfanne, und das Wasser im Topf begann zu dampfen.

«In fünf Minuten gibt's Kaffee!» – Gąsior machte den Pfadfinder. Jemand mußte es tun. Wasyl hockte am Feuer und rieb sich die Hände. Der Kleine war nach draußen gegangen, und ich ihm nach, denn ich konnte dieses Lagerhalali nicht ertragen.

Es war warm. Wie März. Oben, über uns, glänzten silbrig die Buchenstämme. Am Berghang jenseits des Flusses türmten sich die Tannen eine über der anderen, nur hier und dort schimmerte eine Fichte durch, und erst ganz am Gipfel konnte man die schwarzen, nackten Kronen vor dem Himmel erkennen. Das Tal war völlig flach, bewachsen von Strauchgruppen und verwilderten Apfelbäumen, zottig vom Moos. Wir gingen um die Hütte herum, zogen zum Fluß und stromaufwärts, um an die Stelle zu gelangen, wo ein mehrere Meter tiefer Felshang uns den Weg versperrte. Der Bach hatte einen schmalen Engpaß weggerissen und schmiegte sich an eine Steilwand aus großen Felsbrocken. In den Ritzen waren Weißbuchensamen aufgegangen. Wenige Meter weiter konnte man etwas wie einen Pfad erkennen, ein an die Wand geklebtes Regal. Das Flußwasser war jetzt dunkelgrün und durchsichtig. Große, aus der Wand gerissene Felsbrocken bildeten einen kleinen Wasserfall. Springend konnte man auf die andere Seite gelangen. Das andere Ufer war niedrig und von Erlengebüsch bestanden. Der Kleine zeigte in das Gehölz.

«Dort tut sich was», sagte er.

Wir gingen in dieser Richtung und sahen bald darauf zwischen schwarzen Bäumen eine Schar Krähen und Raben aufflattern.

«Aas», brummte er.

Bei unserem Anblick stiegen die Vögel auf und zogen krächzend Kreise.

Es war eine Hirschkuh. Genauer gesagt, das Skelett einer Hirschkuh, eine weiß-rosige chaotische Konstruktion. Die graubraunen Fellbüschel, über den Schnee verschleppt, machten den Eindruck einer ekelhaften Schlamperei.

«Sie ist nicht verendet», sagte der Kleine. «Jemand muß sie angefallen haben.»

Er schob den Schuh unter den Kadaver und versuchte, ihn zu bewegen.

«Und nicht die Vögel haben sie so zugerichtet. Ein Vogel trägt kein ganzes Bein weg. Siehst du?»

Tatsächlich, ein Hinterbein fehlte. Dann sahen wir, daß ein Vorderbein kurz unterhalb des Knies gebrochen war.

«Bestimmt Wölfe. Sie müssen sie an diese Schlucht getrieben haben. Sie sprang, brach sich das Bein, und dann wurde sie angefallen. Kein Tier ist imstande, einen solchen Knochen durchzubeißen.»

Wir gingen zurück, die Raben und Krähen hatten darauf nur gewartet. Sie flogen von den Bäumen auf und setzten sich wieder zum Mahl. Ich drehte mich um, um etwas nach ihnen zu werfen, da entdeckte ich einen schneeweißen Vogel unter ihnen. Er war groß, der Größte von allen, ein weißer Rabe. Er flog als letzter weg, stieß zu der Schar und verschwand. Einige kleine Vögel flatterten auf und machten ihm Platz. Ich hätte schwören können, daß sein Schnabel sekundenlang in der Sonne blitzte. Ich sah den Kleinen an. Er schaute in die gleiche Richtung und blinzelte.

«Hast du gesehen? Hast du gesehen, was ich gesehen habe?»

«Irgendwas habe ich gesehen. Ich bin nicht sicher», sagte er langsam, ohne den Blick abzuwenden.

Wir kehrten zurück. Die Vögel erhoben sich mit einem Schimpfgekrächz. Die schwarze Wolke zerstob in den Erlenkronen.

«Na, Kleiner? Was jetzt?»

«Nichts.»

«Aber es ist nicht möglich, daß uns das nur so vorkam.»

«Wenn es zweien gleichzeitig so vorkommt, heißt das, es ist so.»

«Halluzinationen sind nicht ansteckend. Sag mal genau, was du gesehen hast.»

«Einen Vogel. Er war weiß. Aber hier gibt es keine weißen Vögel dieser Größe. Und dieser war ganz weiß. Er hatte keinen Schatten, keinen Fleck...»

«Er hatte einen schimmernden Schnabel, vielleicht ein Reflex des Sonnenlichts», unterbrach ich ihn.

«Das habe ich nicht bemerkt. Er war schneeweiß. Und groß. Ein Rabe. Corvus corax. Allesfresser. Krächzt nicht. Die Krähen krächzen. Vielleicht war es ein gewöhnlicher Albino. Aber die anderen hätten ihn zu Tode hacken oder verjagen müssen... es sei denn, er ist der Stärkste von allen... Corvus corax albus. Wir müssen nicht damit angeben, ja?»

Der Kleine hatte manchmal seltsame Ideen. Wir alle hatten in der letzten Zeit seltsame Ideen. Er hatte meine Frage vorweggenommen.

«Weißt du, Wasyls Hirn arbeitet in letzter Zeit wie das einer abergläubischen Vettel.»

Aber Wasyls Hirn arbeitete nicht wie das einer abergläubischen Vettel. Was immer man ihm vorhalten konnte, Aberglauben nicht. Der Kleine meinte sich selbst. Schließlich war er der einzige Selbstmörder unter uns. Zweifach. Aber konnte so ein Riesenleib sich selbst umbringen? Er war einfach zu groß, und die für normale Menschen erfundenen Mittel konnte man sich sonstwohin stecken. Es war nicht ausgeschlossen, daß gerade dieser Leib, seine Maßlosigkeit und Oberfläche, ihn all jene Signale empfangen ließen, die wir nicht einmal registrierten. Die Fäden rissen irgendwo ab. Der Kleine aber war so groß, daß er noch im größten Loch an den Rändern hängenblieb und wie eine Spinne das Netz neu knüpfen, reparieren, die Öffnung verknoten, verzwirnen konnte, wo andere durchflogen und abstürzten, gebrochen, enttäuscht, angeekelt davon, daß die Welt sie zum besten gehalten hatte.

Der Kleine hatte einmal zwanzig Luminal gefressen, ein Viertel Wodka nachgetrunken und drei Tage lang geschlafen, um am vierten Tag ausgeschlafen aufzuwachen.

«Hab einfach zuwenig davon genommen, und danach hatte ich keine Lust mehr. Ich war irgendwie so ausgeruht. Ich guckte aus dem Fenster. Die Leute liefen genauso herum wie vorher, als ich mich hingelegt hatte. Ich dachte, ich habe ein bißchen Zeit gespart», erzählte er uns während eines unserer unaufhaltsamen, nächtelangen Besäufnisse. Wir kauften immer eine Flasche, und wenn sie alle war, gingen wir die zweite und nächste kaufen, um frische Luft zu schnappen, um etwas zu haben, wohin wir gehen konnten. Die letzte Flasche machten wir um sechs Uhr morgens leer, gerade zur rechten Zeit, um wieder rauszugehen, diesmal auf den Balkon, um das Jüngste Gericht und die Auferstehung von den Toten im riesigen Maßstab der größten Kreuzung der Stadt zu beobachten. Wie bei den mittelalterlichen Primitiven tauchten kleine Figuren aus dem Abgrund auf, warfen Deckel und Lider ab, elektrische Trompeten spielten das Wecklied an der fernen Peripherie, und es fehlte nur noch die verfickte Waage an der Spitze des Wissenschafts-und-Körperkultur-Palastes. Dann kamen die Straßenbahnen «Fa» und «Zucker stärkt» angefahren, die Auferstandenen drängelten wie senkrechte Mumien hinein und fuhren, das Urteil zu empfangen. Der Kleine ging in die Küche, machte sich Toasts und einen halben Eimer abscheulichen Kaffee, dann fragte er mit einem Lächeln, ob ich hören wolle, wie er sich einmal aufgehängt hatte.

«Das war in einem Altbau, weißt du. Ich hatte es irgendwie zu hoch gebastelt, und als der Ledergürtel hopsging, habe ich mir den Fuß verstaucht. Wenn es niedriger gewesen wäre, hätte ich mich nur gestoßen und es noch mal probiert. Aber das tat so weh, daß mir die Lust verging. Wer denkt daran, sich aufzuhängen, wenn ihm der Knöchel wie ein Kürbis anschwillt. Ich sage dir, nichts macht soviel Lebenslust wie ein verschissener Selbstmord.»

Für mich war er deshalb ein Fachmann für Leben und Tod. Ich kannte keinen besseren. Mit ruhiger Resignation schleppte er seinen schweren Leib aus der Küche ins Bad, aus dem Bad ins Wohnzimmer. Als erwartete er gar nichts mehr, als hätte ihm die Wirklichkeit ihre sämtlichen Hinterhalte und Rätsel schon offenbart.

Er lebte manchmal allein, meist aber mit dem Mädchen, mit dem er ein Kind hatte. Eine zänkische kleine Bestie. Wenn er die Geduld mit ihr verlor, hob er sie hoch, setzte sie vor die Tür und schloß ab. Sie trampelte ein bißchen und schrie herum. Er hat nie versucht, sie aus dem Fenster zu stoßen. Ich habe ihm ein paarmal dazu geraten. Am anderen Morgen kehrte sie verwandelt und schweigsam zurück. Der Kleine gab ihr einen Klaps auf den Po und fragte, wie es gewesen sei. Alles blieb beim alten, denn abgesehen von ihrer Nörgelei hatte sie eine Menge Vorzüge.

An dem Morgen, als er vom Erhängen erzählte, oder an einem anderen Morgen überlegten wir uns, angewidert von der aufsteigenden Nüchternheit, was wir mit der leeren Wohnung anfangen könnten. Wir riefen der Reihe nach ein paar Mädchen an, aber sie hatten entweder keine Zeit oder waren nicht da, oder sie kannten uns zu gut. Auch die, die kein Geld hatten, fielen weg. Der Kleine spuckte die unanständigsten Sachen in den Hörer, um gleich eine Vorauswahl zu treffen, aber erst bei der letzten Nummer, einer guten alten Bekannten, ebenso hoffnungslos wie wir, zwinkerte er mir zu und sagte etwas von Alkohol ins Telefon. Wir vertrieben uns die Zeit mit Kaffee, aber ihr Klingeln hatte mich ohnehin schon aus dem Schlummer gerissen.

Ihr Gesicht erinnerte an das Gesicht der heiligen Theresa von Cranachs Gemälde, ihr Mantel an andere Mäntel aus dem eleganten Laden im Parterre. Als sie sich durch den dreckigen, darmlangen Flur quetschte, glitt ihr dieser ganze Schick von den Schultern, und man sah nur noch die steilen Zitzen unter dem grauen Kleid.

«Die wird sich noch mal umbringen», hatte mein Fachmann ein oder zwei Jahre vorher gesagt. Sie hatte das schüchterne, verzweifelt entschlossene Lächeln aufgesetzt, mit dem sie immer eintrat. Sie stellte zwei Flaschen Kosher Bison auf den Tisch, ich nahm ihr diesen Mantel ab und kam mir vor, als schälte ich eine Muschel aus der Schale. Wir tranken aus kleinen Gläs-

chen, damit wir nicht gleich wieder neue Flaschen ho-
 len mußten. Wir tranken schwermütig und fröhlich. Der Kleine lag, wir saßen. Die Straßenbahnen bimmelten. In der Nachbarwohnung spielten die «Polnischen Adler». Es mußte um die Mittagszeit sein, denn die Sonne schien ins Fenster, und der Schein hinterließ schmutzige Streifen auf den Scheiben. Dann stand der Kleine auf und sagte, er gehe für eine halbe Stunde weg. Als er zurückkam, saßen wir in unveränderten Positionen. Dann ging ich, aber nur ins Bad, mit Zigaretten, dem Glas und einem Buch, das ich nicht aufschlug. Danach ging niemand mehr. Ab und zu schlief jemand von uns ein. Kaśkas Augen waren leer. Der Kleine ließ seinen Blick über die Geräte und Gegenstände wandern, wie die Kamera in einem Avantgardefilm. Unsere Körper lebten das Leben von Maschinen. Irgendwo am Rande der Nacht, als der Straßenlärm sich zu einem verzweifelten Karneval steigerte, verloren wir die Empfindungsfähigkeit. Haut und Nerven waren so dick geworden, als wären sie für irgendwelche Riesenleiber, für Wale oder Nashörner, gemacht.

«Ich sollte mich ans Stromnetz hängen», sagte ich über Kaśkas Schultern. Der Kleine wandte nicht einmal den Blick vom Fernseher, denn es lief gerade eine Messe oder Weihe, darauf fuhr er ab. Er brummte nur zurück: «Häng lieber sie dran.»

«Aha», brummte ich und wandte mich wieder der Tätigkeit zu, die mich, wie ich hoffte, zum Ziel führen würde. Schließlich sollte man, da kann man sagen, was man will, ein Ziel haben, etwas, das einen Atem holen oder von vorn anfangen läßt.

Kaśka verdrückte sich mitten in der Nacht. Sicher mit dem gleichen entschuldigenden Lächeln, mit dem sie aufgetaucht war. Die Straßen, durch die sie zurückging, waren verödet, voll von Wind und jenem nächtlichen Geruch, da die Stadt die Gifte des Tages auszuschwitzen versucht. Das Taxi war leer, das Treppenhaus, der Briefkasten und das Schloß und die Wohnung mit dem überflüssigen Duft von Kosmetika.

Wir warteten eine Weile, nachdem sie weg war, dann ging bestimmt einer von uns eine neue Flasche holen, denn irgendwie mußten wir schließlich einschlafen.

8 Wer hätte gedacht, daß der fette Teddybär Bandurko so viel Kraft besaß. Er ließ uns an die zwanzig Meter hinter sich und wartete, bis unser keuchender Atem zu seinem pfeifenden, aber langen und gleichmäßigen Schnaufen aufschloß.

Dieser Berg war merkwürdig. Ein abgestorbener Wald. Die vom Gezweig entblößten Kiefernstämme mit den rostigen Kronenresten standen in geometrischer Ordnung und warfen ein symmetrisches Schattennetz. Der glasharte Schnee knirschte unter den Stiefeln, uns kam es vor, als erzeugten wir ein Echo in der windstillen und sonnigen Landschaft. Seit zwei Tagen war Frost und wolkenloser Himmel. Nachts mußten es über zehn Grad unter Null sein. Das Wasser im Eimer gefror, obwohl Gąsior alle Löcher in den Wänden gestopft hatte. Wir hatten auch etwas wie einen Ofen oder Kamin zustande gebracht. Es sah aus wie ein Haufen Steine, eine Grotte, in der ein Feuer flackerte. Gąsior war scharf auf alle Hausarbeiten und mauerte mit Lehm eine Art meterhohen Schornstein. Ansonsten die reinste Robinsonade. Uns fehlten die geklauten Schlafsäcke, aber zusammengedrängt hielten wir es irgendwie bis zum Morgen aus, halb schlafend, halb dämmernd, was den Vorteil hatte, daß jemand, der wacher war, Holz nachlegen konnte.

Speck mit Zwiebeln, Brot, Kaffee, ein bißchen Knoblauch – keine üble Diät. Ich dachte an unsere Sardinen. Sicher mußten sie in einer Kneipe in Tarnobrzeg als Appetithappen herhalten. Wohl bekomm's.

Dafür waren die Tage warm. Wir saßen im bloßen Hemd an der Südwand. Der Zigarettenrauch hing in der Luft. In dem Distelgestrüpp tummelten sich die Gimpel. Orangegelbe Flämmchen im trockenen Laub. Der Hang, an dem die Hütte lehnte, war von alten Buchen bewachsen. Einmal sah ich vierzig Meter weiter oben ein Reh vorbeihuschen. Ich hörte den vereisten Schnee unter seinen Schalen brechen. Der Bach plätscherte gerade mal. Die Ufer waren von Eis überwachsen.

Wir saßen also an der Südseite und rauchten. Zehn Meter weiter tummelten sich die Gimpel. Wir hörten das trockene Knistern, wenn sie sich an die Distelsamen heranmachten. Vielleicht war es auch Stechapfel. Aber die Vögel waren zu flink, zu lebendig für die schwarzen Stechapfelsamen, die doch viel Atropin enthalten.

«Pyrrhula pyrrhula», sagte der Kleine. «Auf russisch ‹sniegir›.»

Am Nachmittag, als es beinahe heiß wurde und die gleißende Helle die Augen blinzeln ließ, stand Wasyl auf, zog die Jacke an und sagte, er hätte uns was zu zeigen. Wir zogen also den Bach aufwärts, kamen an der Schlucht vorbei und kletterten das Steilufer hoch, um uns in einem düsteren Tunnel zu finden, denn die Weißbuche war mit junger Fichte durchsetzt, und der senkrechte, hohe Berghang verdeckte die Sonne. Die Schuhe sanken nicht einmal einen Zentimeter ein. Bandurko verließ den Weg am Bach und zog sich den

Hang hoch. Wir lagen fast auf allen vieren. Dann endete der Weißbuchenwald, der Hang brach ab, und wir befanden uns auf einer flachen, weiten Kuppe, die mit großen alten Tannen bestanden war. Was uns beim Marsch hätte stören können, war mit gefrorenem Schnee bedeckt. Nur manchmal übersprangen wir umgestürzte Stämme, die nackt waren vom Tauwetter. Als der Hang wieder abfiel, wichen die Tannen Buchen. Es ging verdammt steil bergab, aber die Sohlen fanden Halt auf dieser rauhen weißen Haut, die Absätze schlugen kleine Stufen heraus. Manchmal holten wir Bandurko sogar ein. Am Talboden überquerten wir den schmalen grünen Bach, dann begann der abgestorbene geometrische Wald und es galt, nicht auf die sich kreuzenden Schattenlinien zu treten, so wie früher auf die Fugen der Gehwegplatten.

Ich ging hinter Wasyl, nach mir kam der Kleine, und am Schluß trabte Gąsior. Als der Gipfel ganz nah war, blieb ich stehen und drehte mich um. Die Bergkämme tauchten einer hinter dem anderen auf wie eine Herde Wale oder noch größere und ruhigere Geschöpfe. Zuerst grüne, dann blaue und am Ende die blaßblauen, die den Horizont abschlossen. Und nichts weiter, keine Spur von einem Weg, keine Spur von einem Haus, einfach nichts, nur diese sanften Auftürmungen, die sich bis ans Ende der Welt erstreckten. Die Jungs holten mich ein, und wir standen zu dritt da, leicht keuchend, wortlos, mit Runzeln in den Augenwinkeln, obwohl die Sonne uns den Rücken wärmte.

«Fliegen müßte man können», sagte der Kleine.

«Oder sich setzen. Der Mensch sollte mehr sitzen», erwiderte Gąsior.

Aber weder aus dem einen noch dem anderen wurde etwas, weil irgendwo hinter uns ein schwacher Pfiff zu hören war. Wir kletterten weiter und sahen bald darauf

Wasyl. Er stand auf dem Boden eines kleinen Talkessels. Der Berg besaß keinen gewöhnlichen gewölbten Gipfel, sondern diese Vertiefung, etwas wie einen Vulkankrater oder die Stelle, wo ein Meteor aufgeschlagen war. Eine ovale, zur Mitte hin einfallende Schüssel, groß wie ein Fußballfeld, ein Stadion, und unten stand Wasyl ganz klein und winkte. Nur deshalb sahen wir ihn. Hätte er ruhig gestanden, er hätte wie ein Wacholderstrauch oder eine Zwergkiefer ausgesehen. Wir stiegen zu ihm hinab, und er zeigte auf einen Stock, der in der Nähe lag.

«Guckt mal, was ich gefunden habe.»

Wir traten näher. Aber das war kein Stock. Das war eine gestraffte, ausgestreckte Schlange. Die dunkelbraune, fast schwarze Zickzacklinie lief über die gesamte Länge des Körpers, nur der Kopf war frei davon, geziert von einem dunklen Fleck, den Umrissen eines Menschen oder eines Frosches.

«Krepiert, völlig krepiert», informierte uns Bandurko.

«Was denn sonst», sagte der Kleine und kniete nieder. Er hob den gefrorenen Körper am Schwanz hoch und betrachtete ihn aufmerksam. Er klopfte mit dem Finger gegen den harten Panzer.

«Kainslinie nennt man das, diesen Zickzack», sagte er.

Ich nahm ihm das Reptil ab. Es war steif. Gąsior verzog angewidert das Gesicht, als ich ihm dieses Totem unter die Nase hielt.

«Nichts für mich. Bin zu katholisch.»

«Alle Katholiken sind feige, Gąsior», sagte der Kleine. «Sie haben Angst, daß irgendein Iguanodon ihre Urgroßmutter gefickt haben könnte. Oder vielleicht, Gott behüte, eine Schlange? Entsetzlich. Deshalb die Idee des personalen Gottes. Das macht gleich

Mut, nicht? Der Hochmut wird euch zugrunde richten.»

«Ich bin kein Katholik», erwiderte Gąsior. «Nur so Reste im Kopf.»

Der Kleine winkte ab und sagte:

«Das kommt dir nur so vor. Wir alle sind es. Besser, wir finden uns damit ab. Schläft sich besser.»

«Hört auf zu quatschen und laßt uns gehen», drängte Bandurko. «Wir müssen von hier verschwinden. Das ist kein guter Platz. Offen und überhaupt. Manchmal wird hier gejagt.»

«Auf was?» fragte ich gedankenlos.

«Hier auf Wölfe und Luchse. Ihr werdet gleich sehen. Im Sommer bringen sie Kadaver hierher. Ein Stück Kuh oder eine Pferdehälfte. Jetzt sieht man nichts, aber wenn der Schnee schmilzt, ist dieses Tal weiß vor Knochen. Gehörnte Schädel, Pferdehufe, voll davon und ein Gestank wie in der Wurstfabrik in Żerań.»

Ich steckte die steife Schlange hinter einen Kiefernast, und wir brachen auf. Wir erreichten den Boden des Amphitheaters und dann den gegenüberliegenden Hang. Am Rande des Waldes, zwischen Tannen, stand ein Hochsitz. Er war kaum zu erkennen. Die Bretterbude war in den Baumkronen verborgen, die vier Kiefernpfähle waren unbehauen und nicht entrindet. Nur die Leiter sah etwas merkwürdig aus. Unten keinerlei Spuren. Ich hatte Lust, im Schnee zu graben. Darunter mußten die farbigen Schrothülsen liegen. Rote, blaue, gelbe mit der schwarzen Silhouette eines Hasen oder eines Rebhuhns, in einer Messingkrause auslaufend – mattes Scheingold.

Vor langer Zeit war ich zu meinen Großeltern an die Narew gefahren. In den Hochwassergebieten, die an ein grünes Delta erinnerten, nisteten Scharen von Vögeln. Stockenten, Knäkenten, Haubentaucher, Rohrdommeln, Säger, Reiher. Das alles saß dort in den Schilfzügen, in den endlosen Weidenfeldern. Wir spürten den Sonntagsjägern nach. Barfüßige Dorfjungs und ich in Schuhen, in Turnschuhen. Wir spürten ihnen nach. Warteten, bis sie schossen, den Himmel löcherten und weggingen oder mit dem Boot davonfuhren, um uns auf den zertrampelten Schilfhaufen, in das Korbweidengebüsch zu stürzen und auf allen vieren nach den farbigen, vom Pulvergeruch gesättigten Schätzen zu suchen. Ich erinnere mich nicht, welche Farbe die Patronenhülsen der Entenmunition hatten.

Durch eine Sandebene kam man aus dem Hochwassergebiet zurück. Sie war unermeßlich wie eine Wüste. Flach, von scharfen Grasbüscheln bewachsen, fast baumlos, wenn man von einigen gigantischen Pappeln absah, die weit auseinander in der Landschaft standen, halb vertrocknet und einsam. Wir kamen an Kuhfladen vorbei und handelten mit diesen Hülsen. Am höchsten im Kurs standen natürlich die mit dem Wildschwein oder dem Hirsch. Das waren Raritäten. Niemand hatte in der Gegend je ein Wildschwein oder einen Hirsch gesehen, geschweige denn geschossen. Danach kamen die Hasen, am armseligen Ende das Kleinschrot für Vögel. Ich war arm dran. Gerade mal ein paar abgescheuerte alte Hülsen, die ich für irgendwas tauschte. Immer kamen mir die Weizenjungs zuvor. Ich war zu schüchtern, um auf allen vieren nach der Beute zu schnüffeln oder um sie zu kämpfen. Obwohl ich große Lust dazu hatte, habe ich es nie getan.

9 Wasyl hatte gesagt: Er kommt um 15 Uhr mit dem Bus aus Krakau.

Aber er war nicht angekommen. Und ich überlegte,

was tun. Ich sollte auf den nächsten Bus um 17.30 warten. Jeder kann sich mal verspäten. Also wartete ich, indem ich um den Marktplatz spazierte und hie und da hineinschaute. In dem Sportgeschäft unter den Arkaden kaufte ich einen großen roten Rucksack ohne Gestell und stopfte zwei Schlafsäcke hinein. Sie waren dünn, aber andere gab es nicht. In dem leeren grüngekachelten Fleischerladen lud ich drei Kilo Speck, ein paar Konserven, Kabanossi zur Zierde und weil sie leicht waren. In diesem Geschäft war es wie in einem Bassin, in einem Bad, an silbernen Haken hingen weißrote Lendenstücke, auch die Kasse und die Waage waren silbern. Im erstbesten Laden mit Puppen im Schaufenster kaufte ich einige Paar dicke Strümpfe. Eine Axt kaufte ich im Axtgeschäft. Dann noch Zigaretten. Und im Schnapsladen zwei Flaschen von unserem Spiritus. Beim Bezahlen fiel mein Auge auf diese Flachmänner mit Wodka Wyborowa, die für zwei Schluck. Damit stopfte ich mir die Taschen voll.

Gardlica – nicht viel mehr als ein Marktplatz. Vier abschüssige Sträßchen führten in die vier Himmelsrichtungen, bergab, in die Dunkelheit. Dort unten lebten bestimmt irgendwelche Leute, aber ich hatte keine Lust, das zu überprüfen. Die Schatten stützten sich gegenseitig und versanken in abschüssigen Stollen. Das Café Arabeska, gleich neben dem Rathaus mit einem von der Dunkelheit abgeschnittenen Turm, schied von Zeit zu Zeit entzückte Bürger aus, und die Schneewälle verwehrten den Zutritt zur Fahrbahn, auf der nichts fuhr. Die Leute fielen auf diese weiße Schanze, erhoben sich, fielen wieder, bis endlich das Gefälle des Bürgersteigs sie davontrug. Ich hatte hier nichts verloren. Im Schaufensterlicht betrachtete ich die Gesichter der Frauen. Sie sahen nicht besser und nicht schlechter aus als alle anderen zusammen. Ich war kaputt, hätte mich gern irgendwo hingehockt, aber doch nicht im Café Arabeska.

Langsam zuckelte ich im blauen Laternenlicht hinab zum Busbahnhof. Der Wind tobte über den leeren Platz und drehte Hörnchen aus Pulverschnee. Die Dämmerung senkte sich über Gardlica. Im Warteraum schmiegten sich Reisende an die Heizkörper. Die runde schwarze Uhr zeigte 17.15. Ich ging hinter das Abfertigungsgebäude, fand das Schildchen mit dem Zigarettenstummel und leerte einen Flachmann Wyborowa, bevor ich rauchte. Das tat gut. So gut, daß die fünfzehn Minuten wie im Flug vergingen, schon trudelte der Berliet-Bus an der ersten Haltestelle ein, und der zweite Passagier auf der Stufe war Kostek mit Segeltuchsack.

Er stieg aus und schaute zuerst in den Himmel, als wollte er sich vergewissern, daß er nicht zu weit gefahren sei. Der Wind schlug ihm ins Gesicht. Er stellte den Kragen der Stoffjacke hoch, zog die Troddelmütze über die Ohren und sah sich erst dann um, und ich fühlte mich wie ein Spion, der einen Einsamen und Verlorenen observiert. Noch einen Augenblick hielt ich es aus, dann trat ich aus dem Schatten heraus. Ich schnitt ihm den Weg am Zeitungskiosk ab.

«Hab mich zum Schnellzug verspätet. Mußte den Eilzug nehmen.»

«Ist sowieso schon gelaufen. Wir kommen nicht weiter. Erst morgen früh.»

«Gibt's hier ein Hotel?»

«Keine Ahnung, Kostek. Kann sein.»

«Ach was... ein Hotel», besann er sich. «Dumme Idee. Bahnhof, Haltestelle, da dösen wir bis morgen durch.»

«Geht nicht. Der Busbahnhof wird nachts geschlossen. Entweder in Grobów, etwa dreißig Kilometer von hier, oder in Orla, etwas näher. Der Kleine und Gąsior sind durchgefahren. Ein Kaff, sagen sie, aber die Bar am Bahnhof ist die ganze Nacht geöffnet. Bigos und so was.»

So kamen wir in dieses Orla. Mit dem Bus, denn es fuhr noch was. Wir verzogen uns in den hinteren Teil. Kostek sagte nichts. Er hatte einen Flachmann mit einem Zug leer gemacht und war weggedämmert. Hatte seinen grünen Sack umarmt und war eingeschlafen. Manchmal kamen wir an vereinzelten Straßenlaternen vorbei. Dann verwandelte sich sein Gesicht in eine silbrige Maske. Er sah ein wenig aus wie ein Engel, ein bißchen wie ein Fuchs aus Metall. Kostek, von dem man zuallerletzt erwartet hätte, daß er an diesem Spaß teilnehmen würde. Immer abseits, immer zufällig da oder weil er nichts Besseres zu tun hatte. Weiß der Teufel, ob er sich uns bewußt angeschlossen hatte oder uns zugelaufen war. Ohne Vergangenheit. Der Kleine hatte ihn irgendwo aufgetrieben. Im Remont oder so. «Ich wollte ihn um einen Drink anschnorren. Er sah ganz anständig aus. Aber er ließ sich nicht anschnorren. Das heißt, er stand auf, ging an die Bar und kam mit zwei Gläsern zurück. Als hätten wir uns seit Jahren gekannt.»

Wenn er einsam war, dann aus freiem Entschluß. Er tauchte auf und verschwand wieder. In Wasyls Wohnung, in der lärmigen Höhle des Kleinen, bei Gąsior, wo immer Ordnung herrschte – er tauchte von Zeit zu Zeit auf, durch einen Anruf herbeigelockt oder auf der Straße bestürmt, immer höflich mit dieser wortkargen Wesensart, bis mit der Zeit eine größere Vertraulichkeit entstand. Er machte davon Gebrauch, ohne zu vergessen, daß er keiner von uns, daß er geladener Gast war, der gewisse Formen zu wahren und Wörter zu benutzen hatte, die wir für überflüssig hielten.

«Sandkastenkumpel» nannte er uns. «Solange ihr

zusammenhockt, kommt ihr nie aus diesem Sand raus. Ich bin aus Łódź und hab das hinter mir.»

Von uns vieren besuchte nur Bandurko ihn in seiner Wohnung. Kostek hatte überhaupt eine Schwäche für Wasyl. Sie trafen sich in der Altstadt, und Kostek nahm ihn in seine Mansarde an der Zakroczymska mit.

«Aus dieser Kajüte konnte man den Park sehen und die Geldfabrik. Massenweise Bücher und Papiere. Nichts zum Hinsetzen. Er schreibt angeblich was, wollte nicht darüber reden. Wir tranken Tee mit Wodka. Er wohnt allein. Das sieht man. Keine Möse.»

So luden wir ihn zu unseren Feten ein, die immer seltener und ruhiger wurden, nur noch ein schwacher Abglanz jener endlosen Parties von früher, die die Welt draußen wie eine fiese Halluzination erscheinen ließen.

«Ich geh schon», sagte Gąsior, vom Bier betrunken, und ging nach draußen, um ein Taxi zu suchen, obwohl er es auch telefonisch hätte bestellen können. Und Wasyl erhob sich, wenn das Ganze bei ihm stattfand, von seiner Schlafstätte und sagte: «Scheiße, vor fünf Jahren war es ein Klacks, von Mokotów nach Żoliborz zu kommen, auch im Winter. Weißt du noch, wie uns der Küster in der Popiełuszko-Kirche, die damals noch anders hieß, geweckt hat? Weiß der Teufel, wie wir da hineingekommen sind. Sechs Uhr morgens, und plötzlich zündet jemand Kerzen an.»

Ich erinnerte mich an all das. Ich hatte ein gutes Gedächtnis. Ich erinnerte mich auch, wie wir Wasyl fünfzehn Jahre zuvor auf dem Sportplatz an den Eisenbahngleisen verprügelt hatten. Denn er war der dickste Junge und am leichtesten zum Heulen zu bringen. Wir prügelten ihn aus Spaß, gar nicht mal doll, nur so, daß alle genug bekamen. Seine Mutter ging daraufhin zur Schuldirektorin und es gab ein Höllentheater, denn Wasyls Alte war in der Partei, und das alles roch nach politischer Verfolgung und Konterrevolution, obwohl niemand von uns davon eine Ahnung hatte. Die Partei, das war der Erste Mai, Würstchen und die roten Zeitungsblätter, die die Väter mitbrachten. Wasyl hat nie jemand verraten. Sie konnten uns nicht kollektiv in eine andere Schule oder nach Sibirien deportieren. Nur der Mutterinstinkt ahnte die Wahrheit, aber Ahnungen und zerrissene Kleidungsstücke waren kein Ersatz für konkrete Aussagen. Er blieb stur und sagte nichts. Schließlich wurde er einer von uns. In der achten Klasse, auf demselben Sportplatz, stürmte Rudy Griszka aufs Tor los, Wasyl spielte Ausputzer, was sonst, und geriet Griszka vor die Füße. Griszka stürmte vorbei, setzte den Ball ins Tor, und dann sahen wir, daß Wasyl sich vor Schmerz am Boden krümmte, ganz ungespielt, nicht nur zur Schau. Das Bein war ihm wie ein Streichholz an zwei Stellen geknickt.

Ich weiß nicht, wer darauf kam, aber wir beschlossen, ihn zu Hause zu besuchen, denn er sollte mindestens zwei Monate oder noch länger liegen, und es war Frühling, Ende des Schuljahrs, Nachhilfe und so was alles.

Uns war seltsam zumute. Ein solches Zuhause hatte niemand von uns. Hier waren keine Züge zu hören. Das Haus stand am Rande der Siedlung, wo ein hoher Kiefernwald begann. Eigentlich war es ein kleines Herrenhaus. Vier weiße Säulen, ein rotes Walmdach und eine breite Treppe. Vor dem Haus wuchsen silberne Fichten. Irgendwie war es für uns unfaßbar, daß man hier einfach nur wohnen konnte. Wasyls Alte öffnete uns die Tür, und es roch nach Bohnerwachs, nach Terpentin wie im Museum. Sie war eine große, unförmige Frau mit angegrautem Haar, frisiert wie ein Mann. Wir waren zu dritt: der Kleine, Gąsior und ich. Griszka hatte drauf geschissen. Er war sitzen geblieben, soff

Obstwein und muß wohl schon damals die Trinker beklaut haben. «Wieso kommt der mir auch in die Quere.»

Die Alte musterte uns mit kaltem, unwilligem Blick, er aber rief schon aus dem anderen Ende des Hauses: «Los, kommt!»

Also Kostek gehörte damals nicht zu uns. Auch später nicht, fünfzehn, siebzehn Jahre lang. Jetzt fuhr er neben mir, reglos, als wollte er in einem halbstündigen Schlaf diese ganze Epoche im Zeitraffer durchmessen.

Ja. Orla war ein Kaff. Der Bus machte auf einem kleinen Platz kehrt, zwei einsame Laternen beleuchteten einige wenige Einfamilienhäuser. Wir traten hinaus in die Kälte. Jemand wies uns den Weg zum Bahnhof. Er führte bergab. Nach zehn Minuten sahen wir das eisige Licht auf den Bahnsteigen. Das Getöse der aneinandergeschobenen Güterwaggons vermittelte uns den Eindruck, wir seien unter einer großen eisernen Kuppel gefangen.

«Das ist ein Bahnknotenpunkt. Deshalb ist die Kneipe geöffnet», sagte ich.

Das Licht im Wartesaal war trüb und gelb. Der Kachelofen stand in der Ecke, seit Franz Josefs Zeiten hatte sich hier nichts geändert. Durch die angelehnte grüne Tür drang Essensgeruch, und das Schild besagte: «24 h Bar. Reinigungspause 5.30–6.00.»

In der Kneipe das Übliche. Ein paar Eisenbahner, die traditionellen Frauen und drei Schlafende, auf der Durchreise oder betrunken oder beides. In den Vitrinen hinter der Theke reichlich Orange-Juice, Chewing Gum, Corn Flakes und Salt Nuts. Aber es gab auch Tee und Bohnensuppe, das Alte machte dem Neuen nur ungern Platz.

«Tja», sagte Kostek, und wir quetschten uns neben einem Stapel Pepsi-Kisten in die Ecke.

Zehn Minuten später spürte ich, daß mir endlich,

nach einer Woche, warm war. Ganz und gar, ohne Wenn und Aber. Nur die Zehenspitzen waren noch etwas gefühllos, aber das war eine Sache von Minuten.

10

«Dreimal Tee und einmal Bohnensuppe. Und ein paar Tropfen dazu. Die Nacht ist lang.»

«Sei's drum», erwiderte ich. «Meinetwegen Tee. Beim Tee unterhält es sich gut. Beim Kaffee weniger.»

«Unterhalten willst du dich… na gut», erwiderte er langsam, so als wägte er einen komplizierten Vorschlag ab. Er rührte den schwarzen Aufguß um, und ich goß uns gerecht das nächste Fläschchen ein. Hinter der Theke war nur die Spitze des weißen Häubchens der Büfettkellnerin zu sehen.

«Ich wußte nicht, daß du kommst. Wasyl hat es uns erst gestern abend gesagt. Er mag Geheimnisse. Weißt du, was er uns gezeigt hat?»

«Was denn?»

«Einen Bunker. Einen waschechten Bunker. Er hat uns auf einen Ausflug mitgenommen. Mitten in den Bergen, in einem kleinen, engen Tal, eigentlich einem Hohlweg. Dort wuchs so dichtes Buschwerk, daß man kaum durchkam, eine Art Dornengesträuch. Und im Fels, in dem Abhang am Fluß war ein Loch. Alles zugewachsen, verdeckt. Man mußte ins Wasser steigen, um dorthin zu gelangen. Ein paar Meter die Treppe nach unten, dann ein Raum wie ein kleines Zimmer. Alles mit Holz verstärkt, verschalt, bißchen furchterregend, weil angefault, aber es hielt. Die Decke mit Balken gestützt. Noch aus dem Krieg. Er sagt, daß seit jener Zeit niemand dort gewesen ist. Dort waren sogar Munitionskisten oder so was. Mit russischen und deutschen Aufschriften. Er sagt, das kann man gebrauchen.»

«Die Kisten?»

«Nein, den Bunker.»

«Partisanen müssen ein Versteck haben, was?»

«Kostek?»

«Ja?»

«Wozu bist du hergekommen? Mal im Ernst.»

Er sah mich an und lächelte nichtssagend.

«Zum Winterurlaub. Und du? Doch auch, oder?»

«Und Wasyls ganzes Gequassel? Seine erleuchteten Reden? Er hat irgendeine verrückte Idee.»

«Unsinn. Was für eine Idee. Er hat ein vorzeitiges Klimakterium, obwohl es eher an die Qualen der Pubertät erinnert.»

«Leben oder Tod, erinnerst du dich?»

Kostek wischte sich die Stirn, nahm einen Schluck Bergtee und begann dann, den Blick im leeren Suppenteller, zu reden.

«Hör zu… sieh dich doch um. Dagegen ist Wasyls Verrücktheit, wenn es überhaupt eine Verrücktheit ist, nichts Besonderes, Außergewöhnliches…»

«Nichts Außergewöhnliches», wiederholte ich, denn mir wollte nicht in den Kopf, daß Verrücktheit etwas Gewöhnliches sein kann.

«Typen in unserem Alter, Mensch, im Greisenalter, kennen da viel raffiniertere Vergnügungen. Was ist dieser Wasyl dagegen? Fünf Leute, im Wald versteckt, damit niemand sie findet, niemand sie sieht, ein Versteckspiel, weiter nichts.»

«Mir kommt das irgendwie unwirklich vor», sagte ich.

Alles, was mit Bandurko zusammenhing, war ein wenig unwirklich.

Damals, als seine Mutter uns endlich eingelassen hatte, zögernd, denn schließlich waren wir Abgesandte einer Welt, die ihrem Sohn Böses angetan hatte, das stand für sie außer Zweifel, als wir das blitzblanke, knarrende Parkett im Flur betraten und hastig die Schuhe auszogen, waren wir sicher, daß wir es mit einer Art Hyperrealität zu tun hatten. Unsere ordinären Gestalten spiegelten sich in einem großen Spiegel mit geschnitztem Rahmen. In der schwarzen Vase auf dem Fußboden standen getrocknete Gräser, Blumen und Kräuter. Die vom Flur abgehenden Türen hatten den Ton dunkler Eiche. Und der Geruch, dieser Geruch, ein Gemisch aus Kirchenduft, Museum und noch etwas, vielleicht einfach Stille. Bei uns zu Hause roch es nach Essen, immerzu Stimmengewirr, Kohl, Fett und das Geschimpfe der Mütter auf die Kinder, auf die Väter, die vor dem Fernseher saßen.

«Was ist denn überhaupt wirklich?» Kostek sah mich mitleidig an. «Die tschetschenische Mafia? Sind vielleicht der Primas und die Bischöfe wirklich? Oder vielleicht der erste König im Frack seit der Zeit des bauernstämmigen Piasten Kołodziej? Sag doch.»

«Was soll ich dir sagen? Daß wir zwei Gespenster sind? Daß wir die Vision eines Wodkas trinken? Hör auf. Ich hab keine Lust auf Philosophie, auf Poesie. Das interessiert mich einen Scheiß.»

«Alle interessiert es einen Scheiß. Gib mir eine Zigarette.»

«Laß uns nach draußen gehen. Hier ist Rauchen verboten», sagte ich, dann fielen mir unsere Rucksäcke ein, und ich ging zur Büfettkellnerin und gab ihr einen Zehner, damit wir die Säcke hinter den Ladentisch werfen konnten.

Die zwei Bahnsteige waren leer. Etwas so Leeres hatte ich im Leben noch nicht gesehen. Der schüttige, feine Schnee häufte sich in halbrunden Miniaturwehen. Keine Menschenseele. Wir gingen um das Gebäude herum, um Unterschlupf in einer Nische mit dem Fahrplan zu finden. Mit dem dritten Streichholz bekamen wir die Zigaretten an. Zwei Laternen beleuchteten ein Stück Straßenpflaster, dahinter war nichts als Finsternis. Das eiserne Dröhnen der Rangierwaggons klang wie fernes Kriegsgeräusch oder die Zusammenstöße riesiger Roboter.

«Das ist unwirklich», sagte ich halb zu Kostek, halb in den Raum. «Diese Dunkelheit und der Lärm. Aber morgen früh ist alles wieder normal.»

«Daß morgen auch ein Tag ist, ist ein Trost für Dummköpfe, mein Lieber. Für Anhänger von biodynamischen Lebensmitteln, aber nicht für ernsthafte Menschen. Nicht für die, die rauchen, trinken und die Nächte durchwachen. Die aufbleiben entgegen der allgemeinen Überzeugung, daß nichts zu erwarten sei. Vielleicht ist auch nichts zu erwarten. Aber das ist kein Grund, nicht aufzubleiben. Kleingeister...» – Er sprach nicht zu Ende, sondern lächelte mir nur in der Dunkelheit zu, legte mir den Arm um die Schulter, und wir gingen in die Kneipe zurück, um das Manöver mit Tee und Wyborowa zu wiederholen. Die schwarze Uhr zeigte 21.31.

Eine Frauenstimme kündigte den Schnellzug nach Krakau an, und ehe sie ausgesprochen hatte, sahen wir den erleuchteten Zug vor dem Fenster. Kurz darauf kamen Leute in die Bar, vielleicht fünf, sieben Personen. Graubraune, eingemummelte Gestalten, undeutlich, als klebte Dunkelheit an ihnen. Es wehte frostig von ihnen her.

Ich trank einen Schluck Tee und beschloß, Kostek zu bedrängen. Ich war sicher, daß er mehr wußte, als er zugab. Ich war sicher, daß ihm Bandurko einen detaillierten Plan offenbart haben mußte. Für uns das Gequassel, das erleuchtete Gerede, das genügte auch, denn uns verband eine Vergangenheit, die wir bewußt oder unbewußt festzuhalten versuchten. Für Kostek aber mußte es mehr sein, mehr als das Gequatsche von ewiger Wiederkehr, von Babylon und McDonald's. Kostek interessierte sich für die Wirklichkeit, nicht für unsere Sandkastenbeziehungen. Er spielte woanders.

Ich lehnte mich an den Stuhl, streckte die Beine aus und stopfte die Hände in die Hosentaschen. Ich wartete ab, bis er den Blick in meine Richtung lenkte, und begann ohne Umschweife.

«Sag mir alles, was du weißt.»

Er schaute mich eine Weile an, ohne das Gesicht zu verziehen. Dann tat er alles, was man so tut, um Zeit zu gewinnen. Er blickte in sein Glas, hob es an die Lippen, stellte es ab, faltete die Hände, faltete sie auseinander, kratzte sich, und wäre nicht die durchgestrichene Zigarette an der Wand gewesen, hätte er noch eine weitere halbe Minute herausgeschunden.

«Und was weißt du?»

«Nichts. Nichts außer dem, was ich gesagt habe. Nichts außer diesem Gequatsche von Urlaub, von Pfadfinderspielen und unsichtbaren Waldmännchen.»

«Gut. Komm mit auf eine Zigarette.» – Und wir gingen hinaus, denn im Dunkeln redet sich's leichter. Die Nische wartete. Wir verbrauchten mehrere Streichhölzer. Kostek nahm einen tiefen Zug.

«Gut. Ich werde dir alles sagen. Er will sterben. Er will sich in diesen Bergen verkriechen und nicht mehr herauskommen. Er wird sich verkriechen, wird herumgeistern und etwas anstellen, damit sie ihn wirklich suchen. Egal, was. Vielleicht einen Banküberfall, vielleicht seinen eigenen Staat ausrufen.»

«Jetzt? Mit uns?»

«Vielleicht noch nicht. Er sagte, im Frühling. Jetzt ist Winter. Alles wie auf dem Präsentierteller. Jede Spur zu sehen.»

«Wozu, zum Teufel, hat er uns dann hergeschleppt? Wintermanöver?»

«Ich werd's dir sagen. Er sucht nach Waffen.»

«Um Himmels willen, Waffen...», stöhnte ich und fühlte mich um fünfzehn, zwanzig Jahre zurückversetzt, mehr noch, in die Vergangenheit zurückgesogen, wie in einer Serie, die rückwärts läuft. «Kostek, Waffen? Wo will er die finden? Im Gebüsch?»

«Du selbst hast mir von dem Bunker erzählt. Er behauptet, solche Stellen gibt es viele und er wisse genau, daß er was findet...»

«Waffen von wem? Wer soll sie versteckt haben? Brussilow?»

«Spiel nicht den Dummen. 1947 war die Ukrainische Befreiungsarmee auf dem Rückzug. Sie schossen noch, überlegten aber schon, wie sie in den Westen abhauen könnten. Sie ließen alles mögliche hier. Für die Zukunft.»

«Na, da hat ihnen die Unabhängige Republik einen Strich durch die Rechnung gemacht. Sie beginnt gut hundert Kilometer von hier. Warte. Und Bandurko sagt, er weiß wo?»

«Er weiß nicht genau, aber er behauptet, es klappt, wenn wir ein oder zwei Wochen hier ausharren.»

«... oder zwei», brummte ich unzufrieden. «Teufel noch mal, Taras Czuprynka, Schwuler, vormals seriöser Pianist. Das ist vielleicht ein Wahnsinn.»

«Vielleicht, vielleicht auch nicht. Du hast gefragt, also antworte ich. Nichts da mit Taras. Das hat damit nichts zu tun. Er will nur, daß sie ihn töten. Ganz egal...»

«Und uns bei Gelegenheit gleich mit? Tod des Sardanapal, wie?»

«Du kannst noch zurück. Jetzt gleich. Mit dem Zug. Krakau. Warschau.»

Da begriff ich, daß Kostek besessen war. Genau wie Wasyl. Er warf die Zigarette in den Schnee und ging, ohne sich umzusehen, auf das weiße Licht der Bahnsteige zu, und ich folgte ihm. Was blieb mir übrig.

Der doppelstöckige, von einer Dampflok gezogene Zug fuhr in den Bahnhof. Die Bar leerte sich. Wir nahmen jeder noch einen Tee. Ich schleppte meinen Rucksack her und füllte das Glas mit Spiritus auf.

«Das muß begossen werden, verdammt noch mal, die Gelegenheit ist einmalig. Das paßt sogar. Spiritus und Pistole, Asche und Diamant. Er hatte zu Hause so einen großen Fernseher. Seine Mutter ließ ihn nicht aus dem Haus. Da saß er dann und glotzte. Wir hatten diese Filme längst drauf. Die Panzerfahrer, Kloss und was nicht alles. Er saß zu Hause und hatte niemand, mit dem er es durcharbeiten konnte. Fernseher und Flügel. Flügel und Fernseher ...»

«Gib dir keine Mühe. Reden wir ernsthaft» – oh, Kosteks Stimme war ernsthaft, verdammt ernsthaft.

«Worüber willst du denn noch reden? Soll er sich auf die Gleise werfen. Vielleicht stellen sie das Signal auf Halt. Soll er sich ertränken, vielleicht rettet ihn jemand. Soll er doch. So was passiert jeden Tag. Und es ist in Ordnung, wenn man's mit sich selbst nicht mehr aushält.»

«Wasyl will nicht Selbstmord begehen. Er will sterben. Das ist ein gewisser Unterschied.»

«Dann soll er nach Albanien oder zu den Tschuktschen fahren, die geben auch bald eigene Briefmarken heraus.»

Kostek sah mich an wie jemanden, mit dem jedes Gespräch sinnlos ist. Wie den Kontrolleur in der Bahn, oder den Zeugen Jehovas im Treppenhaus. Der

schwarze Zeiger enthauptete mit einem leisen Ticken
 die dreiundzwanzigste Minute nach zehn. Rumänen kamen in die Bar und schlugen ihr Lager auf.

11

Es war ein verregneter Nachmittag damals. Unsere dunkelgrauen, durchnäßten Turnschuhe auf dem Schnurläufer sahen aus wie Dreckklumpen. Wasyl rief uns aus der Tiefe des Hauses, und seine Mutter zeigte uns die Treppe. Sie knarrte. Nicht weil wir es eilig hatten, eher eingeschüchtert von der Stille, nahmen wir zwei Stufen auf einmal. Wir fanden ihn in dem Zimmer am Ende des Korridors. Der Boden knarrte nicht mehr. Man hatte ihn gnädig mit einem roten Teppich bedeckt.

«Toll, daß ihr gekommen seid, Jungs, unheimlich toll!»

Alle Verlegenheit fiel von uns ab. Wir setzten wieder unsere männlichen, spöttischen und verächtlichen Mienen auf und traten an das große Bett, um Wasyls rosige schweißfeuchte Hand lässig zu drücken. Der schwarze geschnitzte Schreibtisch machte uns keinen Eindruck. Auch nicht die Hunderte von Büchern im Schrank, die beiden Kissensessel und das Telefon am Bett, das alles ließ uns ebenso kalt wie Wasyl selbst. Nur die zwei silbernen Kästen auf dem flachen Tischchen, ein echter Phillips, Grammophon mit Verstärker, und die zwei großen Lautsprecherboxen an der Wand.

«Funktioniert das?» fragte Gąsior beiläufig.

«Ja, klar. Wollt ihr hören? Die Platten sind unten. Ich kann mich kaum rühren...»

Der Kleine kauerte nieder und blätterte nachlässig die Hochglanzhüllen durch, als handelte es sich um eine Sammlung Musikpostkarten für 3,50 das Stück in dem grünen Kiosk in der Różyckiego-Straße.

«So was hörst du?» Der Kleine versuchte seine Bewunderung durch Geringschätzung zu überspielen, aber die Stimme verriet ihn.

«Denkt nur mal, Jungs! Beethoven, Bach, B… noch was und so weiter, bis hin zu…» – der große Stapel ließ das Schränkchen erzittern – «…Vivaldi.»

Der Kleine stand auf und ging sich die Bücher ansehen. Wasyl sagte nichts, er lag da wie eine weiße Mumie, still und beschämt. Er hatte den Barbaren nichts anzubieten, keine Opfergabe, nichts. Er als Mumie, denn wir waren Grabräuber in seiner Pyramide, die angefüllt war mit geliebten Gegenständen, die Sicherheit und Ruhe verhießen.

«Wasyl! Sag bloß! Du spielst Tennis? Ist wohl zum Angeben, der Schläger.»

«Guckt mal den Balkon! Da kann man Feten feiern!»

«Ich werd nicht wieder! Ein Album über Lenin…»

«Stellt Musik im Radio ein. Die Wunschhits fangen an.»

«Wasyl, kann man hier eine paffen, oder hat deine Alte was dagegen?»

Und er lag da, wurde immer blasser und kleiner, denn Freude, Erniedrigung und Verlassenheit lassen sich kaum in fünf Minuten nacheinander durchleben.

Sein Zimmer zerfiel in Stücke, die Gegenstände verloren ihren Wert, sie wurden verhaßt wie Male einer häßlichen Krankheit, wie vornehme Kleidung inmitten von Gassenjungen, und ich weiß nicht, wie das Ganze ausgegangen wäre, vielleicht hätten wir angefangen, uns diese Spielzeuge, Nippes oder was es war, gegenseitig zuzuwerfen, diese kleinen Götzen, Amulette, einen Casio-Taschenrechner, weiße, unbenutzte Spikes, wenn nicht die Mutter hereingekommen wäre und gefragt hätte, ob wir Tee möchten. Von einem Augenblick zum anderen war die Ordnung wiederhergestellt,

waren wir auf unsere Plätze verwiesen und standen in drei Ecken des Zimmers, undeutlich stammelnd, nein danke, von einem Bein aufs andere tretend, denn schließlich waren wir hergekommen, um zu kämpfen, mit den Händen in den Hosentaschen, um mindestens Verachtung zu zeigen, und da kommt uns jemand mit Tee.

«Sie trinken bestimmt einen Tee, Mama», und uns blieb nichts übrig, als uns zu setzen und unruhig auf diesen Tee zu warten, hinter dem wir eine List argwöhnten, zierliche Tassen, verstreuter Zucker und das ungeschliffene Klingeln der Löffel.

Aber sie brachte ganz gewöhnliche Gläser mit Metallgriff auf einem gewöhnlichen hölzernen Tablett und dazu irgendwelche Kekse, die man sich nehmen konnte. Wie aus Dankbarkeit begannen wir eine Unterhaltung über Banales, über die Schule, wer wen kürzlich verarscht hat und daß die achte Klasse der Gipfel der Macht ist, niemand kann einem mehr reinpfuschen, denn wir halten all die Minderjährigen mit ihren Schulbroten in Schach, Ballwegnehmen in der großen Pause und Zwicken der bruststärkeren Mädchen aus der Siebten, wenn es Gedränge in der Garderobe gibt.

Dann setzte sich Wasyl, von Kissen gestützt, auf, und wir bildeten um sein Bett zum erstenmal jenen Kreis, von dem wir später dachten, er sei unzertrennlich.

Die Rumänen sammelten sich an einem Tisch. Die Stühle besetzten drei Männer und eine Frau. Ihr dunkelhäutiges Gesicht war fast schwarz von dem in den Runzeln geronnenen Schatten. Die Jüngeren hockten auf ihren Bündeln, die Kinderschar bildete das Fundament dieser Pyramide. Ihre Kleider, ihre Kunstpelze funkelten mit eigenem Licht. Halb verdeckt von straff gebundenen, an Schleier erinnernden Kopftüchern, observierten die Augen der Frauen oder Töchter forschend und nervös die Umgebung. Die Männer in dunklen Herbstmänteln, die zu eng waren, zu straff anliegend für diese Jahreszeit, mit schwarzen Hüten, saßen unbeweglich. Ihre knorrigen braunen Hände lagen so dicht nebeneinander auf der leeren Tischplatte, daß gerade mal Platz für eine Flasche oder eine Vase blieb. Auf ihren Gesichtern war nichts zu lesen. Sie trugen reglose Masken wie Bestandteile einer Reisekleidung, die vor dem Unwetter schützen sollte, vor fremdem Wind, vor der Angst und den Hinterhalten unbekannter Gegenden. Sie sahen aus wie ein kleiner Stamm in der kalten Wüste, ein Absprengsel jenes großen Stammes, dem alle Völker der Welt angehören, die sich auf die Suche nach Nahrung, Boden, Freiheit, Pornos oder Hamburgern begeben – je nach der Zeit. Klima und Ozeane halten sie nicht auf, nichts hält sie auf.

Die Kinder befanden das Terrain als erste für sicher. Dunkelhaarig und großäugig, drängten sie sich am Büfett zusammen und erörterten dort halb flüsternd irgendwas, fuhren mit den Fingern über das Glas der Vitrine, in der all die Donald Ducks, Hollywoods und Spermints lagen wie bunter Müll, wie Steinchen für ein Mosaik, das niemand zu einem Bild zusammenfügen kann.

«Guck mal, die werden später unsere Töchter vögeln», sagte Kostek.

«Na und? Die Russen, Tataren, Schweden, Deutschen, halb Europa und ein Stück von Asien haben es schon getan, und nichts ist passiert. In Łódź behaupten sogar einige, es gebe so was wie ein polnisches Volk.»

Kostek mußte lachen.

«Ich würde gern der Sohn von einem von ihnen sein.

Aber noch lieber würde ich miterleben, wie die Türken über den Bosporus oder die Schwarzen durch die Meerenge von Gibraltar schwimmen, um hier unsere Töchter und Enkelinnen zu decken. Oder doch nicht. Das wird eher aus dem Osten kommen. Die Chinesen. Wir werden ein bißchen schlitzäugig und weniger runtergekommen sein. Mehr Galanterie, weniger Gefühl. Ziemlich elegante Nation, denke ich mir. Vielleicht wählen wir einen Kaiser. Weißt du, ich möchte einfach die neue Welt noch miterleben. Vielleicht gibt es wieder eine einheitliche Sprache, und die Gesichter, die Gesichtszüge werden universal. Vielleicht so sehr, daß Mann und Frau nicht zu unterscheiden sind. Gelangweilt voneinander, weil identisch, verlieren sie die Neigung zueinander, und wir sterben allmählich aus, die Städte zerstreuen sich, an ihrer Stelle wächst Farnkraut, der zweite und letzte Garten Eden und darin der letzte Mensch, der sich mit dem Herrgott unterhalten wird – bin gespannt, worüber.»

Er schielte spöttisch zu mir hin und setzte seine Erzählung fort.

«Und wenn ich an Wasyl denke – ich glaube, er ist sich sicher, daß es so kommen muß, und will das nicht mit ansehen. Die Unterschiede werden verschwinden. Er ist ein bißchen verrückt, also liebt er die Welt. Und wie es sich für einen wahren Liebhaber gehört, will er für seine Liebe sterben. Rührt dich so was nicht?»

Noch bevor ich antworten konnte, war ein dunkles Kind zu uns gekommen, Junge oder Mädchen, ich weiß es nicht. Es heftete seine großen Augen, die man in jedem Fernseher der Welt sieht, auf uns und sagte:

«Gib tausend, Kullege, gib Kullege.»

Kollege Kostek sah die dunkelhäutige Unschuld an, zog sein Portemonnaie und fragte:

«Wieviel seid ihr denn, Kullege?»

Aber das Zigeunerkind verstand nicht oder wollte sich nicht auf unnötige Gespräche einlassen, so daß
Kostek die Kleinen an der Bar selbst zählen mußte; dann nahm er eine Handvoll Kleingeld und teilte die Banknoten in fünf Häufchen.

«Kullege, hier habt ihr fast anderthalbtausend für jeden. Teilt euch das, verstanden?»

Das Kleine nahm das Geld und ging. Es hatte offensichtlich jedes Interesse an uns verloren.

«Ich hoffe, sie teilen. Sonst werden sie uns keine Ruhe lassen. Sie werden der Reihe nach kommen, wie üblich jeder zweimal. Sie wissen vermutlich, daß wir sie kaum auseinanderhalten können, nicht?»

Dann stützte er die Ellbogen auf den Tisch und sprach mit gesenktem Kopf weiter:

«Also mich rührt das. Diese Liebe von ihm. Wir alle werden geboren, essen, unser Gedärm geht kaputt und wir verrecken. Niemand versucht, unsterblich zu werden. Um der Idee willen. Niemand. Das hat etwas Düsteres, Abstoßendes, als glaubten wir an dieses zweite und letzte Eden, das gar nicht mal das Eden der Doors ist, sondern ein normales physikalisches Phänomen, wie ein Austrocknen oder Verdampfen. Ich habe mich damit abgefunden, bin schließlich kein Idiot. Deshalb gefällt mir Wasyl. Schließlich liebt man das, was man selbst nie sein wird, oder?»

12

Und so blieb es. Wohin uns die nachmittägliche Rumtreiberei auch führte: vier elende Straßen, drei Geschäfte, ein Bahnhof, die letzte Haltestelle des roten Busses, eine Bude mit drahtbewehrtem Fensterglas, einem Glas, das sich mit Steinen löchern ließ, aber niemals zersplitterte wie die heutigen Aquarien – immer landeten wir am Ende bei Wasyl. Obwohl niemand einfach so an seinem Haus vorbeikam. Es stand am Ende der längsten Straße, abseits von der Siedlung, und der Anblick von Rehen, die bei Einbruch der Dämmerung an den Waldrand traten, war hier keine Seltenheit. Nach einiger Zeit lernte seine Mutter uns unterscheiden und beim Vornamen nennen. Wir huschten nicht mehr heimlich durch den Flur im Parterre, und es wurde so normal und leicht wie in der Schulgarderobe, Schuhe und Jacken auszuziehen. Sie bedachte uns mit einigen Worten, wie die Großen sie für Minderjährige übrig haben – überspieltes Überlegenheitsgefühl und eine Anbiederung, für die wir nur Verachtung übrig hatten, aber auch Abneigung, denn wir wollten, daß diese ergrauende, wuchtige Frau eine Mutter war und blieb, eine etwas bessere Mutter, vielleicht das Ideal einer Mutter, nach dem wir ein bißchen Sehnsucht haben konnten. Mit unseren Gebärerinnen ging das nicht. Sie erinnerten zu sehr an die übrigen uns bekannten Frauen, am Morgen blaß und nachmittags gerötet. Schweres Armband mit schwarzem Stein an der molligen Hand.

«Kommt, ihr Stromer. Wasyl hat euch schon durchs Fenster gesehen.»

Ihr Blick begleitete uns die Treppe hinauf. Wir waren zu sehr mit uns selbst beschäftigt, um die Sorge und Traurigkeit dieses Blicks wahrzunehmen. Wir traten bei Wasyl ein, warfen unser «geht's» hin und uns selbst in die Sessel, und Gąsior fragte:

«Du, Wasyl, was macht deine Alte eigentlich.»

Und er antwortete, ohne zu überlegen, so obenhin:

«Na, sie ist Künstlerin.»

«Künstlerin? ...» Denn darauf wären wir nie gekommen, daß eine ältere Frau, Mutter dazu, etwas mit Kunst zu tun haben könnte, mit Matejka, mit Chełmońskis Altweibersommer oder Frédéric Chopin. Außerdem wußten wir, daß sie in der Partei war, und das war für uns bisher immer so etwas wie ein Beruf gewesen.

«Was guckt ihr so? Künstlerin. Bildende Kunst.»

«Und was macht sie?»

«Entwirft Dekorationen.»

«Fürs Theater?»

So war es, es war Theater, nur spielte es nicht täglich, aber wenn es einmal anfing, mußten alle es sich ansehen. 1. Mai, 22. Juli, 7. November, das Stadtzentrum ganz in Rot, gewaltige Rechtecke mit dem Profil von Lenin, Marx, dem großen Steuermann oder irgendeiner Geometrie, der man Ziffern und Daten entnehmen sollte. Sie mußte viel für Kandinsky übrig haben, oder vielleicht nicht, vielleicht für Braque, nur arbeitete sie zu hastig oder war zu faul.

Ich habe mich immer gefragt, wie man in diesen Zimmern leben kann, wenn die Fenster mit rotem Stoff verhängt sind. Im ZK, im Kulturpalast, im Metropol. Eine Woche oder länger mußten sie in paranoides, rotes Dämmerlicht abtauchen. Dazu all diese Porträts, gigantische Mosaiken, denn in einem Stück war so ein Lenin wohl nur vom Hubschrauber aus zu malen, das faszinierte mich. Wie sie das mit den Konturen schafften. Vielleicht wurde es außerhalb der Stadt oder in einer großen Halle mit Hilfe eines Projektors gemacht? Ich habe nie den Mut gehabt, danach zu fragen. Diese Frau also war es, die die Stadt mehrmals im Jahr schmückte, Embleme ersann, ihre Puzzles verstreute und neue Dekorationen zusammenfügte. Die Draperien auf der Ehrentribüne waren auch ihr Werk. Gierek wußte gewiß nicht einmal, wie gleichmäßig und strahlend sich die beiden Plisseeschärpen, ein umgekehrter Baldachin, in Höhe seiner Eier trafen. Ich war mit meinem Vater gekommen. Gierek trug einen dunkelgrünen Mantel, und die Nelke in seiner Hand war dunkelrot. Er warf sie in die Menge, die Leute rissen sich um die Blüte wie um eine Reliquie. Wie gern hätte ich ein Blatt oder auch nur den Stengel davon bekommen.

Im zweiten Jahr der Regentschaft Edwards war ich elf Jahre alt. Als ich seine Aura betrat, jenen Umkreis von zehn, zwanzig Metern, empfand ich etwas, das ich damals nicht beim Namen nennen konnte. Die ganze Politik interessierte mich einen Dreck, und Gierek hätte auch Bierut oder Tschombé heißen können. In der Welt zerschmissener Straßenlaternen, heimlicher Zigaretten und mit dem Strohhalm aufgeblasener Frösche hatten Sekretäre, sogar Erste Sekretäre, wenig zu melden. Aber damals beim Anblick seiner Gestalt sah ich eine Pyramide aus Menschen, und er war die Krönung dieser Pyramide. Na, und das, Teufel noch mal, war doch etwas! So ähnlich wie das Auftrumpfen unter Jungs, daß BMW besser sei als Mercedes, Lubański besser als Deyny. Aber es war auch mehr, etwas, das reines Gefühl war. Fast religiös. Trotz Hunderter Besuche in der Kirche war mir Gott nie gezeigt worden. Und hier stand jemand, der vielleicht nicht Gott war, der ihm aber auf der Stufenleiter der Seinsformen nahe kam. Höher konnte eigentlich nur Breschnew stehen, Johnson und Nixon waren zu weit weg. Mir wurde einfach weich in den Knien, ich war euphorisch. Ich blieb sogar stehen, aber die Menge drängte mich, mein Vater zog mich weiter.

Und Wasyls Mutter erdachte die Szenographie dieser Rührungen. Sie hatte ein Atelier irgendwo in Saska Kępa. Aus dem Fenster soll die Weichsel zu sehen gewesen sein.

«Manchmal, wenn sie Arbeit hat», sagte Wasyl,

«ist sie ein paar Tage nicht zu Hause. Und ich hab sturmfreie Bude, Jungs...» Seine Stimme klang bittend
und hoffend zugleich.

«Hör zu, Kostek» – irgend etwas mußte ich ja erwidern. Obwohl, was hätte ich Kostek zu alldem sagen können. Ich konnte den Film nicht zurückspulen und neu ablaufen lassen. Kostek aus Łódź, Kostek der Stromer, Kostek der Geliebte, denn wir waren ein altes Ehepaar.

«Hör zu, Kostek. Das mit dieser Liebe würde ich nicht übertreiben...»

Aber einer der Rumänen enthob mich der Fortsetzung. Er schob sich einen Stuhl zurecht, setzte sich mit dem Rücken zum Saal und griff unter den graubraunen Herbstmantel, der am Kragen mit grauem Lammfell besetzt war. Wir hörten ein leises «Klick», und in seiner Hand erschien ein Springmesser mit schmaler Klinge.

«Nicht Angst, nicht Angst», und er ließ zum glänzenden Stahl auch seine Zähne aufblitzen. Er war jung. Klein, dicklich, aber mit einem hübschen Gesicht. Für uns haben alle Zigeuner hübsche Gesichter. Er legte das Messer auf den Tisch. In dem grünen Griff steckte die Metallkugel, die den Mechanismus in Bewegung setzte.

«Finfzig. Finfzigtausend», sah er erst mich, dann Kostek an und lächelte die ganze Zeit. Der auf den Hinterkopf geschobene schwarze Hut ließ ihn gutmütig amüsiert wirken.

«Na, Chandel, Chandel, nicht teuer, gut Messer.»

Er nahm es vom Tisch, schloß es, ließ es aufschnippen und schloß es erneut.

«Gut Messer, charoschyj. Na, Kollega», und er steckte Kostek das Springmesser zu.

«Wozu, zum Teufel, brauche ich so eine Sense? Ich bin ein friedlicher Mensch.»

«Ja, ja… gute Sense, billig…»

Kostek strich mit dem Daumen über den Griff und sah sich das Spielzeug skeptisch an. Dann betastete er die Kugel und drückte sie. Das Geräusch war angenehm. Leise, weich, gleichzeitig entschieden und endgültig. Er wollte das Messer schließen, kam aber nicht damit zurecht. Der Zigeuner mußte ihm einen kleinen Hebel neben der Klinge zeigen.

«Ja, Kollega, ja.»

Die Feder schnappte mit einem leisen Klicken ein. Kostek begann zu spielen. Er klick-klackte ein ums andere Mal. Der Glanz und das Geräusch hatten ihn wohl hypnotisiert. Der Händler saß ohne ein Wort, er war sich des Zaubers der Banditenwaffe bewußt, er wartete wie der Angler auf den Fisch, der am Köder knabbert. Draußen fuhr eine Rangierlok vorbei, und aus der Küche drangen das Klappern von Geschirr und die Stimme der Köchin. Ein Bahnarbeiter, schwarz wie ein Schornsteinfeger, stand am Büfett und klopfte auf die Platte. Kostek klappte das Messer zu, steckte es in die Tasche und zog das Portemonnaie. Er legte dem Mann eine Banknote hin.

«Fünfzigtausend.»

Der strich das Geld ein und streckte die Hand aus.

«Guter Chandel, Kollega.»

Sie schlugen ein, dann machte der Rumäne eine Kopfbewegung.

«Komm mit. Und du auch.»

Wir folgten ihm, aber nicht an seinen Tisch, wie ich gedacht hatte, sondern nach draußen, an dieselbe Stelle, wo wir geraucht hatten. Er drückte sich in die Nische und zog nach einigem Wühlen eine Flasche ohne jedes Etikett aus dem Mantel.

«Was ist das?» fragte Kostek verunsichert.

«Nicht Angst. Trinken. Gute Wodka.»

Kostek nahm einen Schluck, und man konnte sehen, daß er nicht unbeeindruckt blieb. Sekundenlang schnappte er nach Luft wie ein Karpfen auf dem Trockenen und röchelte dann:

«Teufel.»

Der Zigeuner lachte unsichtbar und wiederholte stolz:

«Teufel.»

Ich nahm die Flasche und schluckte. Hundert Prozent waren das nicht, aber siebzig bestimmt. Es erinnerte im Geschmack an Raki und war verdammt gut. Wir ließen die Flasche noch zweimal rumgehen. Dann ging der Zigeuner zu seinen Leuten zurück, und wir steckten uns Zigaretten an. Ich blickte in die Dunkelheit und hörte, wie Kostek in der Tasche mit dem Messer spielte.

Dann, mitten in der Nacht, als wir nicht mehr trinken noch reden wollten, holten wir unsere Sachen aus der Kneipe, zogen die Schlafsäcke hervor und legten uns auf die Bänke im Warteraum, um sofort einzuschlafen, in einer Dunkelheit zu versinken, die voll war von Eisengedröhn, vom Geschrei der Rangierer, und ihre Hämmer auf den Bremsen hatten einen trockenen, hohen Ton, als wäre das gefrorene Metall ganz stimmlos geworden.

13

«Wir haben irgendwie kein Glück», sagte ich.

Wir standen vor dem gelben Fahrplan am leeren Busbahnhof. Es war Morgen und verdammt kalt. Die schwarzen Ziffern besagten, daß der Bus nach Niewierka um 6.30 ging, die Uhr zeigte kurz nach sieben. Der nächste fuhr erst gegen drei Uhr.

«Verfluchte Kälte.» Kostek schauderte unter seinem

Rucksackbündel. «Wir hätten gestern abend nachsehen können. Dieser Bus...»

«Hätten wir. Wir hätten vieles.»

Der Warteraum war winzig. Ein fensterloses Zimmerchen. In der Ecke neben dem Elektroofen lag ein alter Mann. Auf dem Boden schmolz Schnee. Kostek zog die Nase hoch und setzte sich neben den Alten.

«Schlafen, wenigstens eine Stunde. Um diese Zeit kriegen wir nicht mal was zu essen.» Also fielen wir in Lethargie, die Uhr tickte, der große Zeiger schälte Kosteks Stunde, und am Ende traten wir hinaus in den frostigen Nebel, um uns davon zu überzeugen, daß dieses Orla das allerletzte Loch war. Es hatte seine Kanone auf einem Betonsockel, vielleicht war es auch eine Haubitze. Sie zielte korrekt – nach Westen. In ihrem Maul steckte ein Holzpflock. Völlig absurd. Der Rest des Marktes bestand aus ein- und zweistöckigen Häusern: Läden mit Ketten, mit Hufeisen, mit Rattengift und Video-TV-Sat-Schilder in phosphoreszierenden Farben. Ein Schönheitssalon «Florida» in einer Holzbude mit braunen Fensterläden, ein Musiksalon «Manhattan» in einer Baracke auf Rädern, durch die geschlossene Tür hörte man die «Polnischen Adler». An der Haubitze stand ein Pferd mit Wagen, das mit dem Maul im Hafersack wühlte. Ein großer Klepper mit dichtem Fell und tellergroßen Hufen. Er stand allein und sah aus, als hätte er sich selbst angespannt und wäre von allein hergekommen. Frauen in Kopftüchern und Filzstiefeln kauften hinter Schaufenstern ohne Aufschrift oder nur mit «Fleisch», «Brot», «Eier Geflügel» ein. Zwei Blondinen in schwarzen Pelzen kamen hinter einem Schild «Tutti Frutti» hervor, aber wir hatten keine Lust nachzusehen, was es dort gab. Die Damen verschwanden um die Ecke und hinterließen im Schnee die kleinen Abdrücke ihrer Stöckelschuhe und den Duft von Parfüm, das sich mit dem Geruch des Pferdeschweißes vermischte. Ein schnauzbärtiger Bauer im handgewebten Oberrock ging langsam und schaute sich die Auslagen an, sicher auf der Suche nach etwas, das noch vor kurzem hiergewesen war, vielleicht wollte er auch einfach etwas trinken, nur daß ihm bei der Drink Bar Calipso niemals Glühbier und klarer Wodka in den Sinn gekommen wären. Wir waren eben in dieser Bar gewesen, aber die drei hohen Tische an der Theke waren von öligen Dreißigjährigen besetzt gewesen, einer in braunem Leder, die übrigen in Blue Jeans, und jeder von ihnen hatte eine Fresse wie zwei russische Spülbecken. Sie soffen Brandy und klimperten mit den Autoschlüsseln, die Barfrau war im siebten Himmel, hinter ihr ragte ein Altar auf mit Cin-Cin an der Spitze, Maxim anstelle des Tabernaculum, darunter die Dosengetränke. Wir stießen in eine Gasse, die bergab führte und immer trister wurde, bis sie sich in eine normale Straße mit weit auseinanderstehenden Häusern, besser gesagt Hütten, verwandelte, und dort fiel uns das verrottete Brett auf, das an eine niedrige, mit grüner Farbe bepinselte Tür genagelt war. Jemand hatte einen Bierkrug und die Aufschrift «Volksgasthaus» auf das Brett gemalt. Drinnen war es so wie auf dem Schild. Deshalb blieben wir.

Wir waren schon fast eine Stunde unterwegs, als es anfing zu schneien. Aus dem grauen Himmel, der nahtlos in die nackten Hügel am Horizont überging, sanken große weiße Flocken. Es wehte von Süden, und der Fahrer mußte langsamer werden, weil die Scheibenwischer kaum mitkamen. Ich breitete die Wanderkarte aus, in der Wasyl unsere Hütte und den Weg markiert hatte. Aber was kann man aus so einer Karte lesen, zumal wenn man aus der Gegenrichtung kommt? Der

Bus passierte ein Dorf nach dem anderen, eine endlose Reihe garstiger Grabgewölbe. Ich starrte aus dem Fenster, um ein Schild zu entdecken, eine Haltestelle, um irgend etwas abzulesen. Gąsior sagte, sie seien über zwei Stunden gefahren, demnach hatten wir noch Zeit, aber ich wußte immer gern, wo ich mich befand. Wir hielten in etwas, das sich Płajsce nannte. Auf der Karte stand es auch. Ein mit orangen Rechtecken beklebtes gelbes Band erstreckte sich etwa 20 Kilometer weit, um am Fuße des großen Berges, den es in Serpentinen erklomm, dieses Häusergekrümel abzuschütteln. Auf der gegenüberliegenden Seite der Monastyr-Paß, so stand es da, die Straße glitt in helles Grün ab, die Gehöfte wirkten wie Eisklumpen an einem Zweig. Das Gallgelb verschwand irgendwo unterwegs, das weiße Band bog im rechten Winkel in Richtung Osten nach Niewierka ab und endete dort. An dieser Kurve führte ein schwarzer Faden etwa sieben Kilometer lang einsam und dünn geradewegs nach Süden, und an seinem Ende lag ein oranges Rechteck mit der Aufschrift «Skwirt». Danach kam nur noch die Grenze. Halbwegs auf der Mitte dieses Striches, irgendwo zwischen der Kreuzung und Skwirt, floß der Uhriński, und man sah, daß dort eine kleine Brücke war, dort mußte auch der Weg sein, den Wasyl mir vom Berg aus gezeigt hatte, als wir dort die Nacht verbrachten. Auf der Karte sah das alles sehr hübsch aus. Nichts wie hin.

Kostek döste, müde vom Sitzen in der Volkskneipe. Durch den Schnee schien es schneller zu dunkeln. An einer Haltestelle scheuchte der Fahrer alle nach hinten. Der Berg begann, und in dem frischen, weichen Pulverschnee waren unsere Chancen mäßig. Es ging drei, vier Kilometer die Serpentinen hoch. Ich weckte Kostek, wir nahmen unsere Rucksäcke und drängten uns in das Grüppchen am hinteren Ausgang. Der Fahrer trieb irgendwelche alten Weiblein an, die ins Gespräch vertieft waren, und Kostek rieb sich die Augen und fragte: «Was ist los?»

«Fahrt im Zickzack bergauf durch den Schnee...»

Der Bus fuhr an. Nach einer Minute bog er scharf nach rechts und nahm die Steigung. Im grau werdenden Licht durchs Schneegestöber sah ich unten die weißen Hausdächer. Dann war alles nur noch weiß. Ich spürte, wie der Seitenwind den Bus schlug, als wollte er ihn dort unten auf die Häuser, die Scheunen stürzen. Der Fahrer bewies Nervenstärke. Er schaltete in den ersten Gang, drückte das Gaspedal zu zwei Dritteln und hielt es so.

«Wenn der bergauf liegenbleibt, rührt er sich nicht mehr. Und rückwärts, du lieber Gott.»

«Man könnte anschieben.»

«In den Arsch kannst du ihn schieben. Soviel Tonnen? Aber der fährt gut. Wenn er nicht rutscht, schafft er's. Hab keine Lust, zu Fuß zu gehen.»

Die Bauern berieten sich im Dunkeln, und einer, der offenbar nervöser war, steckte sich heimlich eine Popularne an.

Als wir in eine scharfe Linkskurve kamen, spürte ich, wie das Heck des Autobusses wegrutschte, und es schien, als würden wir stehenbleiben, aber der Fahrer gab ein bißchen Gas, die Räder drehten einen Augenblick durch, dann ging es weiter in dem endlos langsamen Tempo, nur das Dröhnen des Motors und das Beben des Fußbodens zeugten davon, daß wir in diesem Schneegestöber und der Dunkelheit nicht schwebten und nicht in schwarzen Wassern schwammen, sondern uns auf einer normalen Fahrt befanden. Die Scheibenwischer schnitten aus der zugeklebten Windschutzscheibe zwei Fächer aus.

«Jetzt geht's. Die letzte Kurve ist nicht so schlimm.»

Die Leute verteilten sich im Bus. Wir hatten keine Lust und machten uns auf dem hintersten Sitz lang.

«Hinter den sieben Bergen bei den sieben Zwergen», sagte Kostek. «Langsam gefällt es mir.»

Wir fuhren durch einen Wald. In den Fetzen der Scheinwerfer huschten die verschneiten Wipfel der Bäume am Abhang vorbei.

«Dieser Bahnhof, diese Nacht, abscheulich. Orla war abscheulich. Mich hat's die ganze Zeit geschüttelt. Erst in dieser Kneipe ging es mir besser. Wie weit müssen wir gehen?»

«So zehn Kilometer. Ich kenne den Weg nicht gut, eigentlich gar nicht.»

«Na super. Gefällt mir immer besser. Hast du noch welche von den kleinen Burschen?»

Ich hatte. Noch vier. Eine gab ich ihm, eine nahm ich, und wir tranken auf Dunkelheit und Schnee. Der Bus hatte endlich den Paß erklommen und begann bergab zu gleiten, genauso vorsichtig, er wendete fast auf der Stelle, den Steiß auf die Straße genadelt. Aber dann kam ein langes sanftes Gefälle, und wir hielten unter einer Straßenlaterne in etwas, das nach einem größeren Dorf aussah. Das lange und flache Gebäude mit dem großen gelben Fenster war die Kneipe, denn es spuckte ein Häuflein Gäste aus. Sie stiegen mit Zigaretten ein, scharten sich um den Fahrer, um nach zwei Kilometern wieder auszusteigen, so daß wir beide und drei Weiblein mit Kopftüchern übrigblieben. Ich ging zu einer von ihnen. Auf mein «Entschuldigung» fuhr sie zusammen, sagte aber, daß sie ebenfalls an dieser Kreuzung aussteigen werde. Wir fuhren in Dunkelheit und Schnee hinein. Wir kamen an mehreren Häusern, eigentlich nur Lichtern, vorbei, dann war lange nichts, und schließlich stand die Frau auf, wir mit ihr. Beim Aussteigen verdeckten wir unsere Gesichter vor dem

Fahrer. Das Weiblein verschwand. Das Schneetreiben verschluckte die roten Rücklichter. Ein warmer Wind wehte. Überhaupt war es viel wärmer als in Orla. Ich nahm eine Handvoll Schnee. Er backte. Wir schulterten die Rucksäcke.

«Wohin jetzt?»

«Geradeaus. Der Bus ist nach rechts abgebogen, wir müssen geradeaus gehen.»

Wir folgten dem Bus, den Blick nach links gerichtet.

«Nimm die Lampe aus der Seitentasche.» Kostek hielt mir seinen Buckel hin. Ich ertastete die flache Metallschachtel. Das Lichtbündel durchdrang das Schneegestöber nur wenige Meter weit, schließlich aber sahen wir, wie von den Busspuren zwei kaum sichtbare Rillen abgingen, kaum erkennbare Vertiefungen, als wäre dort ein Auto oder ein Schlitten gefahren und der Schnee hätte noch nicht alles zugeweht, geglättet. Er ging über die Knöchel, und unten spürten wir Eisglätte. Nach einiger Zeit konnten wir die weiße Fläche des Weges zwischen den Wänden des Waldes erkennen.

«Nach drei, vier Kilometern kommt ein Bach. Wir müssen darauf lauschen», sagte ich.

«Groß?»

«Was weiß ich. Ich habe ihn gesehen, als Tauwetter war. Damals war er ganz schön.»

Wir hielten mitten auf diesem rätselhaften Weg, der vom Himmel zugeschüttet wurde, sich aus kleinen Teilchen zusammensetzte, beweglich, unfaßbar, und in Versuchung führte. Ich warf den Rucksack in den Schnee.

«Na was denn? Ist doch erst der Anfang.»

«Setz dich, Kostek, auf den Sack. Es ist warm. Wir kommen noch rechtzeitig.»

Ich reichte ihm den Flachmann, und er streckte etwas in meine Richtung aus.

«Speziell für diese Gelegenheit. Ist doch eine, oder?»

Ich ertastete die Schachtel und zog eine dicke Zigarette.

«Was ist das?»

«Gitanes ohne Filter.»

«Ich hab auch was. Laß mal den Wodka.»

Ich mußte aufstehen und einen Schlafsack aus dem Rucksack ziehen. Aus dem zweiten wickelte ich den Spiritus.

«Sei vorsichtig. Das ist so was wie dieses Zigeunerzeug, aber noch härter.»

Er näherte die Glut der Flasche, zog an der Zigarette und entzifferte in ihrem roten Licht das Etikett.

«Na, schließlich sind wir Partisanen, nicht?»

«Ja, eben.»

Der schwarze Rauch der Gitanes, das weiße Feuer des Spiritus. Das zeigte Wirkung. Wir spülten unsere Lungen mit Wind. Einzelne Schneeflocken kühlten die Zunge. Eigentlich hätten wir gut und gern hierbleiben können. Irgendwo mitten in der Welt, mitten in der Dunkelheit, an einem zufälligen Ort. Dieses Einverständnis war wie das Einverständnis mit einem Traum oder mit einem verborgenen, geheimen Sinn der Ereignisse. Hier wäre es mir nicht eingefallen, all die Fragen vom Bahnhof zu stellen. Was hätte ich von Wasyl mehr erwarten können? Er hatte uns hierhergeholt, hatte uns auf diesen Weg gesetzt, der keiner war – alles übrige war unsere Sache.

Wir tranken noch einen Schluck und brachen nach Süden auf. In die tiefste Finsternis.

14

«Ein Fluß, man hört den Fluß.» Kostek blieb stehen und lauschte gegen den Wind. Ich hörte nichts, aber es konnte die Stelle sein, denn wir waren eine gute Stunde unterwegs. Aber ich hörte nichts.

«Hör doch.»

Doch das war nicht das Tosen von Wasser unterm Eis. Es war ein Automotor. Der Weg hinter uns machte einen leichten Bogen, und wir sahen zunächst die Lichtgarbe die Waldwand entlanggleiten, erst dann die Scheinwerfer. Er fuhr langsam, als wollte er uns Bedenkzeit geben.

«Was kümmert dich das.» Kostek zuckte die Schultern. «Soll er doch fahren. Nach Bratislava, Prag oder sogar nach Wien.»

Aber keine Spur. Er wollte nur zu uns. Hinter uns verlangsamte er die Fahrt, und wir drehten uns um, was ein Fehler war, da wir geblendet dastanden. Es war ein dunkler Jeep russischer Bauart. Dann klärte sich alles auf.

«Grenzschutz. Bleiben Sie bitte stehen.»

«Tun wir doch», antwortete Kostek.

Der Typ trug eine Uniform, er war allein, hatte die Schulterstücke eines Feldwebels. Das lichtgeweißte Gesicht zeigte keinerlei Ausdruck.

«Wohin wollen Sie?»

«In die Berge.» Kosteks Stimme klang herausfordernd.

«Berge gibt's hier überall. Ich möchte wissen, wohin konkret.»

«Nach Skwirt, Herr Feldwebel», wollte ich die Situation retten.

«Dort gibt es nichts. Ein paar verlassene Viehställe.»

«Das wissen wir. Wir wollen dort übernachten und am nächsten Tag weiter.»

«Wo weiter? Weiter ist die Grenze.»

«Ja genau. Wir wollen über die Grenze. Vereintes Europa.»

«Halt die Klappe, Kostek. Wissen Sie, wir wollen die Berge entlang bis nach Gardlica...»

Das ging definitiv in die Hose. Der Feldwebel sah mich an wie einen Idioten.

«Ich muß Sie um Ihre Papiere bitten. Und tut mir leid, ich möchte mir auch die Rucksäcke ansehen. Hier ist Grenzgebiet, Sie verstehen.»

Kostek sagte «Na gut» und griff in die Innentasche seiner Jacke. Ich hatte meine Papiere im Rucksack, also warf ich ihn von den Schultern und begann darin zu wühlen. Auch Kostek hatte sich seiner Last entledigt und sie gehorsam vor die Füße des Feldwebels gestellt, der im Scheinwerferlicht versuchte, etwas aus Kosteks Brieftasche zu ziehen. Im Augenwinkel sah ich, wie Kostek sich aufrichtete, zurücktrat, aus dem Licht ging, hinter dem Rücken des Mannes verschwand und der Feldwebel im selben Augenblick, von einem Fußtritt getroffen, vornüber fiel. Aber bevor er aufs Gesicht schlug, fing Kostek ihn am Kragen und ich hörte einen Schlag gegen die Karosserie. Wieder packte Kostek den Rumpf, bevor der Typ am Kotflügel heruntergerutscht war, stellte ihn auf. Dann stürzten sie zusammen hin. Ich hörte nur das Jammern und Stöhnen, kurz darauf blitzte im Scheinwerferstrahl eine Hand mit der schwarzen Pistole auf, und ich muß die Augen geschlossen oder geschrien haben.

«Scheiße, steh nicht da wie ein Stiesel! Wir müssen ihn fesseln.» Kostek zappelte sich aus dem Schnee, weiß, atemlos, die Pistole in der Hand. Er blickte die Waffe an, als hätte er von ihrer Existenz nichts geahnt.

«Ich mußte ihm mit irgendwas eins überziehen.»

Eigentlich war er ruhig. Nur außer Atem. Er stieg in das Auto, tastete blindlings umher und tauchte mit einer ledernen Schultertasche wieder auf. Eine Weile hatte er mit der Pistole, dem Gürtel und dem gezogenen Springmesser zu kämpfen, dann legte er die Waffe auf die Motorhaube, schnitt den Riemen von der Tasche und kniete neben dem Typen nieder.

«Halt ihm die Hände fest, dreh sie auf den Rücken.»

Ich tat alles, was er wollte, blickte aber in die Dunkelheit. Die Hände waren warm und feucht. Ich spürte das Rucken, mit dem Kostek die Knoten festzog.

«Kannst du fahren? Ich nicht so gut. Lad die Sachen ein.» Er selbst sammelte seine Papiere auf. «Nehmen wir das mit?»

«Nein, Kostek, sei vernünftig...»

«Was macht das schon», er ging ins Dunkel, und ich sah, wie er den Arm hob und die Pistole ins Gebüsch warf.

Erst im Auto merkte ich, daß ich am ganzen Leibe zitterte. Ich würgte den Motor zweimal ab, bevor ich den Rückwärtsgang fand. Als ich endlich ein Stück zurücksetzte und das Lenkrad benutzen konnte, drehten die Räder durch und wir mahlten hilflos den Schnee. Dann fiel mir ein, daß der Jeep einen Vierradantrieb hat, man muß ihn nur einschalten. Wir drehten um und folgten der minutenfrischen Spur.

«Wohin willst du fahren, Kostek?»

«Zurück nach Orla. Und dann nach Gardlica, ich weiß nicht.»

«Mit diesem Wagen?»

«Schließlich müssen wir hier raus. Selbst wenn es bis morgen früh schneit, werden die Spuren nicht ganz zugeschüttet sein. In ein oder zwei Stunden ist hier alles grün vor Uniformen. Nur weg von hier. Wir müssen was riskieren. Fahren... so weit wie möglich. Auch bis

Orla. Wir haben ein, zwei Stunden, bevor hier alles losgeht.»

«Und wenn man uns unterwegs anhält. Zufällig?»

«Wer wird ein Armeefahrzeug anhalten? Hält jemand die Polizei an? Wir müssen.»

Im Scheinwerferlicht sah der Wald aus wie ein Traum. Keine Spur von Grün, von Zweigen, nur bauchige, schlaff hängende Gestalten, Zeichen von Qual und Ohnmacht. Wald des Kopfhängenlassens, so hätte man ihn nennen können. Ich fuhr mit etwa vierzig Stundenkilometern und blieb in der Spur. Ich besaß keine Erfahrung mit dem Schnee und diesem Fahrzeug. Nach einigen Kilometern roch ich einen seltsamen Gestank und begriff, daß mein Fuß auf der Kupplung ruhte. Ich gab ein bißchen Gas und schaltete. Das Motorjaulen hörte auf. Ich warf einen Blick auf die Instrumententafel. Der Tank war fast voll. Das ist gut, dachte ich, dann können wir fliehen und fliehen, nur das wollte ich, in der idiotischen Gewißheit, das Fahrzeug könnte uns unsichtbar machen, wir wären sicher wie im Bauch der Mutter oder unter der Federdecke, solange wir in ihm saßen.

«Und das Funkgerät, Kostek? Hier ist ein Funkgerät. Sie werden ihn rufen. Das geht schneller, als du denkst.»

Er warf einen Blick auf den grauen Metallkasten. Der war still und tot.

«Er hatte es nicht eingeschaltet. Vielleicht benutzen sie das selten.»

Wir kamen an eine Kreuzung. Im Licht sah man die ausgefahrene Spur nach Niewierka. Die überschneite, aber noch erkennbare Spur des Busses und dazu frische Radspuren, die in unseren Weg abbogen.

«Es muß in Niewierka eine Dienststelle geben. Beten wir, daß sie kein zweites Fahrzeug haben.»

«Oder daß sie besoffen oder zu faul sind. Oder beides», erwiderte Kostek.

Vor der Kurve trat ich auf die Bremse, sofort standen wir quer. Ich drehte mich heraus, und wir kamen in die breite Spur des Berliet-Busses.

«Ich wette, jemand hat denen einen Tip gegeben. Der Busfahrer oder eine von den alten Vetteln. Die sitzen dort und warten seit fünfzig Jahren darauf, daß hier am Arsch der Welt eine Invasion losgeht oder jemand Kokain schmuggelt.»

Was interessierte mich das. Ich beschleunigte ein bißchen, und wir glitten sanft wie auf Kufen dahin. Leise und weich. Ich bildete mir ein, der Wagen wäre jetzt weiß vom Schnee, unsichtbar wie ein Geist. Wir fuhren an einigen Lichtern vorbei, die Straße stieg an, deshalb beschleunigte ich unwillkürlich, aber kurz vor dem Gipfel der Anhöhe mußte ich sowieso runterschalten, wir kamen mehrmals ins Schleudern und fuhren hinab in ein Tal, ich hatte noch immer die Hoffnung, wir wären unser eigenes Hirngespinst, eine Einbildung, und niemanden ginge das was an.

«Kannst du schneller fahren?»

«Nein.»

Kostek beugte sich über die Lehne zurück und wühlte im Gepäck. Die Bewegung hinter meinem Rükken ärgerte mich, und ich schrie beinahe:

«Was suchst du da, du Arsch?»

Er antwortete nicht, kam nur kurz darauf mit einer Flasche dieses narkotischen Spiritus auf seinen Platz zurück. Er trank und reichte mir die Flasche. Ich hob sie an die Lippen und nahm unwillkürlich den Fuß vom Gas, so daß der Wagen auf der Straße tanzte. Ich ließ die Flasche fallen und begann das Lenkrad zu drehen, es half nichts, wir stießen in eine Schneewehe am linken Straßenrand. Kostek stöberte nach der Flasche, ich ruckte nach hinten und bekam beim dritten Mal die

Vorderräder frei, fuhr auf die Straßenmitte, entriß ihm die wiedergefundene Flasche, nahm einen zu großen Schluck und kam allmählich in Fahrt. Kostek steckte zwei Zigaretten an und sagte:

«Wir müssen nach Orla. Sag mal, gibt es auf der Strecke ein größeres Kaff?»

«Nein. Nur Dörfer.»

«Eben. Wir können diese Schüssel nirgendwo stehenlassen. Das heißt, wir können, aber was dann? Um diese Zeit fährt kein Bus. Beim Bauern um eine Übernachtung bitten? Im Morgengrauen ist hier alles blau und grün vor Uniformen. Zu Fuß? Wohin? Seitwärts ins Gebüsch? Die Straße nach Orla?»

Ich nickte nur. Die Zigarette klebte mir an den Lippen, aber ich traute mich nicht, die Hände vom Lenkrad zu nehmen. Wieder ein Hügel. Von oben sahen wir Lichter. Wir fuhren hinab in dieses Nest mit Kneipe. Zwei Straßenlaternen, keine Menschenseele. Ein Zaun, ein Wegweiser: «Orla 39 km» und das gleiche schmutziggelbe Licht der Kneipenfenster. Wir kamen in Serpentinen. Ich zählte die Kehren. Dann erreichten wir den Paß, und ich ließ den Wagen langsam abwärts gleiten, so langsam wie möglich, anfangs durch den Wald, später versanken die Lichter in einem schwarzweißen Raum und ich wußte, daß zur rechten, dann auch zur linken Seite ein Abgrund gähnte und unser einziger Schutz der Wall des an den Rand geschobenen Schnees war. In der letzten Kehre bemerkte ich die Lichter im Tal, Kostek sagte «läuft ja prima», ich erwiderte «ja, prima» und spuckte endlich den schlaffen Zigarettenstummel aus, dessen Glut unterwegs im Speichel erloschen war.

15 Es ging einfacher, als ich dachte. Auch nachdem wir auf die richtige Straße gekommen waren, die auf der Karte gelb eingezeichnet war. Auf der ganzen Strecke sahen wir fünf, vielleicht sieben Autos über den Schnee kriechen. Eins überholte ich sogar. Kein Hund, kein Mensch. Ich blickte in den Rückspiegel, sah aber nur den roten Widerschein unserer eigenen Heckleuchten. Dann noch fünf Minuten am Bahnübergang in Orla. Da spürte ich wieder, wie ich bebte. Während wir fuhren, ging ich ganz in der Flucht auf, die Hände am Lenkrad, den Fuß unbewegt auf dem Gas. Aber dort, vor dem roten Schlagbaum, zitterte ich wie im Fieber, und nicht einmal der nächste Schluck gab mir die Ruhe wieder. Als der letzte Waggon des endlos langen Güterzuges vor der Motorhaube vorbeigezogen war, als die Schranke sich hob, fuhr ich los wie ein Verrückter, aus Angst, der Wagen könnte stehenbleiben. Im grellen Licht spürte ich, daß alles durchsichtig war. Ich zog beim Fahren den Kopf zwischen die Schultern, Kostek schielte zur Seite, aber nur Höfe, Lagerhallen oder leere Grundstücke boten uns Deckung.

«Dort», sagte er schließlich, «in die Siedlung.»

Links konnte man durch den Aufruhr der kleinen Flocken die Dutzend Lichter von etwas erkennen, was die armselige Imitation einer Blocksiedlung sein mußte. Drei dreistöckige Klötze und ein flaches Geschäft mit «Lebensmittel/Haushalts-/Chemieartikeln». Ich bog in die Zufahrtsstraße und dann auf den Platz zwischen den Häusern ein. Die wenigen Autos verwandelten sich allmählich in weiße Hügel.

«Such dir einen Platz dazwischen. Sie werden erst morgen früh darauf stoßen.» Ich quetschte mich mit Mühe in eine Parklücke, stellte den Motor ab und lehnte die Stirn auf das Lenkrad.

«Die Scheinwerfer. Mach die Scheinwerfer aus. Und dann los. Das verdammte Gepäck... kann man es nicht irgendwo lassen?»

«Ich habe Fressalien für die Jungs.»

«Sie werden nach zwei Typen mit Rucksäcken fahnden.»

«Sollen sie doch. Wir können getrennt gehen.»

«Wie denn? Ich kenne den Weg nicht.»

«Was ist eigentlich? Willst du nun hin oder was? Du hast gesagt, egal, welcher Zug, Hauptsache möglichst weit...»

«Nee, weißt du... abhauen gilt nicht, denn jetzt fängt erst alles richtig an.»

So war das.

Auf dem Parkplatz versuchte irgendwo jemand, einen kleinen Fiat anzulassen. Wir schulterten unsere Bündel, um furchtsam, mit eingezogenem Kopf und gesenktem Blick die Straße zu erreichen und im weißen Licht der Laternen, ohne nach dem Weg zu fragen, durch den Ort zu laufen und wie durch ein Wunder zum Bahnhof zu gelangen.

Wir gingen sofort auf den Bahnsteig; der Zug nach Grobów sollte in einer halben Stunde, also kurz vor Mitternacht, fahren.

Dann, im Zug, mitten in der Nacht, im Oberdeck des Waggons, betrachtete ich Kosteks Gesicht, und er lächelte nur, rauchte Zigaretten, lächelte erneut und rauchte wieder, und ich war sicher, daß er von dieser Wende der Dinge selbst überrascht war, von der Leichtigkeit, mit der wir den Sprung von der Tollkühnheit zur Paranoia geschafft hatten.

«Jemand mußte es tun», sagte er schließlich. «Und schau mich nicht so an. Weder du hättest es getan noch Gąsior, noch der Kleine.»

«Der Kleine hätte es getan. Wenn er gewollt hätte. Was mich betrifft, so...»

«Denk doch mal, wie gut das alles paßt. Wasyl selbst hätte es nicht besser planen können. Am Ende der Welt ein Wink des Schicksals, denk mal.»

«Kostek, hör mit diesem Schicksalsblödsinn auf. Glaubst du, ihm ist was passiert?»

«Ach wo. Der sitzt bestimmt schon mit verbundenem Schädel und erzählt was von einem Landungstrupp, von israelischen Fallschirmjägern, er hat endlich seinen großen Tag.»

«Das hätte nicht passieren dürfen. Sie werden uns schnappen, bevor wir uns am Arsch kratzen können.»

«Wer soll uns denn suchen? Dort?»

«Vielleicht hätten wir ihn erschießen sollen, Kostek? Mit seiner eigenen Pistole, das Auto anzünden, zu Fuß weggehen und dabei Stapfen von einem halben Meter Größe im Schnee hinterlassen? Vielleicht wäre das wirklich Schicksal gewesen? Und doppelt soviel Spaß in einem Drittel der Zeit?»

Diesmal reagierte er ehrlich empört.

«Hast du wirklich nicht gewußt, worauf du dich einläßt, als du in diese beschissenen Berge aufgebrochen bist? Warst du wirklich so ein Idiot? Hast du gedacht, Leute um die dreißig fahren in ein Wanderlager, um sich mit der Natur zu verbrüdern und Rotwild und Raubwild nachzuspüren? Das ist doch absurd. Hast du wirklich gedacht, wir hüpfen über die Hügel, schicken Ansichtskarten nach Hause und schießen am Ende ein Foto von uns? Sag doch! Ob du das Wahnsinn nennst oder nicht, du nimmst daran teil, und wenn du dir nichts vorgemacht hättest, so müßtest du wissen: sie jagen uns und werden uns jagen. Und wir müssen fliehen, und genau das werden wir tun. Gut. Okay. Ich war es, der das alles losgetreten hat, meine Schuld, mein Verdienst. Weil ich Angst hatte, Angst davor, daß

Wasyl nichts tun würde. Er hätte sich durch irgendwelche Schluchten getrieben, uns Erdlöcher gezeigt und eine geheimnisvolle Miene aufgesetzt, bis die Umstände, bis der Zufall oder das Sternbild ihn dazu gezwungen hätte, den ersten Schritt zu tun. Denn er ist ein Feigling, einer von denen, die sich bis zum Umfallen verteidigen, aber nie angreifen. Wie ein Tier, das in der Falle sitzt. Erst dann findet er ein bißchen Kraft. Wenn jemand ihn an der Gurgel packt, wenn es gewissermaßen ums Leben geht. Deshalb redet er soviel vom Tod… und quatscht überhaupt soviel, verstehst du? Ich mußte das tun. Mich interessiert der Sinn…»

«Ja schön», sagte ich und sah ihn beinahe fröhlich an. «Der Sinn, sagst du, Konstanty. Gut. Sprich weiter.»

«Ach verdammt, hör auf, du weißt selbst, daß mit den Albernheiten Schluß ist. Wir sind hierhergekommen, um endlich nicht mehr herumzualbern, um die alberne Scheiße abzukratzen, die Scheiße des Nachhausegehens, wenn das Bier alle ist oder der Wodka, der Tee… ich weiß nicht. Sie werden uns jagen, und wir werden fliehen, obwohl wir nichts getan haben, nicht einmal ich habe etwas getan, denn das alles war eine leere Geste, leere Aktion, es ist keine Schuld, weil keine Rede von einem Profit sein kann, von etwas, das wir bekommen wollten… Was weißt denn du noch von uneigennützigem Handeln, kennst du so was überhaupt, abgesehen vom Zigarettenrauchen, Mist, nicht mal das.»

Mußte ich mir das anhören? Konnte ich mir das nicht alles vorstellen, so wie ich mir eine große, schwarze Karte von Polen vorstellte und unseren Zug, einen kleinen Lichtpunkt, der nach Nordwesten zog, und wenn ich die Brennweite veränderte, mein Phantasiezoom anzog, konnte ich uns sehen, zwei einander zugeneigte, eingemummelte Gestalten in einem durchsichtigen Glaskäfig, bei einem Kinderspiel, und als ich noch genauer hinsah, erkannte ich, daß wir nackt waren, kaum geschützt in etwas Durchsichtigem und Brüchigem, draußen waren Dunkelheit und Kälte, und niemandem konnten wir unsere Geschichte erzählen, obwohl zu diesem Zeitpunkt gewiß schon viele sie gern gehört hätten. Und als wäre das nicht genug, verlangsamte der Zug seine Fahrt und hielt dann auf freiem Feld, kein Lichtlein, keine Spur von Leben da draußen, nur das Rechteck eines fahlen Schimmers auf dem Schnee. Und Stille. Als gehörte der Zug uns allein, als wäre er nur für uns bereitgestellt als Erlösung oder als Falle, ganz wie im Traum, wo Ereignisse und Dinge immer zwiespältig sind, Liebe sich in Ekel verwandelt und der Fliehende nie vom Verfolger wegkommt. Um etwas mit dieser Stille und Regungslosigkeit anzufangen, drehte ich an der Kurbel und schaute aus dem Fenster. Das Signallicht war grün, sehr weit entfernt und undeutlich. Dann dröhnten Schritte auf dem Unterdeck, und an der Treppe erschien ein Uniformierter, ich wollte sofort etwas tun, eine Zigarette in der Tasche finden oder etwas zu Kostek sagen, etwas ganz Normales, etwas, das zeigen würde, daß sich dies alles ein oder fünf Jahre früher abspielte, oder später, und wir in den Urlaub fuhren, oder auf Arbeit, zur zweiten, dritten Schicht in irgendeiner Fabrik. Aber ich tat nichts. Der hagere Typ mit faltigem und, ich hätte schwören können, verrußtem Gesicht sagte:

«Konnte wieder so ein Schwein nicht schnell genug nach Hause kommen.»

Und er ging weiter, um die gezogene Notbremse zu finden, muß auch bald Erfolg gehabt haben, denn nach wenigen Minuten fuhren wir weiter. Jetzt fand ich die

Zigaretten, Kostek saß da wie eine graue Mumie, schaute aus dem Fenster, und bald darauf begann er Worte zu verlieren wie kleine Steinchen, wie Sägemehl, das aus einer Puppe quillt.

Ich mußte ihm zuhören. Ich kannte diese raschen, feurigen Monologe, die uns in Augenblicken der Begeisterung oder des Wahns durch den Kopf rasen, wenn alle Wörter zueinander zu passen, füreinander zu sprechen scheinen, alle Wörter jeder Sprache...

«...du hörst mir gar nicht zu. Nutz die Gelegenheit, sage ich dir, denn sie werden uns nicht in dieselbe Zelle sperren. Hast du jemals gesessen? Natürlich nicht. Ich frage nicht, ob du mal fünf Stunden in der Ausnüchterungszelle verbracht hast. Das ist kein Sitzen, das ist nur ein Fieberwahn, ein Trugbild, keine Metaphysik, sondern Halluzination. Aber was soll's... Ein andermal, das mit der Zelle, meine ich. Wenigstens für diese... Wie lange wird er fahren? Zwei, drei Stunden? Jetzt können wir uns unterhalten. Anders als auf diesem Bahnhof, wo man den Kopf in den Sand stecken mußte. Jetzt ist es anders, und selbst wenn du lachen würdest, würde dieses Lachen niemandem mehr schaden. Weder dir noch mir. Wir werden uns vermutlich noch mal danach zurücksehnen, nach diesem Lachen, denn man sehnt sich nach Blödsinn. Auch wenn man klug ist, gerade dann...»

«Willst du damit sagen, daß dies eine Expedition zur Erkenntnis ist?»

«Vielleicht ja, vielleicht eher eine auf Leben und Tod, wie Führer Bandurko in Augenblicken der Erleuchtung zu sagen pflegt. Eine Expedition ist es. Das wirst du nicht bestreiten. Eines der realsten Dinge, die dir passiert sind. Eine echte Expedition. Durch Zeit und Raum. Polen im Jahr 1993, darauf weise ich dich hin, weil du Silvester bestimmt betrunken warst. Die Summe der Ziffern ergibt 22, also die erste und zugleich die letzte Tarotkarte. In diesem Fall geht es sicher um die erste, denn so verpfuscht kann die Welt nicht sein, daß ausgerechnet dieses Jahr seine Krönung wäre. Nimm also an, dies ist der Beginn des Weges. Das sind die esoterischen Anlässe, mein Lieber, die Anlässe unserer wörtlichen und metaphorischen Reise. Außer den esoterischen gibt es andere, zum Beispiel physiologische. Erinnere dich. Polen 1993. Ja… die zweiundzwanzigste und zugleich die erste Tarotkarte, Narr oder Anthropos. Wir fahren zum Heiligen Gral. Einen Gral nach unserem Zuschnitt. Will sagen, wir verrekken aus freiem Willen mit nur einem einzigen Gegenspieler. Nur ihm allein, dem freien Willen, dem letzten Attribut, denn bald werden auch Maschinen die Kunst der Selbstzerstörung beherrschen. Polen 1993, denk daran. Winter. Vielleicht haben wir uns diese Gegend mit ihren unpolnischen, aber wohlklingenden Namen absichtlich ausgesucht. Der Prophet gilt nichts im eigenen Lande. Zum Fasten sucht man sich einen abgelegenen Ort. Wir haben uns so weit wie möglich entfernt, ohne daß daraus eine internationale Affäre würde. Polen 1993. Vor drei Wochen bin ich 33 geworden. Und ich habe eine Stimme gehört, aber es war nicht die Stimme unseres Freundes Wasyl. Es war eine innere Stimme. Drei und drei macht sechs. Beim Tarot ist die sechste Karte die Karte der Geliebten. Ich war allein, deshalb klang das ironisch, aber dann begriff ich, daß ich mein eigener Liebhaber werden mußte. Vielleicht bin ich androgyn, denn es fiel mir leicht. Und was ist Liebe, wenn nicht die Realisierung eines Potentials, und drei mal drei macht neun, und die neunte Karte des Tarot ist der Einsiedler, der Eremit, ich erwog das alles in der Einsamkeit, ohne auf die Einflüsterungen von

Klugheit und Dummheit zu achten, ich ging geradewegs ins Herzensinnere, dorthin, wo all das wohnt, was wir fürchten, was wir niemals in Worte fassen, obwohl gerade das unsere Tage bestimmt, was wir essen, wen wir bumsen, ob unsere Frauen der Muttergottes oder Ulrike Meinhof ähneln, ob wir lieber zur Zigarette greifen aus Angst, einfach auf die Gleise zu knallen. Also der Einsiedler, the Hermit und seine Lux occulta, all das, was kleine Jungs berührt. Behütete Einsamkeit, gehegt, dunkel und einzig, denn sie ist die Brutstätte all jener Lieben, Scheinängste und Begierden. Es ist schwer, wieder ein kleiner Junge zu sein. Ich habe diese Arbeit noch einmal geleistet. Die letzten drei Jahre… Nein, lassen wir das Tarot, das ist Quatsch. Eine arithmetisch-psychologische Verirrung. Wie soll ich dir das erklären? Erinnerst du dich an die Zeit, als noch alles fraglos war? Nein. Nehmen wir die Geographie. Dort, in Łódź, war ich allein. Und später, als sie gestorben waren, meine Eltern meine ich, zog ich nach Warschau und war wieder allein. Ich habe dort nicht bleiben können, ich verkaufte die Wohnung, ihr Auto und fuhr nach Warschau. Weshalb? Ich hätte doch überallhin fahren können, oder? Nach Amerika, um verlorenzugehen, nach Mexiko, um zu sterben, in ein armes Land im Süden, nach Lissabon, denn weiter geht's nicht. Ich hatte ein bißchen Geld. Und doch bin ich nach Warschau. 130 Kilometer mit dem gelbblauen Zug, drei Koffer. Ass of the country, anus patriae, ein Loch im Betonboden, in das die Alkis pissen. Man kann sich mit der Lupe darüberbeugen und findet sämtliche Krankheiten der Welt. Yeah, ich hätte auch nach New York gehen können, klar, aber ich wollte hierhin. Es ist näher und der Unterschied nur quantitativ. Vor drei Jahren konnte man New York schon vergessen, denn hier war es billiger und interessanter. In Łódź hätte ich länger warten müssen. Wozu erzähle ich dir das alles? Scheiße, sieht so aus, als glaubte ich daran, man könnte wenigstens etwas rüberbringen, nicht auf logische Weise, sondern durch jede Mitteilung, schließlich spiegelt alles Kleine etwas Großes und so weiter bis zum beschissenen Tod, bis zu den letzten Dingen. Vor drei Jahren kam ich nach Warschau, um ein Buch zu schreiben. Ich bin Schriftsteller, weißt du? Mit siebzehn habe ich ein Gedicht in der Monatsschrift «Neuer Ausdruck» veröffentlicht. Aber als ich am Zentralbahnhof ausstieg, wußte ich sofort, daraus wird nichts. So eine Ahnung. Obwohl, am Anfang ging es. Wie es sich für einen Schriftsteller gehört, kaufte ich mir erst mal eine Schreibmaschine und eine Wohnung. Kein schlechter Anfang. Dann begann ich Material zu sammeln, das heißt, ich trieb mich in Kneipen und auf den Straßen herum. Mir war nicht ganz klar, was das für Material sein sollte, also sammelte ich für alle Fälle alles. Schade um meine Füße. Ich hätte lieber fernsehen sollen. Und eine Kneipe in der Woche. Na, vielleicht noch mit der Straßenbahnlinie 36 von einer Endhaltestelle zur anderen. Aber dann begriff ich, daß ich es nicht schaffen würde, die Konkurrenz war zu groß, alle denken sich Geschichten aus, und jemand Größeres denkt sich Geschichten über die aus, die sich was denken, und vermutlich gibt es noch eine höhere Instanz, eine Art Moira wie bei Homer, und die denkt sich die allergrößte Story aus, in der alle anderen vorkommen. Ich hätte etwas Superphantastisches fabulieren müssen, damit das Sinn hatte, denn nicht nur Feldbischof Głódź, nicht nur Jerzy Marek, sondern jede Klofrau erzählt dir Wunderdinge, die sich nicht einmal Scheherezade träumen ließ. Im letzten Sommer wartete ich auf den Südwind und ging dann zur Danziger Brücke und ließ meine Blätter wie Papierflieger sausen. Drei Jahre.

Hunderte von Seiten. Es war Nacht, aber der Fluß färbte sich weiß. Ich sage dir, Treibeis in Richtung Danzig. So sah das aus. Sollte der Schriftsteller Huelle es sich in Danzig rausfischen, trocknen und was draus machen. Ich schaffte es nicht. Auch noch die Schreibmaschine hintragen, dazu fehlte mir der Schwung. Ich hätte sie in einen Palast, den Sejm, ein Ministerium schleppen und dort an die Wand oder im Scheißhaus hinter die Schüssel stellen und Bombenalarm auslösen sollen. Als eine Art Linksradikaler oder Rechtsausreißer aus Łódź. Stell dir die Bullen in ihren schwarzen Baretten vor, jeder mehr Eisen an sich als ein Ritter aus der Piastenzeit, wie sie den Marmor stürmen, die Revolver zücken und auf meinen schwarzen Koffer zurobben, diese Rache, diesen Knallkörper voller Scheiße, Räuspern, Furzen, Stöhnen und Rülpsen, denn nur eine solche Form hätte mein Werk annehmen können... Na ja. Und dann, im Herbst, sagte Wasyl, ich solle in den ‹Scheideweg› kommen.»

16

Dazu das Rattern der Räder. Bisweilen fiel Kosteks Stimme mit diesem gleichmäßigen Geräusch zusammen, umrankte es wie Efeu, wand sich darum wie der Hopfen um seine Stangen dort unten bei Puławy, neben der Straße im Schatten großer Linden, von der man gelegentlich die steile Böschung des Weichselufers und den großen, reglosen Wasserspiegel sieht, wie er sich in die Länge zieht und am südlichen Horizont verschwindet. Die Sommer waren damals wirklich heiß, wir kamen verschwitzt auf dem fischschuppenglitzernden Markt an, die Hintern in den engen Jeans wundgesessen, halbtot, und die Fahrer, die uns mitnahmen, müssen es bereut haben, oder sie hatten die Fenster ihrer Lkws weit geöffnet und eine gute Lüftung. Wir waren mager, arm und hungrig. Ja, deshalb brachen wir zu verrückten Rundreisen durch Polen auf, jagten uns per Anhalter zwei, drei Tage ohne Schlaf und hinterließen an den Ausfallstraßen der Städte schwarze Zeichen auf den Verkehrsschildern. Ja, genau deshalb: mager, arm und hungrig, gejagt von der eigenen Phantasie. Zelte lehnten wir ab. Überhaupt alles, was Gewicht besaß. Die Sommer waren heiß, uns genügten Decken, wenn wir uns oben auf dem Gipfel eines Kalkhangs verschanzten, unten war der Steinbruch und auf der anderen Seite des Flusses, an den Himmelsrand geklebt, das Trümmergestein des Janowski-Schlosses. Wir ließen unser Gepäck zwischen den weißen Felsen zurück und zogen ins Städtchen, um etwas zu essen aufzutreiben. Der Weg führte durch eine tiefe Lößschlucht. Die Kronen der Bäume, die am Rande des Hohlwegs wuchsen, stießen oben zusammen. Der Schatten hatte einen dichten und feuchten Geschmack. Dann kam eine Brücke, hoch, gewölbt, aus Kalkquadern gemauert. Sie führte über die Schlucht auf einen zugewachsenen Friedhof. Wir machten manchmal unter ihr Rast, um unsere Stimmen hart wie in einem Steinbrunnen widerhallen zu hören. Die Fußabdrücke des Kleinen im Lößlehm waren riesig und so weit voneinander entfernt, daß ich Mühe hatte, in sie hineinzutreten.

Kosteks Stimme rankte sich wie Efeu, wie eine Heckenwinde, wie wilder Wein um den harten Kern des Ratterns. Er blickte nicht mich an, sondern sah aus dem Fenster oder auf seine Hände, und wieder aus dem Fenster, als tauchten aus dem Schwarz und dem Raum all jene Bilder und Ereignisse auf, als wäre das der Bildschirm seiner Erinnerung. Vielleicht war er es auch, denn sein Gesicht spiegelte sich verschwommen, düster, gespenstisch, bestimmt versuchte er, seine Konturen in Worte zu zeichnen, sie neu zu finden, da alles ringsum Magma, Hast, Scheiß und Panik war. Also redete und redete er, die Worte sollten zu neuem, heroischem Fleisch gerinnen, einem komplizierten, aber widerstandsfähigen Fleisch, das aus Wunden und Hieben und Irrtümern bestand, all dem, was den Kern der Erzählungen in Kneipen, Bars und Nachtbussen ausmacht. Und niemals Frauen, immer sind es Männer, die sie spinnen, aufgedunsen, mit geröteten Augen, den Mief der Erschöpfung in den Anzügen, in Ewigkeit Weinen.

Ich unterbrach ihn also nicht. Weshalb auch? Er sprach ja nicht zu mir, er sprach zu sich selbst, zu sich selbst in kurzen Hosen, an einem warmen Regentag am Fenster, wenn die Pfützen nach dem Schauer aufblauen, zu sich selbst vor zehn, fünfzehn Jahren, an dieser Schreibmaschine, zu diesen Figuren, die Entscheidungen trafen, die ihn schließlich hierherführten, auf die eisige grüne Bank, er sprach zu sich selbst, als er hinter dem leicht verlegenen Grenzer stand, zu sich selbst einen halben Augenblick davor.

Wie lange mochte diese Fahrt gedauert haben? Bis zum Morgengrauen? Nein, bis zum Ende der Nacht, bis zu jener Stunde, da die Dunkelheit immer noch dick ist, unverdünnt, und die Menschenleiber sich wie weiße Maden aus stickigen, stinkenden Sarkophagen wühlen und mit Hilfe schwacher Glühbirnen Tunnel bohren, Tunnel in die Küche, ins Scheißhaus, manchmal nur zwei Schritte weiter, zum Stuhl mit dem Hemd von gestern oder dem Becher mit kaltem Tee. Also so bis halb fünf, fünf, wenn in diesen Lehmhütten, die an den Bahnlinien kleben, die Lichter angehen.

Der Zug fuhr einen hoffnungslosen Zickzack, einen bis zum Zerreißen gespannten Bogen, er glitt zwischen die weißen Hügel des Vorgebirges, in Täler, fuhr bergauf und bergab – so stellte ich mir das vor –, viele Täler, viele Höhen, die uns von alledem trennen würden. So wie im Märchen, wenn der über die Schultern geworfene Kamm sich in einen Wald verwandelt, etwas anderes in einen Fluß und der Drache zurückbleibt.

Aber schließlich, nach einigen Stunden, hatte ich das Gefühl, wir seien entführt worden, das sei ein Labyrinth, die Lokomotive stecke mit den Verfolgern unter einer Decke und trage uns in eine Sackgasse, eine umstellte, blockierte, mit Gewehren, Hunden und Gerechtigkeit gespickte hohle Gasse.

Sicher, wir blieben ab und zu stehen, Stationen so dunkel wie der Rest der Nacht, vielleicht waren es gar keine Stationen, vielleicht rollten ein paar Schaffner und der rußgeschwärzte Lokführer nur die Körper von Säufern von den Gleisen oder kratzten diese Körper aus den Zwischenräumen von Rädern, Haken und Bremsklötzen, denn es stieg ja niemand ein oder aus.

Kostek kümmerte das alles nicht. Er redete. Vielleicht kam er in den Kurven ins Stocken, dämpfte seine Stimme an den Haltestellen, und seine Schachtel Zigaretten wurde so dünn wie ein Blatt Papier. Die Worte und der Rauch verdeckten das trübe Licht von zwei Neonröhren. Gute Mimikry. In Geschwätz gehüllt wie in ein Tarnnetz, undeutlich, aufgelöst im Königswasser der Logorrhöe – wer hätte uns aufgefischt? Wer? Womit?

Und Grobów. Zwei Laternen, ein flacher Bahnsteig, Wind und nirgends eine Menschenseele außer dem Kopf mit der Bahnermütze, der aus dem letzten Waggon schaute. Quer über die Gleise gingen wir auf ein dunkles Gebäude zu. Durch die angelehnte Tür sik-

kerte gelbliches Licht, Flammenersatz, Wärmephantom.

«Hören Sie! Ist das Krakau? Krakau?!» – Der Typ stürzte zu uns heraus, hätte uns fast umgeworfen.

«Grobów, nicht Krakau», antwortete ich.

«Nein. Der Zug. Ob er nach Krakau fährt.»

Kostek stieß ihn zur Seite und schrie beinahe:

«Ist mir scheißegal. Von mir aus soll er zur Hölle fahren.»

Da fiel mir auf, daß ich nun schon das zweite Mal innerhalb weniger Tage in diesem Grobów war, diesmal nicht als Geführter, sondern als Führer, auch wenn das nicht ganz sicher war. Sicher war nur, daß ich wieder mit einem Irren herkam.

Der Wartesaal hatte an der Decke die gleiche gelbe Farbe, die aus der Tür drang, der Boden dagegen ertrank in Dunkelheit. Wir standen einen Augenblick unschlüssig da, dann gingen wir instinktiv zum Kachelofen. Es war niemand hier. Auf zwei grün angemalten Holzbänken glänzte frische Farbe. Außerdem mehrere Nägelreihen im Holzboden. Ihr weißes, geglättetes Metall schimmerte. Tausende Füße vor uns hatten ihnen zu solchem Glanz verholfen. Und jetzt diese Ruhe. Wir stützten den Ofen mit unseren Schultern ab und versuchten, das alles wegzudämmern, mit Schlaf wie mit einem nassen Lappen wegzuwischen, aber keiner von uns hatte Kraft genug. Schließlich fragte Kostek:

«Und von hier aus wie weiter? Weißt du's?»

«Im Morgengrauen. Keine Sorge. Das Schlimmste haben wir noch vor uns.»

Und dann kein Wort mehr. Mag sein, daß die Stille uns dicke, zottige Wattebäusche in die Kehle stopfte, die uns den Atem nahmen. Sie verströmten in den Arterien, und ich erwachte aus vorübergehenden Umnebelungen mit dem Gefühl, ich könnte keinen Schritt tun, und wenn jemand etwas von mir wollte, müßte er mich wie einen Sack, wie einen Leichnam, ein totes Tier ziehen, und ich fürchtete nur, ich könnte mir den Schädel an der Schwelle aufschlagen.

Später, als es hell wurde, um sechs Uhr früh, als das verdreckte Fenster ein wenig blaute, hatte ich ein seltsames Wiederholungsgefühl.

Dieselben Häuser, dieselbe ansteigende Straße, alles wie vor einer Woche. Nur das Pferd fehlte, und der Himmel war nicht rosa, sondern hatte die Farbe schmutzigen, gefrorenen Wassers. Der einzige Beweis für das Vergehen der Zeit.

Der Bus war vor einer Stunde abgefahren, der nächste kam in einer knappen Stunde. Die verschlafenen Lkw-Fahrer berührten uns nicht einmal mit dem Blick. Wir standen an der Haltestelle, die Żuki und der Alte ließen uns links liegen, ebenso wie einige andere Mitfahrinteressierte. Endlich hielt ein inkognito fahrender Bus, kassierte zwei Zehner im voraus und sagte, er halte erst in Gardlica. Ich sah noch den steinernen Viadukt, fühlte meinen Kopf sinken, eine feine Spur Speichel aus dem Mund laufen und schlief ein mit dem ständig wiederkehrenden Gedanken, daß es eine ganze Stunde dauern würde.

17

Hier wollten wir uns verstecken. Auf diesem großen Quadrat festgetretenen Schnees und Drecks. Die Klofrau auf dem Bahnhof bekam ein Trinkgeld und sagte, wir sollten uns keine Sorgen um die Rucksäcke machen. Sie würden allenfalls nach Lysol stinken. Wir hatten fünf Stunden. Wir aßen jeder irgendwas.

«Nonnenpisse», sagte Kostek und holte sich einen zweiten Kaffee. Er kippte ihn auf einmal runter, dann verließen wir die Bar. «Gehen wir dahin, wo Leute sind.»

Es war seine Idee gewesen.

Zum «Marktplatz» waren es zwei Kilometer. So hatte man uns gesagt: «Zum Marktplatz.» Ein Quadrat festgetretenen Schnees und Drecks. Und ein halbes Tausend Männer und Frauen. Mindestens die Hälfte von ihnen hatte etwas zu verbergen. Das war ein guter Platz. Autos mit russischen Nummernschildern standen in mehreren Reihen. Wie Zelte. Bei jedem zweiten bedeckte ein Teppich, Läufer oder Kelim die Motorhaube. Östliche Pracht, Bohrer und Absteppmaschinen, Superkleber und die lokalen Schlitzohren mit ihrem Watschelgang, die Marlboro fest zwischen den Lippen installiert.

«Was für eine Masse», sagte Kostek und zeigte mit dem Finger auf Badezimmerarmaturen, Wasserhähne und Duschen, die keineswegs neu, sondern irgendwo abmontiert waren. Ich fragte mich, wo, war aber wie erschlagen von der Maßlosigkeit des Imperiums. Ein Weibsstück mit Tasche kassierte die Platzgebühr. Ein Hund mit Maulkorb folgte ihr. Ich verlegte meine Brieftasche in die vordere Hosentasche und zog mit dieser trippelnden Prozession zur nächsten Leidensstation Christi. Denn so sah das aus. Eine Siebzigjährige verkaufte Schmirgelpapier zu tausend Złoty den Bogen und rosa Wäscheklammern – blasphemisch bunt vor dem Hintergrund ihres Gesichts, ihrer Kleidung und ihrer Augen, die über die Köpfe der Menge hingingen, als suchten sie im Himmel Trost für die eigene Erniedrigung. Nichts weiter. Braunes, scharfes Papier und fleischfarbenes Plastik.

Kostek steckte seinen Kopf mal in diese, mal in jene Lücke und hatte mich wohl vergessen, war versunken in einem Märchen aus Tausendundeiner Nacht, im Sesam der Pappschachteln, pastellblauen und pastellroten Behälter, aus denen die schwarzen Kolben amerikanischer M16 ragten, die irgendwo in Rostow oder in den Vororten von Moskau produziert worden waren. Ihr unaufhörliches Rattern streute über den Platz. Ein hellblondes Mädchen mit der Lepra violetter Schminke im Gesicht jagte ohne Sinn und Verstand eine Salve nach der anderen in die Bäume. Die Krähen reagierten nicht auf das Schießen. Eingerollt, die Schnäbel unter den Flügeln, hingen sie wie schwarze Früchte in den Baumkronen. Es gab auch Granaten, gekerbte braune Eier, nur wenig größer als die bunten Spritzpistolen in Form von Ostereiern. Kostek ging zu dem Mädchen und nahm ihr ohne ein Wort die Waffe aus der Hand. Er drehte sich um, suchte mich mit dem Blick und gab mir eine Salve in den Bauch.

«Wieviel? Wieviel wollen Sie dafür?»

«Fünfzig. Elektrisch», antwortete sie stolz.

«Genau das richtige für Wasyl. Und Ersatzbatterien dazu.»

«Dann kauf.»

«Es paßt nicht in den Rucksack.»

«Dann trägst du es in der Hand. Hast du Angst?»

«Nein. Kaliber 5.56 macht vorn kleine Löcher, aber beim Austritt reißt es ein paar Kilo Fleisch weg. Das Geschoß schlägt Purzelbäume in dem Kerl. Leicht, aber lang. Die Kalaschnikow ist kürzer, aber ein wenig schwerer. Eine Uzi wäre mir lieber. Die kleinste, die Mikro-Uzi, wiegt keine zwei Kilo.» Jemand hatte sich zwischen uns gedrängt. Er öffnete einen Schoß seiner grünen Orthalionjacke und zeigte drei braune Bierflaschen, die mit Plastikkapseln verschlossen waren.

«Towarischtschi, Wodka... fünfzehn das Stück.»

«Zu billig, Towarischtsch.»

«Guter Wodka, nicht billig, gut.»

Er schaute uns in die Augen, schlug die Rockschöße weit auf und sah ein bißchen aus wie ein Exhibitionist oder ein mißratener Vogel oder Hypnotiseur.

«Nein, Towarischtsch. So was trinken wir nicht. Wir trinken überhaupt nicht. Wir sind Pioniere.»

Er tastete unsere Gesichter mit einem Blick ab, als erwartete er aus irgendeiner Öffnung ein Kichern, das uns verraten hätte.

«Pioniere...»

Dann gab er auf, nickte, schloß die Auslage und schlurfte in seinen ausgelatschten schwarzen Pantoffeln in den Schatten einer Holzbude, zu seinen wenig vertrauenerweckenden Kollegen, die atlantitscheskij Makrele mit dem Messer aßen und blaue gemusterte Hände hatten.

«Armaturen und Tinkturen», brummte Kostek und ging auf die Suche nach seiner Uzi.

Eine sowjetische Alte reichte einem polnischen Opa einige Bögen Schmirgelpapier. Er gab ihr Geld dafür. Schein gegen Schein. Es war windstill, nichts flatterte. Das Mädchen hatte aufgehört zu schießen. Trotz des unförmigen Mantels und trotz der Schminke war sie gar nicht übel. Die Gauner hatten ihre Konserve verspeist. Die leere Büchse landete mit einem Fußtritt zwischen Manometern, Sägeblättern und Zigarettenstangen mit Peter dem Großen hoch zu Roß. Es schepperte nur, niemand sah hin. Die Verkäufer standen reglos wie Nordlichter, die Energie sparen. Unsere Landsleute schlüpften verstohlen, gebückt vorbei, verschlafen, die Nase im Plunder, tastend, musternd, kaufend oder wieder weglegend – alles mit der gleichen Verachtung, denn wann hätte ihre Sehnsucht je diesen hoffnungslos armseligen Gegenständen gegolten, traurigen Puppen, gequältem Tee, grauem, rührseligem Porzellan und was derlei mehr war, alles gezeichnet von Regen und Frost, von der Entsetzlichkeit dieses Raumes, der sich zusammenrollen kann, aber niemals endet, und in dem wie ein Mensch zu Fuß alles spurlos verschwindet. Gasuhren, Wasseruhren, nach Mustern universaler Volkskunst graviertes Besteck, Pfeffer, Hundehalsbänder, Offiziersstiefel, Leder, Schnüre, Sensen, Sicheln, Draht-BHs, Aschenbecher, Holz, Steine – als wollten sie alles loswerden, als wäre das Imperium von einer neuen Entsagungsreligion erfaßt, einer Endzeitmystik, der nur die immaterielle Realität etwas gilt. Sie fegten ihre Häuser leer in der Hoffnung auf die Offenbarung, die da kommen und in ihre Seelen und ihre Mietshäuser fahren sollte.

«Eto kosmitscheskij pistoljet», sagte ein Jugendlicher zu Kostek und ließ gelbes und rotes Licht aus der Laserpistole rattern.

«Um die Marsmenschen abzuknallen, was?»

«Moschet bytj i Marsjan», der Junge lächelte zweideutig und zog den Kopf wie eine Schildkröte zwischen den Fellkragen seiner Jeansjacke.

«Oder auch... die Russen.»

«Wer hat heute noch was gegen die Russen?»

«Wir Ukrainer.»

«Nicht mehr gegen die Polacken?»

«Bei uns gibt es keine Polacken.»

«Aber Russen, was? Dann heb deine kosmische Gun auf. Heb sie auf. Du kannst sie vielleicht noch brauchen. Die Russen waren im Kosmos, vielleicht wirkt sie.»

Der Molodjetz schaute unfreundlich drein, aber Kostek gab ihm keine Chance und ging weiter. Ich wollte mir einen großen, mit Teppichen zugepflasterten Wolga ansehen. Das Auto war nicht mehr zu erkennen, aber der Größe nach konnte es nur ein Wolga sein. Teppiche auf dem Dach, der Motorhaube, der Kofferraumhaube und auf den Teppichen Kristall, Vasen, Salatschüsseln, Pokale und Karaffen. Und Samoware. Aus Tula. Teppiche aus Buchara. Woher das Kristall? Bestimmt Beutegut, denn das Ganze sah aus wie ein Mongolenzelt, das in dieser grauen Halbwüste aus Alltagsgegenständen aufgeschlagen war. Die Leute beklopften diese Wunder, um den hohen, weichen und reinen Klang zu hören. Auf dem ganzen Platz gab es nichts Reineres. Die Leute, das waren alte Frauen und alte Männer, grauhaarig, in warmen Stiefeln. Sie hielten ihr Ohr daran, lauschten, verharrten reglos, bis der Klang, einem Lichtstrahl gleich, im Raum verschwunden war, und klopften dann erneut, um dieses ferne, schöne und unerreichbare Etwas hervorzulocken.

Den Trödel bewachte ein fünfzigjähriger Mann, aufrecht und hager. Das war kein russisches Kartoffelgesicht. Die eingefallenen Wangen waren glattrasiert. Unter der schwarzen, mit Persianer besetzten Pelerine schaute eine graue Stalinbluse hervor. Die grauen Haare waren im Nacken ausrasiert, und der graumelierte Schnurrbart hing tiefer als die Mundwinkel. Ich trat näher, um ihn zu riechen. Ich war neugierig darauf, wie er roch. Er roch. Nach Kölnisch Wasser und Pfeifentabak. Der Mann gefiel mir. Außerdem besaß er noch alle Zähne. Sie waren weiß wie Porzellan. Mir schien, sie müßten genauso klingen wie das Kristall. Die grauen Breeches verschwanden in hohen schwarzen Stiefeln, deren Leder in Knöchelhöhe weiche Falten warf.

Schließlich begegnete er meinem Blick. Seine Augen

hatten eine kalte graublaue Farbe. Er hypnotisierte mich. Diese eisigen Nadeln spießten mich auf. Er nickte mich zu sich. Ich ging hin. Ich tat diese drei, vier Schritte und blieb vor ihm stehen. Er ließ den Blick von Kopf bis Fuß an mir herabwandern, als wöge er mich ab, wollte mich kaufen, etwas in der Art, und ich hatte nicht den Mut, mich zu bewegen oder zu fragen, was er von mir wollte. Dann sah er rasch über meinen Kopf hinweg, ließ den Blick mit vogelhafter Schnelligkeit über den ganzen Platz huschen, wie eine Eule auf ihrem Ast, und bevor mir noch der Gedanke kam, daß das eine Vorsichtsmaßnahme sei, konspirativ, hatte er schon den Teppich von der hinteren Tür gehoben, an der Klinke gerissen und «schnell, schnell» gerufen. Ich stürzte kopfüber hinein und klappte zusammen wie ein Taschenmesser, die Tür schlug sofort zu, Dunkelheit umfing mich. Ich dachte noch ganz sinnlos daran, daß ich Kostek nichts gesagt hatte und er mich suchen würde.

Die Dunkelheit war nicht vollständig. An der Säule zwischen den Türen brannte ein kleines gelbes Licht. Der Motor lief, auch wenn außen, unter dieser Masse von Wolle, nichts davon zu hören war. Aber das Auto vibrierte leicht, und es war warm.

Zuerst sah ich ihre Augen. Zwei große Schattenflekken und darin, in den Pupillen, der goldene Reflex der mickrigen Glühbirne. Warum eine Sie? War es der Geruch? Der betäubende Geruch von Parfüms, Ölen, vielleicht Kräutern, weiß der Teufel, jedenfalls etwas Weibliches. Kopf, Gesicht, die ganze Gestalt verlor sich in der Decke, einem dunklen, gemusterten Trauerflor. Sie mußte kurz zuvor zur Seite gerutscht sein, denn meine Hand traf auf eine angewärmte Stelle. Die Augen und ein Arm. Sie hielt ihre Draperie in der Nähe des Kinns zusammen, der Arm war mager und zierlich.

Er ragte bis zum Ellbogen aus dem Stoffknäuel hervor, die Reifen aus glänzendem Metall wirkten ungewöhnlich groß.

Ich merkte, daß ich schwitzte. Unwillkürlich griff ich zum Reißverschluß meiner Jacke, da zog sie sich noch tiefer in ihre Ecke zurück, der Schmuck klirrte leise, der Rand des Schleiers rutschte vom Gesicht und ich sah, daß es ein Kind war, es konnte höchstens zwölf sein.

Sie mußte darunter nackt sein, denn ich bemerkte die mageren Knie, als sie versuchte, möglichst wenig Platz einzunehmen, sich zusammenzukauern, in eine Kugel zu verwandeln, etwas Eingerolltes, das man schwer auseinanderbekommt. Mit einem Fuß stützte sie sich gegen die schwarze Wagenverkleidung, rutschte aber gleich ab und gab einen klagenden, quietschenden Laut von sich. Sie versuchte es erneut mit Hilfe der anderen Hand, die mit Handschellen an die Armlehne der Tür gefesselt war.

Ich zog mich in meine Ecke zurück und stemmte die Fäuste in die Taschen. Sie warf sich nicht mehr hin und her. Die Decke war ihr vom Kopf gerutscht. Sie hatte schwarzes, glattes Haar. In fünf Jahren würde sie eine schöne Frau sein. Aus ihren Tüchern schlug mir der schwüle Mief von Schmutz und Kosmetika entgegen. Mir wurde schwindlig. Ich drückte gegen die Tür. Ich spürte, wie sie gegen etwas anschlug. Ich stieg aus und schnappte nach Luft. Sie schmeckte nach Kohlenstaub. Der Mann versuchte mir den Weg zu versperren. Er war gar nicht mehr ruhig.

«Hundert», sagte er leise. «Hundert.»

«Wasch sie erst.» Und ich stürzte mit gesenktem Kopf davon.

18 Diesmal war es keine Hütte, keine Ruine, nur ein mit Tannenzweigen ausgekleidetes Erdloch. Es mußte Tanne sein, denn obwohl wir die Zweige im Dunkeln brachen, nahm ich den süßlichen Geruch wahr.

«Man hört die Hunde aus Czetwertne», sagte ich wie Wasyl Bandurko vor einer Woche. Ich hatte beschlossen, einen anderen Weg zu gehen. Bandurko sagte, unsere Bude könne man auch über Czetwertne erreichen. Das hatte ich auch auf der Karte gesehen. Ich beschloß, oben am Tal entlangzugehen, mich am Waldrand zu halten, so daß ich die Hunde und die gerade angehenden Lichter linker Hand hatte. Wir konnten sogar einen Blick auf dieses elende Nest werfen. Fünf verstreut liegende Hütten, ein paar Schweinekoben und Scheunen und am Berghang gegenüber Heuschober auf den Wiesen. Die Hunde verbellten nicht uns. Sie bellten die ganze Zeit. Niemand konnte uns sehen. Der Talgrund lag einen guten Kilometer unterhalb des Weges.

Im düsteren Licht der Dämmerung wirkte der Wald trostlos. Seinen Rand bildeten Erlen, Salweiden, Holundersträucher und Jungkiefern, die faulten und reihenweise umgestürzt waren, von Schädlingen zerfressen, Opfer des steinigen Grundes und des Windes, kein richtiger Wald. Gebüsch, zerfurcht von den Betten der Bäche, die trotz des Frostes kaum gefroren waren, so daß wir bis zu den Knöcheln im Schlamm standen, weil keine Zeit war, nach geeigneten Übergängen zu suchen. Und Haselsträucher. Sie wuchsen überall. Besonders in diesen Hohlwegen. Trocken, brüchig, mit den nackten Wurzeln über Erdrutschen hängend.

Kostek ging hinter mir. Auf den Kahlflächen mitten im Wald lag mehr Schnee, und wir sanken bis zu den

Knien ein. Er ging, ohne zu reden, er schnaufte nur, pfeifend, aber er machte Dampf wie eine kleine Lokomotive, denn schließlich hatte er am meisten Grund zur Eile. Von Zeit zu Zeit fluchte er, wenn er sich im Geschlinge der Brombeertriebe verhedderte.

«Wir brauchen uns nicht so zu beeilen. Heute kommen wir sowieso nicht mehr an.» Bald darauf schnitt ein Streifen Altholz, der mit der Zunge bis zum Talgrund reichte, unseren Weg. Offenbar waren wir schon hinter Czetwertne, jenseits der Wiesen und Weiden.

Wir fanden die Wurzelhöhle einer umgestürzten Buche, ließen uns einfach hineinfallen und hatten gerade noch Kraft, die Rucksäcke abzuwerfen, uns aufzuraffen und Zweige zu pflücken, um damit das Lager auszukleiden. In dem Loch zog es nicht. Wir besaßen drei Schlafsäcke, Kostek sogar einen mit Daunen. Und wir hatten zu essen und zu trinken, denn schließlich hatten wir unseren Alkoholvorrat auffüllen müssen und fünf Minuten vor Abfahrt des Busses die Rucksäcke mit Flaschen vollgestopft, ich war sogar darauf gekommen, eine Taschenlampe mit Ersatzbatterien zu kaufen. Also Speck, unsere zu zwei Dritteln geleerte Flasche Spiritus, in die Kostek ein paar Teeblätter warf, damit er Farbe bekam. Ich machte schließlich kurz die Taschenlampe an, weil er sich unbedingt diese Metamorphose ansehen wollte. Es war nicht schlecht. Besonders als der Spiritus in unsere Adern kroch und wir in die Schlafsäcke. Jeder in seinen eigenen, dazu wickelten wir uns in den Daunensack. Nur die Beine, feucht, starr, wie fremd, wollten nicht warm werden.

«Steck die Schuhe in den Schlafsack», sagte ich. «Morgen früh sind sie Panzer.»

«Früh? Wann ist das?»

«In knapp zwölf Stunden. Um sechs Uhr graut der Morgen.»

Mit Mütze und Schal, in Handschuhen, mit angezogenen Beinen auf der Seite liegend, ineinander geschmiegt, ich an seine Schultern, taten wir voreinander so, als schliefen wir. Aber unsere Atemzüge erreichten nicht die Dauer und Tiefe des Schlafes. Vielleicht wollten wir diese sichere Zeit, diese zwölf Stunden, in denen nichts passieren konnte, in denen uns nichts drohte außer einer Lungenentzündung, nicht einfach verschlafen. Das mußte gewürdigt werden, schlückchenweise ausgekostet. In der Höhe toste der Wald. Nichts weiter. Kein Laut. Wir lagen auf der Erdoberfläche. Zwei kleine Figuren, an die rotierende Kruste gepreßt. Wen hätte unser Schicksal, unsere Existenz interessiert. Nicht größer als ein Steinchen, keinen Furz wert. Hätte die Kruste etwas schneller rotiert, wären wir wie trokkenes Laub in die Finsternis geflogen, wie Flöhe von einem Hunderücken. Auf einige hundert Meter, vielleicht einen Kilometer konnte man uns sehen. Aber aus größerer Entfernung? Von oben? Morsch, faulig wie altes Laub, reglos wie weiße Larven, die unter der Baumrinde überwintern. Ich spürte, wie wir uns drehten, wie wir, eingeschlossen in warme Kokons, durch den schwarzen, eisigen Raum jagten, wie wir, ein Splitter oder ein Quarzkorn unter der Haut der Erde, rotierten, und ich mußte immer wieder die Augen öffnen, in die Dunkelheit, in Kosteks Nacken schauen, um dieses bedrängende Gefühl loszuwerden.

Im Bus, wenige Haltestellen vor der Berghütte, hatten die Bauern über uns geredet.

Ein Tag, schon hatte sich die Kunde verbreitet. Jemand hatte Verwandte in Niewierka, war gerade dort gewesen, oder alles war von der hiesigen Grenzschutzstelle, von Pietrza, ausgegangen. Schließlich waren es nur etwa zwanzig Kilometer, und niemand außer uns irrte wie die leibhaftigen Schwejks auf dem Weg nach

Budějovice umher, sie brauchten nur von Station zu Station zu telefonieren. Aber die Bauern redeten ohne Interesse. Überfallen? Umgebracht? Weiß der Teufel. Weiß man nicht. Irgendwas dort in Niewierka beziehungsweise weiter, wo diese verlassene LPG, ein Schmuggel oder so was. «Quatsch. Wer schmuggelt im Winter, und was?» – «Ja, aber es hieß, sie haben den Soldaten da, versteht ihr. Man hat sie noch nicht erwischt. In Pietrza waren zwei Autos mit Offizieren. Aus Krakau. Erzählen die Leute.»

Wir saßen hinter diesen Bauern, einer im herbstgrauen Mantel, der andere im Schafspelz, in einer mit Schafsfell besetzten Ohrenmütze, beide alt, runzelig und durch nichts mehr zu erschüttern, selbst wenn es um den Tod ging, denn sie hatten schon viele Tode gesehen, jetzt interessierte sie nur noch ihr eigener. Kostek zog sich in seine Kleidung zurück wie eine Schildkröte in ihren Panzer, schielte nicht einmal zu mir her, sicher wünschte er von ganzem Herzen, daß ich das alles nicht mitbekäme, daß dieses Gesprächsrauschen nur in seinem Kopf stattfände wie ein Truggespinst, eine Halluzination, weiß der Teufel was, aber seines und nur seines.

War es so? Ich weiß nicht. Jedenfalls sah er mich nicht an, sagte nicht «Jemand mußte es schließlich tun», knurrte nicht einmal, sondern spähte nur aus seinem Panzer heraus, aus der Kleidung, die nach oben wanderte, der Kragen bis zum Scheitel, schaute auf das schwarzweiße Dorf draußen, auf das über den Talgrund hingestreute Bergdorf.

Die Häuser waren lang, alt, aus Bohlen gezimmert und blau angemalt oder mit Dieselöl gestrichen und fast schwarz, die Fugen weiß. Alle lagen tiefer als die Straße, keine Menschenseele auf den Höfen, nur frostständige Enten hockten in den Schneewehen, als warteten sie auf das Tauwetter. Niemand steckte seine Nase heraus. Nur gelegentlich verfolgte ein wenig vertrauenerweckendes Gesicht hinter einer Gardine, einer Pelargonie unsere Fahrt. Zwei Pinscher beschnupperten sich die Hintern. Reglosigkeit. Vielleicht noch der Rauch, kapriziös, gewunden, eine Übergangsform zwischen dem Weiß des Schnees und dem Schwarz der morschen Zäune und Sträucher.

Endlich stiegen die Bauern aus.

«Hast du gehört», fragte er.

«Ja. Tratschen gern hier.»

«Stimmt. Tratschen um des Tratschens willen. Dorfklatsch... wie die alten Weiber.»

Und wir sprachen nicht weiter davon. Der Bus erklomm eine lange, sanfte und gerade Steigung, manchmal ging jemand mit einem Tausend-Złoty-Schein zum Fahrer, und wir hielten vor einer Hütte an, alles Haltestellen auf Wunsch. Die Leute tröpfelten heraus, und ich befürchtete, wir mit unseren stoppeligen Fressen, mit Augen wie in den Schnee gepißten Löchern könnten am Ende allein bleiben, und niemand würde uns mehr für übergeschnappte Sonntagskletterer halten. Aber nichts geschah. Niemand hob den Blick, als wir in der Nähe der Berghütte ausstiegen. Der verschneite Hintern des Busses verschwand im Gestöber, und wir zogen los. Wie damals mit Wasyl, um nach einer Stunde in Richtung Westen abzubiegen und uns in diesem Loch zu finden.

Ich arbeitete das alles in Gedanken durch, die letzten zwei Tage und zwei Nächte, arbeitete es zehn-, zwanzigmal durch, um es satt zu bekommen und einzuschlafen, solange noch Restwärme im Körper steckte. Ich muß auch oft eingeschlafen sein, denn bisweilen verwandelte sich der Marktplatz von Gardlica in einen Rummel vor zwanzig Jahren, auf dem Platz vor der hölzernen Kirche. Nur war das im August. Die Kirche stand auf einer hohen Böschung am Fluß, und das gegenüberliegende Ufer war, so weit das Auge reichte, eine menschenleere, sandige Ebene, auf der gelegentlich eine Kuhherde auftauchte. Die Typen aus dem Dorf zeigten in diese Richtung.

«Białystok», sagten sie stolz. Bewunderung und Sehnsucht schwangen darin mit, als bildete der kapriziöse grüne Bug die Grenze zwischen zwei Kontinenten. Im Gebüsch versteckt, tranken wir billige Weine, die «Goldapfel», «Serenade», «Pfiff» oder «Harnas» hießen, und grapschten nach den Titten der Mädchen, die wir ins Gebüsch lockten. In unserem Rücken überfraß sich das Kirmespublikum an Zitroneneis, von Minute zu Minute besoffener und ausgelassener. Budenschießen, große Gipshunde und Glaspaläste: bunt, vielstökkig, mit Steildächern, die mit schillerndem Glasstaub bestreut waren. Ein unbeschreiblicher Reichtum. Uhren mit stummen Zeigern, Spiegel, die man nur umzudrehen brauchte, um statt der eigenen pickligen Visage einen glatten Brando oder Kloss zu sehen, alles golden, silbern, hellblau und rosa. Die Schätze des Ophir, Zündhütchen, Korken und Purpur. Revolver, Myrrhe und Weihrauch. Unerhörte Dinge, Kugeln an Gummibändern, mit Sägemehl gefüllt. Blumen aus bunten Federn, wie bei den Azteken, Furzballons aus roten Kondomen, Frösche als Saugnäpfe, pneumatische Teufel, kein einziger Engel, haardünner Schmuck, Schwäne in Glaskugeln, in denen es schneit, nichts, was hätte nützlich sein, überdauern oder zu etwas dienen können. Ein Fest. Wir tranken diesen Wein, kotzten von der Hitze, warteten auf die abendlichen Spiele in der Remise. Cowboy-Gürtel mit Schnallen in Form von Kuhschädeln, Taschenmesser an Kettchen, Tuten, Trillerpfeifen, Okarinen und grüngebeizte Schalmeien, Trommeln, der Duft angebrannten Zuckers, Dämmerung und geplünderte Obstgärten. Na, und Titten, vor den Hintern hatten wir noch Angst. Und die großen bunten Kämme, die wie Messer aus unseren Taschen ragten.

Das muß ich geträumt haben. Girlanden, Prunk, Reigen von Gipsfiguren: die Muttergottes, ein Hund, ein Schütze, der hl. Josef, eine Katze, alles Lotteriegewinne. Kirmes. Ablaß der Sünden.

Kostek schmiegte seine Arschbacken in mich, und ich atmete ihm in den Nacken. Vielleicht schliefen wir. Ganz sicher, denn schließlich weckte uns ein Dröhnen, als wäre alles ringsum zusammengestürzt. Kostek stöhnte «Jesus, wie kalt» und wand und drehte sich im Schlafsack. Es fing von den Beinen an. Ein Kribbeln, ein kalter Krampf, der die Rücken- und Schultermuskulatur zusammenzog. Über uns heulte der Sturmwind. Ich steckte meinen Kopf heraus. Dichter Schnee fiel.

«Wir schneien ein», sagte Kostek.

«Dann wird uns wärmer. Wie im Iglu.»

«Wie im Grab.»

Reden war zwecklos. Wir zogen die Decke über den Kopf. Ich dachte an den Spiritus, aber um an ihn heranzukommen, hätte ich unser flaches Schneehaus zerstören müssen. Wie Lazarus in weißen Bandagen, fast tot, lagen wir da. Traumfetzen rissen unsere Seelen mit, entführten sie aus dem Körper, der sich in etwas Fremdes, Totes, Abstoßendes und Schmerzzufügendes verwandelte. Die gigantischen Buchen über uns tosten wie die Joche einer Brücke, über die frostgefüllte Luftfetzen jagten, aus schwarzer Leere in das Verderben in den Baumkronen getrieben. Die Zweige schlugen aneinander und man konnte hören, wie tief im Wald immer wieder einmal ein abgebrochener Ast, vertrocknet, brüchig von dem Eis, das in ihm war, herabstürzte. Der Wind sollte hier wohl Ordnung schaffen, alle toten

Triebe vertilgen. Die Stimme des Uhus, der uns gute Nacht geschrien hatte, war verschollen. Vielleicht war der Vogel an der Masse der Luft erstickt, oder er hatte von seiner schwachbrüstigen Prophezeiung abgelassen, zu nichtig und lächerlich war sie angesichts der Lawine dieses unheilverheißenden Tumultes; vielleicht war der Große Wagen zerbrochen und raste auf die Erde zu, um gleich hier zu zerschellen.

«Ich kann nicht schlafen.» Kostek sagte das in einem Ton, als lägen wir beide auf getrennten Betten im Hotel oder im Pfadfinderlager.

«Zähl irgendwas», flüsterte ich ihm ins Ohr.

«Was denn? Ich zittere am ganzen Leib.»

«Irgendwas. Ich zittere auch.»

So brummten wir uns von Zeit zu Zeit etwas zu. Zwischen einem Brummen und dem nächsten mochten Minuten oder Stunden liegen. Erschöpfung zog uns in eine stickige Tiefe, versuchte uns zu ertränken, aber noch waren unsere Körper zu leicht, wir kamen immer wieder an die Oberfläche, vollgesoffene, aufgedunsene weiße Wasserleichen, Träume und Gedanken durchlöcherten uns wie die Aale den Kadaver, den als Köder ausgeworfenen Pferdeschädel. In meinem Kopf alle Basare, die ich im Leben gesehen hatte. In Kosteks Kopf bestimmt die Uzi, von der er träumen mußte, denn nichts anderes hätte er sich in seiner Lage wünschen können. Ich war auch sicher, daß er bereute, diese Makarow-Pistole dort, im Schnee, weggeworfen zu haben. Wie ein Schlafwandler irrte er über den Markt. Wankte von einem Müllhaufen zum anderen, zog diese miserablen Imitationen des Todes hervor, die klickerten, furzten, ratterten und bunt flackerten, ohne daß eine von ihnen sich in seinen Händen als schwer und bedrohlich entpuppen wollte. Bogen und Pfeile mit Metallspitzen, ein Säbel mit Plastikgriff…

Er schenkte mir keine Beachtung. Er watete durch dieses Arsenal von Hirngespinsten, der Gedanke ließ ihn nicht mehr los, und ich fürchtete, ihn mit Gewalt hier herausholen, wegschleppen, ihm seine Illusionen rauben, ihn in den Bus laden, wie einen Idioten behüten oder ihn ins Gesicht schlagen zu müssen. Nach einer Stunde kannten ihn alle. Die Russen, Rumänen, unsere und die Tataren. Sie schoben ihm ihre grünen, blauen, gelben und schwarzen Offerten unter die Nase, eine Wasserpistole mit Wolf und Hase auf dem Kolben war auch dabei, und er schüttelte den Kopf, prüfte, war wählerisch, machte bedeutsame Mienen, so daß man ihn am Ende für einen Irren hielt.

«Maltschik, chadji sjuda, Katjuscha.»

Als ich der Lusthöhle entkommen war, konnte ich ihn lange nicht finden. Erst nach einiger Zeit entdeckte ich seine Gestalt bei drei Schiebern in Jeansanzügen. Sie standen in engem Kreis hinter der Würstchenbude ganz am Rand des Platzes. Gebeugt, den Kopf eingezogen, flüsternd. Man sah aus hundert Meter Entfernung, daß sie flüsterten. Ich ging auf sie zu, aber Kostek bemerkte mich nicht, nur einer von ihnen; als ich nur noch zwei Schritt entfernt war, drehte er mir sein häßliches, von Furcht und Schläue mariniertes Gesicht zu und knurrte: «Was willst du denn?» Dann sagte Kostek: «Kumpel von mir» und der Marinierte: «Hast 'n Leibwächter?», und dann zu seinen Kumpeln: «Hau'n wir ab.» Wir blieben allein mit dem Gestank angebrannten Fettes. Kostek steckte sich eine Zigarette an, und nach einem langen Augenblick fragte er:

«Wieviel Geld hast du?»

«Nicht viel, fünf-, sechshundert.»

Er rückte von der Seite an mich heran und flüsterte halblaut, als wäre ich eine jener Kreaturen:

«Es gibt eine Kalaschnikow, für drei Riesen. Mit 60 Stück Munition.»

«Und die willst du kaufen? Die paßt doch gar nicht in deinen Rucksack.»

«Doch. Es ist eine mit zusammenklappbarem Kolben», erwiderte er ganz ernsthaft. «Aber ich habe nur knapp zwei Riesen. Wenn wir deins drauflegen, lassen sie vielleicht den halben Tausender nach. Sie sagten, sie treiben sich hier bis zum Abend herum.»

Er blickte zu Boden. Eine Rußschwade sank vom Schornstein der Würstchenbude auf uns nieder. Ein Mädchen im blauen Mantel, eine Rokokouhr aus goldenem Plastik in der Hand, ging vorüber. Die drei Gauner standen an der Teppichlimousine.

«Das ist nicht mein Geld, Kostek. Es ist Gemeinschaftskasse. Weißt du, die Jungs wollen vielleicht keinen Karabiner.»

Das war ein Argument des gesunden Menschenverstandes. Und es wirkte. Kostek trat den Rückzug an, mit leichter Geringschätzung, aber immerhin. Perlen vor die Säue. Das muß er gedacht haben. Das Geld gehörte mir, die Gemeinschaftskasse hatte ich schon ausgegeben. Er gab nach, musterte nun aber prüfend den Marktplatz, als erwartete er von irgendwoher Hilfe. In dem Moment betraten drei Bullen den Platz. Ich zeigte mit dem Kopf auf sie und nahm ihn am Arm. Er bewegte sich willenlos wie ein Kind. Als hätten ihm die Uniformen bewußtgemacht, wer wir waren und was wir hier taten.

Jetzt atmete ich den Mief seines schmutzigen Körpers ein. Trotz der Kälte spürte ich den Gestank von Erschöpfung und kaltem Schweiß. Vielleicht war ich es auch, der so stank. Egal.

19 Erst bis zu den Knien, dann bis zu den Eiern, und als wir in die offene Ebene kamen, auch bis zu den Hüften. Auf der weißen, abschüssigen Fläche gerieten wir in Schneewächten und -wehen wie in Hinterhalte. Und nichts zu sehen. Der weiße Wirbel schlug uns direkt ins Gesicht. Wir gingen mit geschlossenen Augen. Was machte das schon. Wir gingen dort entlang, wo es nach unten ging. Alle Richtungen sahen gleich aus: sie waren nicht zu sehen. Nach einer Stunde bekam ich Sehnsucht nach etwas Schwarzem oder Grauem, ganz egal, Hauptsache nicht weiß. Wir zogen einen tiefen Graben durch den Schnee und konnten ihn, wenn wir uns umdrehten, vor unseren Augen verschwinden sehen. Also bis zu den Eiern. Ich ging voran, Kostek hinter mir. Er hatte Fieber. Unsinn, hatte er gesagt, aber als wir uns in der Morgendämmerung aus dem Schneehaufen gruben, glänzten seine Augen. Manchmal mußte ich warten oder umkehren und ihn aus den flauschigen Fallen ziehen. Ein solches Gestöber hatte ich noch nie erlebt. Wir waren naß. Von Schweiß und Schnee. Wir hätten längst unten sein müssen, am Talgrund. Selbst wenn wir einen Kilometer in der Stunde gingen. Einen Bach, Sträucher, Bäume, irgend etwas hätten wir erreichen müssen. Ich schloß die Augen oder blickte auf meine eigenen Knie. Und ging. Bergab. Das jedenfalls war sicher.

Ich sah mich um und entdeckte Kostek nicht. Ich rief. Da konnte ich lange rufen. Selbst wenn er mich hörte, trug der Wind seine Antwort in die entgegengesetzte Richtung fort. Was war sein Stimmchen gegen diese Kubikkilometer von Pulver und Geheul. Ich legte den Rucksack ab, stellte ihn aufrecht und ging zurück. Da saß oder hockte er bis zu den Hüften im Schnee, seitwärts geneigt wie ein gestürztes Standbild. Er steckte

in der Schneewehe fest und dachte überhaupt nicht
 daran, sich noch zu rühren.

«Ich kann nicht mehr», sagte er. Sein Gesicht war dunkelrot, die Augenbrauen weiß. «Ich schaff's nicht. Muß ausruhen.»

Ich hätte ihm gern einen Tritt gegeben. Ich stellte mir vor, ich gebe ihm einen Tritt und er kippt steif zur Seite. Wie eine Holzfigur. Und bleibt so liegen. Statt dessen hockte ich mich neben ihm nieder.

«Toll würdest du jetzt dastehen mit deiner Kalaschnikow. In den Arsch könntest du sie dir stecken. Wie ein Schneemann den Besenstiel.»

Er blickte mich irgendwie so reglos an, als würden seine Augen schon gefrieren. Vielleicht war das Haß? Und ich spürte, daß ich keine Lust hatte weiterzugehen, daß ich bleiben wollte, daß mir so wohl war, es wehte auch weniger.

«Na gut. Kurze Ruhepause.»

«Ruhepause. 24. Februar, 10.30 Uhr», sagte er, indem er seine Uhr am Handgelenk freikratzte. «Ich kann wirklich nicht. Drei Tage und Nächte unterwegs. Will schlafen. Ich weiß, daß ich Unsinn rede, aber ich bin todmüde. Kalt, heiß, egal, hinlegen und einschlafen. Ich weiß, ich weiß...»

«Hör zu. Es ist nicht mehr weit. Vielleicht eine Stunde, vielleicht nur eine halbe», sagte ich, obwohl ich keinen Schimmer hatte. «Noch einen Augenblick.»

Mit Mühe erhob ich mich, umkreiste Kosteks Torso. Ich knöpfte seinen Rucksack auf und kramte zwischen Broten und Gelumpe ein Päckchen Kaffee und eine Flasche Wyborowa hervor.

«Hast du das Messer?» Er kramte und fand es. Ich stach ein Loch in den Kaffee Prima und schüttete mir etwas auf die Handfläche, tat Schnee hinzu und kaute. Schmeckte gar nicht übel. Ich reichte ihm das Päckchen. Ohne große Begeisterung schluckte er eine Portion nach der anderen, bis er sich verschluckte.

«Nimm mehr Schnee. Es muß naß sein. Ein Brei.»

Er befolgte das so genau, daß er bald den Kaffee vergaß und Handvoll für Handvoll gekneteten Flaum aß. Ich wollte seine Stirn berühren, befürchtete aber, er könnte das ausnutzen und endgültig die Fassung verlieren.

Nach dem Kaffee ging ich an den Schnaps. Ich nahm einen ordentlichen Schluck und wartete, bis er sich in die Arterien ergoß. Kostek trank ein bißchen ab, aber wenig.

«Noch eine Zigarette, und weiter geht's», nickte er.

Es wurde richtig gemütlich. Wir sanken wohl immer tiefer ein, denn der Wind streifte gerade noch unsere Köpfe.

«Noch eine Zigarette, und weiter geht's», sagte er bald darauf wie zu sich selbst. «Weiter geht's, den Tag, die Nacht, eine Woche, ein Jahr, zwei, drei, immer der beschissene Rückenwind, jetzt bläst er uns ins Gesicht. Vielleicht ändert sich was. Keine Sorge, ich komm schon zu mir, um das alles voranzubringen. Höllischer Schüttelfrost. Als ich klein war, mochte ich Schüttelfrost. Du lagst unter der Decke, und wenn dir kalt war, wußtest du, das ist reine Einbildung, denn unter der Decke kann es nicht kalt sein, oder? Fieber mochte ich auch. Weißt du, was ich am liebsten mochte? Stullen mit saurer Gurke. Brot, bißchen Butter und Gurkenscheibchen. Damit habe ich alle Krankheiten überstanden. Sieh mal. Heute könnten sie uns lange suchen. In einer halben Stunde sind alle Spuren weg. Wie in Kasachstan. Buran nennt man diesen Wind. Er weht zwei Stunden, danach bleiben die Schlittenpferde am Schornstein hängen. Der Bauer steht auf dem Dach der Hütte. Irgendwo habe ich so was gelesen. Gib's zu. Du bereust das alles. Möchtest es rückgängig machen, nicht? Das geht nicht mehr. Wir greifen uns die anderen und hauen ab. Bis man uns schnappt. Keiner drückt sich. Weder du noch irgend jemand anders. Es ist zu schaffen. Ich sollte ausruhen. Du sagst, dort ist eine Hütte. Ich werde mich ans Feuer legen und träumen und nicht träumen. Gurken? Scheiß auf die Gurken.»

Er hob die Flasche an die Lippen, trank die sauren Gurken zur Hölle. So sah das aus. Es lief ihm übers Kinn. Er reichte mir die Flasche.

«Trink, und wir machen weiter. Ich sag dir nur noch eins. Damit du's weißt. Ich hab euch nie gemocht. Weder dich noch den Kleinen, noch Gąsior. Vielleicht noch Bandurko. Und jetzt werdet ihr mich pflegen. Gerade jetzt. Ihr werdet mich mästen und pflegen wie einen Sündenbock. Denn wenn dieser Typ dortgeblieben ist... du weißt schon. Niemand wird herausbekommen, wer von uns...»

«Was faselst du, Kostek?» Ich hatte nur das Pfeifen des Windes im Kopf. Als hätte ich die ganze Gegend auf den Schultern getragen, eine leere Kugel, über die der Sturmwind tobte.

«Ich fasele nicht. Ich habe gesagt, was ich zu sagen hatte. Gehen wir.»

Und er stand so rasch auf, als spürte er weder das Gewicht des Rucksacks noch seine Erschöpfung. Er sank im Schnee ein, stand aber gleich wieder gerade. Als wir meinen Rucksack, einen kleinen weißen Hügel, erreicht hatten, fragte er: «Wie. In welche Richtung?»

«Immer bergab.»

Nach einer halben Stunde sahen wir schwarze Stämme. Atemlos, die Lungen kurz vor dem Zerplatzen, schleppte ich mich bis zur ersten Baumgruppe. Er war wirklich wieder zu Kräften gekommen. Er legte ein halsbrecherisches Tempo an den Tag. Schaufelte den

Schnee zur Seite wie ein Eisbrecher. Er wartete auf mich.

«Und jetzt?»

«Irgendwo in der Nähe muß ein Flüßchen sein. Es sollte nach rechts fließen. Wir müssen flußabwärts. Es ist dasselbe, auf das wir gelauscht haben.»

Zwischen den Bäumen lag der Schnee viel flacher. Wir kamen an einen kleinen Steilhang. Er sah nach einem Flußbett aus, war aber von Schneewehen bedeckt, so weit das Auge reichte. Kostek setzte einen Schritt vor und sank bis zur Brust ein. Er watete bis zur Mitte der Schneise, die das Bett sein sollte. Eine Weile grub er mit den Stiefeln im Schnee, dann stieß er auf Eis.

«Hier muß es sein.»

Schließlich kamen wir an. Ich erkannte das abgerissene Ufer. An den Steinschwellen befreite der Fluß sich vom Schnee. Aus den Eisschlünden sprudelten Ströme grünen Wassers. Wir kraxelten empor. Die Hütte war da. Sie stand noch. Ich roch Rauch. Die kaum sichtbare Spur eines Pfades führte zum Fluß.

«Keine schlechte Stelle», sagte Kostek und blieb zurück.

Also trat ich ein. Die Tür knarrte und karrte einen Haufen Schnee zur Seite. Drinnen stank es nach Verbranntem. Der Rauch biß in den Augen. Dort saßen sie am Feuer, in ihre Schlafsäcke gehüllt, klein, reglos und geduckt. Kostek schlüpfte nach mir herein und schloß die Tür. Der rote Widerschein des Feuers ließ unsere Kumpel wie eine Schar Bettler aussehen. Wie Lumpenpuppen, dazu dieser Rauchgeruch, als wären sie einer Feuersbrunst entronnen. Versengt, ausgefranst, schmutzig. Richtige Flüchtlinge.

Kostek wollte nicht den Anfang machen. Also sollte

ich alles erzählen. Und das tat ich, bevor jemand den Schnabel aufreißen, mit Vorwürfen oder Fragen kommen konnte. Ich rezitierte die Geschichte unserer Reise, unsere lausige Odyssee. Eine kurze Geschichte war das, dennoch mußte ich mich niederhocken, denn vom Rauch tränten mir die Augen. Sie hatten kein trockenes Holz mehr. Also kurz, nur die Tatsachen, ohne Ausschmückungen. Ich war mit den Kräften am Ende. Ihre Gesichter konnte ich nicht sehen. Vermutlich waren sie einfach platt, denn niemand sagte ein Wort. Bandurko ließ den Kopf in die Hände sinken. Der Kleine rührte sich kein bißchen. Gąsior, mit dem Rücken an die Wand gelehnt, raschelte mit seinen Lumpen.

Ich zündete mir eine Zigarette an. In diesem feuchten Rauch schmeckte sie abscheulich. Wir warteten. Kostek, an die Tür gelehnt, ich in der geometrischen Mitte der Bude kauernd, sie dort wie Allegorien der Verblüffung, starrer Panik, irgendwelcher Gefühle, die ihnen jeden Augenblick das Bewußtsein, vielleicht sogar den Namen rauben mußten, zu einem graubraunen Klumpen zusammengedrängt, einem Haufen Lumpen, Müllkippe von Millionen Denkoperationen, vor den Kopf geschlagen. Es machte den Eindruck, als wären wir gekommen, sie zu bestrafen, sie aus ihrem bisherigen Leben auszuquartieren – Telegramm, Todesnachricht.

Endlich hob Wasyl sein Gesicht aus den Händen.

«Scheiße, was für ein Mist, was für ein idiotischer Mist! Gąsior ist krank, er hat Fieber», stöhnte er, als hätte das irgendeine Bedeutung oder als wollte er diesen Gąsior von seiner Seite in die Waagschale werfen, damit sie wenigstens ein bißchen kippelte, um Haaresbreite das überwog, was wir gebracht hatten.

Dann stand er auf, trat in das Feuer, rote Funken stoben auf und verloschen, und er begann in der Hütte auf und ab zu gehen, so daß wenigstens ein Geräusch diese abgestorbene Stille erfüllte und sein hilfloses, weinerliches Stöhnen ausradierte.

Ich war der Meinung, daß wir, Kostek und ich, unseren Teil getan hätten. Daß ich jetzt eigentlich Anspruch auf Ruhe hätte, daß sie an der Reihe wären. Ich setzte mich ans Feuer. Der Topf mit Wasser stand auf den Kohlen. Das Wasser versuchte zu kochen.

«Wir haben Kaffee mitgebracht», sagte ich zum Kleinen, der ohne ein Wort aufstand und anfing, im Rucksack zu wühlen.

Gąsior wandte mir sein Gesicht zu. Gedunkelt, ausgemergelt, die Wangen eingefallen, die Hautfalten schwarz von Dreck oder Schatten. Die Haare schweißverklebt.

«Wann hat es dich so erwischt?»

«Vorgestern abend. Es gibt keine Medikamente.»

«Wir werden dich schon hochpäppeln.»

«Ich hab's Reißen in den Knochen. Und kalt ist mir. Es schüttelt mich die ganze Zeit.»

«Wir haben ein bißchen Alkohol.»

«Sag, ist das alles wahr? Hat er das wirklich getan?»

«Ja, Gąsior, das hat er. Etwa sieben Kilometer von hier. Weißt du, das ging ganz elegant.»

Ich brachte ihm einen Schluck Wodka im Becher. Er streckte die verrußte Hand unter der Beutedecke hervor und trank. Dann lehnte er den Kopf gegen die Wand, schloß die Augen, wartete eine Weile und blinzelte, als wäre er gerade eben erwacht.

«Wirklich? Sag mal, wirklich? Ich habe doch... einfach, wie du sagtest. Wozu? Scheiße, wozu denn? Hör mal, macht keinen Quatsch. Das alles ist irgendwo hirnrissig... Wir müssen von hier verschwinden, Mensch, wenn sie uns erwischen, Mensch...»

Er sprach immer schneller und lauter, auch wenn er seine Stimme zu einem Flüstern zu dämpfen versuchte, aber die Wörter spritzten aus ihm heraus, wie unter Luftdruck, viel, zuviel in den Lungen gesammelte Luft, wie unter Wasser oder wenn man Angst hat. Ich nahm die Mütze ab und wischte ihm damit den Schweiß ab. Die grauen Strähnen klebten ihm quer über der Stirn. Er sah aus wie ein kleiner Junge mit kaputtem Gesicht.

«Wir müssen abhauen, nach Warschau, das alles vergessen, was für ein Blödsinn... in was für eine Scheiße haben wir uns da geritten, sag doch...»

Das Wasser kochte endlich. Der Kleine schüttete Kaffee hinein und kümmerte sich um das Essen.

Das Fett brutzelte in der Pfanne, spritzte ins Feuer. Kleine zischende Explosionen. Gąsior zitterte unter einem Lumpenhaufen. Vor Kälte, vom Fieber, vom Alkohol, von den eigenen Worten, die ihn entsetzten. Ich mußte ihn zu ein bißchen gebratenem Speck zwingen. Er wendete die Stücke im ausgetrockneten Mund hin und her, erst der Kaffee beförderte sie in den Magen.

«Hilf mir, ich muß mal raus», sagte er.

Er fummelte sich aus den Decken, stützte sich auf meinen Arm, und wir gingen raus. Auf der Schwelle erbrach er alles, was er zu sich genommen hatte. Zurück mußte ich ihn fast tragen.

«Glühbier», stammelte er. «Jetzt ein Glühbier, Jesus, das wär ein Traum.»

«Wir haben kein Bier mitgebracht, Gąsior. Wir haben es auch so nur mit Mühe geschafft. Willst du Kaffee? Mit Wodka?»

Er schüttelte den Kopf.

«Nein. Bier. Ich habe Gelüste wie eine Schwangere, nimm's mir nicht übel.»

Zehn fünfzig, dachte ich. Zehn Złoty fünfzig Groschen. Soviel kostete damals Glühbier mit Zucker. Das mochte auch im Februar gewesen sein, denn es war kalt. In dieser steinernen Hundehütte fanden gerade einmal der Schanktisch aus rostfreiem Stahl, die große Aluteekanne und ein dickes Weib Platz. Sie fluchte und schrie die Säufer an, ohne dabei aufzuhören, die Krüge zu füllen, Geld zu zählen, Restgeld und weiter, kehrt marsch und an die frische Luft, auf den betonierten Platz, der mit einer eisernen Barriere umzäunt war, damit die Zecher sich nicht zu weit in der Gegend verloren. Niemand saß an den Blechtischen. Alle standen, von einem Bein aufs andere tretend, den Boden stampfend, zusammengekauert im Dampf der Atemzüge und der auskühlenden Schoppen. Zehn fünfzig Glühbier mit Zucker. Es gab auch welches mit Saft, aber das kaufte niemand. Was hatte es für einen Sinn, durch die halbe Stadt zu fahren, um mit schmutzigen, grauen Männern in einer Schlange zu stehen, im Wind, im finsteren Schatten blattloser Bäume?

Dieses Gebäude erinnerte eher an ein Pissoir als an einen Ort, an dem man etwas zu sich nehmen konnte. Der Schatten der Bäume und der größere, dominierende Schatten des Kulturpalastes. Zwiefaches Frösteln. Es zog ewig. Je nach Jahreszeit trug der Wind trockenes Laub, Müll oder eine Handvoll Pulverschnee von den Parkalleen her. Die halbe Stadt, ein breiter Fluß und ein Złoty fünfzig für den Bus, um hierherzukommen, obwohl mindestens zehn, wenn nicht bessere, so doch wärmere Kneipen am Weg lagen. Wir pinkelten an die dunkelgrauen Ahornstämme. Niemand tat sich einen Zwang an. Alle pinkelten. An jedem Baum stand jemand mit gezogenem Pimmel. Im Winter ein weiterer Quell weißer Wölkchen. Land der heißen Quellen. Die Bäume sind wie durch ein Wunder nicht verdorrt.

Da genügte ein Wort, eine Losung, um alles hinzuwerfen und loszufahren, dort zu stehen, von einem

Bein aufs andere zu treten, billige Zigaretten zu rauchen. Wir versammelten uns im Kreis, wie die Ritter zur Tafelrunde. Schulter an Schulter, die Kragen hochgestellt, als könnten wir dadurch die von den Bierkrügen aufsteigenden Wärmewölkchen festhalten. Wir hatten keinen König Artus. Die reine Anarchie. Uns aber schien, daß wir alle aus dem gleichen Stoff gemacht seien. Deshalb der Kreis. Die kleinen Säufer standen ebenfalls im Kreis. Alle Jungs bilden einen Kreis, die Indianer, die Zulus. Gąsior war auch da. Und der Kleine und alle anderen.

Sommer, Winter, die Jahreszeit war egal. Nur, im Sommer konnten wir zu Fuß dorthin gelangen, auf einem verwinkelten Pfad über Schlupfwinkel, Plätze, Parks und Kinos – wie man es gerade lieber hatte in dieser Stadt der Wunder.

Eine angenehme, demokratische Stadt. Alle Fressen gleich grau. Egalité! Fraternité! Liberté! Die Jahre 77, 8, 9, 80, 81 – wie frei waren wir damals. Verloren im Bauch dieser trägen, schwerfälligen Bestie, dieses Viehs, in den Eingeweiden Leviathans verzottelt wie Parasiten, wie Bandwürmer. Tausende von Durchgängen, Hunderte von Orten, Stunden, die Liebe ist ein Luxus von Rumtreibern und Nichtstuern – das wird erst später deutlich. Ganze Sommer auf Höfen und Bänken, Winter in verräucherten Zimmern, die so dicht mit unserer Anwesenheit gefüllt waren, daß nicht einmal eine Stecknadel Platz fand, geschweige denn der Gedanke, es hätte anders sein können. Gąsior gab einen aus, weil er Geld hatte, ich trank, weil ich keines hatte, und von der Hegelschen Triade keine Spur. Synthese a priori.

«Kommt, gehn wir uns die Nutten vorm Hotel Polonia angucken.» Aber niemand hatte Lust, deshalb nahmen wir jeder noch ein Bier und noch eine Zigarette aus der Schachtel, um uns all die Legenden, Rittermythen und Heldengeschichten zu erzählen. Wie Bolo sich vor einem Jahr einen abgewichst und das Sperma in einer Flasche aufgefangen und in den Kühlschrank gestellt hatte, um dann seinen Alten zu erzählen, das sei ein Kräuterextrakt gegen irgendwas. Wie Gągol für zwei Zehner nachts das Licht im Zimmer seiner Schwester angemacht und ihr die Bettdecke weggezogen hatte. Sie schlief immer nackt, das Fenster war groß und lag im Parterre. Wie Franek Żeberko, wenn er zu trinken anfing, immer warnte, daß er sich nach einem halben Liter in die Hosen scheißen würde und alle ihm verziehen, weil er früher einmal die romantische Arbeit eines Zöllners an der Westgrenze verrichtet hatte. Wie der Opa von Gągol Kondome mit Gas füllte, eine Lunte daran befestigte und sie im dunkelblauen Himmel des Stadtrands explodieren ließ. Daß Oskar Peterson doppelt so gut sei wie Errol Garner oder umgekehrt. Von Buźkas großen Titten und Dziubas kleinen. Von der weißen Serviette auf dem Schwanz – so empfing Krzysiek seine Kumpel an der Tür, wenn er Frischfleisch im Bett hatte. Von Gąsiors Vater, der in der Kneipe einen doppelt so Großen knockout geschlagen hatte, weil er den Roten Mohn tanzen wollte. Davon, wie viele Morde Leadbelly begangen hat. Wie Uriasz vor Banditen ausriß und seine Eier auf dem Stacheldraht zurückließ, so daß er Damenbinden als Verband tragen mußte. Hundert andere Legenden, vom häufigen Gebrauch ausgelutscht, aber nicht schlechter als die vom Verrat des Herrn Mordred, von der Suche nach Excalibur, dem Schild des Herrn Galahad oder Lanzelot und vom Heiligen Gral.

«Wenn nicht zum Polonia, wohin dann?»

«Mußt du denn überhaupt», ärgerte sich Majer, weil er ’round Midnight nicht zu Ende pfeifen konnte.

«Geh und guck dir die nackten Hühner im Lebensmittelladen an. In der Świętokrzyska.»

Und wenn es Sommer war, werden wir in die Świętokrzyska-Straße gezogen sein, um im DDR-Plattenladen hereinzuschauen, nach Mulligan mit Brookmayer zu stöbern und dann die Tamka zur Weichsel runterzugehen, zur Sirene, unsere Zeit abzustehen, eine Flasche zu trinken und dann direkt am Ufer entlang, auf den Betonplatten zum Albatros, zum nächsten Krug Bier zwischen Verwahrlosten, Stadtstreichern, Soldaten, Nichtstuern und Betrügern. Oben, auf der Böschung über unseren Köpfen, dräute Verrat. Beim hl. Jan, beim hl. Marcin, beim hl. Jacek, bei der Allerheiligsten Jungfrau dräute Verrat, der Anschlag auf unsere Égalité, unsere Fraternité, unsere Liberté. Wer von uns hätte das ahnen können? Wer hätte wissen können, daß in feuchten Kellern, in von Borkenkäfern zerfressenem Gestühl, zwischen schwarzen Beichtstühlen, goldenen Meßgewändern Schatten an Mumien und Taufbecken vorbeihuschen und es ausgerechnet auf uns abgesehen haben. Wir hätten damals die Mostowa hinaufgehen und alle ehrwürdigen Portale bepinkeln sollen. Aber naiv und unaufgeklärt, wie wir waren, zogen wir nach Norden und setzten uns zum Ausruhen ab und zu auf die großen Stufen des Kais, der wohl für die Ankunft von Flußgiganten gebaut worden war.

In der Ferne, vor dem blauenden Himmel, zeichnete sich die Danziger Brücke ab. Durchs schwarze Dickicht der Balken fuhren rote Straßenbahnen nach Praga. Weiße Seeschwalben streiften das grünliche Wasser. Am anderen Ufer, im Zoo, sangen die Tiere «Schwarzbrot, schwarzer Kaffee». Wasyl Bandurko ging als letzter, im militärischen Outfit der US-Army, und blickte auf die Ziegeltürme des hl. Florian, etwas vereinsamt und schwerfällig, denn für seine Verhältnisse war es ein bißchen viel Bier gewesen. Gąsior im schwarzen Motorradleder ging voran und spielte auf seiner Blues-Quäle eine dämliche Melodie transatlantischer Kuhhirten oder Krimineller. Der Kleine ging neben mir und verdeckte die untergehende Sonne, die sich ihrerseits hinter der Geldfabrik verschanzte. Vor uns, ebenso vereinzelt wie Bandurko, ging Majer und pfiff verächtlich, Gąsior zum Trotz, seinen Thelonius Monk.

Wir kamen noch rechtzeitig zum letzten Bier Am Rohr. Die Blechbaracke hatte kein Schild. Man sagte Am Rohr dazu. Unter den Übriggebliebenen der ersten Schicht. Wir hatten also diese Verschwörung der Feinde unserer Freiheit nicht vorhersehen können. Wir lebten doch in einer Welt der echten Männer. Harter, eintönig hartnäckiger Männer. Die Fabrik denkmalsreifer Autos am gegenüberliegenden Ufer ernährte sich von ihren Leibern. Die Reste spuckte sie um zwei Uhr nachmittags wieder aus. Vor dem Heimweg versammelten sie sich dann hier. Wer zur zweiten Schicht unterwegs war, stahl hier seine letzten Minuten. Das waren echte Männer. Gąsiors Vater, der Vater des Kleinen, mein Vater. Sie klagten nie. Sie zogen ihre Jakken über und verließen das Haus. Sie kamen Tag für Tag zurück. Kein Wort der Klage. Die wir unter ihnen, in ihrem Schatten lebten, waren überzeugt, daß die Konstruktion der Welt vollkommen sei. Sie hätten uns niemals verraten. Sie prügelten uns von Zeit zu Zeit, wenn sie sahen, daß wir uns verdrücken wollten. Sie gaben uns die wahre Freiheit, die Freiheit zur Flucht. Der Verrat kam von anderer Seite. Von den Tröten, die sich nicht mit ihrem Schicksal abfinden konnten. Weibsbildern. Nicht umsonst versteckten sie sich in den Kirchen zwischen röcketragenden Männern. Unseren Vätern wäre das nie in den Sinn gekommen.

Dann sammelte Herr Waldek die Blechbüchsen für

die Stummel von den Tischen, und die Veranstaltung

war zu Ende. Wir gingen unter die Brücke, sahen die Kondome vorbeischwimmen und hörten das Donnern der Straßenbahnen, statt Blutsfraternité kreuzten wir unsere Harnstrahlen, und eines ganz anderen Tages warf Uriasz seine Kleider ab und sprang in weißen Unterhosen mitten in diese Kloake. In dem Augenblick kamen zwei Bullen vorbei, wir schnappten sein Zeug und verdufteten nach oben, um zuzuschauen, was passieren würde. Da Uriasz ganz schön breit war, für die Staatsmacht nichts übrig hatte und als einziger von uns Bakunin las – entschied er sich für die Freiheit, schwamm bis zum ersten Brückenjoch, gut hundert Meter weit, und machte es sich als Robinson auf dem unbesiedelten Stück Festland am Pfeiler bequem. Die Bullen berieten sich, und einer lockte Uriasz wie eine Sirene. Dann sagte er etwas ins Funksprechgerät, und fünfzehn Minuten später kam ein Motorboot. Gerade rechtzeitig, denn er bibberte schon ganz schön. Das waren gute Bullen. Sie gaben ihm zwei in die Schnauze und eins mit dem Gummiknüppel auf den Rücken, damit er was vorzuweisen hatte.

Um acht Uhr abends war der Waggon der Linie sechs fast leer.

20

Gąsior also, damals und heute – das Gesicht ohne eine Spur Bartwuchs, das kaputte Gesicht eines Jungen, der nie auf seinen Teint geachtet hat.

«Wir müssen hier verschwinden, bevor was passiert.»

«Nichts wird passieren, Gąsior. Eher schon, wenn wir uns bewegen. Mit dem Auto in Orla haben wir ihnen einen schönen Schlamassel vor die Nase gesetzt.

Dort schnüffeln und suchen sie jetzt. Denk nur, wieviel sie da zu schnüffeln haben. Unter der Straßenlaterne...»

So versuchte ich ihn zu trösten und zugleich mich selbst. Er saß da wie eine Mumie, wie die Karikatur einer zum Leben erweckten Mumie. Ein Zipfel der Bettdecke hing ihm als Schirm über den Kopf.

«Das alles war nicht vereinbart. Wir wollten zum Spaß herkommen...»

«Gąsior, es gab keine Vereinbarung. Niemand hat etwas vereinbart.»

«Willst du mir vielleicht erzählen, daß das alles ein Spaß ist, daß Töten ein Spaß ist!»

Und er verstummte, erschreckt vom eigenen Schrei. Er saß ganz still, überzeugt davon, daß der Wind seine Worte in die weite Welt getragen hatte. Hinten aus der Hütte äußerte sich Wasyl: «Er hat recht. Wir müssen hier weg.»

«Frage mich, wer ihn tragen soll. Ich habe einen schweren Rucksack», brummte der Kleine, über die Pfanne gebeugt. «Der macht keine drei Schritte. Torkelt ja schon, wenn er schiffen geht.»

«Na, vielleicht nicht heute. Morgen, übermorgen, wenn er gesund ist. Aber weg müssen wir.»

«Wohin?» fragte ich.

«Weg von hier.»

«Willst du raus aus dem Wald, einen Bus anhalten und ab? Wie hin, so zurück? Ich vermute, die sind bereits ausgenüchtert und achten jetzt auf alles. Wenn in diesem Pietrza schon Generäle waren... Woher sollen wir wissen, daß nicht in jedem Bus ein Spitzel sitzt. Das ist eine Riesensache, Wasyl. Noch vor zwei Jahren haben sie eine halbe Brigade auf die Beine gestellt, wenn irgendein Trottel mit Rucksack einen Fuß auf die tschechische Seite gesetzt hat. Denkst du, da hat sich was

geändert? Ich bezweifle das. Und hier geht's nicht um
 Kinkerlitzchen.»

Das sagte ich. Hauptsächlich deshalb, weil ich keine Lust hatte, irgendwohin zu gehen. Ich wollte schlafen. Mich vollfressen und schlafen.

«Natürlich nicht, klar. Hört mal her», Wasyl wurde wieder zum Anführer. «Weder nach Niewierka noch in die andere Richtung. Wir gehen durch die Wälder weiter nach Osten. Zwanzig, dreißig Kilometer. Nicht zu nah an der Grenze, durch die Berge, fern von Dörfern und Straßen. Ich kenne dort die Gegend. Es gibt zwei Berghütten auf der Strecke. Wir werden sehen. Auf jeden Fall müssen wir ausschlafen. Der Anfang ist am schwersten. Wenn wir im Wald sitzen, muß es gutgehen. Auffliegen können wir nur durch Zufall. Ich glaube sogar, hier ist es ganz sicher, aber besser, man fordert das Schicksal nicht heraus. Vielleicht kontrollieren sie die Straße in der Nähe der Brücke, vielleicht gucken sie in das Forsthaus, ganz sicher sogar. Sie werden nach Czetwertne kommen und fragen. Fragen schon, aber nicht durch die Wälder laufen. Sie werden in die Berghütte kommen, in die verlassene LPG, aber nicht hierher. Wie lange reicht unser Proviant?»

Der Kleine wischte mit einer Brotrinde das Fett aus der Pfanne.

«Hängt davon ab, wieviel wir essen. Drei Tage. Vier Tage. Je nachdem.»

Noch im Halbschlaf schluckte ich Brot mit Kabanossi. Ich hatte meinen neuen Schlafsack rausgeholt, violett mit gelben Punkten, Hose und Unterhose ausgezogen. Der Kleine gab mir eine von sich, sauber und trocken, er gab mir auch einen zweiten Schlafsack. Ich rollte mich am Feuer zusammen und hörte noch, wie Wasyl etwas von einer Axt sagte und mit dem Kleinen rausging, um

Holz zu holen. Sie wollten den Schuppen nebenan zerhacken. Ich schlief ein, während ich in die rote Glut voller beweglicher Landschaften starrte. Aber dieser Schlaf war ebenso verwehbar wie die Feuerlandschaften. Ich hörte alles. In der Nähe meiner Füße polsterte Kostek sich sein Lager. Von draußen kam das Krachen von Brettern und das durchdringende Quietschen rostiger Nägel, die Flüche der Jungs, alles umhüllt vom Heulen des Windes. Er tobte in der Höhe. Nur einzelne Böen erfaßten unsere Hütte. Eigentlich war das kein Schlaf, obwohl ich einiges träumte, kurze, rasche Filme, nach deren abruptem Ende ich nur staunte, daß sie nicht wahr waren, daß das Feuer noch immer knisterte, daß ich keineswegs auf der Flucht hüfthoch im Schnee steckte, sondern nur hier lag, daß mir warm und eigentlich alles gleichgültig war, so daß ich wieder in die fragmentarischen Fabeln zurücktauchte. Anfang und Ende einer Nacht ohne Mitte, ohne jenes schwarze Unmaß, das die Tage voneinander trennt. Kostek schlief richtig, er schnarchte. Gąsior plagte sich. Ich war zufrieden. Bei jedem Öffnen der Augen wußte ich, daß ich gleich wieder in die Regellosigkeit der Bilder zurückgleiten würde, die keineswegs böse waren, mich keineswegs entsetzten, auch wenn es in gewisser Weise Bilder der letzten Zeit waren. Aber jedes plötzliche Erwachen trennte mich durch ein Unmaß von Raum, Schnee und Wind von ihnen. Und sogar wenn Typen in Uniform, mit Waffen auftauchten, war ich erleichtert, daß nicht ich dort durch Schneewehen watete, Alteisen auf dem Rücken, in einer Sache, die mich kaum etwas anging. Sie waren es, die ein, zwei oder drei Stunden im Schneegestöber ausharrten, die sinnlosen Befehle ihrer Vorgesetzten verfluchten und von dem träumten, was ich jetzt hatte – Wärme und meine verdammte Ruhe. Scheiß drauf, sagte ich mir mit jeder Wiederkehr der

Nüchternheit. Ich rollte mich zu einem engen Knäuel zusammen, um wirklich ich selbst zu werden, um allen fremden Raum aus den Falten meiner Kleidung zu pressen, die ganze Luft, alle Atome der Unruhe und des Zufalls. Sogar meine Füße wurden warm. Ich furzte in den Schlafsack, und der Geruch meines Schwefelwasserstoffes bereitete mir Vergnügen. Im eigenen Gestank ist's wie im Fruchtwasser, dachte ich. Schließlich zog ich den Kopf ein. Manchmal glaubte ich Schritte zu hören, Motorengeheul, Hundegebell. Da die Träume mir nichts anhaben konnten, konnte auch die Wirklichkeit mich am Arsch lecken, wenn ich träumte. Ich wollte mir eine Frau vorstellen, ein bißchen Sex, aber der Film lief nicht. Irgendwelche Kriegsszenarien, Marschall Tito, Pferde bis zum Bauch im Schnee, große offene Täler und eine Menschenschlange, die durch die grausame, baumlose Öde kroch. Ich sah das alles von oben, wie ein Flugzeugpilot. Eingetaucht in das Weiß wie in Wasser, hielten einige die Waffen brusthoch; beladen mit armeegrünen Gegenständen, ausgezeichnet zu erkennen, erklommen sie den flachen Gebirgspaß, hinter dem sich ein ähnliches Tal erstreckte, und dann noch eins und noch eins und so immer weiter bis zum endlos weiten, wandernden Horizont. Eine lange menschliche Schlange. Aber ich sah auch Gesichter. Geschwärzte, magere, stopplige, mit Kopfbinden aus Lumpen, mit Ohrenklappen, Strumpfmützen. Sie sahen aus wie General Paulus' Soldaten nach der Niederlage, obwohl Tito unter ihnen war und niemand sie bewachte, niemand ihnen die Gewehre abgenommen hatte. Sie erkletterten den Sattel des Passes, hinterließen einen tiefen Graben im Schnee und krochen weiter zu den nächsten Pässen, monoton, langsam, mit der Sturheit von Automaten, und ihre Gesichter drückten weder Leid noch Schmerz noch Anstrengung aus. Sie waren nur sehr müde und starr. Ich sah das alles von oben, aber auch von unten. Die grobleinenen Gurte der Rucksäcke, die ledernen Schulterriemen. Eine seltsame Armee. Auf dem Rückzug? Auf der Suche? Weiß der Teufel. Vielleicht war ich ein Engel. Ich schwebte über ihnen wie ein Geist. Spürte weder Kälte noch Wärme. So wie im Traum. Aber vielleicht waren das weder Paulus noch Tito, sondern die Russen, die 1941 in die ungarische Tiefebene, gegen Wien zogen? So war es. Sie waren tatsächlich durch diese Täler gegangen, im Winter, Schnee, Rauch und Blut, auf die tiefen Pässe der Karpaten zu.

Schließlich hatte ihr Bild nicht spurlos verschwinden können. Vielleicht war es nach all den Jahren von irgendeinem Stern, einem Nebelfleck, einer Galaxie reflektiert worden, gibt ja genug davon, und hatte sich unter meine Lider verirrt, das wäre kein Wunder gewesen. Man hat ja schon manches gesehen. Ich beneidete sie keineswegs. Sie würden bald umkehren. Ich sah ihre sinnlose Qual, spürte die Wärme meines Schlafsacks und war sehr zufrieden. Nicht mit dieser Qual, nein. Mit der Grenze, dieser dünnen Linie zwischen dem Schlafsack und dem großen weißen Grab des Tals. Ich wollte sie so lange wie möglich aufrechterhalten.

«Ach, scheiß drauf», sagte der Kleine und warf eine Handvoll zerhackter Bretter hin. «Bandurko, du machst dir zuviel Sorgen. Schließlich war das auch ein bißchen deine Idee, nicht? Und dann wirst du gleich hysterisch. Du bist Führer. Jetzt sogar ein militärischer, wie bei den Indianern. Wenn sie aufwachen, geht's nicht ohne Ältestenrat ab. Und jetzt können wir einen trinken.»

«Ich habe keine Lust.»

«Aber ich. Auf das Wohl der Schlange.»

Die an der Wand nämlich. Der Kleine hatte sie mitgenommen. Als wir aus diesem Bunker zurückkamen, hatte Wasyl uns einen anderen Weg geführt. Aber der Kleine sagte nein, er werde so zurückgehen, wie er gekommen sei, denn auf diesem Berg hatte es ihm sehr gefallen. Bandurko hatte irgendwas gemurmelt, obwohl er verdammt noch mal nicht der Chef war, uns diverse Dinge versprochen, aber damit hatte es sich, das Ganze sah nach einem Disziplinarverstoß aus, nach heimlicher Lust oder einem gewöhnlichen «Leck mich am Arsch».

Jedenfalls, als wir im Nachtgrau zur Hütte zurückkamen, war der Kleine schon da. Er saß am Feuer und spannte die Schlangenhaut auf ein Stück Brett.

«Vipera berus», sagte er, als ich mich neben ihn setzte. «Ganz schön groß, vermutlich ein Weibchen. Greift niemals zuerst an. Vipera berus. Sucht eher das Weite. Es sei denn, du trittst drauf. Im Vergleich zu so einer Ringelnatter ist sie langsam und schwerfällig. Es sei denn, jemand treibt sie in die Enge. Dann ist sie wie der Blitz. Zieht aber immer die Flucht vor. Hämorrhagin beschädigt die Blutgefäße, Koagulin verursacht Gerinnsel. Frißt Mäuse und Spitzmäuse, ab und zu einen Frosch. Selten. Eins ist sicher: aus dem Winterschlaf erwachen sollte sie erst irgendwann im April.»

«Es war ein sehr warmer Tag», sagte ich.

«Eine Schlange ist kein Brummbär. Sie sitzt einen Meter unter der Erde und hat keine Ahnung, ob es bei uns warm oder kalt ist. Weißt du, daß sie oft mit Kröten zusammen schlafen? In einem Loch? Mit Fröschen. Mit denselben, die sie dann auffressen.»

«Zivilisierte Bestie. Winterwaffenruhe.»

«Ja. Nicht so wie die Salamander.»

«Was machen die denn?»

«Fressen sich gegenseitig im Bauch der Mutter auf.

Eine Larve die andere. Adelphophagie nennt man so was.»

«Nicht schlecht», sagte ich. «Vielleicht hatte ich auch einen Zwilling.»

«Bandurko bestimmt. Aber er tat es aus Liebe.»

Der Kleine stand auf und hängte das Brettchen hoch über das Feuer.

«Zur Konservierung. Dunkelt ein bißchen, verfault aber nicht.»

«Was, verdammt, willst du mit dem Dreck?»

«Also fertigte Moses eine Schlange aus Kupfer und hängte sie an einen hohen Stab», dann zwinkerte er mit den Augen und fügte hinzu: «Man weiß nie, was man noch brauchen kann.»

So blieb die Schlange, platt und ausgeweidet, bei uns. Wasyl verzog das Gesicht, sagte, sie stinke. Gąsior sagte nichts, aber man sah, daß er sich ekelte.

Ich gab das Schlafen auf. Der Kleine saß neben mir, schlückelte aus einem Blechbecher und begaffte seine Trophäe. Sie war tatsächlich gedunkelt. Sie besaß jetzt den Glanz von mattem, rauchigem Gold. Nur die Zickzacklinie hatte nichts von ihrem Tiefschwarz verloren.

«Ein General könnte so 'n Ding tragen», sagte ich. «Sehr elegant.»

«Klar. Und Gąsior will's nicht mal ansehen. Ich sage ihm im Guten, daß es Krankheiten abwendet. Aber er hat lieber Fieber.»

Er reichte mir seinen Becher. Kostek grub sich aus dem Schlafsack. Sein dunkelhäutiges Gesicht hatte einen Stich ins Braune. Wie gebrannter und rußiger Lehm. Ich nahm einen Schluck und reichte ihm das Gefäß weiter. Der Rat sammelte sich allmählich. Wasyl setzte sich uns gegenüber und lehnte sich an die Wand.

«Gebt was zu trinken, Jungs.» Gąsior sagte das mit

leiser, leidender Stimme und bekam sofort einen Hustenanfall.

«Ich hab hier was für dich. Was ganz Spezielles.» Der Kleine zog einen schwer ramponierten Topf vom Feuer und goß irgendeinen Teufelstrank in den Becher. «Zieh kein Gesicht, trink. Wer überlebt hat, verdankte das diesem Zeug.»

«Überlebt hat, wo?»

«In Sibirien. Der Tee der Verbannten. Grüne Nadeln und Aufguß. Vitamin C, klar? Du hast keinen Skorbut, Gąsior, aber Rutinoskorbin wird dir nicht schaden. Trink, Gąsior. Auf das Wohl der Schlange.»

«Was, zum Teufel, hast du mit dieser Schlange?» Bandurko schrie beinahe. «Ist ja nicht mit anzusehen. Scheißdreck... Kadaver.»

Die Nerven gingen langsam mit Wasyl durch. Vielleicht konnte er auch dem Kleinen nicht verzeihen, daß er sich damals gegen ihn aufgelehnt hatte. Gąsior trank wie ein Huhn. In kleinen Schlucken, Tropfen für Tropfen, mit angewidertem Gesicht. Schließlich war das Medizin. Den Schnaps schlürften wir zu dritt. Wasyl wollte nicht. Wir schlürften und rauchten. Niemand sagte etwas. Alle warteten. Zurechtrücken des Feuers, Wühlen mit dem Stock in der Glut, Nasehochziehen, Kratzen, Räuspern, ganz wie die Affen, die Neandertaler am Herdfeuer, niemand mit menschlicher Stimme. Der Kleine fand Zeit, nach draußen zu gehen, Wasser zu holen, den urigen Teekessel auf Steine zu setzen, schon dampfte es, und noch immer sagte niemand ein Wort. Wir waren bei der Hälfte der zweiten Zigarette, als Gąsior diese Kinderei unterbrach.

«Na, was ist, ihr Helden, wer macht endlich den Schnabel auf und sagt, was wir mit dieser Scheiße anfangen sollen? Interessiert mich nicht, hätte es aber gern gehört. Ehrlich gesagt, könnt ihr mich alle. Ferien sollten es werden, in die Berge, Jungs, wir fahren in die Berge. Ich bin darauf reingefallen. So vieles habe ich verschoben... sausenlassen, bin fast von zu Hause weggelaufen, weil die lieben Kumpels reiselustig wurden. Zusammen wegfahren. Vielleicht sagt ihr mir jetzt, was ihr vorhabt, hä? Du, Kostek, und du und du, Wasyl, denn mir scheint, dein Gequake war nicht ganz ohne Sinn. Mein Gott! Wenn ich gewußt hätte, daß da so ein Theater draus wird! Redet! Das war ein Komplott...»

Das letzte Wort klang wie «Komplohohoho». Der Husten packte ihn an der Gurgel. Er klemmte das Kinn auf die Brust und hüpfte auf seinem Lager komisch auf und ab. Als fürchtete er, etwas aus seinem Inneren könnte ihm herausfallen, hielt er sich den Mund zu.

«Beruhige dich, Gąsior. Passiert ist passiert. Wir müssen überlegen, wie wir da rauskommen.»

Der Kleine war bemüht, das alles auf die Reihe zu bringen, als hätte er sich als einziger den gesunden Menschenverstand bewahrt.

«Passiert, passiert... Mörder und Komplize.»

«Sie haben doch gesagt, es ist nicht sicher.»

«Was macht das, ob es sicher ist oder nicht, was für einen Unterschied...»

Er drehte sich zu mir, und ich sah Angst und Groll in seinem Blick.

«Und du hast dich da reinziehen lassen? Du? Was geht der mich an, dieser Streuner. Hat kaum was gesagt, immer nur zugehört. Ich habe ihm nie getraut. Oder Bandurko, dieser beknackte Mythenspinner... aber du? Du hast dabeigestanden wie eine Salzsäule, du Arsch...?»

In diesem Augenblick sah ich mich wieder auf jenem Weg. Die zwei weißen Lichtkegel schälten das weiche

Gewirbel der Schneeflocken aus dem Dunkel. Der Motor schnurrte sehr leise. Eine unheimliche Langsamkeit, eine Schwere im ganzen Raum ringsum. Nur die Worte hatten einen hohen Klang, Kosteks unglaublich rasche und energische Bewegungen, ich dachte gewiß nicht daran, ihn zu hindern. Mit jedem Schlag, jedem metallischen Laut stieg die Spannung in mir. Alle Muskeln waren zum Zerreißen gespannt und ich war bereit, hinzuzuspringen und ihm bei dieser Massakrierung eines unschuldigen Menschen zu helfen, der bestimmt nicht einmal Zeit genug hatte, sich zu wundern. Ich hätte es getan. Ich hätte es bestimmt getan, wenn Kostek die Sache entglitten wäre. Ich stand mit geballten Fäusten und horchte auf die Schläge gegen das Blech der Motorhaube, gegen die Stoßstange und sah in der Phantasie Bilder von aufplatzender Haut, Muskeln, bis auf den weißen Knochen. Vielleicht machte mir der Lärm angst, vielleicht erschien mir dieser Tod allzu künstlich, zu wenig tierisch, ein schneller, hygienischer Mord ohne Dreck an den Händen, ohne Mühe. Aber vorher nicht. Ich wäre ihm zur Hilfe gekommen und wir hätten diesen Soldaten vermutlich in Stücke gerissen. Als er gefallen war, als Kostek ihn mit seinem ganzen Leib erdrückte, sah ich den wehrlosen nackten Kopf im Schnee, ich hätte ihn mit meinen schweren Stiefeln zermalmen können wie Kohl. Und hätte mir das einer eine Minute vorher gesagt, länger dauerte das Gemetzel nicht, ich hätte ihn ausgelacht oder für verrückt erklärt.

Wieder wurde es still. Nur das feuchte Holz zischte langgezogen, knisterte, Funkenregen zerstoben zu unseren Füßen. Bandurko saß gebückt, die Hände unter die Achseln geschoben, Ellbogen auf die Knie gestützt, die Strumpfmütze war ihm über die Augen gerutscht.

Vielleicht konnte er keinen Gedanken fassen, oder er wartete den Augenblick ab, an dem sein Wort das letzte sein würde. Und Kostek stand auf. Er stieß mit dem Fuß gegen ein angesengtes Brett, ein Schirm von roten Leuchtwürmern spannte sich über dem Feuer auf, und er verließ unseren Kreis und stellte sich in die Mitte der Hütte. Wir mußten uns umdrehen. Im dreckbraunen Bauernrock mit Kapuze sah er aus wie ein Mönch. Wo das Gesicht sein sollte, sahen wir nur einen dunklen Fleck, und die Zähne, als er zu sprechen begann.

«Jetzt hört mir mal zu. Wasyl hat recht. Wir verschwinden von hier. Morgen früh. Ich glaube, er kennt das Gelände gut genug, um keine Dummheiten anzustellen...»

«Klar», Bandurko sprang förmlich hoch. «Klar kenne ich es. Wenn ich noch meine Karte hätte.»

«Gut, gut. Ohne Karte kommst du auch zurecht. Also morgen früh...»

«Ohne mich.» Gąsiors Stimme war schwach, sie bebte vor Anstrengung oder Entschiedenheit, die sich diese Rotznase vorgenommen hatte. «Ohne mich. Ich kehre um.»

Da tat Kostek drei Schritte. Sehr langsam, gemessen, geräuschvoll auf den Bodenbrettern wie auf einer Bühne. Er blieb am Fußende dieses Lazarus-Lagers stehen und sagte:

«Mit dir. Mit allen. Niemand geht irgendwohin. Ihr werdet dahin gehen, wo ich will. Ihm habe ich es schon gesagt», er drehte nicht mal den Kopf in meine Richtung. «Jetzt sage ich es euch. Damit alles klar ist. Der Grenzer ist tot. Mal angenommen. Wenn jemand das nachprüfen will, bitte schön, aber ich rate davon ab. Also wenn er nicht mehr lebt, wird er auch nichts sagen. Ich werde sprechen. Ich werde sagen, was mir gefällt. Man braucht mich nur zu fragen. Wer wird euch glauben, daß ihr hierhergekommen seid, um in den Büschen zu hocken, wer? Der hat es auch nicht geglaubt. Und weiter: wer wird glauben, daß ein einzelner mit einem bewaffneten Berufssoldaten fertig geworden ist? Selbst wenn sie es glauben, zugeben würden sie es nie. Ihr Stolz verbietet es. Gott, Ehre und so weiter. Ohnehin wird man an dem Auto Fingerabdrücke finden... was sage ich, man hat sie schon gefunden, Abdrücke von uns beiden. Und wenn zwei dabei waren, können es auch drei, vier, fünf gewesen sein... Was werdet ihr dann sagen? Daß ihr nicht da wart, daß ihr zu Hause gesessen habt? Sagt, was ihr wollt. Ein Alibi? Euer Alibi bin ich. Ihr steckt genauso tief in der Scheiße. Nur ich kann euch da rauskratzen. Wenn ich Lust dazu habe – und wann. Hab ich recht, Bandurko? Das weißt du sehr gut. Von jetzt an bist du mein Politkommissar, ponjal? Und du, Gąsior, kannst gehen, wenn du willst. Werd mich doch nicht mit einem alten Kumpel schlagen, was? Geh zurück in die Hauptstadt. Vielleicht kommst du irgendwie durch, obwohl ich das bezweifle. Aber geh nur zurück, denk dort nach, denk nach und warte Tag und Nacht, ob jemand an der Tür läutet. Bei jedem Rascheln schleichst du dich an die Tür wie ein Kater, mit einem Gesicht wie ein Kater, der ins Sägemehl scheißt. Schleichst dich an dein Weitwinkelguckloch. Und eines Tages wirst du unbekannte, leicht deformierte Visagen sehen, zwei, drei, die anderen stehen unten, gutaussehend, männlich, mit kurzem Haarschnitt. Ein Franz Kafka bist du nicht, einen ‹Prozeß› schreibst du nicht. Also fahr, geh, falls du überhaupt irgendwo ankommst.»

Und er verstummte. Die Dämmerung mußte eingebrochen sein, denn in der Hütte war es stockdunkel geworden. Vereinzelte Windstöße drückten Rauch herein und schäbige Reste des Schneegestöbers. An der Tür hatte sich eine Menge Schnee gesammelt, der gar nicht daran dachte zu schmelzen. Nur dicht am Feuer war es auszuhalten. Der Kleine gab mir eine Zigarette, während Kostek hinter uns auf und ab ging, als hielte er uns in Schach. Poch, poch, poch, sieben Schritte in die eine Richtung, kleine Pause, und sieben zurück, sieben in die eine Richtung und sieben zurück. Ich wollte das addieren, aber die Zigarette brachte mich durcheinander. Gąsior saß aufrecht, reglos, ich sah sein Profil, auf dem rote Schatten sprangen. Bisweilen fing sich im Augenwinkel der goldene Widerschein der Flamme. Also mußte er noch am Leben sein, wenn er auch aussah wie ein Leichnam. Die Worte trafen ihn an einem hochempfindlichen Organ, einer Drüse, die platzte und sein Inneres mit einem katatonischen Enzym überschwemmte.

Die Schulter des Kleinen scheuerte an meiner. Die Zigarette in seiner Hand sah aus wie ein Streichholz oder der Stiel eines Lutschers. Er blickte ins Feuer und schob mit der Linken seine Häftlingsmütze von der Stirn in den Nacken und zurück, fast im Rhythmus der Schritte hinter uns. Und Wasyl Bandurko, der uns halb zugewandt war? Sein Blick folgte diesem Pendel, dieser dumpfen, pochenden Monotonie, er war gebannt wie der Zuschauer bei einem Tennismatch, nur daß seine Pupillen sich um ein Vielfaches langsamer bewegten als die Backhand- und Forehand-Bälle, hin und her, aufgespießt, am Faden hängend, eingefädelt. Und das war eine rückwärtige Hypnose, von der Arschseite, denn der andere sah ihm ja nicht mal ins Gesicht, er begann nur nach einiger, von der Uhr unabhängiger Zeit, die so schwül und erstickend war wie das Erwachen aus einem Albtraum, in seinem Beutel zu wühlen und ging dann zu Gąsior, hockte sich nie-

der und schüttete ihm ein paar weiße Tabletten auf den
 Schoß.

«Hier hast du. Polopyrin und Pyramidon. Morgen mußt du gesund sein.»

21 Dieser saure Geschmack im Mund bei jedem Atemzug. So schmeckt die Anstrengung, wenn der Körper alle Gifte loswerden will und aus Hals und Rachen schwitzt. So sah es aus um zwei Uhr nachmittags, als wir nicht wußten, wo wir waren. Auf dem Gipfel irgendeines Berges. Dem dritten, vierten seit dem Morgen, wer wußte das schon, vielleicht Bandurko, aber den fragte niemand. Er ging voran, hinter ihm Kostek, der Kleine dicht hinter Gąsior und ich am Schluß. Ein flacher Gipfel und keine anständigen Bäume, nur Sträucher und Gebüsch, Salweide, Haselnuß. Und noch ein Horst halbwüchsiger Tannen – gerade richtig, um sich einen Heiligabend zu installieren. Alles ringsum kahlrasiert, umgestürzt, vermodert, auch wenn man das unter dem Schnee nicht sah. Wir strauchelten nur. Ein kahler Berg, als hätte jemand einen Scheißhaufen mit Streichhölzern gespickt. Der richtige Wald war hinter uns am Berghang geblieben. Hohe, dichte Fichten hatten das Schneetreiben aufgehalten, die Spuren waren nicht zu übersehen.

«Sie bleiben bis zum Frühling», hatte Bandurko vor einer halben Stunde gesagt, aber niemand hatte einen Ton erwidert. Alle waren fertig. Außer Kostek vielleicht. Er war Wasyl auf den Fersen und drängelte.

Dieser Berg war eine Katastrophe. Wenig Schnee, man mußte sich beim Klettern an Sträuchern und Wurzeln festhalten; mit Lehm verklumpte Steine rissen von Überhängen, von Felsenabhängen ab, das Ganze kam ins Rutschen, und wer nicht aufpaßte, konnte eins an die Birne bekommen. Wind und das lockere Erdreich hatten in all den Jahren eine Menge Bäume umgestürzt, ein gefallener Riese auf dem anderen, wir kamen nur mühsam voran. Ein richtiger Karpatenurwald, an eine Schrägwand geklebt.

Gąsior wollte nicht genesen. Sein Fieber war etwas gesunken, aber er schwitzte wie im Juli, nur eben kalten, zittrigen Schweiß. Allen war heiß, nur er klapperte mit den Zähnen. Wir nahmen ihn in unsere Mitte, denn er blieb ständig zurück. Der Kleine half ihm von Zeit zu Zeit bergan, schob seinen ausgestreckten Hintern die Wurzelkrater von hundertjährigen Fichten hoch, und Kostek reichte ihm die Hand, aber ungern, mit einer Art Widerwillen, böse, denn es hatte sehr schnell gehen sollen, wir hatten im Morgengrauen aufbrechen wollen, daraus wurde nichts, weil wir erst noch essen und trinken wollten. Der Kleine zündete ein Feuer an, machte Kaffee, ob nun aus Bosheit oder weil er Lust darauf hatte, eher letzteres, denn er war eigentlich niemals boshaft. Kauen, Packen, und ganz zum Schluß kletterte Kostek auf das Dach unseres Häuschens und riß an einigen Stellen große Fetzen Dachpappe ab.

«Wenn es reinschneit, wird niemand mehr denken, daß hier jemand wohnen konnte.»

Das waren seine Worte, und mir sah das alles danach aus, als sollten wir niemals mehr zurückkehren.

Hier auf dem Gipfel schmolz unsere versprengte Schar zu einem Grüppchen zusammen, einem Haufen aus grünem Drillich, brauner Wolle und dem Geklump bunter Rucksäcke. Unsere Gesichter waren graurot, schmutzig, und der Kleine fing schon wieder von Kaffee an. Kostek zuckte zusammen:

«Schlag dir den Kaffee aus dem Kopf.»

Der Kleine setzte ganz ruhig seinen rotblauen Rucksack ab, ging auf eine Tannengruppe zu und begann, kleine trockene Zweige abzubrechen. Dann trat er einige Schritte zurück, scharrte mit dem Schuh eine faulige Laubdecke frei und schichtete sorgfältig seine Handvoll Reisig auf.

«Ich sagte, es gibt keinen Kaffee.» Kosteks Stimme war ruhig, aber hart und gespannt.

«Du mußt keinen trinken. Schmeckt sowieso nicht sehr gut mit Schnee», sagte der Kleine und suchte in den Taschen nach einem Stück Papier. Er fand eine Zigarettenschachtel, ein kariertes Blatt und Fetzen der *Gazeta Wyborcza*.

«Wer trinken will, holt Holz», und er kehrte zu seinem Scheiterhäufchen zurück: den großen Leib über das kleine Feuer gebeugt, das knackte, unsicher zischte und schließlich die Zweiglein erfaßte. Kostek trat ans Feuer, als wollte er es austreten, stieß aber auf den Rükken des Kleinen, der es ganz einfach abschirmte.

«Hör mal, wir können doch nicht Feuer machen, wenn wir gesucht werden, Mensch», sagte er versöhnlich, denn Gąsior schleppte sich schon, um Stöcke zu holen, Wasyl stand unentschlossen, und ich wartete einfach, was daraus werden würde.

«Du wirst gesucht», erwiderte der Kleine und wandte das Gesicht vom Feuer ab. «Und quatsch nicht von wegen verboten. Hier kommt kein Schwanz und keine Sau hin, um unseren Rauch zu wittern. Drei Schritt zum Himmel, am äußersten Arsch der Welt, und der erteilt mir hier Indianerratschläge. Kaffee will ich trinken. Du kannst dir meinetwegen Schnee reinziehen», und er richtete sich vor Kostek auf – eine überflüssige Maßnahme, denn der hatte schon die Ohren angelegt, die Situation abgeschätzt und wartete auf eine bessere Gelegenheit.

Der Kaffee schmeckte nicht. Wir hatten viel reingegeben, aber er schmeckte nach Staub. Dennoch saß es sich ganz angenehm. Grüne Bäumchen gaben uns Schutz. Das Schneetreiben kam in kurzen, abgerissenen Wellen. Hinter dem Gestöber blitzte mehrmals ein blaues Fenster auf. Der Kleine holte seine Axt hervor. Das Feuer war ganz schön groß geworden. Die durchnäßten Hosen dampften, sie klebten am Körper wie Breiumschläge. Wir verschlangen häppchenweise gebräunten Speck. Gąsior verzog das Gesicht, aß aber. Mit Mühe, langsam, es wuchs ihm im Mund, aber er schluckte es, schickte Kaffee nach, schluckte. Der Wind kräuselte den Rauch, wir hatten gerötete, tränende Augen. Kostek saß am Rand. Wasyl teilte seinen Becher mit ihm. Wir redeten nicht. Jeder von uns hing seiner eigenen Erzählung nach, mit eigenem Epilog, eigener Mitte und eigenem Anfang. Unvereinbare Geschichten. Kaum zu glauben, wie rasch uns das alles voneinander entfernt hatte. Nicht von Kostek. Der lief außer Konkurrenz. Sein Wahnsinn, schon lange im verborgenen, äußerte sich in durchdachter und rationaler Form, deshalb hatten sich plötzlich Furcht und Erniedrigung in unsere Verachtung gemischt. Wir konnten uns nicht in die Augen sehen. Niemand von uns war gestern aufgestanden und hatte ihm in die Eier getreten, um die Proportionen wiederherzustellen. Sogar der Kleine, der, glaube ich, nur wenige Dinge fürchtete, konnte zwar seinen Kaffee verteidigen, aber mehr auch nicht.

Der Wind fuhr zwischen uns, es wurde lockerer, weil wir uns die Augen reiben oder die Kragen hochstellen konnten. Wenn er sich entfernte, wurde es still wie im Grab oder wie im Wartesaal. Wir saßen eingemummelt und dreckig wie Reisende, wie stinkende willenlose Bündel, die darauf warten, daß man sie abtransportiere, wegbringe, hinführe: Schafe und Hammel blöken wenigstens noch. Nur der wahnwitzige Führer und sein irrer Stellvertreter blieben zusammen, fast Schulter an Schulter, vereint in der Kommunion des Emaillebechers, das Gesicht des einen aus fettigem Packpapier, der andere mit der Schnauze eines gequälten Ferkels, nur sie beide. Wir drei wie zusammengewürfelt: Kaffee, Krankheit, Angst und das Verlangen nach Wärme, trockenen Schuhen, einem roten Apfel nach diesen Bergen von Schweinefett und einem Fernseher, in dem Ausländer sich die Kehle durchschneiden und die Eingeweide rausholen, aber jeder von ihnen wenigstens einen scheinbaren Sinn darin sieht.

Kostek Górka und Wasyl Bandurko. Górka, der Berg. Dort, an diesem Lagerfeuer, fiel mir zum ersten Mal sein Nachname auf. Górka und Bandurka. Reim zwei drei. Generalstab der Paranoia. Und drei Divisionen Lumpensammler. Gesocks, wie Regres gesagt hätte, der auf patriotische Demos ging, um Bullen breitzuhauen. Aber auch die anderen. Er sprang mitten ins dichteste Gewühl, prügelte die Staatssicherheit und die Patrioten – wie's gerade kam.

«Gerechtigkeit muß sein. Ich verteile das arithmetisch. Die Mathematik ist eine Wissenschaft der Götter, nicht? So hieß es in der Schule.»

Diesen Regres hätten wir jetzt brauchen können. Ein Meter achtzig, achtzig Kilo und nichts Überflüssiges im Organismus. Im Gehirn auch nicht. Er hatte Ideen und realisierte sie. Das war sein Hobby. Die Gerechtigkeit war eine von vielen. Er fuhr nach Stockholm und starb. Am Wodka «Absolut». Er wollte Gold in Lappland suchen. Ein Meter achtzig, achtzig Kilo und kein Gramm Fett. Weder die Bullen noch die Patrioten noch die Hooligans aus der Brzeska wurden mit ihm fertig. Da mußte erst der schwedische Frost in irgendeinem Park kommen. Bestimmt haben sie ihn mitsamt der Parkbank aufs Kommissariat oder ins Leichenschauhaus getragen. Wenn so ein Körper anfriert, dann richtig.

Drei gegen zwei. So sah es aus. Oder richtiger zwei gegen jeden einzelnen. In diesem Fall besagt die Arithmetik: sechs gegen drei. Keine Chance.

Wir saßen also fast aneinandergelehnt und tranken. Kostek konnte nicht ohne Wasyl. In diesen Bergen war er blind, taub wie ein Kind im Nebel; sich eine Höhle schaufeln und mit Laub zudecken, das konnte er. Und Wasyl brauchte Kostek, denn wenn er einen Plan hatte, war er allein zu schwach, ihn durchzuführen. Dieser Plan, von dem der eine sprach, während der andere ihn wortlos realisierte, war eine Spielart des Todes. Ich betrachtete ihre Gesichter in der grauen Luft. Vor dem Hintergrund der grauen und schwarzen Baumstümpfe, Stöcke und Schatten flossen sie zu einem einzigen, deformierten Gesicht zusammen, wie zwei Eier in der Bratpfanne. Regres. Auch er tanzte seine Kriegstänze, hielt einem Trophäen unter die Nase, Schlagstöcke, ein vom Helm abgerissenes Visier, einen einzelnen Stiefel, eine Armbanduhr. «Ehrenwort, ich habe ihm das halbe Ohr samt Ohrring abgerissen, hatte aber keine Hand frei und mußte es ausspucken. Bekam keine Luft mehr.» Unzufrieden, voller Verachtung für diese eindimensionale, zweidimensionale, gar dreidimensionale Welt, denn auch das war ihm nicht genug. «Bulle sein, Ganove sein, das reicht nicht, viel zuwenig, laßt mich das eine und das andere sein, dann will ich mich aus der Schlinge ziehen und mich wieder auf irgendeine Seite schlagen. Daß die einen auf dich scheißen und die anderen dich lieben, und dann umgekehrt, bis sich eine Lücke auftut, durch die man auf die Kehrseite all dieser einen und anderen Parteien kommt.»

Und jene zwei dort, Zwillinge, Pat und Patachon, Flip und Flap, Hybride von Wille und Kraft, die sich in den Kopf gesetzt hatten, ihren eigenen Tod unglaublich schnell in Raten abzuzahlen, sogar bar, wenn der Mut und die Umstände reichen. Und wir? Bürgen? Geleit? Kadaververwertungskommando? Gedächtnis? Chor in einer Tragödie, die komisch und grotesk war?

So mochte Wasyl geflucht haben all die langen Stunden in seiner leeren Wohnung, wenn niemand von uns ihn besuchte, niemand anrief, weil wir von anderen Dingen in Anspruch genommen waren, weil die Welt in einem bestimmten Moment zu unübersichtlich wurde, als daß wir jeden Tag hätten aufeinanderstoßen können. Wasyls Liebe war groß. Jeder von uns war ein streunender Hund, den die anderen aufgenommen hatten, er aber empfand das am tiefsten. Wasyls doppelte, dreifache Liebe. Nicht ausgeschlossen, daß wir Arschlöcher waren, uns dafür nicht zu revanchieren. Manchmal kam einem wirklich das Kotzen.

Als wir ihn aus der ägyptischen Sklaverei des Elternhauses geführt hatten, als seine Alte endlich widerstrebend ihren Gluckenhintern über ihm gelüftet hatte, als er recht und schlecht aus dem Haus humpeln konnte, benahm er sich, als täten wir ihm einen Gefallen. Wie ein armer Verwandter. Wir hätten in die Luft gehen können, wenn er fragte, ob er mit uns kommen, ob er da und dort auch hingehen könne, elende Bittstellerei, entschuldigt bitte, daß ich lebe.

Eines Tages schrieb ich mit Kreide an die Brandmauer der Schule, dort, wo wir paffen gingen: «W. B. ist eine Nichtrauchertunte.» Marlboro kosteten damals 28 Złoty. Wasyl brachte uns ein Päckchen, gab es uns, wollte aber nicht mitgehen. Nicht aus Angst. Aus Scham, daß er nicht rauchte. Gąsior sagte «laß doch» und scheuerte meine Verlautbarung mit einem Ziegelstein ab. Bandurko war eine ganze Generation jünger als wir. Er war ein Säugling. Voller guten Willens und schüchtern wie eine Jungfrau in der Hochzeitsnacht.

Nicht weit von seinem Haus erstreckte sich ein phantastisches Reich von schilfbewachsenen Wasserlöchern, Teichen und Müllhalden. Das Proletariat der ganzen Gegend lud hier seinen Schamott ab. Auf Wägelchen, Schubkarren, am hellichten Tage. Erst wir haben ihm das gezeigt. Er hatte keine Ahnung. Zu ihm kam die Müllabfuhr. Übrigens kippten auch die Müllmänner, wenn sie einen Nebenverdienst oder ihre Arbeitsmigräne hatten, ihr Zeug in diesen Schilfgebieten ab. Dieses Eldorado war nur einen halben Kilometer entfernt, und er verbrachte seine Zeit mit dem Anmalen von Plastiksoldaten – hundertfünfzig die Schachtel.

Die masowischen Trauerweiden standen auf Schichten wundervollsten Mülls. Dosen, Papiere, Glas, Holz, Gips, eine Gottesmutter ohne Kopf, Bonbonbüchsen voller Spinnen, unverkäufliche Flaschen, Wecker, von Regen und Froschlaich verklebte Zeitungen, Gegenstände, über deren Sinn und Verwendung wir stundenlang stritten. Woher hätten wir wissen sollen, wie ein Absauger für Muttermilch aussieht. Ein Koehler – die reinste Poesie: goldene Jugendstillettern auf schwarzem Blech. Die feminine Physiologie der Binden. Das Spielzeug auf diesem ganzen Misthaufen regte bei weitem nicht so zum Spielen an. Jede neue Trophäe stellte die Vorstellungskraft auf die Probe, Vorkriegsglas «Wässer- und Denaturat-Fabrik Bacz», Dosen, Pinsel, grüne Farbe für Leinwände, Dünnschißfarbe für Fußböden, weiße Fensterfarbe, getrocknet, erstarrt in alle Ewigkeit.

Manchmal eine zerbrochene Zigarettenspitze aus Bernstein, ein Porzellanelefant ohne Rüssel und Schwanz.

Wir müssen gestunken haben, denn immer wieder zündete mal jemand diesen Sauhaufen an, und wir geisterten durch grünlichen Rauch. Der Lumpensammler, ein Typ aus der Vorkriegszeit, war hinter uns her. Er betrachtete die Kleiderlappen und das Altpapier als seinen Besitz und fürchtete unsere Konkurrenz. Diese Weiden. Wie schafften sie das bloß? Ihnen wuchsen keine Blechblätter, nichts, nicht die geringste Veränderung. Die Prolls kannten kein Erbarmen.

«Gehn wir auf den Schamott», hieß die Losung.

«Wozu?» fragte Bandurko, und wir konnten es ihm nicht erklären, aber als er schließlich mitging, hatte er diesen Giftköder schon nach einer halben Stunde geschluckt. Wenn seine Mutter gesehen hätte, wie er in nagelneuen Adidas Berge von widerlichstem Müll auseinanderwühlte, um zu den tiefsten Schichten vorzudringen und ein gußeisernes, verrostetes Schild mit der Aufschrift «Remington» zu finden.

«Die produzierten Gewehre und Schreibmaschinen.» Oder wie er die Seiten des verschimmelten «Geflügelten Polen» auseinanderfummelt. «Żwirko und Wigura!»

Ein sehr feuchter und nebliger Herbst. Wir blieben dort bis zum Einbruch der Dämmerung, bis die Umgebung sich mit schmutzigem Grau vollgesogen hatte, unsere Gesichter unsichtbar und verwischt waren und weiteres Suchen sinnlos.

Oder im späten Frühling, jenseits der Bahngleise in dem sonnendurchfluteten Birkenhain, wo wir baden gingen. Die Sandzunge glitt an einer Stelle tief in die Lehmgrube hinein. Eine richtige Halbinsel. Der Boden war schlammig. Die Füße sanken tief in der bläulichen Schmiere ein. Das Wasser reichte bis zur Brust, nicht weiter. «Wasyl, und du!» Immer blieb er am Ufer, auf der Halbinsel, komplett angezogen, aber eines Tages packten Schmaja, Tojfel und noch zwei, alle ein oder zwei Jahre älter als wir und schon auf der Berufsschule, erhitzt vom Obstwein, ihn an Armen und Beinen und ließen ihn mitten in diesen Tümpel platschen, samt Wrangler-Anzug und wasserdichtem *Atlantik*. Wir waren gerade im Wasser und hatten nur Angst, sie könnten uns unsere Kleider wegschnappen und Geld für die nächste Flasche verlangen. Keiner tat einen Mucks. Und später, als wir in der hitzeflimmernden Luft zwischen den Gleisen zurückgingen, fanden wir nicht die rechten Worte. Schließlich sagte Bandurko:

«Das war meine Schuld. Hätte ich mit euch gebadet, wäre nichts passiert.»

Als er dann später unmerklich einer von uns geworden war, nur etwas besser gekleidet und mit etwas feineren Umgangsformen, nahmen wir ihn wie selbstverständlich auf, mit der Gleichgültigkeit gedächtnisloser Wesen, ohne einen Funken Bewunderung oder Dankbarkeit, und dabei hatte er Gigantisches für uns geleistet, sogar seine Mutter belog er ebenso leicht wie wir die unseren, wir aber hatten das schließlich mit ihrer Milch eingesogen.

Wasyl Bandurko meldete sich als erster zu Wort. Er schüttete den Bodensatz aus seinem Becher und begann zu sprechen, ohne sich an jemand Bestimmtes zu wenden.

«Wir sitzen auf dem Gipfel des Kiczora. Wenn wir auf der anderen Seite absteigen, kommt nach einer halben Stunde ein enger, zugewachsener Hohlweg, wenn wir den nach links gehen, kommen wir oberhalb von Huciska raus. Das ist ein polnisches Dorf. Vielleicht fünf Hütten. Häufchen Elend. Von aller Welt abgeschnitten, dort fährt nichts hin, kein Bus, kein Asphalt. Die Asphaltstraße ist weiter entfernt, sie beginnt so fünf Kilometer hinter dem Dorf.»

«Und wenn man nach rechts geht?» fragte Kostek.

«Nichts. Ein Berg nach dem anderen. Im Sommer kann man Gardlica an einem Tag erreichen.»

«Sag mir noch, wie weit wir uns von der Hütte entfernt haben.»

«Luftlinie etwa sechs, sieben Kilometer nach Norden. Zur Grenze sind es jetzt so vierzehn, fünfzehn.»

So redeten sie miteinander. Niemand mischte sich ein. Das Feuer erlosch allmählich. Es wurde kälter. Der Wind ließ nach, und immer größere Streifen Himmelblau befreiten sich von den Wolken. Eine frostige Nacht kündigte sich an. Der Kleine stieß mich mit dem Ellbogen an und zeigte mit dem Kopf in eine Richtung. Etwa zwanzig Meter vor uns, auf einer krüppligen Birke, saß der weiße Rabe. Ich erkannte ihn nur deshalb, weil der Zweig noch bebte. Er saß uns zugewandt. Er war riesig. Sein Schnabel war gelb. Nacken- und Halsgefieder bildeten eine ausgefranste Krause. Nur wir zwei sahen ihn. Die Führer berieten sich, und Gąsior versuchte, den Rest Kaffee auf dem Rest der Glut aufzuwärmen. Dann hörten wir diesen Laut. Fern, sehr leise und monoton. Er war anders als das übliche Pfeifen und Knacken des Waldes. Wir saßen regungslos, das Geräusch erstarb und kam wieder – ein gleichmäßiges, gedämpftes Rattern. Gąsior hörte es auch und fragte laut:

«Was ist das?»

Die anderen verstummten. Es war etwas Mechanisches, wie ein Traktor, ein Motor, aber doch nicht hier, nicht auf dem Gipfel, vielleicht dort unten, aber dazu war es zu beweglich. Immer wieder verstummte es und wurde lauter, bis es schließlich ganz nah kam und Gąsior hochfuhr wie verbrüht.

«Jungs. Das ist ein Hubschrauber!»

Das war wie Elektrizität, wie ein Stromschlag unter Wasser. Am ganzen Leib. Jemand schüttete mit Fußtritten die Feuerstelle zu, wir verschnürten die Rucksäcke, und Kostek rief mit betäubendem Flüstern: «Den Berg runter, Scheiße, runter, runter von dieser Lichtung!», und er raste als erster los, den Sack in der Hand, während dieses harte Flattern immer deutlicher wurde, als ob jeden Augenblick die große schwarze Maschine, wie ich mir das vorstellte, über den Baumkronen des Berghangs erscheinen sollte, auf dem wir angekommen waren. Denn das Rattern kam aus der Richtung. Vor mir lief der Kleine, die Axt in der Hand. Ich sah nichts außer den wehenden orangen Gurten seines Rucksacks. Wie Fähnchen, wie Fähnchen, ideale Zielscheibe, etwas dieser Art muß ich gedacht haben. Noch bevor ich außer Atem geriet, begann der Steilhang.

Ich stürzte nach unten. Noch hielt ich mich auf den Beinen, aber bald erinnerte das doch an einen ganz gewöhnlichen Absturz. Bäume begannen. Ich flog zwischen ihnen hindurch, hörte nur das Knacken und das betäubende, irgendwie himmelhohe Knirschen des Schnees, sein Zischen, wenn er unter den Stiefeln, dem Hintern auseinanderging, manchmal wurde alles still, wenn ich durch die Luft flog. Auf dieser Seite war es so steil wie auf der anderen. Ich rutschte auf dem Lehmschutt, vermied haarscharf die Begegnung mit Tannen- und Buchenstämmen und war entsetzt von dem Lärm, den ich anrichtete, so als hätte man hier überhaupt etwas anderes als die Explosion einer Atombombe hören können. An einer dieser aussichtslosen Kurven, kurz vor einem großen ausgefaulten Baum, verschwand die Erde irgendwo, und ich landete in einer Höhle, in einem Gewirr von Wurzeln. Es wurde sofort still. Ich schmiegte mich tief in den umgestürzten

Baum. Mein Herz erstarb, der Atem hielt an. Nichts.

Kein Hubschrauber, kein Geknatter. Nur Erde rieselte mir auf den Kopf. Dann hörte ich irgendwo hoch und weit die verstreuten Reste des Ratterns.

Ich robbte an den Rand der Höhle, obwohl ich überhaupt keine Lust hatte. Hier, im Wald, am Nordhang, war das Tageslicht schon bläulich. Irgendwo unten hörte ich Zweige zerbrechen. Ich bewegte mich in diese Richtung, kurz darauf pfiff jemand hinter mir. Gąsior rutschte von oben herab. Naß und lehmverschmiert. Vom Gewicht des eigenen Rucksacks geschoben, kam er mit Mühe zum Stehen. Er stützte sich auf meine Schulter und hechelte und hustete, nach vorn gebeugt. Endlich kam er zu sich und horchte. Ich schüttelte den Kopf.

Alle drei standen zwischen jungen Fichten. Wir sahen sie nicht. Sie mußten uns rufen. Auch sie horchten. Lange, sehr lange standen wir so, wohl mehrere Minuten, bis der Kleine etwas sagte.

«Mist, meine Jacke war aufgeknöpft», und er hob vorsichtig den Pullover. Rechts oberhalb der Hüfte war das Hemd blutdurchtränkt.

«Hab mich aufgespießt. Weiß nicht mal, auf was. An der Jacke wär's abgerutscht. Verdammter Pullover», sagte er, vermutlich, um sich selbst abzulenken. Schließlich schob er sein Unterhemd hoch und zeigte es. Rot und weiß. Eine Rißwunde, zehn Zentimeter lang. Vielleicht nicht einmal tief, sondern eben aufgeschürft. Man sah nicht recht, wo sie anfing und endete.

«Man hat eben Masse. Einen Dünnen hätte es nur gestreift. Gebt ein bißchen von dem Wodka.»

Kostek zog die fast leer getrunkene Flasche. Der Kleine plitschte sich was auf die Wunde, den Rest trank er aus.

«Damit ich nicht ohnmächtig werde.»

Bandurko starrte auf das Blut und stammelte:

«So ein Scheiß, so ein Scheiß, man muß das verbinden. Ich habe nichts, mir haben sie alles geklaut.»

Gąsior zog ein rosa Handtuch.

«Eigentlich sauber. Kein einziges Mal benutzt.»

«Wie soll ich mich damit bandagieren? Einen Turban binden...?»

Wir rissen das Handtuch in Stücke. Irgendwie gelang es uns, ihn damit zu verbinden. Er zog den Pullover runter. Wir halfen ihm, den Rucksack aufzusetzen.

«Vielleicht war das Zufall mit dem Helikopter?» – Wasyl verlangte nach Trost.

«Vielleicht, vielleicht auch nicht, ist doch egal», erwiderte ich.

«Es wird schon grau. Bestimmt haben sie uns nicht gesehen. Sie sind gar nicht auf diesen Gipfel zugeflogen. Wenn sie uns angepeilt hätten, hätten sie über unseren Köpfen gekreist, nicht?»

«Keine Sorge, Wasyl. Das wäre zu schön gewesen. Treibjagd, Funk, Truppenlandung. Nichts dergleichen. Ich weiß, das hättest du gern, aber es ist nicht so. Manchmal leihen die Förster sich eine Maschine, um ihren Wildbestand aus der Luft zu zählen. Das habe ich in einer Zeitschrift gelesen. Der Polnische Waidmann.»

Der Kleine las tatsächlich viel, dazu den größten Mist. Kataloge von Flugmodellen, Pflanzenatlanten, Verzeichnisse der dämlichsten Gegenstände, Comics und Pornohefte. Einmal hatte er sogar ein dänisch-polnisches Wörterbuch gekauft.

«Um zu erfahren, worüber sie sich unterhalten, wie sie ficken.»

Nach zwei Tagen brachte er das Wörterbuch ins Antiquariat. «Nichts von Interesse.»

Und jetzt, als der Blutverlust ihn sinnlos belebte, trieb er uns an, wir sollten schon gehen und endlich irgendwo ankommen, es werde schon dunkel, oder wollten wir vielleicht die Nacht in irgendeiner Grube verbringen? Niemand hatte Lust. Der Himmel färbte sich dunkelazurblau, und im Westen, am Ausgang des Tals, entzündeten die Wolkenfetzen sich golden und rot. Der Frost begann zu beißen. Führer Kostek schwieg und Wasyl auch, also sagte ich, man sollte es doch riskieren und sich an einem warmen Plätzchen festsetzen, denn Gąsior und überhaupt. Ich spürte, daß alle das gleiche dachten, und Wasyl wurde gesprächig.

«Dieses Huciska… man könnte es riskieren. Dort bin ich mal letztes Jahr im Sommer vorbeigekommen. Jedes Haus schön einsam für sich. Ein polnisches Dorf, wie gesagt. Zerstreut, nicht wie die russischen, wo die Hütten auf einem Haufen zusammenstehen. Wenn man am Dorfrand irgendwo unterkommt, merkt es niemand.»

«Außer dem Hausherrn», sagte Kostek.

«Du bist ja so vorsichtig geworden», sagte Gąsior süffisant.

Aber es war schon beschlossene Sache. Die Gurte rückten wir während des Marsches zurecht. Bandurko schnürte vorneweg. Der Schnee war pulvrig und blau. Unsere Gestalten schwarz. Alles ringsum wurde schwarz, die Fichten, die trockenen Distelstengel, der Waldgrat auf den Gipfeln. Nur das Ende des Hohlwegs war von grellem Orange übergossen, als würde dort etwas in hartem und eisigem Feuer brennen. Die zerzausten Baumkronen zeichneten sich vor diesem Hintergrund so flach und deutlich ab wie in einem Scherenschnitt. Der Boden der glühenden Wolken war wie mit dem Lineal gezogen, ihre Mähnen aber plusterten sich auf wie Wellenkämme. Innerhalb von Minuten waren sie entflammt, bogen sich, ringelten sich zusammen und verkohlten wie Fetzen Papier, und der Himmel leuchtete jetzt blaßgrün und funkelnd. Wir erreichten den Waldrand. Der Hohlweg öffnete sich zu einem baumlosen, weiten Tal, nur die Wacholdersträucher, wie erfrorene menschliche Gestalten, warfen dunkelblaue Schatten. Einen Kilometer tiefer, mitten auf einem sanften Hang, dunkelten wenige Bäume, und zwischen ihnen leuchtete ein Licht. Wie ein Splitter des soeben erloschenen Himmels.

«Warten wir ab, bis es ganz dunkel ist.» Kostek mußte ja schließlich etwas sagen. Wir steckten uns Zigaretten an.

22

Alles wankte, schwankte in sämtliche Richtungen, der Hocker, die Bank, der Tisch, weil jemand ein Brettchen unter dem Bein weggehauen hatte, selbst die Jungfrau von Tschenstochau hing schief an der Wand. Die Schatten sprangen, und das bläuliche Bild im Fernseher sprang. Wir saßen, ohne uns zu rühren. Gąsior schwitzte auf dem einzigen Stuhl direkt am Ofen. Sein Gesicht war feucht. Wir saßen rund um den Tisch, auf dem ein weißes Wachstuch mit rotem Rosenmuster lag, dessen Löcher fettiges Holz durchschimmern ließen. Uns war richtig warm, vielleicht allein von dem Bewußtsein, daß das Feuer flackerte und das Wasser im Kessel ziepte, vielleicht auch vom Wodka, der letzten Flasche unten aus meinem Rucksack. Wir tranken aus einem Glas – einem dicken, kantigen, grauen Gefäß auf massivem Fuß. Die Tagesschau lief. Ein Fettsack sagte, er fürchte nichts, denn es gehe ihm um die Gerechtigkeit. Die Fettsäcke können nie genug Gerechtigkeit kriegen. Die Hauptstadt ließ ihre Ultraschallwellen in die Welt wabern, und Tölpel und Fettsäcke, Dicke und

Dünne landeten in dieser schäbigen Hütte, im Licht einer Vierzigwattglühbirne mit Blechschirm, der aussah wie ein umgedrehter Teller, und vielleicht war es gerade ihre Betriebsamkeit, denn sie tummelten sich wie die Heuschrecken, wie die Ameisen, die Eichhörnchen, die Feldmäuse, die unser Sitzen so unbeweglich erscheinen ließ.

Wir aßen Kartoffeln. Von ihm, dem Alten, dazu unseren Speck, wir tranken seinen Tee in Gläsern mit Metallgriffen. Angenehm heiß an den Fingern. Er trank unseren Kaffee. Er hatte uns sofort reingelassen. Vermutlich aus Neugier, um das Gesicht des Kleinen zu sehen, denn der stand vorn, und die Tür war so niedrig, daß sogar Wasyl sich ordentlich bücken mußte. Er zog sich nach hinten in seine Hütte zurück und sah zu, wie wir einer nach dem anderen hereinkamen, wie wir die Luft wegdrückten, wie es immer dunkler wurde, aber sein Gesicht verriet nichts. Vielleicht konnte es den Ausdruck nicht mehr wechseln, war ein für allemal zu einer Affengrimasse zusammengezogen, ganz so, als wären Mund und Augenhöhlen gerade getrocknet, zu einem Netz von Runzeln geschrumpft, das den Rest der Haut straffte. Wir sagten ihm, wir seien Touristen und hätten uns verirrt, wollten nur ausschlafen oder eine Weile im Warmen sitzen. Er faltete sich schließlich auf einem niedrigen Schemel am Ofen zusammen, zog eine teerschwarze Zigarettenspitze, brach eine Hälfte einer Popularne-Zigarette ab und zündete sie an einem Stückchen Kohle an, während wir an der Tür standen, denn die gelbliche Anrichte, von der die Farbe abblätterte, der Stapel verrußter Töpfe unter dem früher geweißten, jetzt mit Flechten, Wasserflecken und Schmutz bedeckten Ofenabzug, der Boden aus gestampftem Lehm, dazu ein Stöhnen aus der schwarzen Höhle des Alkovens – das alles machte uns so befangen wie der großartigste Salon. Und dieses rotbraune Kalb in der dunkelsten Ecke an der Tür. Wir sahen es erst, als es sich bewegte, als wir das Stroh rascheln hörten. Es stand auf schiefen Beinen, eitrig, erbärmlich, und hatte Angst vor uns. Es drückte den Hintern ängstlich in die Sprossen des Geheges, als sähe es uns Menschen zum ersten Mal.

Endlich spritzten wir auseinander wie eine Quecksilberkugel. Wir verteilten uns in der Hütte, setzten uns hier und dort unaufgefordert, aber der Alte hatte sich offenbar mit unserer Existenz abgefunden. Vielleicht war er ein guter Christ und ein mißtrauischer Bauer zugleich, wusch deshalb seine Hände in Unschuld, ergab sich in sein Schicksal, den Lauf der Dinge. Unsere Zigaretten wollte er nicht.

Wasyl hob an, die Nacht werde bestimmt frostig, denn der Himmel sei sternenklar. Aber ohne Erfolg. Der Alte schwieg, rauchte und beglotzte in der Kiste irgendwelche Starlets mit weißem Gebiß, schnippte dann den Zigarettenstummel auf den Aschehaufen am Ofen, stand auf, lärmte mit den Töpfen auf dem Blech und trug dem Kalb eine Aluhäftlingsschüssel hin.

Aus der schwarzen Kammer hinter dem Ofen hörten wir ein Stöhnen, irgendwelche Worte, menschlich-unmenschliche Laute, von Schmerz oder Anstrengung, vielleicht Bewußtlosigkeit verzerrte Worte, und der Alte ging in den Flur, kam mit einem Eimer zurück und trat hinaus in diese Schwärze. Etwas jammerte auf, raschelte. Der Alte trug den Eimer hinaus und faltete sich wieder am Ofen zusammen. Eine lange Weile verging, bis er so weit zu Atem gekommen war, die zweite Hälfte anzurauchen. Wieder nahm ihn der Bildschirm völlig gefangen. In heftigen kurzen Gewittern der waagerechten und schrägen Streifen zeigte eine Schickse depilierte Waden.

Wasyl fragte, ob wir uns Speck braten könnten, wir bräuchten nur eine Pfanne, den Rest hätten wir.

«Jo», hörten wir seine Stimme. Genau so wie das Gesicht, wie der trockene, gefältelte Mund. Und während Wasyl rührig war, Brot auf dem Tisch schnitt, die schwarze Eisenpfanne, die er einfach aus all dem anderen Geschirr auf dem Haufen gezogen hatte, vorwärmte, zog ich die Flasche hervor und stellte sie auf den Tisch. Sie glänzte. Der hellste Punkt im Raum. Bandurko entdeckte das Glas. Auf diesem gelben, gnadenlos verdreckten Küchenaltar. Er goß ein bißchen ein und trank feierlich dem Alten zu, goß eine gute Hälfte nach und reichte es dem Väterchen. Der trank aus und gab das Glas zurück. Als wir ans Essen gingen, sagte der Alte:

«Im Topf sind Kartoffeln. Nehmt schon.»

Wir nahmen welche zum Speck. Das war ein gutes Essen. Wir machten Tee. Alles war in der Anrichte. Wir fragten nach nichts. Nach dem zweiten Gläschen bekam der Alte Appetit auf Kaffee und zeigte uns, wo der Zucker war.

«Wissen Sie, wir sind vom Wanderweg abgekommen, wollten abkürzen und stießen genau auf Ihren Hof...»

«Frag ja nicht.» Der Alte schlürfte und starrte auf den Bildschirm.

«Wir wollten nach Gardlica.»

«Geht 'n Bus. Morgen.»

«Von wo?»

«Szklary.»

«Ist das weit?»

«So fünf Kilometer oder mehr. Runter ins Dorf, durchs Dorf zur Asphaltstraße und dann zwei Kilometer.»

Bandurko schenkte dem Alten nach. Der kippte und

wischte sich den Mund mit dem Ärmel der Drillichbluse. Er mochte Wodka. Zum ersten Mal sah er uns offen, lange und gedankenlos an.

«Wozu lauft ihr hier in der Kälte rum?»

«Touristik.» Wasyl fand Spaß daran, sich zum Affen zu machen. «Zum Vergnügen.»

«Zum Vergnügen liegt man unter der Federdecke. Und kratzt sich die Eier.»

«Wissen Sie, es gibt unterschiedliche Vergnügen.»

«Sicher. Der eine kratzt sich die Eier, der andere läßt sie sich abfrieren.»

«Wir sind Studenten. Da sitzt man die ganze Zeit, Bewegung tut gut.»

«Von wegen Studenten. Die laufen jetzt nicht rum. Um Weihnachten waren sie hier. Jetzt haben die keine Ferien.»

Es lief nicht gut. Das sahen alle, nur Bandurko nicht. Kostek streckte das Bein unter dem Tisch, reichte aber nicht ganz hin.

«Wir schon. Haben das so geregelt. Jetzt ist es besser, kein Gedränge.»

«Wann war hier je Gedränge. Vorm Krieg, oder wann?»

«Leben Sie schon so lange hier?»

Doch offenbar hatte der Alte den Alkohol schon verbrannt. Er sagte nichts mehr. Wieder fing ihn das Gestöber der Bilder ein. Er beugte sich vor, stützte die Ellbogen auf die Knie und tauchte wie ein Skiläufer in den Strudel der Werbung und der Nachrichten ein, ins Brunstgeschrei all dieser Jämmerlinge, denen man eine dünne Scheibe abgeschnitten, eine Hostie elektronischer Götterspeise zugeteilt hatte, drei Sekunden Vision und ein Krümelchen Unsterblichkeit, Gedärm und Herz ohne eine Spur Fäulnis oder Zersetzung. Der Alte sah zu, wie sie brüllten, wie sie aufeinander eindran-

gen, stöhnten, denn es lief gerade die Tagesschau, die
 großen Abenteuer des Volkes, die Männchen *en face* oder in Brustaufnahme lockten alle Welt zu sich, die einen im Diskant, andere brummend, und die Weibchen erteilten ihnen das Wort. Herbst gegen Ende des Winters, ewiger Herbst, dieses Rascheln der Blätter, Kameras und Kreationen wie das Rascheln von Laub, und am Ende erschien der Platzhirsch, röhrte gleichfalls seinen Senf dazu, und trotz dieses überirdischen Glanzes wollte mir das Bild seiner elastischen, faltenwerfenden, kornblumenblauen Unterhose nicht aus dem Sinn, die mich auf einem Foto im Schilf mit Angel geblendet hatte.

Der Alte hatte die Sprache wiedergefunden. «Das ist ein ganz Schlauer. Hat alle beschissen.»

Und in seiner Stimme lag verbissene, rachsüchtige Bewunderung. Kurz darauf fügte er hinzu: «Aber die Mutter Gottes ist eben doch die Mutter Gottes. Der Papst selbst hat sie ihm geweiht.»

Der Kleine rückte unruhig hin und her und flüsterte mir schließlich ins Ohr: «Es fängt an weh zu tun.» Kostek und Wasyl hatten sich in die Fernsehecke zurückgezogen, denn man kann sagen, was man will, der Apparat läßt einen zumindest vergessen.

Wo hatte dieses Schaukeln begonnen? Wohl beim Alten, der ein Bein über das andere schlug, seine Flinte mit einer neuen Hälfte stopfte und seinen Rumpf in den monotonen Heimkinderrhythmus versetzte. Bandurko goß dem Alten außer der Reihe nach, vielleicht aus Neugier, vielleicht aber auch einfach als Schikane gegen uns, denn wir hätten natürlich gern mehr getrunken. Als sich auf dem Bildschirm wieder etwas änderte, als jemand von der Tschechoslowakei sprach und dann von der Slowakei und das Wort «Slowakei» einige Male wiederholte, stellte der Alte das Glas neben seinem Gummistiefel ab und krächzte zu einer Allerwelts-melodie «Der gute Pfarrer Pflaumel sah so gern die Juden baumeln», um selbstzufrieden in Prosa zu schließen:

«Im Krieg war ich zehn Jahre alt, aber ich erinnere mich, wie das bei uns so ein blinder Ziehharmonikaspieler sang.»

«Und daran können Sie sich erinnern.»

«An alles. Wie die Deutschen uns zum Schneeschippen getrieben haben. Mit dem Gewehr. Vor allem Polen. Aber auch Ruthenen.»

«Waren hier viele Ruthenen?» Bandurko zeigte wieder Wißbegierde.

«Aber wie. Mehr als unsere. Nach dem Krieg sind sie nach Rußland gefahren. Haben die Kirchenglocke mitgenommen, die Flaggen, alles. Sie glaubten, sie fahren ins russische Paradies» – er wollte lachen, hustete aber nur grauen Rauch. «Den Rest hat unser Militär begleitet. Nach Westen, im Jahr siebenundvierzig. Draufgeschissen. Russe, Ruthene, alles einerlei. Mir tun die nicht leid. Die Deutschen, das waren Herren. Schöner Anblick, keine Frage. Blanke Stiefel, Uniformen wie maßgeschneidert. Danach kamen die Russen und steckten die Hühner ungerupft in den Topf. Banausen, ist doch wahr.»

«Und die Juden?» Bandurko führte den Alten unübersehbar in Versuchung.

Der aber wurde von der Vergangenheit eingesogen, ging in den eigenen Gedanken auf und sank, vor und zurück schaukelnd, ganz auf den Boden der Erinnerung.

«Herren, Herren, große Herren. Hitler war wie so ein König. Wie Herodes, so ein König, der ein halbes Volk ausrotten konnte, wenn er wollte. Hitler hat das halbe jüdische Volk ausgerottet, und wären die Russen

nicht gewesen, hätte er auch die andere Hälfte ausge-
170 rottet, und es wäre Frieden gewesen auf Erden für alle gutwilligen Menschen. Zehn Jahre war ich alt, aber ich weiß noch, wie man sie zum Judenberg trieb in diese Schlucht, wo der Teufel erschien und sie alle in Löchern verscharrte. Aus Szklary, Huciska, Tołoki. Wir gingen dort später Patronenhülsen sammeln. Dort ist der Teufel erschienen. Wir haben ihn gesehen. Ganz schwarz, schwarze Fresse. Einmal waren wir dort, da saß er im Gebüsch, und als wir uns bekreuzigt haben, ist er in die Haselwäldchen geflohen, die über dem Hohlweg wachsen. Die Alten sagten, er geht dort Juden zausen nach dem Tode, er gräbt sie aus und zaust sie, denn die Juden sterben nach dem Tod nicht, sondern werden in alle Ewigkeit vom Teufel geplagt. Nicht mal die Hülsen haben wir mitgenommen. Nur eine pro Kopf. Aus lauter Angst, ihm in den Brombeeren zu begegnen. Da erschien er ganz in Schwarz, aber das Zeichen des Kreuzes vertrieb ihn. Auch wir rasten diese Schlucht hinunter, schwer ging das, denn der Lehm war frisch und kaum mit Laub bedeckt, gerade mal wie aufgeschüttet. Später sagte einer, aus dem Lehm hätte eine Hand mit goldenem Ring herausgeragt, und wir sollten noch einmal hingehen, aber wir hatten alle Angst. Vielleicht ist jemand mit ihm gegangen, ich jedenfalls nicht, denn die sterben gar nicht, die können sich sogar ausgraben; wenn der Teufel nicht aufpaßt, dann kommen sie wieder auf die Welt und treiben ihr Unwesen. Die Deutschen müssen das gewußt haben, denn in dieser Schlucht standen in der ersten Woche Wachposten, mit Gewehren, wir gingen dorthin, als die nicht mehr dort standen. Vielleicht hatten sie mit dem Teufel abgemacht, daß er nun dort stehen sollte. Schwarz, pechschwarz, kohlrabenschwarz war er im Gesicht und hatte etwas wie einen Schürhaken oder ein Feuereisen

in der Hand, aber vor dem Zeichen des Allerheiligsten Kreuzes bekam er Angst und floh. Man konnte hören,
wie er durch die Haselsträucher kletterte, nur das Peitschen der trockenen Zweige, und wir bergab über diesen Lehm, der uns an den Füßen packte, aber vielleicht waren das die Juden, um uns hinabzuziehen und unser Blut zu trinken; so erzählten die Alten, daß sie Blut trinken wie Fledermäuse, sie packen dich und trinken, und wenn die Russen nicht gewesen wären, wäre jetzt ein für allemal Ruhe im Namen des Vaters und des Sohnes, ein für allemal, aber der Russe war stärker, er hatte sogar die Tataren unter sich, die kamen hier auf diesen kleinen Pferdchen her, fraßen rohes Fleisch und trugen mehrere Uhren an jedem Handgelenk. Aber sie blieben nicht lange, einen Tag, zogen weiter nach Gardlica, haben im Dorf nichts angerichtet, denn die Russen paßten auf, die Offiziere, sie hatten es eilig, die Deutschen zu verfolgen, obwohl das große Herren waren, wie die Welt sie noch nicht gesehen hat, Stiefelschäfte und Uniformen nach Maß, schwarz, silbern...»

Ich sah, wie der Kleine aufstand, vor Schmerz das Gesicht verzog und hinter dem Tisch vorkam. Er preßte den Ellbogen in die Seite, trat an den Alten heran und schlug ihm, weder kräftig noch leicht, zweimal ins Gesicht. Wie ein Sanitäter oder wie der Mann eine Frau, wenn sie für alle tröstenden oder beruhigenden Worte taub bleibt.

Alles verstummte und erstarrte. Nur der Fernseher tat so, als wäre nichts passiert. Er zeigte einen eingeölten aerodynamischen Körper. Der Kleine kehrte an seinen Platz zurück. Der Alte schaukelte noch, aber nur ein bißchen, wie so ein kleiner Stoffhund an der Heckscheibe, wenn das Auto schon steht.

Aus der Dunkelheit, durch die halbgeöffnete Tür,

drang die schwache und nörglige Stimme einer alten
 Frau zu uns.

«Hryćko... Hryćko, Wasser gib mir.»

23

«Beim Chinesen, beim Chinesen / Sind die Eier gelb gewesen!» Hinter dem miserablen Bretterverschlag, schon seit zwei Stunden: «Sind die Eier gelb gewesen.» Kein Verschlag, ein Scheißverschlag, der Licht mit Zigarettenrauch durchsickern ließ... sind die Eier gelb gewesen. Als hätten wir mitten unter ihnen gesessen. Wir wollten ein bißchen pennen, aber es ging nicht. Es stank und war kalt. Dazu der Chinese. Wir versuchten, Feuer im Ofen zu machen, aber das Holz war faulig, feucht, hatte eben noch unter dem Schnee gelegen, und der fette Typ mit Schnurrbart sagte, er hätte kein anderes. Anderes gebe es im Wald, das könnten wir uns holen.

«Fuffzig pro Nase», sagte er abschließend, und ich hätte ihm ins Gesicht gespuckt, aber draußen wären wir verreckt, er hatte die Oberhand, deshalb besser die Ohren angelegt, denn er hatte eine außergewöhnlich fiese Fresse.

Also dieses durchgefaulte, felsenschwere Kiefernholz verpestete die Luft und glomm in einem erbärmlichen Feuerchen dahin, der Ofen blieb leichenkalt. Ein eiserner Allesfresser. Man konnte ohne weiteres die Hand auf das Blech legen.

«Fuffzig pro Kopf. Im voraus.» Mit eklig lippenleckender Sorgfalt kniff er die Banknoten zusammen, steckte sie in die Gesäßtasche am schlaffen Arsch und fügte hinzu: «Heißes Wasser bekommt ihr bei mir.»

Dann kletterte er in sein Obergeschoß und zog dabei den Kopf im Gebirglerhut ein, denn an der niedrigen

Decke hing ein Schild «In Schuhen tritt ein / Nur das letzte Schwein».

«Gemütliches Plätzchen», brummte Gąsior.

«Immerhin ein Plätzchen», brummte Wasyl zurück. «Als ich das letzte Mal hier war, war der Leiter so ein Verrückter mit Bart. Der trank und schnitzte Heiligenfiguren. Sah selbst aus wie ein Heiliger. Besonders wenn er voll war und seinen Bart auf den Arm stützte. Der Kummer in Person.»

«Dieser hier sieht nicht nach einem Heiligen aus. So ein Stänker. Nur raus aus dieser Kühlhalle.»

Gąsior ging ans Ende des Korridors, drückte die Tür auf, die der Fettwanst uns gezeigt hatte. Ein kahler Saal, ein paar Schaumstoffmatratzen und der Ofen. Offensichtlich hatte jemand in diesem Saustall zu heizen versucht, denn der Rauch kroch von den Wänden und wohl auch von der Decke.

«… sind die Eier gelb gewesen, sind die Eier gelb gewesen.» Und es war erst acht, sie fingen gerade erst an. Wir hatten sie durchs Fenster gesehen. Sie trafen in einer langen Schlange, zehn Personen, vielleicht mehr, aus der entgegengesetzten Richtung wie wir ein, alle in professionellen Schneeanzügen, manche trugen Anoraks, die Rucksäcke zum Bersten gefüllt, wohl überwiegend mit Flaschen. Der Fettwanst begrüßte sie an der Tür wie alte Bekannte. Einige Mädchen waren darunter. Sie landeten im Saal neben uns, und wir saßen anfangs lieber stille, nur nicht provozieren, erst als der Krach hinter der Wand schlimmer wurde, gingen wir unsere Glieder strecken und nach dem beschissenen Ofen sehen, auf dem unsere Schuhe und Socken lagen. Vielleicht besser, daß sie nicht trockneten, denn der Gestank hätte Verfolger anlocken können.

Unterdessen bezogen die nebenan ihre Betten, traktierten mit Rucksäcken, Gelächter, Bechergeklirr,

Trampeln den Boden. Jemand klimperte auf der Gitarre, einem katastrophalen Teil, Gąsior seufzte «Die Nacht kannste vergessen» und hatte recht, dann fügte er ohne jeden Zusammenhang hinzu: «Wir haben doch unterwegs keine Tiere gesehen. Eine Woche im Wald und nicht mal ein blödes Reh.»

Irgendwie ließ das alle kalt. Der Kleine lag mit leichtem Fieber von dieser unseligen Wunde im Schlafsack und sagte nichts. Seit gestern hatte er kaum noch den Mund aufgemacht. Vielleicht dachte er an den Alten, der auf die Frauenstimme hin plötzlich ganz wach geworden war, sich erhoben und ihr den Becher Wasser gebracht hatte, um dann an seinen Platz am Ofen zurückzukehren und die nächste Lage zu akzeptieren, als wäre nichts gewesen. Er trank, aber er war vorsichtiger geworden und versuchte nicht mehr, Erinnerungen aufzuwärmen, niemand ermunterte ihn auch mehr dazu. Niemand hatte Lust, sich zu erinnern. Wir glotzten in die Röhre, die Tagesschau war längst zu Ende, in Quer- und Schrägstreifen ertrunken, ein Film hatte begonnen, nur konnte man nichts erkennen, niemand von uns hatte Lust, das in Ordnung zu bringen, und der Alte war offenbar daran gewöhnt. Er lauschte den französischen Worten und der darübergesprochenen polnischen Übersetzung und wandte den Blick nicht vom Bildschirm. Niemand wandte den Blick vom Bildschirm. Die Flasche war leer. Kaum war sie alle, schon verdunstete der Alkohol auf eine plötzliche, übernatürliche Weise aus unseren Körpern. Die Schläfrigkeit, vermischt mit dem Mief in der Hütte, raubte uns allmählich das Bewußtsein. Der Kleine war im Sitzen eingeschlafen. Niemand kam auf die Idee, sich um ihn zu kümmern. Einer nach dem anderen schlüpften wir in unsere Schlafsäcke und fielen auf den Boden. Bandurko hatte sich die Bank an der Wand zurechtgepolstert. Der Alte stiefelte über unsere Leichen, er war noch rührig, legte im Ofen nach, etwas rasselte, vielleicht ging er nach draußen, ja vermutlich, denn einmal umwehte uns ein eisiger Hauch. Ich schlief ein, bevor das Licht ausging.

Am anderen Morgen standen wir ebenso wortlos auf, kein bißchen ausgeruht, steifgelegen und wund, in Augen und Mund spürten wir die Klebrigkeit von Erschöpfung und ungesundem Schlaf. Morgen war zuviel gesagt für dieses erste Grau. Das Feuer brannte schon, der Alte war weg, kam aber gleich mit einem Eimer zurück, in dem etwas Milch schwappte. Er teilte sie auf, indem er ein bißchen in die Schüssel abgoß, die er dem Kalb brachte, und den Rest in einem Topf auf den Ofen stellte. Noch zwei-, dreimal ging er hinaus, uns war das egal, niemand zeigte besonderes Interesse für ihn, er wohl auch nicht für uns, er nahm uns als notwendiges Übel, als ein lästiges Naturelement mehr.

Endlich raffte sich Bandurko doch auf, räumte die leeren Gläser vom Tisch, spülte sie irgendwo aus und machte Kaffee, zu dem wir uns halb bewußtlos und völlig teilnahmslos für alles Geschehen an den Tisch setzten. Nach einiger Zeit wurde uns ein bißchen klarer im Kopf, wenigstens so weit, daß wir die Schlafsäcke zusammenrollten und uns dasselbe brieten wie gestern, nur Kartoffeln bekamen wir diesmal nicht. Den Rest im Topf übergoß der Alte mit warmer Milch und trug es in den Alkoven. Durch die angelehnte Tür sah man ein Stück Bett mit aufgetürmter Daunendecke, aber nicht mehr. Sie unterhielten sich nicht miteinander. Vielleicht war auch gar niemand dort, denn es drang kein Laut herüber, obwohl wir bei der Stille in der Hütte sogar einen Atemzug hätten hören müssen.

Nach dem Kaffee, dem Essen, nach der Zigarette hatten wir nichts zu tun. Es wurde Tag, die grelle Sonne fiel ins Fenster. Jedes Detail des Innenraums, jedes kleinste Fragment der ärmlichen Hütte, der Dreck auf dem Fußboden, die Schlieren auf den Fensterscheiben, der geborstene leere Blumentopf auf der Fensterbank, das rotbraune liegende Kalb, alles leuchtete auf in goldenem Licht. Der Alte saß auf seinem Schemel und rauchte eine Zigarettenhälfte. Die Flut der Helligkeit machte ihn fast unsichtbar. Wir mußten die Augen zusammenkneifen. Er zerfloß in der Luft. Als die Zigarette glühte, ließ er die schwarze Spitze girren, stand auf und sagte:

«Kommt jemand mit?»

Ich und Bandurko gingen.

Der Hof war so ärmlich wie das Haus. In der Mitte der Brunnen, nach allen Seiten mit Fichtenzweigen überdacht, die an eine Bretterhütte für Kinder erinnerten. Der ausgetretene Pfad führte an ihm vorbei zum hölzernen Viehstall, dessen Dach eine Kombination von Stroh und rostigem Blech war. Daneben stand ein unförmiger, hoher Heuschober. Und noch eine Kammer, ein Schweinekoben, was auch immer.

Der Alte ging in den Viehstall und schloß die Tür hinter sich. Wir standen auf dem von mistverdreckten Hufspuren gezeichneten Platz und blickten zwischen den Gebäuden in die Weite. Einige hundert Meter entfernt, etwas tiefer, durch eine blendendweiße Fläche getrennt, stand das nächste Gehöft. Eine deutliche, perfekt parallele Schlittenspur führte dorthin. Aus dem Viehstall kam Radau und Geblöke. Die Tür öffnete sich, und der Alte zog ein widerspenstiges Schaf heraus. Er schleppte es auf den sauberen, unbefleckten Schnee und warf das Tier mit einer raschen, geschickten Bewegung auf die Seite. Das Schaf zappelte, er aber packte es an Nacken und Hinterteil in der Wolle.

«Über der Tür hängt ein Messer», sagte er.

Ich brachte den langen, vom tausendfachen Wetzen ganz dünnen Stahl mit hölzernem Griff.

«Halt jemand den Steiß fest.»

Bandurko sah mich völlig überrascht an, fiel dann neben dem Tier auf die Knie und krallte sich in das schmutzige gelbliche Vlies. Der Alte nahm mir das Messer ab, setzte ein Knie auf das Schulterblatt des Schafes, bog ihm mit der Linken den Kopf weit nach hinten und machte einen kurzen, raschen Schnitt.

Wir zogen den Kadaver über den Schnee, um ihn an einem Haken in einem Balken unter der Dachrinne aufzuhängen. Ich und Bandurko hatten Mühe, dieses leblose Stück Fleisch fortzubewegen. Der Alte durchstach die Haut am Hinterbein an der Stelle, wo die lange Sehne verläuft, und führte die Öffnung über den eisernen Bolzen. Wir sahen zu, wie er an Bauch und den Beinen, denen er nur kurze Fellsocken beließ, Längsschnitte setzte und das schwere, dampfende Fell mit drei langen Rucken abzog. Wasyls Jacke war blutbespritzt.

Als wir zurückkamen, war der rote Fleck im Schnee schon gedunkelt. Ich trug einen Eimer mit Leber, Herz und Nieren. Die anderen saßen am Tisch. Kostek studierte die Karte. Der Alte ging zur Anrichte und holte eine Flasche ohne Etikett hervor. Er stieß wortlos mit Wasyl an und gab ihm dann mit dem Kopf einen Wink, auch mir einzuschenken. Den Rest stellte er wieder weg. Vielleicht besser so, denn der Fusel war tödlich.

Als es nach Mittag war und Kostek und Wasyl über der Karte flüsterten, meldete der Alte sich von seinem Schemel:

«Zur Schutzhütte ist es am kürzesten über den Berg. Man muß nicht ins Dorf runter.»

Also der Kleine schwieg, Gąsior erzählte was von Rehen, Wasyl stocherte im Ofen und Kostek lehnte an der Wand, die Beine im Schlafsack, rauchte und schmiedete bestimmt Pläne für die Zukunft.

Um acht waren die im Nebenraum schon so breit, daß sie manchmal zwei Lieder gleichzeitig sangen. Man hörte immer schwerere, steifere Schritte, als übten sie, auf Stelzen zu laufen. Kann mir doch scheißegal sein, dachte ich – wir mußten etwas tun, um nicht vor Hunger, Kälte und Konspiration zu verrecken. Deshalb sagte ich, ich ginge das kochende Wasser holen, das uns angeboten worden war. Ich zog die nassen Socken an und latschte über den Steinboden des Korridors, die Wände aus kaum behauenen Sandsteinquadern, eine matte Glühbirne an der Decke. Im Dachgeschoß fand ich eine Tür, an der eine Holztafel mit eingebrannten Buchstaben besagte: «Wer nicht klopft an meiner Tür / Der ist nicht willkommen hier.» Ein einladendes «Herein» ertönte, also trat ich ein. Hier war es bestimmt wärmer. Um ein Vielfaches. Der Senn saß auf einer Art Schlafcouch, die mit synthetischem Lammfell bedeckt war, und hielt eine beschwipste, füllige Blondine, vermutlich an der Brust. Vermutlich, denn als ich eintrat, rückte er auffällig von ihr ab. Auf dem Tisch eine weitgehend geleerte Flasche und angebissene Stullen. Es war insgesamt ganz angenehm. Rustikale Stimmung wie aus dem Folkloreladen. An der Wand ein Kummet, Sporen und Halfter, zu Häupten des Chefs ein Hirschgeweih, ein Eispickel und ein Gebirglerhut.

«Ich komme wegen des heißen Wassers.»

Der Herr versuchte seine Gedanken zu ordnen und wies mir, um Zeit zu gewinnen, einen Stuhl am Tisch.

«Setz dich und trink was. Ich weiß, daß ich teuer bin, aber im Winter ist es knapp. Irgendwo muß man von leben.»

Setz dich lieber, dachte ich, denn er sieht betrunken aus, reiz ihn besser nicht. Er goß mir ein, was übrig war, und nickte.

«Alle lade ich nicht ein, mag kein Gedränge. Jolka ist auch als Abgesandte gekommen. Nicht, Jolka», und er gab dem Mädel einen Klaps auf den Rücken.

Sie nickte gedankenlos mit dem Kopf. War gar nicht übel. So eine Große, Sanfte. Wie ein Tier, eine Kuh, eine hübsche junge Kuh, etwas in dieser Art. Ich schluckte den Korn und sah im Augenwinkel, daß die beiden hier nicht einfach so saßen, sondern fernsahen. Der Apparat stand direkt neben der Tür. Es war kurz vor acht. Die Tagesschau hätte laufen müssen, lief aber nicht. Zwei Typen malträtierten eine Braut mit großen Brüsten. Das Video war bestimmt in Deutsch, deshalb hatten sie den Ton ausgeschaltet.

«Jolka, los, setz Wasser auf.»

Jolka bewegte ihren beträchtlichen Leib, stieß mit den Oberschenkeln gegen den Tisch, stützte sich mit den Händen auf und kam unter Gläsergeklirr hervor. Die blaue Jeans platzte in den Nähten angenehm auseinander. Heftig atmend erreichte sie den Küchenherd und wurde dort tätig. Der Senn schien mich aufgeweckt zu mustern, aber seine Äuglein schlierten schon leicht ab.

«Schwere Zeiten. Scheißkommunismus. Ich weiß, daß ich teuer bin...»

Mich aber nahm der Bildschirm gefangen, der seitlich zu mir stand. Etwas wirbelte dort, wechselte, konfigurierte sich, und ich meinte schon das heftige «Schneller, schneller» einer Frau zu hören...

«He. Das Wasser ist fertig.»

Ich fuhr hoch und ging in die Küche. Der große Alukessel ließ den Deckel vibrieren. Jolka schwankte über dem erhitzten Blech. Ganz hübsches Mädchen, runtergekommen und ohne Verstand. Beim Griff nach dem Teekessel streifte ich ihren Po. Das wirkte sofort. Schließlich war ich Partisan.

Ich sagte, ich würde ihn gleich zurückbringen, und ging.

Gąsior hatte schon die Becher mit Kaffee vorbereitet. Ich goß Wasser ein und dachte an ihren Arsch. An ihren Arsch und den Fernseher. An den Fernseher und ihren Arsch. An diesen wegtretenden, leeren Blick. Mir war eng. Ich nahm Kaffee und ein Stück Brot mit Speck. Zündete mir eine Zigarette an. Trank, aß und rauchte. Durch den Kopf surrte mir diese Videokassette. «Vor dem Neger keine Bange, mit dem großen, langen.» Im Nebenraum hatte man den Kontinent gewechselt.

«Sie waren hier», sagte Gąsior.

«Was wollten sie?»

«Uns, wie sie sagten, zum gemeinsamen Vergnügen einladen.»

«Und?»

Gąsior blickte mir in die Augen.

«Weißt du, ich würde sogar mit diesen Idioten zusammensitzen, um eure Fressen nicht zu sehen.»

«Dann geh doch.»

«Tu ich auch.»

Bandurko verarbeitete sofort die Daten.

«Klar. Das ist besser. Sie haben uns sowieso gesehen oder hätten uns bemerkt. Wir müssen rüber, uns verbrüdern. Zur Tarnung.»

«Sie schwimmen im Alkohol.» Kostek sagte das warnend. «Ich finde auch, man sollte nicht zu sehr auffallen. Aber ihr versteht…»

«Na, Gąsior», sagte ich, «du hast kein Glück.»

«Ach leck mich… klimpere ich eben auf der Gitarre.»

Nur der Kleine war teilnahmslos. Er lag mit auf der

Brust gekreuzten Armen und blickte irgendwo durch die Wand.

Ich goß allen nach und ging mit dem Teekessel hinaus.

Auf der Treppe begegnete ich ihr. Sie stieg herab und hielt sich mit beiden Händen am Geländer fest. Die Stufen knarrten. Sie seilte sich zum Flur ab und lehnte sich an die Wand. Sie mußte aufstoßen.

«Die Schlschlafmützen schschlafen... Die Schschlafmütze der Senn schschläft... und du Schschlafmütze schschläfst nicht?»

Sie rülpste und verlor mich aus dem Gesichtsfeld. Es dauerte eine Weile, bis sie die Schärfe wieder eingestellt hatte. Ihr rotkariertes Hemd war aufgeknöpft. Der weiße Büstenhalter guckte darunter hervor. – «Sieh an, keine Schschlafmütze.» – Sie klappte halb zusammen und fegte mit dem Haar durch die Luft. Eine unglaublich förmliche Verbeugung. «Jola schschläft nicht... Jola macht jetzt Pipi.» Sie stieß sich mit der Schulter von der Wand ab, mußte es aber wieder und wieder versuchen, bevor sie senkrecht stand. Ich stellte den Teekessel ab und nahm sie unterm Arm.

«Ich helf dir, Jola», sagte ich.

Es gelang mir, ihre Massen halbwegs in Schwung zu versetzen. Sie ging mit gesenktem Kopf und herausgestrecktem Bauch und schlappte mit den aufgeschnürten Turnschuhen. Wir traten vor die Schutzhütte. Unten rieselte der Bach unter dem Eis. Oben funkelten die Sterne. Der Schnee knirschte. Ich war in Socken. Ich schleppte sie ein Stück weit vom Eingang weg. Sie fummelte an ihrem Hosenknopf, aber ohne Erfolg.

«Ich helf dir, Jola.» Der Spruch war gut. Ich stellte mich hinter sie und schmiegte mich an ihren Po. Ich suchte den Knopf. Woraus mußte der gemacht sein, daß er diesen Belastungen standhielt. Es gelang mir mit

Mühe, ihn aus dem Loch zu fingern. Dann schälte ich sie aus ihrer Hose. Die saß hartnäckig und rutschte samt Slip und Strumpfhose. Zentimeter für Zentimeter. Jola schwankte vor und zurück.

«Sssest du Baby auf den Topf? Baby will Pipi», und sie kicherte wie die letzte Idiotin. Endlich schob ich ihr dieses Hosenteil von den Backen. Am besten, sie wäre eine Leiche, eine warme Leiche, dachte ich, während ich die zwei fleischigen Hälften massierte. Manchmal hob sie die Hand in einer absurden Geste zum Gesicht, als wollte sie sich die Wange streicheln, aber der Arm fiel sofort flach am Körper herab.

«Jola macht Pipi», sagte sie schließlich und hockte sich hin. Sie grub sich nur deshalb nicht mit dem Hintern in den Schnee, weil ich mich mit ihr hinhockte und sie sich mit den Schultern gegen mich lehnte. Ein schönes Paar. Ich zog meine Hand im letzten Augenblick zurück. Dampfschwaden umgaben uns. – «Fertig», verkündete sie. Ich faßte sie unter den Achseln und stellte sie aufrecht. «Jola ist fertig. Du mußt nicht Pipi?» – Wir standen wieder wie vorher. Ein Partisan muß schnell sein, dachte ich. Ich schob sie an die Wand der Schutzhütte. Instinktiv stützte sie sich mit den Händen gegen die Mauer und stand da, weißer als Schnee.

Als ich sie wieder hineinschleppte, war nur der Kleine im Zimmer. Wie vorher. Mit gekreuzten Armen. Romantischer Dichter, ruhend. Ich ließ sie auf das Laken daneben sinken.

«Anständiges Mädchen», sagte ich.

«Sieht man.»

«Sind die anderen gegangen?»

«Hörst du's nicht?»

Tatsächlich. Keine Chinesen oder Neger mehr. Überhaupt keine Farbigen. Völlige Stille. In dieser völligen Stille sang Gąsior. Auf englisch. It's all over now Baby Blue.

«Ich geh rüber. Hab ihn lange nicht gehört.»

«Geh.»

Ich nahm den Selbstgebrannten, den uns der Alte zum Abschied für fünfzig Złoty mitgegeben hatte, aus dem Rucksack und stellte ihn neben dem Kleinen hin.

«Soll ich euch Licht ausmachen?»

Er zog ein resigniertes Gesicht und schüttelte den Kopf.

Die drüben hatten es unvergleichlich viel besser. Gerätschaften, eine Bank, ein flacher Tisch, genaugenommen ein paar Bretter auf Ziegelsteinen, und warm. Der verschnupfte Senn hatte ihnen Kohle gegeben. Die stand schamlos in zwei Eimern da. Für Jola kein überhöhter Preis. Denn Jola gehörte zu ihnen, ein Typ mit Bart und Brille fragte mich sofort, ob ich sie gesehen hätte.

«Sie ist beim Senn», antwortete ich, und er nickte nur. Sie dämpften ihre Begeisterung für Gąsior. Er saß auf dem Ehrenplatz, wenn es so etwas in diesem Saustall geben mochte, jedenfalls in der Mitte, und die Mitte bildete sich von selbst, weil alle ihn anschauten. Und er spielte, sang ein bißchen dazu und lächelte in sich hinein. Wie immer, wenn er spielte. Er sah aus wie ein Guru aus der Zeit vor zwanzig Jahren. Das Gesicht faltenfrei. Er saß im Türkensitz, in der Wrangler-Jeans, mit trockenen, sauberen roten Socken. Leicht bewegte er den rechten Fuß, it's all over now Baby Blue, zupfte seine Pizzicati auf diesem Möbel, dem Nachbau eines Nachbaus von irgendwas, und rümpfte nicht mal die Nase, daß das nicht seine erträumte Martin war, die er sich vor einem Jahr gekauft hatte, als er schon Geld, aber keine Zeit mehr zum Spielen hatte. Seit einem Jahr hatte er für jede andere Gitarre nur ein müdes Lächeln übrig. Sogar für die beste. Er hätte einen Kasten aus libanesischem Zedernholz mit goldenen Wirbeln bekommen können und ihn nicht mal angeguckt. Und jetzt spielte er, blinzelte wie ein Kater im Sonnenlicht und sang dazu mit seinem Halbbariton, ganz so wie damals, auch in den Bergen, aber in Zakopane. Doch nein. Damals war das noch kein Bariton, gerade erst ein leichter Tenor, aber er hatte genau so mitten in einem Saustall von leeren Flaschen, Kippen und halbgeöffneten Dosen mit Makrelen in Tomatensauce gelächelt, nur die Gesichter waren jünger und die Leute stanken noch nicht so wie wir hier.

Der mit Bart und Brille rutschte auf dem Hintern mit einer Flasche und einem Glas heran, goß ein, trank und goß auch mir ein. Er wartete, bis ich geschluckt hatte, um zu sagen: «Spielt nicht schlecht, der Typ, Bekannter von dir?» Aber er meinte wohl etwas anderes, denn nach einer weiteren Minute kam er auf den Punkt.

«Was tun die dort?»

Im ersten Moment wollte ich ihm die Wahrheit sagen, aber dann gewann christliches Mitgefühl die Oberhand.

«Sie gucken fern. Tagesschau mit dem Präsidenten», und ich wollte noch einen Augenblick zu jenem Winter zurückkehren, als alles billig war, was brauchten wir schon, einen halben Liter für zwei und ein bißchen Obstwein in einem Zug, der so überfüllt war, daß vermutlich die gesamte Besatzung in der Lokomotive saß und der Schaffner, hätte er sich herausgewagt, ohnehin schon im ersten Waggon auf der Kotze ausgerutscht wäre. So war das. Schlachthaus Zakopane 19.30 Uhr ab Ostbahnhof, hinter Zakopane schon das reinste Golgatha, absolute Trockenheit, wir aber waren stolz und verachteten die ganze Welt. Jetzt betrachtete ich sein Gesicht, das mit jeder Minute faltenloser wurde, aber das kam nur vom Rauch, hier qualmten alle wie in der Gefängniszelle, das letzte Zeug mit irgendwelchen ausgefallenen Namen, denn die Zeit der krümelnden Sporty-Zigaretten war seit jenem Winter unwiderruflich vorbei. Wir bettelten um Schlaf, um Essen und Trinken in diesem irren Nest, wo alle mit prallgefüllten Brieftaschen ankamen, nur bei uns war es umgekehrt. Aber wir waren stolz und verachteten die Welt. Betteln tat eigentlich ich, Gąsior spielte, er war nämlich unter diesen Halbkretins aus gutem Hause der einzige, der etwas konnte, damals zwar nicht viel, aber für die reichte es. Sie beglotzten ihn wie die hier, schenkten ihm immer wieder nach, und ich mußte mir was dazubetteln oder von ihm trinken. Und obwohl er dicker, kleiner und pickliger war als ich, nahm er sich schließlich eine, von der man nur träumen konnte, und die nahm sich unser, das heißt seiner an, während ich auf dem Boden schlief und vor Verzweiflung versuchte, ihrem schrecklichen Gegenbild den Schlüpfer auszuziehen, was ich aber doch nicht tat. Schade, sonst hätte ich damals schon alles durchschaut und als Frühweiser auf die Wallungen der Pubertät gepfiffen, jener Zeit, in der man ein ganzes Fußballstadion in sich trägt, das statt «Kicker, Kicker» «ficken, ficken» skandiert.

Die bunten Anoraks lagen in der Ecke auf einem Haufen. Auf einem Haufen lagen die bunten Rucksäcke. Die bunten Schlafsäcke bildeten ein orgiastisches Bärenlager, und alle schunkelten, jeder in eine andere Richtung, jeder auf seine Weise. Kein Wunder, denn zu diesen Stücken ließ sich keine Kołobrzesker Welle machen. Sie versuchten es dennoch. Gąsior unterbrach einen Augenblick, aber nur, um sich eine Zigarette anzuzünden, zweimal daran zu ziehen und sie dann am Kopf der Gitarre unter die Saiten zu schieben.

Das mußte er jemandem abgeguckt haben, vielleicht Lee Hooker. Die senkrechte Rauchfahne stieg sanft, senkrecht und malerisch. Die Fans hatten was zu gucken. Er kam mit Pizzicati, gab manchmal stärkere Akkorde dazu, gerade dort, wo es nicht erwartet wurde, und alle lauschten, Chinese und Neger waren vergessen. Eine kurzgeschnittene Schwarzhaarige rückte unmerklich näher an ihn heran, zentimeterweise, im grünen Drillich auf dem Fußboden, ich wartete nur, bis sie sich einen Splitter reinziehen und quietschen würde. Sie hätte bestimmt gequietscht. Nur Haut und Knochen. Nicht dieser königliche Po, den ich vorhin genommen hatte, nicht jener vor zehn, fünfzehn Jahren, als sie mitten in der Nacht aus dem Bett sprang, nackt und weiß im Schein der Straßenlaterne, sich irgendwas überwarf und über mich hinwegstieg, ins Badezimmer.

Und Gąsior mit blinzelnden Augen wie ein Kater im Sonnenlicht. Er trank nicht mal viel. Das Glas Wodka stand neben seiner Socke. Er berauschte sich am Spiel. Auf das Spielen fuhr er besser ab als auf Spiritus. «Und man hat danach keinen Kater», pflegte er zu sagen. Er konnte eine ganze Nacht mit ein, zwei Bier durchklampfen.

Schon näherte sich eine zweite. Auch dunkel, aber nicht so kurzgeschnitten. Lockerer Fummel, husch, auf den Dielen und eine Menge Taschen, da ließ sich der Arsch selbst schwer beurteilen. Sie trug Hauspantoffeln mit weißem Fell und einen türkisblauen Sportsweater. Als kurz darauf die Dritte sich in Bewegung setzte, rotblond, im grünen Militarydress, dachte ich, es gibt Ärger, denn die Typen rührten sich nicht vom Fleck. Gąsior im Zentrum, den ersten Kreis bildeten die Puppen, wir Jungs dagegen das äußere, zerstreute Rund. Und schließlich rief jemand:

«He du! Kannst du kein Polnisch?»

Gąsior brach ab, setzte die Miene eines sanften, dümmlichen Buddhas auf, und ich wußte, daß er gleich sehr höflich die Gitarre würde zurückgeben wollen und alle das als seine Ausdrucksweise für «klampf doch selbst, du Arsch, wenn du kannst» verstehen würden. Aber die Kahle Schwarze drehte sich um und sagte über die Schulter:

«Ach, Wiesiek, halt doch die Klappe!»

Sie hatte ein hübsches Profil, eine etwas große, aber angenehm geschnittene Nase und ähnelte jenen Kunstwerken, die der kleine Typ mit Brille, der einzige wahre Künstler auf dem Warschauer Montmartre, aus Papier schnitt, denn mit der Schere menschliche Gesichter praktisch aus der Luft zu zaubern, das ist schon etwas.

Die Worte der Kahlen Schwarzen wirkten, denn es entstand eine durchdringende Stille. Nach fünf öffentlichen Auftritten war Gąsior Routinier und sprang auf dieses Schweigen, diesen angehaltenen Atem auf wie auf eine abfahrende Straßenbahn. Die letzte Strophe von «Love minus zero no limit» sang er auf polnisch, und das ausschließlich für die Kahle Schwarze, obwohl er sie insgesamt nur zweimal ansah. Sie aber wußte schon Bescheid. Die anderen vermutlich auch, denn die Menschen denken meist an mehrere Dinge, aber wenn sie sich koedukativ vollaufen lassen, nur an das eine.

Er beendete das Stück und schielte zu Wiesiek hinüber: Bauernbefreiung in dritter Generation, Bergführer- oder Waidmannsabzeichen am Pullover, und Wiesiek muß sogar gelacht haben, denn er war vermutlich von Natur aus offen und ehrlich, das sah man ihm an und das konnte man von keinem von uns sagen.

Kostek saß im Rücken des Künstlers, ich hätte schwören können, daß er in diesem Augenblick mit dem Springmesser in der Hosentasche spielte. Einfach so zum Zeitvertreib oder in dem Bewußtsein, daß wir uns für einige Stunden seinem Einfluß entzogen hatten. So einfach war das. Man brauchte nur unter Leute zu gehen, schon floß alles ab, sank zurück ins Reich der Einbildung, eines Traums, eines weit zurückliegenden, unwesentlichen Zufalls. Daran dachte er bestimmt. An diese dumme, kitschige Normalität, die wie ein Schwamm allen Irrsinn abwischte, wie ein Klistier, das die angstverschlungenen Därme entwirrt. Selbst Wasyl Bandurko war einen Augenblick ausgestiegen. Er unterhielt sich mit einem Jungen mit langem, welligem Haar. Durch die Haare konnte ich das Gesicht nicht erkennen, nur die Hand, die die Zigarette hob, eine schlanke, weiße, mädchenhafte Hand.

Alles lief irgendwie ganz schnell ab. Der mit dem Bart sagte «Ich bin Maciek», wir tranken noch einen, er reichte mir WEST-Zigaretten, ich bediente mich, und einen kurzen Augenblick lang waren wir Freunde. Einen kurzen, denn er sagte gleich «Was macht sie da nur so lange», ich bekam Mitgefühl mit ihm, und aus der Männerfreundschaft wurde nichts. Ich antwortete nicht, fragte nur, ob sie noch weiterwollten, er darauf, die Absicht hätten sie gehabt, daraus werde aber wohl nichts, wie üblich würden sie hierbleiben, bis das, was sie mitgebracht hatten, alle war, das sei morgen früh, dann würde eine Delegation fünf Kilometer weit gehen, Nachschub holen.

Ein Kamerad mit Bürstenschnitt kam angerobbt und fragte, ob wir was hätten. Er trank und blieb bei uns, so als hätte er während der Vorstellung den Logenplatz gewechselt. Als er dann den Mund aufmachte, bestimmt, um zu sagen, daß der Typ nicht schlecht spiele, krachte die Tür auf und der Senn stand darin. Ausgeschlafen, aufgedunsen, mit Hut. Er schloß die Tür hinter sich, lehnte sich gegen den Rahmen und sah uns mit einem dämlichen, zufriedenen Grinsen an, so als hätten wir diesen Zirkus eigens für ihn arrangiert, weil er Geburtstag hatte.

Er muß unsere Flaschen blitzen gesehen haben, denn er gab seine patriarchale Pose auf, rülpste und kam angeschlurft, um sich zu setzen. Ohne zu fragen, goß er sich ein und trank. Offensichtlich gehörte ihm hier alles. Mösen, Getränke und sonstige Segnungen, die es zu verteilen gab. Mein neuer Freund hob nicht mal den Blick. Er wurde starr, fiel irgendwie in sich zusammen, versteinerte und schoß das mörderische Blitzen seiner Brillengläser ins Halbdunkel. Besser, ich stehe auf und gehe auf unser Zimmer, dachte ich, nachher werden die sich noch einig und suchen nach dem Sumpfhuhn.

24

Hier war alles unverändert. Was hätte sich auch ändern sollen. Nur Jola lag jetzt rücklings, bis zum Hals mit dem Schlafsack zugedeckt. Sie schnarchte mit offenem Mund.

Der Kleine lag wie vordem. Sein Blick bohrte sich geduldig wie ein Borkenkäfer durch Decke und Wände, und die Flasche stand so, wie sie gestanden hatte, nur ein bißchen leerer.

«Amüsieren sie sich?» fragte er.

«Ausgezeichnet. Du hörst es ja. Die einen und die anderen auch. Gąsior am meisten.»

«Dann ist er nicht so krank. Vielleicht macht ihn das Singen gesund.»

«Er wird vor Begeisterung gesund.»

«Das ist gut. Denn bei mir ist das, was sich geschlossen hatte, aufgeplatzt. Bin sozusagen ein bißchen naß. Ein Verband wäre gut. Was Ordentliches.»

Er nahm eine Zigarette und zündete sie an, so als

beträfe dieser Verband jemand anders oder wäre für

morgen angesetzt. Er rauchte, und ich zog ihm den Pullover hoch und betastete vorsichtig den schwarzen Fleck. Das Ganze war gehärtet, schorfig, aber darunter suppte es warm und feucht.

«Es tut nicht mal weh. Begann nur plötzlich zu fließen.»

«Dieser Arsch von Senn muß einen Erste-Hilfe-Kasten haben, Verbandszeug und so. Man sollte das auswaschen und nachsehen, ob nicht Dreck darin ist.»

«Ich habe die Schlange», sagte er.

«Der Senn ist nach unten gekommen, um sich vollzudröhnen, schätze ich. Dann kann man was unternehmen.»

«Jaja. Verwundet im Wald.»

Wir tranken schlückchenweise und hörten zu, wie Gąsiors Repertoire wechselte und seine Stimme aussetzte. Jola grunzte unschuldig und ferkelhaft. Es ging auf zehn. Die Nacht fing gerade erst an. Kostek machte klick-klack, Bandurko schaute dem engelhaften Hippie in die Augen. Jeder war beschäftigt. Wir zwei ruhten aus, vertrieben uns die Zeit mit der Erwartung, daß etwas passieren würde. Es passiert immer etwas. Nur mit der Ruhe. So dachte ich, während ich den Rauch aus dem halbgeöffneten Mund des Kleinen aufsteigen und sich zu senkrechten Fahnen formen, sich mit dem Gestank des Ofens und den Wölkchen verdauten Alkohols aus Jolas Innereien mischen sah. Ich sah diese Gerüche, aber ich roch sie nicht. Mir lief die Nase. Ich wischte sie mit dem Ärmel ab. Als ich mich auf der Matratze breitmachte und zudeckte, wurde es ziemlich gemütlich.

«Kleiner, was wäre, wenn wir jetzt gingen? Wenn wir heimlich die Schuhe anzögen und den Stapfspuren der anderen nachgingen? In irgendein Dorf, dort bis morgen warten, einen Bus nehmen und einfach zurückfahren. Unterwegs trinken wir uns Mut an. Dafür würde es noch reichen. Wir könnten sogar über Wrocław fahren. Schöne Stadt. Ich war mal dort. Die drüben amüsieren sich jetzt. Gąsior, Wasyl – Kostek paßt auf sie auf und hat bestimmt den meisten Spaß. Was sagst du dazu?»

Er schwieg eine Weile, drückte die Zigarette auf dem Boden aus und schnippte sie in Richtung Ofen. Ohne mich anzusehen, sagte er:

«Weißt du, ich glaube nicht. Aus mehreren Gründen. Erstens habe ich einfach keine Lust. Vielleicht ist das der wichtigste Grund. Zweitens würde ich gern sehen, wie das ausgeht. Ganz normale Neugier. Ich möchte sehen, wie er, sie… wir da rauskommen. Angst hab ich, glaube ich, nicht. Ich denke die ganze Zeit, es ist nur Spaß, und glaube, jeder auf der Welt denkt das. Und dann reizt es mich natürlich zu sehen, wie dieser Spaß sich in etwas verwandelt, was kein Spaß mehr ist.»

Er nahm die nächste Zigarette, steckte sie an und katapultierte das Streichholz in den Raum.

«Obwohl, eigentlich bleibt uns wohl nichts weiter als der Spaß. Deshalb bleibe ich, um mir das anzugukken.»

Er schob die Hand unter Jolas Schlafsack.

«Sie tut die ganze Zeit so. Sie hat so getan, als ob sie schläft, und jetzt wieder.»

«Laß sie lieber. Gleich werden mindestens zwei Typen nach ihr suchen. Vielleicht sind sie schon unterwegs.»

Er zog den Schlafsack von dem Mädchen, und zum letzten Mal im Leben konnte ich Jola in ihrer ganzen Pracht bestaunen. Den Schlüpfer und die Hosen anzuziehen war schwieriger, als sie auszuziehen. Der Kleine hatte recht. Sie tat bestimmt nur so. Was macht eine Frau nicht alles, um ihre Unschuld zu wahren. Endlich schob ich den Reißverschluß hoch und fummelte den Knopf ins Loch. Eine schwere Arbeit. Ich kam ins Schwitzen. Ich zog ihr das rote Leichentuch über, und wir nahmen wieder einen Schluck von diesem Schweinezeug, das wie Gott weiß was für ein Gift stank. Aber es wirkte ordentlich. Es nivellierte die Gegensätze.

«Fürst Myschkin und Rogoschin», lachte der Kleine.

«Sie werden gleich hiersein. Tadek Nalepa», lachte ich zurück.

So plauschten wir und schnipsten die Kippen weg. Der Fusel machte uns breit und auch wieder nicht. Er explodierte in kurzen, heftigen Blitzen narkotischer Erleuchtung und hinterließ uns dann in einer Art Halbeuthanasie. Von der Ekstase zur Euthanasie. Das alles innerhalb von vier Minuten. Und so immer im Kreise.

«Hast du das ernst gemeint? Damit aufzuhören?»

«Ich weiß selbst nicht.»

Woher sollte ich auch. Der Ernst hatte allen Sinn verloren, falls er je einen gehabt hatte. Wir waren wie Kinder, die eine spinnerte Idee durchsetzen, eine, noch eine und eine dritte, bis die Welt wie betrunken ins Wanken gerät, unter Geschrei, gelenkt von Gesetzen, die sich mit jedem Augenblick ändern, abhängig von Lust und Laune, wie es gerade jemand in den Sinn kommt. Was hätte ich antworten sollen? Daß ich im Zustand der Schwerelosigkeit war, daß außer der Erschöpfung, außer der Kälte nichts mehr real, daß es ganz egal war, in welche Richtung wir gingen und mit wem? Daß die Zeit abgelaufen war, die Stunde geschlagen hatte, vielen Dank, Sie hatten eine halbe Minute für die Antwort, wie im Fernsehquiz? Und nichts besitzt jetzt Gewicht, nichts Bedeutung. Ob ich bleibe oder mich drücke, das macht keinen Unterschied. Daß die Erschöpfung mich hält und die Angst mich forttreibt, eine Angst, die ich mir eigentlich einbilden muß, denn ich habe gar keine, jedenfalls nicht Angst genug, um ohne Schlaf und Essen durch den kniehohen Schnee zu fliehen, und ehrlich gesagt, hätte ich mich gern unter Menschen gemischt und wäre einer von ihnen geworden, ich wäre in den Bus gestiegen und hätte auf irgendeinem Bahnhof warmen, stinkenden Bigos gegessen, um danach einfach in mein altes Leben zurückzukehren, das bestimmt stehengeblieben ist und auf mich wartet, denn so eine Scheiße wird niemand an meiner Statt anfassen. Zu kompliziert, um es zu erzählen. Ich hatte nur so eine Ahnung. Die Zeit der nächtelangen Diskussionen war vorbei. Wir wußten schon zuviel, und beide mehr oder weniger das gleiche. Nichts Besonderes. Nicht der Rede wert.

«Was macht das für einen Unterschied», sagte ich.

«Es muß Unterschiede geben...», aber er konnte nicht ausreden, denn die Tür ging auf, und unser Freund Maciek trat ein. Genaugenommen steckte er zuerst den Kopf herein, als müßte er den Blick an den großen und stillen Raum unseres Zimmers gewöhnen. Alles war zu deutlich erkennbar. Zuwenig Rauch, zuwenig Menschen. Allzu simple Konfiguration der Körper. Schließlich blickte er durch und war, ohne uns eines Blickes zu würdigen, mit drei langen Schritten an Jolas Lager, wo er irgendwie hilflos, vielleicht auch einfach vorsichtig, sanft, um sie nicht zu wecken, in die Knie ging. Prinz neben schlafender Prinzessin, so sah das aus. Er wollte ihr wohl das Haar aus der Stirn streichen, fuhr aber nur mit der Hand über ihr Gesicht wie ein unentschlossener Hypnotiseur und fragte:

«Was tut sie hier?»

Zwischen mir und dem Kleinen entspann sich ein wortloses Gerangel, so ein Hin und Her wie in der Schulklasse, «sag du's», «nein, du», das ich gewann, oder der Kleine, wie man's nimmt, denn er brummte schließlich mit seiner schweren und perfekt teilnahmslosen Stimme:

«Gar nichts. Sie schläft.»

«Hier?»

«Siehst du doch.» Aber dann erbarmte er sich. «Sie kam etwas beschwipst hierher und wollte ein Nickerchen machen, bei euch ging das ja wohl nicht. Sie bekam einen Schlafsack und schläft. Hätte ich das Mädel wegjagen sollen? Soll sie schlafen.»

«Ich habe sie gesucht», sagte der Brillenträger, als wäre nicht offensichtlich, daß er sie eben gefunden hatte. «Ich habe den Senn gefragt. Er sagte, sie sei dagewesen und habe kurz bei ihm gesessen. Sie meldet uns immer an, trägt uns ins Buch ein, bezahlt. Er sagt, sie habe eine Weile bei ihm gesessen, Kaffee getrunken und sei dann gegangen.»

«Einfach Kaffee war das nicht», sagte der Kleine. «Da muß noch was beigewesen sein.»

«Sie meldet uns immer an, denn der Senn ist launisch. Er mag es nicht, wenn sich jemand auf seiner Etage rumtreibt. Manchmal lädt er jemand nach oben ein, aber selten. Wenn er Spaß haben will, kommt er selbst runter.»

«Ekliger Typ, was? Hat uns einen Fünfziger pro Nase abgeknöpft. Eine Viertelmillion für diese vollgewichsten Matratzen und einen Liter kochendes Wasser. Euch hat er wenigstens Kohle gegeben.»

«Zwei Eimer voll. Das Zimmer war noch warm. Jemand war vor uns da. Ich mag ihn auch nicht besonders. Er ist so... ich weiß nicht... wie ein Tier, unzugänglich. Man weiß nicht, was er denkt.»

«Was soll er schon denken? Soll er Tatarkiewicz mit dir durchnehmen? Ein fettes Schwein, das ist alles. Wenn wir irgendeine Ausweichmöglichkeit gehabt hätten, er hätte statt der Viertelmillion ein paar Tritte kassiert. Ich könnte platzen, wenn ich daran denke... dreckige Sau.»

Der Kleine wurde gesprächig. Ganz so, als wollte auch er sich mit Maciek anfreunden. Er reichte ihm die Flasche mit der chemischen Verbindung und bot ihm eine Zigarette an. Eine Weile hatten wir gemeinsam unseren Ekel vor diesem Hominiden zu verdauen, dann fuhr der Kleine fort:

«Ich wäre vorsichtig mit ihm. Sein Blick verheißt wirklich nichts Gutes. Müßt ihr dieses Vieh so abfüllen?»

«Geht schon irgendwie. Seit drei Jahren kommen wir in dieser Besetzung her. Der vorherige Typ war ganz anders. Wir haben uns an die Hütte gewöhnt. Im Sommer ist es toll hier. Völlig abgelegen. Man spaziert herum und begegnet den ganzen Tag niemandem. Abends kommen die Hirsche bis ans Fenster.»

«Im Winter auch», schnaubte der Kleine. «Bullenstarke Hirsche. Eine Viertelmillion...»

Ich war nicht zum Reden aufgelegt. Gąsior muß gerade Cohen gesungen haben, denn man hörte nichts.

Ich hörte nur das Klick-klack des grünen Springmessers. Dieser Laut ließ mir keine Ruhe. Trocken, mechanisch, in einem gewissen Gleichklang mit Kosteks Gesichtsausdruck, der unmerklich vom Spott zur Verbissenheit wechselte. Das war immer so. Ich habe ihn nie traurig gesehen. Halb Lächeln, halb Grimasse, die er vielleicht nur deshalb aufsetzte, weil das Gesicht irgendeinen Ausdruck haben muß. Er entschied sich für den, der am wenigsten Muskelarbeit verlangt.

Damals war das auch so gewesen, dieses Gesicht im

entlegensten Winkel des großen Zimmers mit Schrägdach, die Beine ausgestreckt und keine Bewegung. So blieb er fast die ganze Einweihungsfete sitzen und folgte uns mit dem Blick, prüfte Konfigurationen und Konstellationen fremder Menschen. Erst als die Party in vollem Gange war, stellte ich fest, daß er uns observierte.

Gąsior war glücklich. Er führte uns in jeden Winkel seiner Wohnung, zeigte uns Nischen, Durchgänge und Geheimnisse, trampelte die Holztreppe zur Etage hoch, auf der eine ganze Zigeunerfamilie samt ihrer Habe Platz gefunden hätte, er trampelte und man sah, daß das Knarren der funkelnagelneuen Kiefernbretter ihm Vergnügen bereitete. Weiß der Teufel, wer Kostek mitgebracht hatte. Irgend jemand. Etwa dreißig Personen waren da. Und eigentlich war es keine Einweihungsfete, sondern eine ausgewachsene Party, alle Möbel schon an ihrem Platz, alte und neue, hübsche und häßliche, Salate, Wein, Small talk im Stehen, große weite Welt für fünf Złoty, gutes Fressen, und jeder hörte sich am liebsten selbst reden, man mußte brüllen, denn die ganze Zeit liefen irgendwelche Balladen. Nur Kostek Górka sagte nichts. Die eigene Stimme ließ ihn kalt. Er saß in Gesellschaft einer Flasche White Sophie und Zigaretten der Marke Captain Flip-Pack in einem Korbsessel und machte den Eindruck, als wäre er im Dienst, als Spion, Journalist oder Pfleger auf einem Irrenball. Vor vier Jahren im Herbst. Die Gäste amüsierten sich, kotzen mußte, glaube ich, niemand, ehrlich gesagt reichte dafür der Wein nicht, die Hälfte war mit ihren Frauen gekommen, manche sogar mit Kindern. So kultiviert, daß wir, der Kleine, Wasyl und ich uns mit einer Literflasche Wodka Wyborowa, die der Kleine einfach aus dem Kühlschrank genommen hatte, auf diese Hochetage zurückzogen. Diese Hochetage war so etwas wie der Chor in einer Kirche. Eine Art Galerie, wo wir auf Puffs und Kissen saßen und das gesamte Publikum überblicken konnten, und als alle so richtig in Fahrt waren, wir nicht weniger als die anderen, begann der Kleine behutsam über das Geländer zu spucken, so wie damals vom Rang im Kino. Wer etwas abbekommen hatte, tat so, als wäre nichts, schließlich war das ein kultivierter Empfang, nur Kostek bemerkte das alles und trank uns mit einem Glas Wein zu. Gąsior kam an, war ärgerlich, denn die Flasche gehörte ihm, und fragte, weshalb wir uns nicht amüsierten. Doch, ausgezeichnet, sagte Bandurko, denn der Kleine war gerade auf eine gestoßen, die weitschweifig von gesunder Ernährung, von Mutter Erde, Weizenkeimlingen und der Hippietöle Kora Jackowska redete, überhaupt solle Gąsior sich doch zu uns setzen, das sei unsere gemeinsame Feier, die Erfüllung des Traums von den eigenen vier Wänden, in denen man sich mit voller Lautstärke die Rolling Stones reinziehen könne. Gąsior aber setzte sich nicht, er ging Salat auftun und von Geschäften reden, vom Leben des Embryos und von Tierkreiszeichen.

Um Mitternacht waren alle gegangen. Gąsiors Frau hatte eine Ecke gefunden und war eingeschlafen. Wir blieben zu viert. Kostek war der fünfte. Als die Tür hinter dem letzten Gast zugefallen war, ging er in den Flur und holte eine Flasche Wodka.

Er stellte sie wortlos auf den Tisch und kehrte an seinen Platz zurück. Die Musik war ausgegangen. In dieser Stille knarrte der Korbstuhl überdeutlich, so als sollte etwas aufhören oder beginnen.

«Wenn ich störe, kann ich gehen», sagte er. Ruhig, vernehmlich und so unverschämt, daß wir wußten, er würde nirgendwohin gehen, wir müßten ihn schon ganz frech vor die Tür setzen. Aber dazu hatten wir nicht die geringste Lust. Es sollte ruhig zugehen, wie in

alten Zeiten, ein Besäufnis im Sitzen bei leiser Musik,
 bis wir eingeschlafen wären, wo uns gerade bequem war, in Schuhen, im Anzug. Gąsior zog keine Krampflache mehr, er lächelte jetzt ganz normal und wir haben bestimmt gedacht, soll der arme Kerl bleiben, ist ja sonst niemand da, mit dem man sich an diesem beschissenen Ort besaufen könnte. Also blieb er. Als Zuschauer, denn wir hatten ihn bald vergessen, natürlich nicht ganz, beachteten ihn aber kaum noch, vielleicht machte er uns nicht mehr unsicher, von sich aus lenkte er unsere Aufmerksamkeit nicht auf sich. Ein diskreter Gast.

Weiß Gott, worüber wir geredet haben. Bestimmt hat es ihn gelangweilt, genau wie uns, diese alte angenehme Langeweile der eingespielten Fragen und Antworten, bei denen der Geist ausruht wie im Schlaf. Bestimmt haben wir der alten Welt gedacht, dieser einzig wahren, weil schon toten Welt, die endgültige Formen angenommen hatte und unantastbar war. Eine andere Welt hatten wir nicht und sollten sie auch nicht bekommen. Nur Halbwelten, Viertelwelten erwarteten uns noch, einzelne Ereignisse, Vorgänge, Dinge ohne Zusammenhang, all das, was jedem passiert und deshalb sinnlos ist, zufällig, Bruchstücke fremden Lebens, die wir aufheben und betrachten, sie passen zu nichts, man kann sie auf den Müll schmeißen und findet sofort irgendeinen Scheiß, der den vorherigen ideal ersetzt. Das war nicht mehr die Welt, in der wir schwammen wie Fische im Wasser, gedankenlose, dumme, zufriedene Karpfen im Teich, Nachtfalter, die glücklich der Flamme entgehen und überzeugt sind, der Tag existiere nicht, und Wirbeln und Flattern verliehen dem Leben, dem Kosmos, der Ewigkeit und weiß der Teufel wem noch die vollendetste Form. Also Dummheit und Glaube. Wir müssen Heilige gewesen sein, wie alle, die noch nicht durchblicken. Daran haben wir bestimmt zurückgedacht.

Und was hörte sich Kostek an? Bestimmt stritten wir wie üblich darüber, wer endlich Gżanka bumsen würde, ein großes Mädchen mit beträchtlichen Titten, ein Mädchen, das uns seit der achten Klasse verfolgte, obwohl es selbst erst in der sechsten war. Diese Titten ließen uns keine Ruhe, es waren die größten an der Schule. Also Gżanka. Bestimmt. Gąsior konnte das nicht mit anhören, schlug mit der Faust auf den Tisch und schrie: «Ich als Schwuler protestiere!», aber er hat sie wohl wirklich nicht leiden können. Ihre sogenannten Grundstücke grenzten fast aneinander. Dieselbe kommuninfizierte Kaste, die unsere Väter für Plaste und Elaste schuften ließ – wie wir in Zeiten der politischen Reife spotteten. Aber für Wasyl war sie kein Klassenfeind, sondern ein Geschlechtsfeind. Es war eine kollektive Verblendung, denn im Grunde war sie nur eine dumme Pute mit großen Titten, der ganze Überhöhungsprozeß fand ausschließlich in unseren Köpfen statt. Das ging mehrere Jahre so, verschwand, kam wieder hoch, schlief ein und blühte auf, stimuliert vom Zufall oder von einer Welle der Langeweile. Der Kleine liebte sie sehr, sie aber ließ ihn nicht, oder er wollte nicht, weil er sie zu sehr liebte, so wie ich, den sie nicht liebte und deshalb nicht im Traum rangelassen hätte. Gąsior behauptete, er liebe sie nicht, aber ausgerechnet ihn hat sie gelassen, weil sie ihn liebte oder nicht und es ohne Liebe tat, oder aus Trotz. Das Problem blieb ungelöst, denn wir wollten Gąsior absolut nicht glauben, und Zeugen hatte er nicht. Diese Ungewißheit ließ uns noch zehn, fünfzehn Jahre später keine Ruhe. Gżanka war bestimmt schon fett, zänkisch, mit Lockenwicklern und Nagellack, uns aber erregte dieses Urgestein der Liebe und Sexualität noch immer. – «Am

Schlüpfer hat sie dich riechen lassen, das ist alles», sagten wir immer zu Gąsior, und er geriet wirklich in Harnisch und schilderte uns ausführlich Drehbuch und Bühnenbild dieses stinkbürgerlichen Lebensausschnitts, das uns damals der Gipfel des guten Geschmacks dünkte, Schlößchen am Felshang, rosa Wanne, weißer Teppich, italienischer Espresso, fehlte nur noch der Porzellanhund in Lebensgröße. «Na dann beschreib, was für eine Möse sie hat.» Das sagte ich, denn ich hatte, obwohl sie mich nicht ranließ, diese Möse gesehen, und dafür gab es Zeugen. Die Möse war wie alle anderen, Gąsior aber wurde vorsichtig und redete was von «immer im Dunkeln», weil sie schamhaft sei. Wie üblich endete die Partie unentschieden. Gąsior war wütend, denn vermutlich hat er sie in einem Augenblick ihrer Schwäche oder seiner übermenschlichen Möglichkeiten doch gebumst.

Also Gżanka. Sie verachtete uns und hat schließlich einen wendigen Pinkel geheiratet, der auf dem Schrott im deutschen Reich einen Mercedes ausgegraben, ihn mit Sämischleder und Flanell blankgewichst hatte und vor ihrem Haus vorgefahren war zu einer Zeit, als wir noch schwarz mit der Bahn fuhren und stolz darauf waren. Jedem das Seine. Uns hätte diese große Liebe mit dem Tripper anstecken sollen, das wäre gerecht gewesen. Um drei Uhr nachts sagte Wasyl, wir sollten einen Detektiv anheuern, sie suchen lassen und das Ganze unter Zeugen und Fotografen erledigen, er habe das Gerede wirklich satt.

Dann war der Wodka alle. Wir durchstöberten die Küche, um uns mit irgendwas den Rest zu geben, aber es war nichts da oder ganz hinterhältig versteckt. Als die Fenster ergrauten, rief Gąsior:

«Fahren wir hin!»

«Wohin?» fragte Wasyl.

«Na zu uns», und wir zogen uns an. Im Flur wurde es zu laut, wir legten die Finger an den Mund, tsss, und wären fast am Lachen erstickt, da kam Gąsiors Frau aus einem der Zimmer, verschlafen und zerzaust, streckte die Hand aus und sagte: «Die Autoschlüssel.» Es wurde still. Gąsior fummelte den Anhänger aus der Tasche und händigte ihn widerstandslos aus. Für den Augenblick waren wir geschlagen, aber Kostek kam uns nach und sagte draußen laut, um das Gesicht zu wahren: «Ich zahle ein Taxi.»

Der Kleine, diplomatisch an der Wand lehnend und gerade dabei einzuschlafen, blubberte:

«Scheiß drauf. Ich zahle ein zweites... Und du, Bandurko, ein drittes.»

Es war dies kalte, neblige Morgengrauen des späten Oktober. Wir wanderten durch halb Mokotów, bevor wir ein Taxi fanden, einen dunkelroten Wolga mit einem Alten, dem es völlig egal war, wohin und wen er kutschierte, denn für diesen Wagen konnte jede Fahrt die letzte sein. Noch um fünf vor sechs schafften wir es zu dem Nachtladen beim Kleinen um die Ecke. Wir deckten uns mit Vorrat ein, Bandurko flehte immer wieder «nur keinen Fusel, nur keinen Fusel» und zog eine Handvoll Banknoten aus der Tasche, die auf die Fliesen segelten, ich sammelte sie auf allen vieren wieder ein, es reichte für ein paar Flaschen Klosterkeller und eine Batterie Dosen. Der Taxifahrer wunderte sich über gar nichts, zumal der Kleine ihm sofort eine Flasche reichte und sagte: «Sind Sie so nett, unser lautes Betragen zu entschuldigen. Die Fahrt bezahlen wir selbstverständlich bar.» Er saß vorn und führte. Aber es war überhaupt nicht laut. Es wurde immer stiller, als tauchten wir in die Tiefsee ab. Wir fuhren über die Danziger Brücke. Unten lag statt Wasser weißer Nebel.

Der St. Florian zur rechten Seite und die Qualmwolken des Heizwerks fern zur linken flochten schwarze Zöpfe. Eine gelbblaue Elektrische kam uns entgegen, in den offenen Türen warteten Typen, denn manchmal hielt der Zug auf der Brücke, dann konnte man hinausspringen, nach unten rennen und den 185er auf der Weichselchaussee schaffen und so zwei Minuten sparen, zumindest hatte man eine kleine Abwechslung.

Wir umfuhren den Kreisverkehr, und die Fabrik kam, so lang wie hundert der längsten Züge, große Metallkuben zur Rechten, die Schlange der Straßenbahnen zur Linken, und irgendwo in dieser Menschenmenge müssen unsere Väter gewesen sein. Sicher nahmen sie den Tunnel unter der Fahrbahn. Sie waren längst aus dem Alter raus, über die gelben Schranken zu springen und einen Slalom zwischen den rasenden Autos hinzulegen. Also, es war ganz still in dem Wolga. Der Fahrer tippte ab und zu auf die Bremse, um Leute, die es ganz eilig zur Arbeit hatten, vorbeizulassen. Er sagte nichts, was hätte er auch sagen sollen. Sein Jackett besaß die gleiche Farbe wie die Anzüge der Sprinter und Hochspringer. Nur sein Gesicht war vielleicht ein bißchen älter, aber die anderen würden ihn bald einholen. Beim letzten Fabriktor beschleunigte er.

«Ein Dreck ist das, kein Auto. Ich hab mit einem Warschawa angefangen, das war noch ein Wagen.» Man wußte nicht, ob er seinen Kasten meinte oder den roten Passat, der auf der linken Spur vorbeizog.

Bis zum Ende sagte er nichts mehr. Es war ihm Wurscht, daß wir ihn in irgendwelche Hohlwege und Wäldchen fahren, ihn auf freiem Feld am Rande eines Kiefernwaldes, am Ende eines holprigen Aschenweges anhalten ließen. Wer mit einem Warschawa angefangen hat, kann nicht ängstlich oder nervös sein. Er wartete, bis wir ausgeladen hatten, nahm das Geld und brummte: «Viel Spaß.»

«Wer hat das getan», sagte Wasyl leise und drehte sich zu uns um, als erwartete er eine Erklärung von uns. Der Schamott war weg. Ein großer Haufen Bauschutt, Alteisen, ein Riesenmüllberg und keine einzige Weide. Der betonierte Kahlschlag zog sich bis zur fernen Linie der alten Linden, unter denen Bandurkos und Gżankas Häuser verborgen lagen. Aufschüttungen, Kippen, Bergketten und Pässe von Industrieabfall, kein einziges Wasserauge, bestimmt waren alle Frösche schon längst weggezogen. Er tat einen Schritt vorwärts, erklomm die erste Halde, stand und schaute in die Weite wie übers Meer – ein Kapitän Ahab auf der Suche nach seinem Weißen Wal, der die Geschichte schnöde verlassen und das Weite gesucht hatte, um nie zurückzukehren. Der Westwind ließ seine Mantelschöße flattern. Hinter den hohen Bäumen stieg die Sonne auf, und wir sahen seine Gestalt vor dem Hintergrund der roten Scheibe, scharfe schwarze Konturen. Er leerte die Flasche, an der er schon im Auto gesüffelt hatte, und fuchtelte damit drohend zum Himmel, zur Sonne, zu den Schutthalden.

«Arschlöcher! Dreckschweine!» schrie er wie besessen. So hatten wir ihn nie gesehen. Ein Wunder, daß es ihm die Kehle nicht zerriß. Dann schmiß er die leere Flasche weg und verschwand in den grauen Dünen. Wir hörten nur seine Flüche, immer leiser und entfernter.

Wir gingen zum Rand des Wäldchens zurück. Es wuchs auf einer kleinen, sandigen Anhöhe. Erst von hier sah man diese beschissene Mondlandschaft in ihrer ganzen Pracht.

«Wenn er sich ausgetobt hat, kommt er zurück», sagte Gąsior und scharrte trockenes Gras und Stöcke zusammen. Der Rauch roch so, wie der Herbst hier immer roch. Wir machten uns am Feuer breit. Für uns hatte alles den Geschmack dieses Rauchs. Der Wein, das Bier und die Zigaretten. Wir sahen Bandurkos Silhouette. Er erklomm die nächsten Höhen, tauchte in Täler ab und wieder auf. Er ging auf die Bäume zu. Immer wieder stolperte und stürzte er. Wie eine Windmühle, ein Wirbelrad, ein vierbeiniges Geschöpf lief oder kroch er. Seine Mantelschöße flatterten wie die Flügel eines angeschossenen Vogels. Es sah aus, als stützte er sich damit ab, stieße sich ab von der Erde. Als wollte er fliegen. Schließlich erreichte er den Rand der Müllhalde, wurde klein und verschwand.

«Er geht sein Haus angucken», sagte Gąsior.

«Seins steht weiter links. Dort wohnte der, der den Pfau im Garten hatte», sagte der Kleine.

Wir schliefen ausgestreckt auf dem Sand. Wurden wach, tranken weiter und schliefen wieder ein. Wir rochen den Rauch. Gąsior kotzte im Gebüsch und stieg auf Bier um. Kostek saß da. Ich hatte den Eindruck, er wäre hier, um auf uns aufzupassen. Er sagte nicht viel. Ich glaube, damals hat er uns durchschaut. Wenn es an solchen Reiherköppen überhaupt etwas zu durchschauen gibt. Er wischte Gąsior die Nase ab, als der gegen Mittag wieder anfing, Wein zu trinken, den Verstand verlor und auf seiner Mundharmonika spielen wollte, der Rotz ihm aber das ganze Instrument verklebte und er nur wie ein Biber immer wieder brummte: «Doch, ich habe sie gebumst, gebumst, gebumst…»

25

Jola drehte sich auf den Bauch. Ihr Po machte eine sanfte Delle in den Schlafsack. Maciek rückte fürsorglich die Decke zurecht. Sie sah aus wie ein Maiskolben in einem roten Etui.

«Ich werd dir was sagen», flüsterte er dem Kleinen zu. «Er ist wirklich ein Schwein. Als wir Silvester hier waren, wollte er sich an sie ranmachen. Er macht sich an jede ran.»

«Piß drauf. Kümmer dich nicht drum», tröstete ihn der Kleine, so gut er konnte. «Machen wir lieber diese Flasche alle, ich kann sie nicht mehr sehen.»

Es war nicht einfach, sie alle zu machen. Je weniger drin war, desto scheußlicher. Im Nebenraum sang ein Mädchenchor, denn Gąsior hatte sich zu einem volkstümlich-touristischen Repertoire breitschlagen lassen, quälende Refrains über Fauna, Flora und des Wanderns Lust. Naturfreundegruppe Bukowina, so ungefähr. Im nüchternen Zustand hätte er das nie im Leben ausgehalten. Ich zwinkerte dem Kleinen zu und zeigte mit dem Kopf zur Wand.

«Meine Damen und Herren! Der Zauberer der Bühne! Magier des Rampenlichts! Und seine sechsschüssige Gitarre, pardon, sechssaitige Flinte! Hier ist er! Gąsior!!» Auch wenn er unser Gebrüll gehört hatte, seine Stimme bebte kein bißchen. Und selbst wenn, der Töchterchor übertönte alles. Die Mädchen verfielen auf die seltsamsten Intervalle in diesem Lied. Auch die Jungs wollten wohl mitmachen, denn durch die Ritzen kam ein gregorianisches Gedröhn. Unser Schrei muß dennoch durch die Wand gedrungen sein, denn gerade als wir uns neue Zigaretten anzündeten, flog, wie von einem Tritt, heftig die Tür auf, und der Senn stand da. Getroffen, aber noch nicht versenkt. Er blieb auf der Schwelle stehen und musterte uns mit seinen kleinen

Äuglein, als wäre unsere Anwesenheit in diesem Raum

eine unliebsame Überraschung. Der Kleine hatte recht. Er sah aus wie ein Keiler. Ein Keiler mit Schnurrbart. Er quiekte nicht. Kleiner Unterschied.

«Was macht ihr hier? Amüsiert euch nicht? Individualisten, was?»

Er wollte uns provozieren. Dazu brauchte er gar nicht den Mund aufzumachen. Wir aber, nach der vergangenen Stunde in wortlosem Einverständnis, würdigten ihn keines Blickes. Der Kleine lag, ich auch, Maciek saß zwischen den Schlafstätten, das Kinn auf den Knien, und wir qualmten, was das Zeug hielt. Niemand sah auf, niemand streifte ihn mit dem Blick. Er mußte seine Nichtexistenz spüren, denn er trat ein paar Schritte vor, als wollte er uns mit seinem Schatten verdecken. Da stand er wie ein halbfertiges Denkmal, trampelte auf seinen Schnürsenkel, schob die Pfoten in die Taschen und schwankte leicht.

«Und? Amüsiert euch nicht?»

Der Kleine nahm einen Zug, ließ langsam den Rauch aus und betrachtete seine Zigarette, als sähe er so etwas zum erstenmal im Leben.

«Wir sind in Trauer.»

Der Senn pendelte erneut nach vorn. Mag sein, daß ihm ein Gedanke kommen wollte, er schaffte es aber nicht bis zum Kopf, denn wir hörten nur ein mechanisches:

«Trauer?»

«Gestern verstarb Bororo Nambikwara, Verfasser populärer und wissenschaftlicher Werke, Imker und Szientist. Er war der Vater meiner Mutter.»

Irgendein Gedanke mußte doch durchgedrungen sein, denn der Senn pendelte noch einmal nach vorn.

«Du... Schlauberger. Sei nicht oberschlau.»

«Ich bin nicht oberschlau. Mein Großvater ist

gestorben. Gestern habe ich das Telegramm bekommen.»

«Wo?»

«Zu eigenen Händen.»

Er erwog diese Möglichkeit, sie erschien ihm wohl wahrscheinlich, denn er wurde sanfter.

«Dann grölt wenigstens nicht rum. Es ist nach zehn. In der Hütte herrscht Nachtruhe. Und wenn ihr euch nicht amüsieren wollt, dann eben nicht. Ist schließlich eure Sache.»

Er wollte gehen, faßte schon hinter sich, um die Klinke zu finden, die zwei Meter entfernt war, da erspähte er unsere Flasche, und eine menschliche Grimasse huschte über sein Gesicht. Er ließ die Klinke, die er nicht in der Hand hatte, los und ließ sich schwer neben Maciek fallen.

«Rückt was zu trinken raus. Die drüben haben nur noch Wein.»

«Das hier ist ein Totenmahl.»

«Ach, red keinen Quatsch. Totenmahl oder nicht, ich darf doch wohl», und er bediente sich selbst und trank so viel, wie er eben brauchte. Er lief rot an und schnappte nach Luft.

«Fusel», keuchte er.

«Totenmahl», antwortete der Kleine mit unveränderter Grabesstimme.

Aber der Typ, mit idiotischer Zufriedenheit, hörte nichts, sondern rieb sich die Hände.

«Nicht übel, nicht übel», Frohsinn und Freundlichkeit zu aller Welt überkamen ihn. «Wißt ihr, ich kann keinen Wein. Geht mir an die Nieren. Schnaps ist was anderes. Gleich besser. Habt ’n bißchen wenig mitgebracht.»

Das galt Maciek. «Ist Winter, nicht? Und ihr schleppt Wein mit. Lohnt die Mühe nicht, diese Pisse.»

Er stützte sich auf die Arme, um seinen Arsch auf der

Matratze zu plazieren.

«Wen haben wir denn da?»

Er ertastete Jola. Hob den Schlafsack, und seine Visage hellte auf.

«Na bitte. War mir irgendwie weggekommen. Sie war da oben, ich penne ein, und als ich die Augen aufmache, ist sie weg. Gar nicht artig.»

Der Klaps auf den Po klang wie das Platzen einer Papiertüte, das Grölen wie ein Grölen.

Maciek (wer hätte gedacht, daß er irgendwo Sprungfedern oder so was eingebaut hatte) schnellte im Nu vor dem Senn hoch.

«Laß sie, du Miststück! Du Schwein du! Laß...»

Etwas mußte an dieser Schnauze sein, daß man sie sofort mit dem Borstenvieh assoziierte. Vielleicht die gewisse Trägheit der Grimassen, der Mimik, eine Unbeweglichkeit fast, die Metamorphosen dieser Fresse dehnten sich fast ins Unendliche, wie in Zeitlupe. Da wurde alles sichtbar: Verblüffung, Erstaunen, offener Mund, der gerundet fragende Blick auf Maciek, auf uns, dann wieder Maciek, als wäre der verrückt geworden, dann das Runzeln der fleischigen Stirn, die Augen verengt, um das alles zu begreifen, und dann der schmale, nach unten gebogene Schlitz zwischen den Lippen, die Zähne zusammengebissen und die Unterlippe, die sich weit nach vorn schob, also endlich Klarheit...

«Du Miststück... du Miststück... du wagst es...»

Er schlug ihn nicht einmal. Er erhob sich langsam auf einem Knie, sah vorübergehend aus wie jemand, der in der Kirche betet, schwankte auf den weit gespreizten Beinen, hob die Pfote, packte Maciek am Karohemd im Nacken, wie der Wolf den Hasen im russischen Zeichentrickfilm, und schleuderte ihn durch den ganzen

Saal. Das war ein sehr akustischer Raum. Wie das Innere eines Flügels. Wir dachten, er würde in Stücke zersprin-
gen, auseinanderfliegen. Er prallte irgendwie seitlich, mit der Schulter gegen die Wand und sank in die Knie. Der Senn stieg über Jola hinweg und bewegte sich wie ein Ringer in seine Richtung. Maciek gelang es nur noch, mit der instinktiven Bewegung des Kurzsichtigen die Brille abzunehmen und sie mit der Hand zu umschließen, da fiel die Pranke wieder auf seine Schulter. Diesmal ging es weniger eindrucksvoll zu, denn als der Körper schon Fahrt gewann, riß das Hemd, und der Junge blieb, vom reißenden Stoff kaum nach vorn gezogen, irgendwo zurück.

«Du Miststück... du wagst es...»

Jetzt packte er den bloßen Nacken. Er drückte ihn zu Boden und ließ ihn wie ein Kinderauto durchs Zimmer sausen. Im Flug stieß Maciek an die Füße des Kleinen. Das war Schwein, denn er fiel hin, statt sich den Kopf an der Wand aufzuschlagen. Er stürzte auf Jola, die weiter konsequent so tat, als bekäme sie überhaupt nichts mit. Sie stöhnte nur und bewegte den Hintern, als wollte sie sich der Last entledigen. Der Senn befreite sie davon. Er packte den Typen am Hals und zischelte ihm, während er ihn schüttelte, sein «Miststück» ins Gesicht, bevor er ihn wieder gegen die Wand warf. Das war seine Technik. Hatte offensichtlich etwas gegen Schläge. Maciek muß wohl die Besinnung verloren haben. Wir hörten den dröhnenden Aufprall, dann erstarrte er in der Hocke, kniend, sitzend, seltsame Position, wie ein Hampelmann, eine Marionette mit abgeschnittenen Fäden. Der Senn kam näher, um sich die Mißgestalt anzusehen. Er blieb über diesem Trümmerhaufen von Extremitäten stehen, stemmte die Arme in die Seiten.

«Weißt du, was ich mit ihr... du dummes Miststück... jedesmal... du Blinder.»

Er spuckte Unflätigkeiten, erhitzte sich daran, erregte sich, dachte wohl gar nicht mehr an eine Fortsetzung der Schmetterflüge, sein Verstand hatte ganz einfach ausgesetzt, er merkte nicht, wie Maciek reckte, was an ihm verbogen, verrenkt war, wie er an der Wand hochkletterte, als hätte er Saugnäpfe an den Händen, wie er langsam den Kopf, dann den ganzen Körper drehte, und ich weiß nicht mehr, in welcher Hand ich es aufblitzen sah. Der Senn stürzte nach vorn, um ihn mit seinen Pfunden zu zerdrücken, erst dann drang ihm der Schmerz ins Bewußtsein, sehr unwegsame Verbindungen waren das in diesem Leib, er faßte sich ans Gesicht, der zweite Schlag mit der zertrümmerten Brille traf seine Finger, doch da floß schon das Blut.

Nebenan, hinter der Tür, die von selbst zugefallen war, grölten fünfzehn Stimmen, sie wollten sich eine Hütte im Präriegras bauen. Der Kleine saß halb aufgerichtet.

«Ohne Jod und Verband geht's nicht», sagte er.

Der Senn stand auf der Schwelle, wehklagte unter der Maske seiner Hände, schwankte vor und zurück.

«Ich kann nichts sehen, Leute, ich kann nichts sehen...»

Ich riß ihm die Hände vom Gesicht. Die Stirn war zerschnitten, das linke Auge blutüberströmt. Ich schulterte ihn.

«Komm, Senn, gehen wir nach oben. Hast du Verbandszeug?»

«Ja, ja... den bringe ich um.»

Offenbar ein Plan für die Zukunft, denn er ließ sich widerstandslos auf den Flur schieben. Strauchelnd, stöhnend und wehklagend kletterte er zu seiner Tür hoch. Drinnen brannte Licht. Ich setzte ihn auf den Kunstpelz. Er sagte mir, wo das Verbandszeug war. Ich wischte ihm erst die Visage mit einem feuchten Handtuch ab und sah sie mir dann an. Der Schnitt endete kurz über der Augenbraue. Viel hätte nicht gefehlt. Dann nahm ich, was gerade da war, bißchen Enzian, Mull, Bandagen, stopfte mir einen Teil davon in die Taschen, gefahrlos, denn er hatte wieder die Hände aufs Gesicht geschlagen, und begann ihn zu verbinden. Ich färbte ihm die halbe Fresse violett, der Enzian mischte sich mit dem Blut und lief sehr malerisch herab, ich legte drei Streifen Gaze auf, verdeckte das ganze Auge und umwickelte alles mit einem Verband, so daß er praktisch blind war. Er sah aus wie der letzte Idiot.

«Ich kann dir nicht sagen, was mit dem Auge ist, bin kein Fachmann. Jedenfalls sieht es nicht gut aus. Mit so was sollte man sich hinlegen.»

Das sagte ich. Ich wollte ihn in dieser Nacht nicht mehr zu Gesicht bekommen. Und nicht nur diese Nacht. Er druckste herum, war aber gefügig wie ein Lamm.

«Ich schick dir dann eine Krankenpflegerin.»

Niemand hatte etwas mitbekommen. In unserem Zimmer machte sich die typische Stille nach der Schlacht breit. Maciek verharrte stumpf und starr neben Jola, die wieder so tat, als wüßte sie von nichts. Sie schlief. Prinzessin. Ich spielte wieder den Arzt. Goß Wasser aus dem mitgebrachten Teekessel auf den Handtuchverband, und wir warteten, bis er aufweichte. Es mußte sein. Der Kleine schwieg. Als wäre es jemand anders gewesen, den ich verarztete. Ich hieß ihn aufsitzen, entknotete das Tuch und wickelte die Bandage ab. Der Kleine legte sich hin, und ich goß erneut Wasser darauf. Verschmutzt? Nicht verschmutzt? Wer konnte das wissen. Ein bißchen Blut kam, ein bißchen Eiter, die Ränder waren gerötet. Ziemlich scheußlicher Anblick. Ich roch daran. Es stank nicht, jedenfalls nicht sehr. Niemals hatte ich den Kleinen von innen berochen.

Vielleicht war das sein gewöhnlicher Geruch. Ich betastete die Ränder.

«Tut das weh?»

Er zog eine Grimasse, als ließe ihn das völlig kalt. Er zuckte die Schultern. Ich übergoß das alles mit Enzian. Er zeichnete sich mit dem Finger eine verworrene Formel um seinen Bauchnabel.

«Kaliumpermanganat», sagte er.

Ich ließ es antrocknen und setzte ihn wieder auf. Er hielt den Mull fest, während ich ihn mit zwei Verbandsrollen umwickelte und die Enden mit einer Sicherheitsnadel verband.

«Nicht zu eng?»

Er sah phantastisch aus. Wie in sauberer Unterwäsche, nach heldenhaftem Kampf, im jungfräulichen Korsett. Nur dieses klebrige, angegraute Gesicht paßte nicht. Er ließ die Kleidung herunter, legte sich hin, um zu schweigen. Ich ließ sie allein. Alle drei.

Nebenan hatte sich etwas geändert. Das Konzert war vorbei. Gruppenarbeit. Das flache Amphitheater war zerfallen, jetzt sah es aus wie in einem Café. Grüppchen zu drei, vier Personen. Man trank Auge in Auge. Aserbaidschanischen Portwein direkt aus der Flasche. Aber Wodka gab es auch. Bestimmt hatten sie ihn nur vor dem Senn versteckt. Gąsior klampfte in der Ecke Fingerübungen ohne Worte, scheinbar für sich selbst, aber die Kahle Schwarze saß ihm gegenüber, den Blick in das schwarze Loch der Gitarre versenkt, eine Hand unter dem Kinn, der Denker als Pop-art. Es ging leise, gemütlich und unartikuliert zu. Bandurko saß an der Wand, sein langhaariger Kamerad daneben, wie im Bus, und ich konnte das schlanke, nervöse Gesicht sehen, aus dem der Alkohol allmählich alle Schönheit wusch. Er blickte weiß der Teufel wohin, Wasyl sagte halblaut etwas und blickte auch ins Blaue. Sie sahen aus wie Entsprungene, in ihre eigene Welt vertieft, ein Bild von einer Jugendfete, wo man, gemartert von Alkohol, Zigaretten und Schlaflosigkeit, langsam weiterplappert in der Hoffnung, diese Anstrengung werde sich lohnen, man werde am Ende zu irgendeiner Erleuchtung, einer Wahrheit gelangen, werde für einen kurzen, letzten Augenblick im heftigen Feuer der Verständigung entbrennen, werde sich in der Nacht auf unerklärliche, wundersame Weise in körperlose Engel, in Energie, in lebendiges, reines Denken verwandeln, bevor man zu Boden sinkt.

Nur Kostek sah wach und normal aus. Er saß bei Wiesiek, zwischen den Beinen hatte er einen Becher, zwischen den Fingern die Zigarette, sie unterhielten sich einfach. Hier und dort verstreute Leiber. Auf den Matratzen ragten einige Hintern, die Mehrheit aber schwelgte tapfer in Erinnerungen oder sogar Plänen. Ich stand eine Weile dort, niemand sah mich auch nur an. In dem Rauch hätten sie nicht einmal den Erzengel Gabriel mit dem Flammenschwert bemerkt, und ich war ja grauschwarz, unscheinbar und wußte nicht recht, wo ich meine Anwesenheit ablegen, welcher Intimität mich aufdrängen sollte. Draußen war es kalt, in dem Raum drüben roch es nach Blut, Niederlage und Schweigen, und ich wollte unbedingt was trinken, etwas anderes blieb mir nicht übrig. «Draufgeschissen», dachte ich. «Ich gehe hin und trinke aus seinem Becher. Irrsinn ist nicht ansteckend.» Und das tat ich. Ich ging zu Kostek, setzte mich und schluckte, was übrig war, und das war doch einiges. Um nicht unverschämt zu sein, setzte ich mich in die Nähe, aber nicht zu nahe, eigentlich hinter ihrem Rücken, an die Wand. Wie üblich begann ich zu lauschen, sie aber hatten nichts zu verbergen.

«Vom Land eben, vom Land», sagte Wiesio, «aber

das kratzt mich nicht, denn es gibt kein Land mehr, wie
 es keine Städte mehr gibt. Mein Vater ist Arbeiterbauer, und ich werde Intellektarbeiter sein. Mein Großvater? Der war... er flocht abends Körbe aus Weide, Flechtweide... ich nichts, kein Handwerk... Wenn ich ankam, aß ich Rührei, guckte und aß und fuhr wieder weg. Flache Felder, Weidenbäume, die Bauern standen und guckten, und ich immer weiter und weiter bis zum Bahnhof, zum Zug, mir war alles gleichgültig. Man muß in diesem Leben etwas tun, nicht? Die Zeit vertreiben, Kräfte sammeln für den gewagten und durchdachten Sprung... Zarogrod, Ukraine, Stockholm, die alten, eingefahrenen Wege, nur ein wenig in Vergessenheit geraten. Hier blüht das Leben, hier wird gekauft, ein Tor, wer alles versauft. Von wem das ist? Volksmund. Quaßle ich zuviel?»

Er drehte sich zu Kostek, ich sah sein Profil. Er bekam keine Antwort und ließ wieder den Kopf hängen.

«Mein Großvater hat Körbe geflochten, mein Urgroßvater bestimmt Bastschuhe aus Rinde, der kleine Wiesiek kann nur dummes Zeug spinnen, aber das macht nichts. Wenn wir morgen für immer auseinandergehen... Was ist das? Vorkriegstango. Muß eine wunderbare Zeit gewesen sein, dieser Krieg, wenn man die Alten so reden hört. Man brauchte nur ein bißchen Mut woanders zu investieren als die Mutigen, schon gehörte dir die Welt. Ich hätte nicht lange gefackelt, wäre Volksdeutscher geworden und hätte mein Mäntelchen nach dem Wind gehängt. Vielleicht sogar ein Schwab, wenn man es mir erlaubt hätte... Alles haben wir verpaßt. Verlorene Generation. Du kannst deine Mutter erdrosseln und erntest nichts als gesellschaftliche Empörung. Wozu auch gleich erdrosseln? Man braucht nur abzuwarten. Es sei denn, man hat keine Geduld. Ungeduld. Von wem ist das? Juri Trifonow.

Tot. Wie Zhelabow… Jesus! Alles haben wir verpaßt. Weißt du, sie brauchten wirklich kein Geld, das haben sie nicht kapiert. Hryniewicki… schwarz und abgerissen. Was muß der sich gedacht haben… Wie Samson, der an der Säule rüttelt, aber auf dieser Säule ruht nicht die Decke, sondern das ganze Firmament… Jesus!»

Jetzt sah Kostek ihn aufmerksam an, drehte sich halb und blieb so sitzen, das Gesicht der Quasselstrippe zugewandt, und auch wenn er ihm nicht in die Augen schaute, beobachtete er gewiß die nervösen Bewegungen seiner Lippen.

«… ganz zerlumpt, Alexander neben ihm und sagt, ihm sei kalt. Alles verpaßt. Verlorene Generation, Schicksal, dicht wie ein Wald, lost generation… Das waren vielleicht Rotzlöffel. Und wir haben ihnen geglaubt. Die Amerikaner – außen *phantastic*, innen Plastik. Von wem? Von mir. Zimmerman der Prophet! Schau dir diese Fresse an! Was für eine Fresse! Und sie hinter ihm her wie die Schweine in den Abgrund. Schlaue Ratte mit Schmalz in den Ohren… Mein Großvater hat Körbe geflochten… Magick Johnson aus Rawa Mazowiecka… so war das. Sie kochten Huhn, wenn ich kam, ich aß es und fuhr wieder weg, und es war gut, Nebel über der Pilica, im Nebel bis zu den Eiern stand ein Mensch mit einer Angel, ich stieg damals in den Zug und fuhr, um Ginsberg zu sehen. Er saß auf seinem Arsch und schlug ein Stöckchen auf das andere, der Pöbel gaffte ihn an, als würde er ihnen die Schöpfungsgeschichte neu lesen. Eine schlaue Ratte mit Rotz an der Nase… Was quaßle ich? Wovon quaßle ich?»

«Quassel, quassel, sing von mir aus auch. Morgen gehen wir auseinander», ermunterte Kostek ihn.

«Er sang. Ginsberg. Blake. Genauso ein Wirrkopf wie er selbst. Weshalb hat er nicht Donne gesungen oder etwas anderes. Alles war voll von Deodorant, ich konnte mich kaum auf den Beinen halten, die Menge stöhnte, oder kam mir das nur so vor? Alles kommt mir nur so vor, also guck mich nicht so an, man muß, weißt du...»

Er stand auf, taumelte, stieg über einige Leiber hinweg und hatte nach kurzem Gezänk eine halbe Flasche in diesem Durcheinander aufgetrieben.

«Trink du auch, dir trocknen die Ohren ein», sagte er zu mir und reichte mir als erstem den Becher. Jetzt schmeckte es nach nichts mehr. Ich sah ihm in die Augen. In dieser Visage aus Feldstein glühten die Augen wie zwei tief eingefallene, reglose Kohlestückchen, wie die Knopfaugen eines Plüschtiers. Hart und glänzend, als schaute jemand anders aus dieser grob behauenen Physis heraus.

«Wie die Kuh vorm Dreieck, nicht?» sagte er zu mir, und ich antwortete nicht, weil ich nicht wußte, ob mit der Kuh er oder ich gemeint war.

«Mir nur ein bißchen», verwahrte sich Kostek.

«Bist im Dienst oder was?»

«Ich schlafe schlecht, wenn ich getrunken habe.»

«Weil du zuwenig trinkst. Man sieht gleich, daß du einer von denen bist, die ungern, sag ich mal, die Kontrolle verlieren. Weiß nur noch nicht, worüber. Über dich selbst oder über die anderen. Vielleicht beides. Weiß der Teufel.»

«Ich schlafe schlecht», wiederholte Kostek.

«Wer sagt, daß du schlafen sollst? Karneval ist Karneval. Bis zur Fastenzeit ist noch eine Weile hin. Zur Fastenzeit kannst du ausschlafen, dunkler Jüngling. Erinnerst mich an die Muttergottes von Tschenstochau. Leidest genau wie sie. Wenn man mich zum König eines solchen Saustalls machen würde, würde ich auch leiden. So bin ich nur solidarisch mitleidender Untertan. Blasser Abglanz der Qual, aber immerhin. Man darf nicht zuviel verlangen. Was du nicht weißt, darauf scheiß. Von wem? Von mir. Perfekt funktionelle Inkarnation des Dichterpropheten, Fusion von Tradition und Hier und Heute. In irgendeinen Körper mußte das fahren. Ich wurde ausersehen. Hätte schlimmer kommen können. Hätte sich in dem Lyriker Zagajewski verkörpern können, stellt euch das vor, oder in diesem anderen, dem Lyrikersohn. Aber nein, es sollte Wiesław Cze., Sohn eines Kleinbauern bei Rawa Mazowiecka, sein, Enkel eines Bauern aus der Gegend, Sohn kargen Bodens, in meinen Adern kreisen Extrakte aus Armut, Endogamie und Suff, ich kann den Versuchungen der Welt nicht widerstehen, denn heute ist alles Versuchung, und das ist genau so, als gäbe es gar keine, es gibt auch keinen Teufel, das neunzehnte Jahrhundert war das letzte... die Weiden an der Pilica, verdammte Tittensülze, der arme Teufel, wir alle sind arm...»

Er brach ab, der Kopf sank ihm noch tiefer, und es schien, als wäre er eingeschlafen, aber das war ein Irrtum, denn kurz darauf richtete er sich auf, schnippte mit den Fingern und schrie:

«He, Spielmann! Warum spielst du nicht?» Er brüllte, als wäre er wirklich in einer Kneipe, vielleicht war es auch eine, wurde allmählich eine, saßen ja alle halblebendig, geknickt, mit letzter Kraft da, so wie vor ein paar Jahren in der Toruńska vorm Morgengrauen, nur daß dort nie jemand einen Spielmann gesehen hatte.

«Na was ist? Kannst dich ruhig verspielen, Mensch! Wir hören dich sowieso kaum. Verachtest du vielleicht das Auditorium, das dich so wohlwollend aufgenommen hat? Spiel! Barackenbarde!»

Das war nicht aggressiv gemeint. Es war einfach

laut. Er warf die Worte hin, und sie gingen im grau-

blauen, rauchigen Licht unter. Niemand reagierte.

«Sing, sag ich! Und keinen gefärbten Zimmerman mit einer Fresse wie ein Tatarenarsch, nicht dieses faule Ei, das uns alle über den Tisch gezogen hat, sich den Hintern mit uns abwischt und sich bewundern läßt, wie er nach amerikanischer Art für einhunderttausend Dollar die halbe Stunde mit Gott rummacht. Was Russisches will ich hören! Den *Tschornyj Woron*. Das Lieblingslied von Josef Stalin, der sentimental, dumm und tragisch war. Los, Mensch!»

Da mischte sie sich wieder ein. Vielleicht hatte sie Übung in kalter Dusche, oder sie spürte, daß Gąsior nasse Hände bekam, sah ihn schlucken.

«Wiesiek, fängst du wieder an? Kannst du dich nicht wie ein normaler Mensch amüsieren?»

«Was heißt normaler Mensch!» schrie er der Kahlen Schwarzen zurück. «Wir alle sind Menschen. Seht euch doch an.»

Er riß sich hoch und bewegte sich durch die Sitzenden, packte diesen und jenen an der Schulter, sah ihm ins Gesicht und rief: «Ein Mensch, wenn mich nach Gott verlangt! Dieser auch und dieser, nur Menschen haben sich in dieser beschissenen Bude versammelt. Wartet... diesen kontrolliere ich noch», und er zog jemanden hoch, um sein Gesicht ins Licht der Glühbirne zu halten. Offensichtlich enttäuscht, ließ er ihn fallen, und der Kerl sackte zusammen.

«Auch ein Mensch. Schließlich kein Engel, Kazik», er stolperte und kehrte zurück in die Musikecke.

«Wiesiek, geh lieber schlafen. Geh schlafen, sag ich dir, dir fällt nichts Gescheites mehr ein.»

«Tut mir leid, aber mit Menschen, nicht mit einem Sack voll Unflat will ich verkehren, wie der Prediger sagt.»

«Jungs, was sitzt ihr so rum? Tut was mit diesem Irren!»

Aber es gab diese Nacht keine richtigen Jungs. Niemand rührte sich. Sie wandten nur die Köpfe wie betäubte Heliotrope und folgten der taumelnden Gestalt mit dem Blick, bis sie neben der Kahlen Schwarzen und Gąsior auf die Knie fiel.

26

«Misch dich bloß nicht ein», sagte Kostek leise. Ich hatte gar nicht die Absicht. Der Wodka schubste mich an die Wand und machte mich angenehm flach. Wozu hätte ich mich einmischen sollen. Wir waren ein vorübergehend aufgelöstes Kommando, so was wie ein Landungstrupp, jeder mußte selbst zurechtkommen. Auch der Künstler mit seinem Publikum.

Ganz so, wie damals auf diesem erbärmlichen Festival im grabesdunklen Kulturhaus, als Gąsior das erste und einzige Mal im Spotlight stand, sich hinsetzte und sagte, er habe den Text vergessen, müsse also vom Blatt absingen, und die hundert Leute im Zuschauerraum nicht wußten, ob sie weinen oder lachen sollten. So war das. Ein Provinznest, um acht Uhr abends gingen die Lichter aus, und hundert Leute, die Hälfte davon aus dem lokalen Gaunermilieu, die andere Hälfte von weit her angetrabt, um Folkmusik zu hören. Folk, da waren Gąsiors miefende Turnschuhe so passend wie Woody Guthries Rock, wie das Rumhängen und die Armut, die wir so beflissen stilisierten in dem Glauben, alles Wichtige müsse verborgen sein, das Wesentliche dürfe nicht direkt zur Sprache kommen. Vielleicht irre ich mich. Vielleicht waren wir Dummköpfe, vielleicht waren wir nur durch einen Zufall nicht Pfadfinder geworden, vielleicht war es einfach nur Angst, die uns zusammendrängte, vielleicht die Liebe, diese Überschwenglichkeit des Kreislaufs, Exaltiertheit der Zellen – als wären wir die einzigen Menschen unter der Sonne gewesen. Der Rest nur Staffage, zu unserem Empfang errichtet, genau. Betrunken und mit tränenden Augen legten wir in einem kleinen, klapprigen Auto hundert Kilometer zurück, das Griffbrett der Gitarre ragte aus dem Fenster, und wir starrten den roten Lichtern der Autos nach, die uns überholten. Und Gąsior, unsere Wunderwaffe auf dem Rücksitz, er sollte beweisen, daß wir groß sind, groß und unschlagbar in der Zelebrierung unserer eigenen, lichten Seelen. Der Kinosaal voller Klappstühle, das Publikum erwartete elektrische Gitarren und Trommeln oder Zenon Laskowik, statt dessen so ein Theater. Ich glaube, sie wollten uns lynchen, als sich herausstellte, daß diese alte Klampfe und dieser fremdsprachige Singsang schon alles waren. Gąsior, alter grauer Spatz in ausgelatschten Turnschuhen, im Rampenlicht gefangen wie die Maus in der Falle, ein zerknittertes Blatt Papier auf den Knien und dann seine Stimme – mit Mühe eine Oktave. Dennoch verstummte alles, der Saal wurde still, vielleicht aus boshafter Neugier, aus Langeweile oder Bestürzung, und wir inhalierten diese Stille wie eine Art Hoheslied, nonchalant im Zuschauersaal verteilt, Majer irgendwo hinten, ich in der ersten Reihe, der Kleine daneben, und Bandurko hatten wir losgeschickt, was zu trinken zu besorgen. Er verspielte sich, haute daneben, zitterte, zeigte nicht mal die Hälfte dessen, was er konnte. Wir aber seufzten vor Glück beim Anblick dieses mißratenen Sesamstraßen-Ernie. Zum Abschluß flüsterte er sein «Tomorrow is a long time», verneigte sich und schlapperte mit seinen Gummisohlen hinter den Vorhang. So ist es später nie mehr gewesen.

«Keinen ‹Woron›? Dann wenigstens ‹Kalakoltschik›, Künstler! Wenigstens das. Gieß Balsam auf unsere slawischen Seelen.» Der Junge gab nicht auf. Immer wenn er aus dem Schlummer erwachte, schrie er herum. Vielleicht schlummerte er auch nicht, sondern erzählte Gąsior und der Kahlen Schwarzen neue Geschichten, von denen er zahllose auf Lager hatte. Schließlich war er die Verkörperung des Dichters, für ihn gab es keine Grenze zwischen Eingebildetem und Sichtbarem.

«Etwas auf russisch, Mensch. Balladenkönig in Bluejeans. Man hat uns alle verraten. Statt uns abgewetzte Jacken zu schicken, vollgesogen vom Schweiß der Neger und Apostel, haben sie uns Textilfabriken hingebaut. Ihr habt bekommen, was ihr wolltet. Die Fabriken produzieren seelenlose Fummel, die mit dem Himmel soviel gemein haben wie... ach, mir fehlen die Worte. Spiel den Brodjaga! Du kennst den Brodjaga nicht? Du kennst ihn, das sieht man dir an den Augen an, du Auswurf einer Schlafsacknummer, du kennst alles, wer A sagt, muß auch B... du 62er Bastlermodell...»

Aber Gąsior spielte nichts mehr. Ich sah, wie ihre Köpfe, seiner und der der Kahlen, im Spiel zwischen Nähe und Ferne jene vertraulichen Mitteilungen und Versprechen, jene unschuldigen und lüsternen Andeutungen austauschten. Wie zwei Ameisen im tiefen Wald, ausgerechnet sie beide, nur sie, auserwählt, wie durch ein Wunder zusammengeführt, dieser zarte Tanz der Fühler, dieses Abtasten, dieses Bezwacken, noch nicht im Wortsinne, aber schon auf dem besten Wege, denn Mutter Nacht wird sie in ihrem Bauch aufnehmen, wo gleich, im Bruchteil eines Augenblicks, Vorsehung und all jene Dinge Gestalt annehmen, die sich auf wirren Parties offenbaren, wenn Chaos und Zerfall ringsum als absolute Harmonie und Schicksalssegnung erscheinen – also deshalb sind wir so lange durch die

Welt geirrt, um uns hier zu begegnen. Wie zwei Ameisen im Wald. Ohne Klampfe konnte ich mir alle Gedanken Gąsiors vorstellen. Das war einfach.

«Die Soldateska haut auf den Putz», sagte ich zu Kostek.

Er antwortete nicht. Spitzte nicht mal die Ohren. Ich sah seine linke Schläfe und die Nasenspitze. Er schaute vor sich hin. Wachsam. Der einzige, der nicht auf Urlaub war.

«Die Soldateska haut auf den Putz», sagte ich noch einmal.

«Die hauen nicht auf den Putz. Die haben Angst», antwortete er jetzt. Aus dem Mundwinkel.

«Du spinnst, Führer. Du spinnst, weil du sie nicht kennst.» Das war meine Meinung. Denn wir hatten all die Jahre nie Angst gehabt. Keine Spur von Furcht. Wie die letzten Idioten. Dickschädlige Hammel, eine Schafherde, die ab und zu in Panik gerät, aber immer wieder zum Grasrupfen zurückkehrt. Erst getrennt, zerschlagen, blöken sie zum Himmel.

«Einen Scheiß weißt du, Führer. Mitschläfer warst du, hast dich mit Socken zugedeckt. In Łódź.»

Ich weiß nicht, ob das so beleidigend wirkte, wie ich es gemeint hatte. Ich sah sein Gesicht nicht. Ich machte mir klar, daß ich diesen Scheißer nie verletzt gesehen hatte. Niemals. Als hätte er keine Schwachpunkte, als wäre er innen hohl oder gut gepanzert.

«Er könnte überall leben», hat der Kleine einmal gesagt. Das muß damals gewesen sein, als wir vom Bahnhof kamen. Regres war in den Zug nach Świnoujście gestiegen, um dort die Fähre zu nehmen und in Stockholm zu sterben. Nicht ihn hatte der Kleine gemeint. Kostek verabschiedete sich von uns im stinkenden Fegefeuer der Unterführung. Bis zum letzten Augenblick machte er sich über unsere sauren Mienen lustig.

«Na dann, ihr Ostsee-Penelopen. Trinkt und gedenkt mal wieder eines Mannes, der sein Leben ändern wollte. Auf diese Weise wird auch euer Leben sich ändern. In diesem Jammertal braucht es keinen konkreten Anlaß, um zu weinen.» Vom dreckbraunen Dach tropfte das Wasser, alle eilten irgendwohin, nur die Araber in Anzug und Turban stolzierten gemessenen Schrittes vorbei, mit rausgestreckten Bäuchen, als befänden sie sich im kühlen Atrium eines Hauses in der Wüste.

«Wozu ist er dorthin gefahren? Spiegel gibt es überall. Auf der ganzen Welt. Seid nicht dämlich.»

Er rannte die Treppe hinauf, um die Straßenbahn zu kriegen, deren Dröhnen den Untergrund erfüllte. Wir gingen in diese Pinte neben dem Pinguin, um über seine Worte nachzudenken, denn sie hatten uns doch irgendwie getroffen. Damals dachte jeder von uns daran, alles hinzuwerfen, es war höchste Zeit, wir bewunderten Regres für seinen Mut, mit einem kleinen Rucksack und ein paar gesparten Dollars, und am Ende rief er uns aus dem Zugfenster noch zu «Ihr könnt mich alle mal». Wie ein Eroberer oder ein Landstreicher, nur immer weiter, Hauptsache unterwegs, Hauptsache, die Aura der phantasierten Trauer bleibt erhalten, jene Nostalgie, die so stark berauscht wie der beste Wein. Wenn wir flohen, dachten wir, wären wir unberührbar, unsichtbar, ohne Habe, nur mit einem Funken Erinnerung. Deshalb klang in diesem «er könnte überall leben» auch Verachtung mit, es hieß soviel wie, er könnte überall auf seinem Arsch sitzen und vor sich hin gammeln, ohne Unterschied und ohne Bedauern, uns aber lockte das «Nirgendwo», obwohl das auf ein und dasselbe hinauslief, aber damals waren wir zu dumm, das zu kapieren.

Aus dieser Kneipe am Pinguin zogen wir weiter, vielleicht in den Gong oder die Amphore, oder noch weiter, zum Tokaj oder sogar zur Überraschung, um uns mal alt zu fühlen: diese erschöpften Bewegungen, wenn wir uns die Zigaretten anzündeten, dieser klebrige Schweiß auf der Stirn und in den Händen, denn der billige Weißwein kam schneller wieder raus, als wir ihn reingießen konnten. Ein Augustnachmittag, wenn die letzte Sorte Mensch sich durch die Stadt treibt, Leute ohne Geld für den Urlaub, ohne Bedürfnisse, ohne Kraft, verklebt miteinander, zusammengeknetet zu einem formlosen Klumpen mit verschüttetem Zucker und schlechtem, aber wirkungsvollem Alkohol. Also war es am Ende doch bestimmt die Überraschung, in der die alten Nutten aus der Wilcza ihre Gebisse, Spazierstöcke und Prothesen vergaßen, ein später Nachmittag, die Barfrau hatte das Maß in der Hand und scherte sich nicht um Präzision. Wir sahen zu, wie die Asche neben den Becher fiel. Betrunkene warfen Münzen in die Musikboxen und gingen nach draußen.

«Gehen wir zu Wasyl», sagte der Kleine schließlich. «Bei ihm ist es kühler.»

In Wirklichkeit war uns nur das Geld ausgegangen, und der Abend fing gerade erst an, die Autos fuhren noch ohne Licht. Wir tauchten in die Koszykowa ab, in jenen merkwürdigen, wie ausgestorbenen Abschnitt dieser Straße, die zum Kreuzweg führt. Ein vergessenes, fast menschenleeres Stück Stadtmitte, wo es immer so still war, zum Heulen. Dann hielten wir uns rechts, den Botanischen entlang und weiter, die Soldaten vor dem Belvedere und der russischen Botschaft starben vor Langeweile und einem Frieden, der bis ans Ende der Welt dauern sollte. In der schmalen Straße lag der Ahornschatten, der sich den ganzen heißen Tag über gesammelt hatte. Vom Łazienki-Park zog es kühl.

Als seine, das heißt Wasyls Mutter krank wurde, als

sie nicht mehr die Kraft hatte, sich um das große Haus zu kümmern, bekam sie hier eine Wohnung. Er zog als erster aus diesem Stadtrandkaff hierher. Noch vor Abschluß des Lyzeums. Drei große Zimmer mit Fenstern nach Osten und Westen. Auch hier knarrendes Parkett und Messingklinken. Und vielleicht wäre alles ganz natürlich ausgegangen, wie im Leben, wir hätten uns aus den Augen verloren, uns immer seltener gesehen, wären in verschiedenen Welten verschwunden, uns verband ja nichts Materielles mehr, keine zwei abgelegenen Straßen, keine gemeinsame Busfahrt morgens zur Berufsschule und zum Technikum, denn der Kleine sollte Ingenieur werden, Gąsior und ich Arbeiterklasse, damit war's aus. Wir trafen uns von Zeit zu Zeit, er kam bei uns vorbei oder wir bei ihm, aber man mußte durch die ganze Stadt fahren. Bis Gąsior eines Tages frühmorgens im Bus sagte:

«Ich habe einen Brief von Bandurko bekommen.»

Bis dahin hatte niemand von uns im Leben einen Brief bekommen, wir sahen Gąsior an, als hätte er einen schlechten Witz gemacht. Er aber zog eine Ansichtskarte mit der Sigismund-Säule aus der Tasche, und auf der Rückseite stand: «Kommt mich mal besuchen, Jungs. Meine Mutter ist gestorben.»

Denn genaugenommen war Wasyl völlig allein, er hatte noch eine Tante in Krakau, die total übergeschnappt war. Sie hatte die eigene Schwester wegen ihrer Liaison mit dem Kommunismus verstoßen, wohl schon unter Bierut, und hatte diesen Fluch nie zurückgenommen, nicht einmal zur Beerdigung war sie erschienen, tauchte nur kurze Zeit später auf, um zu sagen, daß sie keinen Fuß in dieses rote Viertel setzen, sich jedoch aus der Ferne um das Wohl ihres Neffen kümmern wolle, denn immerhin sei das ja ihr Fleisch und Blut.

Deshalb ließen wir an diesem Tag, wie an so vielen

anderen, die Schule Schule sein und fuhren direkt zu ihm. Niemandem, der Trauer trägt, wäre es eingefallen, sich schon frühmorgens mit Mathematik und Weltgeschichte zu beschäftigen.

Die Reglosigkeit dieser Wohnung. Dort war es immer ein bißchen reglos, dank der großen Räume, dank der wenigen deutlichen und unterscheidbaren Geräusche, diesmal aber tauchten wir wie in einen Nebel, in ein Geschlämme, und strömten von Zimmer zu Zimmer wie Fische im Aquarium. Wasyls Gesicht war weiß, keine Spur vom sonstigen Rosa. Dann, als wir gehen wollten, sah er uns an der skaibeschlagenen Tür an, rang sich mit gigantischer Mühe ein Lächeln ab und sagte: «Endlich Platz für Feten, was?»

Jetzt traten wir in die kühle Stille des Flures, eine Wolke von Gerüchen, die wir zum größten Teil selbst hinterlassen hatten, Wände, Möbel, Fußboden, alles war getränkt davon, jeden Duft hätten wir beim Namen nennen, Tages- oder Nachtzeit bestimmen können. Genauso mit den Flecken auf dem roten Teppich, mit Kratzern und abgeblättertem Putz, denn manchmal vergnügten wir uns wie Zarenoffiziere oder das Gesocks aus der Brzeska.

«Regres ist nach Übersee gefahren», sagte ich zu Bandurko, und der erwiderte: «Jeder Vorwand ist recht.»

Er saß in roter Pyjamahose am schwarzen Bechstein und klimperte mit einem Finger eine vollendet langsame und banale Melodie, so langweilig wie der ganze Tag, der sich unmerklich in einen Abend verwandelte.

«Weiß selbst nicht, warum ich ihn noch nicht verkauft habe.»

Wir wußten es auch nicht. Nachdem seine Mutter

nicht mehr da war, hatte er aufgehört zu üben. Völlig. Manchmal klimperte er Gąsior zu Gefallen einen Boogie, aber hauptsächlich benutzten wir das Instrument, um leere Flaschen darin aufzubewahren.

«Bist du bei Kasse?» fragte der Kleine.

«Im Kühlschrank ist Weißwein», erwiderte er.

Dann legten auch wir die Hemden ab, um zu spüren, wie der Schweiß die Brust und den Rücken hinabläuft, und Wasyl spielte ungeschickte Jarret-Imitationen, vielleicht auch geschickte, vielleicht sollte das so sein, oder er wollte nichts anderes spielen. Wie durch ein Wunder war genug Wein da und wir mußten nicht rausgehen, dazu Spiegelei mit Speck direkt aus der Pfanne. Keine Exzesse, denn die Schwüle kam mit der Dunkelheit herein, und wir fühlten uns wie alte und erschöpfte Helden eines miesen Films. Wir schnipsten die Kippen aus dem offenen Fenster, die berstenden Glutklümpchen sahen aus wie rote Sterne, in dieser Gegend eigentlich nichts Besonderes.

«Einen Scheiß weißt du, du Penner», sagte ich ruhig, mehr zu mir selbst als zu seinem Profil, das wachsam verharrte.

Gąsior erhob sich vom Boden, die Kahle Schwarze nach ihm. Bestimmt wollten sie einen Spaziergang unter dem Sternenhimmel machen, viel Spaß bei minus zwanzig Grad. Jemand machte ihnen Platz, über andere mußten sie hinwegsteigen, und ich fragte mich, wie das alles hatte kommen können, da doch die Menschen sich häufig in einem Zustand derartiger Erstarrung befinden, wie jetzt hier, wie wir früher, einmal, fast immer. Kostek ließ sich nicht provozieren. Er rauchte, betrachtete dieses Menschengeknäuel und fragte sich wohl, wie er diesem statischen Sauhaufen eine dynamische Gestalt verleihen, wie er diese elementare

Kraft für seine persönlichen und zugleich abstrakten

Zwecke nutzen, die unbewegte Welt der Ideen mit fast unbewegtem menschlichem Fleisch erfüllen könne.

Gewiß, von Zeit zu Zeit ging Bewegung durch sie hindurch wie eine einzelne Woge bei ruhiger See. Jemand kam herein und setzte sich. Wasyls Kumpan erhob sich und wühlte in dem Stapel Rucksäcke. Er kam mit einem in Papier gewickelten Päckchen zurück. Ich mußte nicht lange raten, was das war.

Ich ließ Kostek allein, der zu nüchtern, zu eisig war für diese Nacht, die sich wie ein Kokon um uns spann. Eigentlich war er mir, genau wie die anderen, scheißegal, aber der Alkohol durchdrang alle geheimen Gänge des Körpers und magnetisierte sie so, daß ich nicht ohne Gesellschaft auskam. Kostek – das sah ich jetzt ganz deutlich – hatte sich in all den Jahren nie zu beschwichtigendem, pränatalem Geplapper herabgelassen. Aber darüber dachte ich nicht nach, ich stand sehr gewandt auf, stolperte über ein Paar schwere und steinharte Stiefel und trat ins Zentrum des Seelenverkehrs, die Flasche hatten sie schon angebrochen. Bandurko schenkte mir einen Blick wie jemandem, der sich im Kino auf den Platz nebenan setzt, obwohl alles andere frei ist. Der Typ hob nicht mal den Kopf. Zwei Strähnen schwarzen Haares reichten fast bis zu den Knien. Er saß im Türkensitz, gebeugt, und sah aus wie eine Nirwana-Reklame von 1969. Dieses Haar hat Glanz, dachte ich. Aber es war nur frisch gewaschen, und das Licht der Glühbirne ließ einzelne Goldreflexe in ihm aufblitzen. Er paßte nicht zu dieser Bande unrasierter Männchen in Karohemden. Die aus dem schwarzen, leicht vergoldeten Vorhang ragende Nasenspitze war irgendwie so dünn und zart, bei stärkerem Licht vielleicht sogar durchsichtig.

«Ich halt's nicht aus bei dem», zeigte ich mit dem

Kopf in Richtung Kostek. «Er betrinkt sich nie. Je mehr er trinkt, desto nüchterner wird er.»

Bandurko erwiderte nichts. Er reichte mir nur die Flasche, ohne Warnung, obwohl es Kirschlikör war. Was machte das auch für einen Unterschied nach Mitternacht, da der nächste Tag begonnen und nichts sich geändert hatte, so als wäre die Zeit eine Illusion und keine Erlösung, als sollten wir für immer in unseren plötzlich so schweren, unförmigen Körpern bleiben.

«Amüsierst du dich gut?» Diese dumme und heuchlerische Frage konnte ich mir aus irgendeinem Grunde nicht verkneifen, vielleicht aus Eifersucht, denn ich hatte meine fünf Minuten gehabt und konnte jetzt nur noch wie ein Nachtfalter von Flamme zu Flamme kreisen, wie ein Fröstler händereibend von einem Ofen zum nächsten, aber ich hatte keine Geschichte, die irgend jemand interessiert hätte.

«Bei Morgengrauen sollten wir verschwinden. Wir sollten ausschlafen.»

«Dann schlaf. Verbietet dir niemand.»

Er schnappte mir die Flasche weg und nahm einen langen Zug.

«Wir haben einen schweren Weg vor uns. Was sagtest du? Wohin müssen wir morgen?»

«Wo wir gerade hinkommen. Mach dir keine Kopfschmerzen.»

«Ich habe keine. Der Kleine hat Schmerzen.»

Er sah mich flüchtig an und kehrte dann mit dem Blick zurück, als hätte ich ihn aus einem Traum geholt. Er versuchte, den Blick wie auf ein Traumbild zu fokussieren, also half ich ihm.

«Ja, es tut ihm weh. Ich habe ihm eben den Verband gewechselt. Weiß nicht, was daraus werden wird.»

Das interessierte den Langhaarigen. Wunden und

Verbände waren etwas, was die Leute noch bewegen konnte.

«Wer ist verwundet?» Er war echt nicht übel, mit diesem vielleicht etwas zu langen Gesicht, von dem man dennoch nicht sagen konnte, daß es ein Pferdegesicht sei, und wenn, dann das eines Rassepferdes. Jetzt erglänzten seine Pupillen im Licht.

«Unser Kumpel. Hat eins mit dem Messer abgekriegt.»

«Mit dem Messer?» Als sagte er etwas Fremdsprachiges.

«Ja. Von ukrainischen Nationalisten. Hast du nicht von Stepan Bandura gehört?»

«Du meinst Bandera?»

«Er hieß Bandura. Kleiner Historikerirrtum. Flagge, Laute oder so was. Beides paßt. Das zweite sogar besser, denn schließlich war er Kommunist.»

«Kommunist? Weshalb Kommunist?»

«Kennst du das Lied nicht? Avanti popolo und tam taram tam, bandiera rossa, bandiera rossa.» Ich muß gesungen haben, denn einige Köpfe drehten sich nach uns um. «Du siehst selbst, daß er nicht so heißen konnte. Er hieß Bandura. Aber weiß der Teufel, vielleicht war er Kryptokommunist. In Saporoshje spielten sie da auf diesen Banduras und waren schwer kommunifiziert. Kosakenfestung Sicz und so was, alles in einen Topf, Anarchie im seligen Urzustand. Du bist sicher für die Anarchie?»

Er zögerte einen Augenblick mit der Antwort, ganz so, als wäre das ein Teil der Kleidung, ein Halstuch, oder ein passender Gesichtsausdruck. Er faßte sich an die Nase, faltete dann die langen Finger und erwiderte, den Blick an meinen Augen vorbei irgendwo auf meine Schläfe gerichtet: «Eigentlich ist mir das egal. Ich beschäftige mich nicht mit Politik.»

«Ich frage nach der Anarchie, Jüngling. Die Anarchie steht über der Politik, Anarchie ist Metapolitik, das heißt Metaphysik, klar?»

«Ich glaube nicht...»

«Was heißt hier ‹glaube›? Das hat mit Glauben nichts zu tun. In welchen Zeiten lebst du? Entweder – oder. Wer nicht mit uns ist, ist gegen uns.»

Wasyl war plötzlich hellwach, er beugte sich vor, als wollte er sich zwischen uns schieben. Ich gab ihm keine Chance.

«Warte, dein neuer Kollege muß aufgeklärt werden. Ist nicht ganz auf dem laufenden... ein Schöngeist oder was?»

Ich sah einen flehenden Glanz in Bandurkos Augen, einen weichen Tränenschimmer, der – wenn man nicht gerade vor Nächstenliebe überfließt – nur zu den gemeinsten Spielchen provozieren kann.

«Das versuche ich ja gerade, also stör mich nicht. Ich würde gern hören, Jüngling, wofür du politisch optierst, polit-ontologisch. Kein ‹ich glaube› oder ‹vielleicht›. Also los, definier dich, bevor du definiert wirst.»

Der Knabe warf Wasyl einen unsicheren Seitenblick zu, sah dann wieder mich unsicher an, er spürte, daß er aufgezogen wurde, und fürchtete Lächerlichkeit mehr als alles andere, deshalb schwieg er für alle Fälle und verschanzte sich hinter diesem Schweigen wie hinter der Unbeweglichkeit der eigenen Gesichtszüge, die ihm schon so manches Mal aus der Patsche geholfen hatte.

«Klappt wohl nicht. Mein Kollege könnte dir das geschickt darstellen, aber ich werd es für ihn tun. Erlaubst du, Basilius? Klar erlaubst du. Also mit diesem Saporoshje... Lassen wir mal die beschissene Athener Demokratie, das ist Weiberkram, und wir sind Jungs, berauscht von der Freiheit, vom eigenen Schweiß und vom Tiergestank. Also die dort in Saporoshje rauchten lange Pfeifen, tranken Fusel bis zum Umfallen und lebten von einer Randale zur nächsten. Regelrecht auf Inseln, in der Isolation, damit das Blut schneller kreiste, damit es wallte und so weiter. Sie aßen aus einer Schüssel, deckten sich mit einer Decke zu. Die totale Kommune. Und da Einfachheit die Zierde jedes Ideals ist, beschlossen sie, ihr Dasein um überflüssige, zufällige Dinge zu beschneiden. Was taten sie? Na, wer rät es? Du spielst nicht mit, Basilius, du weißt es. Ich werd's dir sagen, Jüngling. Die erste und eigentlich einzig wesentliche Veränderung war, daß sie die Frauen aus ihrem Leben verbannten. Ein Staat von Kerlen, ringsum vom Wasser umgeben, dem Dnjepr, und sie verwirklichten in ihren Festungen die klassenlose Eingeschlechtsgesellschaft. Den Teufel austreiben heißt, das Detail liquidieren. Jenes ärgerliche zusätzliche Detail der Männlichkeit, die Weiblichkeit. Jetzt, da wir eine Modellsituation haben, Jüngling, können wir Stellung beziehen. Will sagen, wir treten in die Diskussion ein, die, so Gott will, uns zur Polarisierung der Meinungen führen wird. Oder umgekehrt... Also los, Jüngling...»

Er saß malerisch wie zuvor, nutzte meinen Wortschwall und rieb sich wieder die Nasenspitze, faltete wieder die unglaublich langen Finger, und ich war sicher, daß er sich nur für seine eigene Person interessierte, für die Oberflächen und Linien, die sein Körper im Raum einnahm. Er betrachtete sich einfach ununterbrochen selbst, prüfte die Abdrücke seiner Gegenwart im Spiegel, in der Luft, in den Augen der Menschen, in seinen eigenen Sternen.

Als ich wieder den Mund aufmachte, als ich mit meinem dummen und drängenden «Also los, Jüngling» kam, unterbrach Bandurko mich mit leiser Stimme:

«Hör auf, hör endlich auf...»

27 Also wann war das passiert? Wie und wann? Eigentlich nie, denn es geschah langsam, unmerklich, der Kreis bekam Risse, wir gerieten aus unseren ineinander verschlungenen Bahnen, unternahmen einsame Ausflüge in jene andere, parallele Gegend des Seins, um wie verlorene Söhne zurückzukehren – geschlagen, enttäuscht, verblüfft von der Unbegreiflichkeit der fremden Gesetze.

Gżankas große Zitzen lockten uns, sie verführten dazu, die bekannte und sichere Welt zu verlassen. Vielleicht war das der Anfang? Halbstarke Expeditionen zum Weibskörper. Ein Schrei, ein Quieken, künstliches Gedränge in der Garderobe oder auf dem Sportplatz, auf den die Mädchen sich unvorsichtig im Spazierschritt verirrten, vertieft in ihr Geplapper, zu zweit, zu dritt, schon damals erwachsen, da sie unbewußt den gemessenen Gang ihrer Mütter imitierten. Wir fielen Gżanka von hinten an, um für ein paar Sekunden diese zwei Stück seltsamer, nachgiebiger Materie in unsere Handflächen zu schließen, und waren verblüfft von ihrer unnatürlichen Weichheit, die sich so sehr von unseren harten und straffen Jungenkörpern unterschied. Darin lag gewiß Neugier und die Verachtung, die wir für alle Objekte der Aggressionen hegten: zertrümmerte Straßenlaternen, gestohlene und achtlos weggeworfene Fahrräder, Minderjährige, die mit einem Fußtritt aus dem eigenen Revier befördert wurden. Begehren und zugleich Enttäuschung. Wir gingen weg, als wäre nichts gewesen, die Hände in den Taschen, spuckten nachlässig und stilsicher aus, befriedigt vom Gewaltakt und Sieger. Nur Wasyl beteiligte sich nicht an dieser Tatscherei. Auch andere nicht, die aber aus Angst und Anstand, was aufs gleiche hinausläuft. Wenn wir Gżanka irgendwo in der Menge anfielen, meist zu zweit, meist der Kleine und ich, sahen wir die amüsierten Fressen der Schaulustigen ringsum, Gąsior rieb sich die Hände, tänzelte förmlich auf der Stelle, um sich uns anzuschließen, und den Rest dieser feigen Bande, hin und her gerissen zwischen Scham und Verlangen – aber Wasyl war nie unter ihnen. Ganz so, als hätte er unsere schweinischen Gedanken lesen können und im voraus gewußt, wann uns der Sinn nach diesem lüsternen Vergnügen stehen würde. Er verschwand, war wie vom Erdboden verschluckt. Er, der uns nie einen Schritt von der Seite wich.

Aber damals dauerte das nur so lange, wie es eben dauerte. Wir kehrten zurück zu uns, in unsere Welt, rein, unschuldig, die Neugier befriedigt, nicht der Rede wert.

Vielleicht war das der Anfang, wenn man die Träume nicht zählt, die uns verwunderten, oder die unvermittelt auftauchenden Wunschbilder, Phantasien am hellichten Tag, wenn man allein war, oder die zahlreichen pornographischen Fotos mit nicht mehr ganz jungen Frauen – in ihren Gesichtern suchten wir nach Ähnlichkeiten mit den Frauen, die wir aus unserem Alltag kannten, Tanten, Nachbarinnen, Lehrerinnen, wir mußten nach dieser Ähnlichkeit suchen, denn was auf diesen Fotos geschah, war allzu irreal, unfaßbar wie die Sitten von Insekten oder menschenähnlichen Mineralien. Es waren sauschlechte Kopien, abfotografiert von Fotos skandinavischer Pornohefte, die irgendein Amateur in der Dunkelkammer entwickelt hatte und an Soldaten verkaufte… was weiß ich, an wen. Es war uns noch ganz unmöglich, sie mit dem wirklichen Leben in Einklang zu bringen, mit Gżankas zwei schweren, flaumweichen Ballons, mit den Mädchen, die wir vom Sehen kannten und im Bus trafen, überhaupt mit irgend etwas, denn so interessant, schamlos und anziehend konnte der Alltag einfach nicht sein.

«Was meinst du denn, was deine Alten tun?» sagte der Kleine eines Tages zu Gąsior. Gąsior widersprach nicht, aber sein Gesicht verkrampfte sich, es verzog sich, und man sah, daß ihm das sehr lange keine Ruhe lassen würde, daß es ihn nachts und sonntags beim Mittag und auf dem Weg zur Kirche plagen würde, so wie es uns alle geplagt hatte, bis wir uns damit abgefunden oder es aus dem Gedächtnis getilgt und ein für allemal an den Ort der Dinge verschoben hatten, an die man besser nicht denkt.

Deshalb waren unsere ersten Lieben namenlos, auf Distanz, so distanziert, daß wir ihnen nicht einen Schritt näherkommen konnten. Gesichter im Bus, halb Mädchen, halb Frau, umgrenzt durch ihre Fremdheit, durch ihr Alter, unzugänglich und ungefährdet wie die, deren Namen ich nie erfahren werde – sie stieg immer fünf Haltestellen nach mir ein, die leicht vorstehende Oberlippe verlieh ihrem Gesicht einen etwas spöttischen und schelmischen Ausdruck, sie verschwand immer in der vollgepißten Unterführung zu den Straßenbahnen, und ich habe nie versucht, ihr zu folgen. Oder eine andere, eine große Blonde mit Pferdegesicht, einmal habe ich sie auf der Straße gestreift und wurde dabei fast ohnmächtig, die übrigen Begegnungen fanden in der Kirche statt, jeden Sonntag konnte ich einen grünen Schal und Mütze oder einen blauen Schal mit ebensolcher Mütze sehen, sie hatte zwei Kombinationen und wechselte sie regelmäßig, keine Überraschungen, übrigens verriet auch der Ausdruck ihrer Augen nicht die Spur Phantasie.

Sie alle waren umgrenzt durch ein Vakuum, in dem keine Tat denkbar war, so heilig wie die Heiligen auf den Bildchen. Nicht einmal ein anstößiger Gedanke durchschwärmte diesen Raum des Nichtseins, nichts,

was diese sakrale Bewunderung in Realität gekleidet hätte. Diese Geliebten waren überirdisch – heute sehe ich das. Die Gedanken, die wir aussandten, um in der Dunkelheit oder Leere ihre Bildnisse zu reproduzieren, verschafften eine rein geistige Lust, die der körperlichen nahekam, sie aber unendlich übertraf, denn sie beruhte auf einer Sehnsucht, die nie zu stillen war.

Deshalb interessierten uns all die Zicken aus der Klasse, die in unserer Reichweite waren, nicht. Sie alle, diese Abgetatschten, Angerempelten, Dickschenkligen und Knochigen, die ihre Stullen aßen oder in sicherer Nähe des Lehrerzimmers herumkicherten, waren nur eine triviale Verkörperung, etwas allzu Schweres und Stoffliches. Sie kamen unseren Gedanken entgegen, um sie zu zerbrechen, zu zerstören, um Chaos in das fragile Reich der Vorstellungskraft zu tragen. Wir mußten sie fürchten. Bestimmt spürten wir instinktiv, daß die Annäherung an sie der Untergang, der Sündenfall wäre, daß die Phantasie durch Notwendigkeit und durch Wünsche ersetzt werden würde, die wir dann um jeden Wucherpreis erfüllen müßten.

Wie kurz das alles dauerte. Vielleicht dauerte es gar nicht.

Die Flittchen aus den Pornos erinnerten uns an die Lehrerinnen, die wir begehrten, und die wiederum verwandelten sich in jüngere und jüngere Mädchen, denn wie lange kann man sich einen runterholen zur Vorstellung schlaffer Brüste, fetter Schenkel und Hintern, die deformiert waren vom jahrelangen Sitzen und Furzen in Bildungsmobiliar, hart oder gepolstert? Vielleicht waren diese reifen und überreifen Frauen nur eine Konstruktion, ein Skelett, das wir mit jungen und zarten Häuten bezogen. Ihre Ähnlichkeit mit den Nutten auf den Fotos war so eindeutig, daß wir das Geheimnis des Geschlechts nur auf diesem Wege erfahren konnten.

Der Kleine aber bereitete uns eine Überraschung. Ein früher Abend im August, die Langeweile und Hoffnungslosigkeit der ausgehenden Ferien. Wir kamen vom Schamott zurück, nichts Interessantes war passiert, an so einem letzten Sommertag passiert nie etwas. Morgen, übermorgen sollten wir uns zusammenreißen und das zweite Jahr der Mittelschule beginnen oder auf den Spuren unserer Väter die technische Oberschule oder eine Berufsausbildung absolvieren. Die dünnschißfarbene Täfelung der langen Korridore, die Monotonie des roten Busses, der um 7.15 Uhr die Endhaltestelle verließ. Schon lauerte der kalte Septembernebel im Weidengehölz der Straßengräben, nichts verhieß Erlösung, keine Abwechslung war in Sicht, da sagte der Kleine:

«Jungs, ich glaube, ich hab mir was geholt.»

Dieser Satz klang so seltsam, daß niemand von uns einfach fragte: «Was denn?» Wir gingen weiter, halb auf der Fahrbahn, halb auf dem Bürgersteig, im Schatten einer hohen, ungepflegten Hecke, die Straßenlaternen gingen gerade an. Eine gelbe Syrenka überholte uns. Die reglose Luft des Abends hielt die Abgaswolke fest.

«Eine Socke tut's auch», sagte Gąsior.

Der Kleine wartete noch eine Weile, er ging rechts, auf dem Bürgersteig, er muß wohl größer gewesen sein als diese Fliederhecken oder andere Gartensträucher.

«Jungs, ich hab mir wirklich was geholt.»

Aber wir brauchten unsere Zeit. Erst einige Schritte später war es zu uns gedrungen. Dieses Gebiet war uns völlig fremd, deshalb fragte Gąsior unsicher in der Befürchtung, er könnte auf einen dummen Witz reinfallen:

«Sag bloß... wo?»

Da blieb der Kleine einfach unter einer Straßenlaterne stehen, zog ihn raus und zeigte uns etwas, das da sein sollte.

«Nichts hast du da», sagte ich und sprach dieses «da» so aus, als läge es irgendwo weit entfernt von dem Kleinen.

«Doch. Eine Art Pickel oder Pustel.» Und er begann, ihn nach allen Seiten zu drehen, denn es war angeblich mehr an der Unterseite.

Wir konnten nichts erkennen. Hinter uns klackerten Stöckelschuhe, der Kleine packte eilig seine Sachen und muß sich am Reißverschluß eingeklemmt haben, denn er zischte durch die Zähne. Wortlos gingen wir weiter und wußten nicht so recht, was wir damit anfangen sollten. Wir warteten und warteten, bis er schließlich sagte:

«Wißt ihr... ich hab nämlich schon... mal.»

Nicht daß wir ihn mit Fragen überhäuft hätten, keineswegs. Kein «Los, erzähl mal» oder «Wie war's» oder «Raus mit der Sprache», nein. Nur Gąsior verlangsamte den Schritt, und ich sah sein halb lächelndes, halb dümmliches Gesicht.

«Was du nicht sagst...»

Dabei blieb es eine Weile. Niemand von uns stellte Fragen, und selbst der Kleine, als er dann alles erzählen wollte, er mußte ja, schließlich war er damit auch rausgerückt, um es zu erzählen, fand einfach keine Worte. Er konnte uns nicht in Worten beschreiben, was geschehen war. Am Anfang ist, wie sich herausstellt, doch die Erfahrung, erst dann kommt das Wort. Es ging gar nicht um Intimes oder daß er zartbesaitet gewesen wäre. Es war eine gemeine Schlampe gewesen, die das Rumsitzen im Hotel Polonia oder Metropol satt hatte und draußen Jagd auf frisches Fleisch machte. Sie hatte sich den Kleinen von der Straße genommen, genau so, wie sonst sie genommen wurde. Das war alles. Dennoch umkreisten wir dieses Ereignis völlig hilflos, hungernd nach Benennung und Beschreibung, doch taub und mit Stummheit geschlagen. Die Zunge entzog sich, sie verweigerte den Gehorsam, rutschte ab wie Katzenkrallen auf Glas. Es dauerte Monate, bis Bruchstücke eines Bildes hervorgekramt waren, eine Art Mosaik. Der Kleine gab sich Mühe. Langsam kam es aus ihm heraus, und ebenso langsam befriedigten wir unsere Einbildungskraft. Denn daß dies unser gemeinsamer Besitz war, daran zweifelte niemand. Die Zufälligkeit des Aktes, seine Unpersönlichkeit machten ihn mechanisch und zugleich universal. Jemand hatte das für uns tun müssen, und es war der Kleine gewesen. In Vertretung für uns, um all die Dämonen zu zähmen, die uns schon damals nachts und am Tage quälten. Wir betrachteten ihn ein wenig so wie einen Überlebenden, der mehr wußte als andere. Fast machten wir einen Bogen um ihn. Wie um einen Infizierten. Nicht wegen seiner Krankheit, nein. Von der sprach er nie wieder. Wir bewunderten ihn und ekelten uns ein bißchen vor ihm.

Die Geschichte wurde schließlich aus Bruchstücken zusammengesetzt, aus herausgestöhnten Anspielungen, eine heroisch-komische, jämmerlich kleine Geschichte. Flach, ohne Kontrast und Kontur, ohne Geschmack, mit dem Geruch irgendwelcher Parfums, auf die der Kleine obsessiv zurückkam, ohne den Duft beschreiben zu können. Ich weiß, daß er später in allen Weiberflakons danach suchte, in fremden Bädern und Wohnungen drehte er Fläschchen auf und schnüffelte, aber er fand ihn nie mehr wieder.

Aber das war nur eine Erzählung. Sie streifte uns kaum. Sie gab uns gerade einmal Mut und überzeugte uns, daß wir von dort lebend zurückkommen konnten, allenfalls mit einem geheimnisvollen Pickel. Den Rest mußten wir selbst tun, die ausgetretene Fährte verfolgen. Ich ein Jahr später, und Gąsior? Bei Gąsior weiß man nicht, denn er wechselte ein paarmal seine Version, eine war schöner als die andere. Ich also ein Jahr später, es war Juni, der rauhe Teppich am Fuße einer Möbelwand, riesig wie ein Wolkenkratzer, die Autos auf der verstopften Straße hupten wie verrückt, die Straßenbahnen bimmelten zänkisch und kreischend in diesem Inferno aus Hitze und Gestank. Drei Stockwerke über der Erde, bei offenem Fenster, und wir müssen ausgesehen haben wie ein Paar bleicher, verklammerter Insekten, denn die Sonne hatte in diesem Jahr unsere Körper noch nicht beleckt. Die schwarzen Kirchenkuppeln auf der anderen Straßenseite glänzten wie verschwitzt. Die Bullen in der Polizeidienststelle, die an dem Gotteshaus lehnten, knipsten mit den Ventilatorschaltern und warteten auf die Dämmerung, um auf Jagd zu gehen, genau so wie alle Diebe dieses Banditenviertels. Ich aber flog nach unten, ich sah meine blasse Gestalt tiefer und tiefer fallen, damals meinte ich, sie würde in diesem anderen Körper versinken, heute weiß ich, daß sie nur durchschlüpfte, durch ihn hindurchglitt wie die Gewehrkugel durch die Eingeweide, um zu verschwinden, sich in den Räumen der Einsamkeit auf einer eigenen, unendlichen Reise aufzulösen. Sie bewegte sich unter mir, schwarzhaarig, befriedigt, überzeugt davon, daß dank unserer Umarmungen die Ewigkeit vernäht wäre, das Verlangen sich erfülle und diese Erfüllung bliebe wie etwas Unbewegliches, greifbar wie ein Bild im Rahmen, eine Narbe fürs ganze Leben.

Ich ging immer zur selben Zeit, um nicht auf ihre Mutter zu stoßen, eine steife und harsche Frau, die schon so manches gesehen hatte und uns so manche sinnvolle Sache hätte erzählen können, wenn wir nur hätten zuhören wollen und sie nicht soviel Verachtung für das gehabt hätte, was sie zwischen uns argwöhnte. Das war eine Zeit der Ausweichmanöver, der Fluchten, das Leben ähnelte einer Konspiration. Ein Haufen Ausreden und schreckhafter Lügen. – «Du, komm morgen vorbei. Der Kleine hat gesagt, er kommt.» Ich speiste Gąsior ab, legte die Ohren an und erfand irgendwelche dummen Antworten. Wenn sie mich zufällig trafen oder wenn ich in bester Absicht zu ihnen ging, empfingen sie mich mit Verachtung, zusammengeschlossen, doppelt geeint, beinahe fremd. «Was? Hast du Ausgang? Dein freier Abend? Inventur?»

Ganz so, als wüßten sie, daß diese Geschichte nicht mehr den Gesetzen einer Erzählung gehorchte, daß man sie nicht verkaufen oder tauschen konnte, als wüßten sie, daß sie keinen Anspruch darauf hatten. Wir alle waren ausgestoßen.

Sie saßen abends bei Wasyl, ich schaute als Gast vorbei. Die zwei fast glattgeschabten Muddy-Waters-Platten verstummten keinen Augenblick. Die Mutter lebte in einem eigenen Zimmer, mit jedem Monat regloser, gleichsam vergegenständlicht, am Ende existierte sie nur noch in unseren seltenen Anspielungen, wir sahen sie kaum noch. Ich glaube, damals war Bandurko glücklich. Sie verbrachten jeden freien Augenblick bei ihm. Ihren Alten sagten sie «Wir gehen zu Wasyl, lernen.» – «Was denn? Er geht doch auf die Oberschule.»

Aber die Alten waren bestimmt zufrieden, daß sich jemand noch die Mühe machte, sich Vorwände auszudenken. Ich schlich mich zwischen sie, saß meine fünf Minuten ab wie in der Kneipe, wie ein anständiger Bürger unter Rumhängern, ständig überlegend, wie ich unter Wahrung meines Gesichts wieder wegkäme.

«Du verpaßt deinen Bus», sagte der Kleine, holte eine Flasche Obstwein hinter dem Vorhang hervor und goß in die Gläser ein, die sich gewiß noch an den Geschmack des Whiskys erinnerten. «Dir gebe ich nichts, sonst stinkst du nachher nach Randgruppe.»

Arberia-Zigaretten in der feuchten Luft des Spätherbstes. Ich ging unsicher den schmalen Bürgersteig entlang, sprang in den Bus, nahm die Straßenbahn und hatte das Gefühl, ich könnte diese Strecke mit geschlossenen Augen zurücklegen. Die gelben Flecken der Kneipenfenster. Die halboffenen Türen der Pinten strömten Liebesgeruch aus.

Bandurko muß damals glücklich gewesen sein. Als der Kleine uns das unter der Laterne zeigte, hatte Wasyl kein Wort gesagt, war nicht in den Kreis getreten, hatte nicht am Konsilium teilgenommen. Er hatte mitten auf der Fahrbahn gestanden, seine Gestalt war im Schwarz des Asphalts verschwunden. Wo war er mit den Gedanken? Wie panisch flatterten sie? Unsere Silhouetten müssen zu einem vielköpfigen Leib verschmolzen sein, siamesische Drillinge, einem Geschlecht, einem Wunsch, einem Fluch verbunden. Er trat keinen Schritt näher, ich weiß nicht, ob er zu uns hersah, vielleicht schaute er in die Dunkelheit in der Hoffnung, was er nicht wahrnehme, existiere auch nicht, so wie unser säuischer Gentleman-Club hinter dem Müllcontainer der Schule nicht existierte, wo wir rauchten und uns Schwarzweißfotos von Hand zu Hand reichten, die vom Schweiß aufgeweicht und voller Fingerabdrücke waren; nicht existent war unsere Jagd auf Gżanka, das Robben unter den Bänken, um der Erdkundelehrerin, der Mathelehrerin zwischen die Schenkel zu gucken, unsere Überfälle auf das Mädchenklo, das wundersamerweise einen ganz anderen Geruch verbreitete als unser Rüdenscheißhaus. Damals konnten wir seine Abneigung und Abwesenheit noch guter Erziehung zuschreiben. Das taten wir wohl auch.

«Wasyl ist tuntig», sagten wir immer, und mit der Zeit schwang in diesen Worten immer weniger Verachtung mit, es war einfach eine gelassene Feststellung, die bei der Orientierung in der Wirklichkeit half. Die Tunte Wasyl, Schißhase Gąsior, Gżanka die Titte, Kleiner der Lahmarsch ... In dieser Welt fand sich noch für jeden ein Platz. Im übrigen legte er diese Unarten, diese Angewohnheiten aus gutem Hause, aus leerer Kindheit bald ab, ohne daß man es merkte. Er, der in der Woche so viel Taschengeld bekam wie wir im ganzen Monat – wenn wir es denn überhaupt zu sehen kriegten –, graste mit uns Trimm-dich-Pfade und Alki-Ecken, die mit Bier- und Schnapskapseln übersät waren, nach leeren Flaschen ab, und als unsere Ansprüche stiegen, durchsuchte auch er die Brieftaschen jener unverbesserlichen Schläfer in graubraunen Jacketts. Der Kleine stieß den liegenden Körper mit dem Fuß an, wälzte ihn dann von einer Seite auf die andere, und wenn er diese Probe bestanden hatte, begann die phlegmatische Leibesvisitation. Ein bißchen ließ er drin, zum Trost und für die Fahrkarte, den Rest steckte er ein und beschwichtigte unsere rudimentären Gewissensbisse: «Was soll's? Wir handeln in Vertretung für die minderjährigen Söhne und Töchter dieser gescheiterten Existenzen. Sonst würde sie ein einfacher Dieb beklauen ...»

Gąsior stand bei solchen Gelegenheiten meist Schmiere und zischelte «schneller, schneller», was angesichts der methodischen und langsamen Durchsuchung durch den Kleinen fast lächerlich klang. Bandurko sah sich das fasziniert mit an, eines Tages wollte er so einem die Armbanduhr abziehen, aber der Kleine hielt ihn davon ab: «Nein. Der Hund soll wissen, wie spät er nach Hause kommt.»

Kleine Beträge, große Beute – das war der Schlüssel zur Welt. Aus unseren elenden Stadtrandsiedlungen fuhr man etwa eine Stunde ins Zentrum. Ja, Herbst, früher Abend, nur dann duften die Straßen so betäubend und hoffnungslos, als würden auf allen Friedhöfen vor der Stadt die Grablichter brennen und der Wind den schwarzen Niederschlag des Stearins herübertragen. Schon im September, schon im Oktober.

Die dunklen, neonglänzenden Straßen. Der Kommunismus dachte gar nicht daran unterzugehen. Lichterpaläste, von weißem Glanz erleuchtete Schaufensterschluchten, wie Grotten, die tief in den großen Leib der Nacht hineinführten. Wir irrten umher wie in einem Märchen, wie Trottel aus einem abgelegenen Dorf. Niemals war die Stadt schöner und anziehender. Dieses Festival völlig fremder Gesichter und Frauen in hohen Stiefeln mit Reißverschluß, alles so fern wie das Versprechen einer lustvollen Erfüllung... Wir tauchten in dunkle Kanäle, in die langen Aquarien der Rutkowskiego, Krucza und Wilcza, im Zickzack, wieder die Nowogrodzka in die Krucza und weiter, und die abgasgefüllte Luft berührte und elektrisierte uns. Wir spürten bestimmt, daß wir in den Bauch einer riesigen, auf dem Rücken liegenden Frau eindrangen. Ein träger, warmer Leib, Füße und Hände irgendwo in den Vorstädten, wo schon die Kälte wütete, hier aber die Mitte, der Eingang und das Innenleben, in dem wir umherirren und schlittern konnten, weiche, heiße Innereien streifend. Die Dunkelheit wich unserer Berührung wie ein Mantelfutter. Für das Geld der Alkis gingen wir ins Kino. Die Menschen im Palladium, die Menschen im Atlantik, die Menschen im Schlesien, überall wurde gefurzt wie bei uns, wurde mit Popcorntüten und Sitznachbarn herumgemacht. Für dasselbe Geld kauften wir, erst ängstlich, dann immer mutiger, süßen Wein, den wir im Park irgendwo hinter dem Militärmuseum hastig aussoffen, ohne die Flasche abzusetzen. Wir hätten das nicht tun müssen. Wir waren auch so von Sinnen. Und Wasyl mit uns. Im Spagat über dem Chaos unseres Lebens, das eine Bein dort, wo die Penner schnarchten, das andere auf dem Eiland von Nocturnen und Etüden. Jawohl. Er spielte nämlich die ganze Zeit, aber nie, wenn wir dabei waren. Manchmal bekamen wir noch die letzten Töne aus dem Parterrefenster mit, unser Klingeln schnitt die Musik mitten im Takt ab. Lange Zeit bekamen wir nicht einmal diesen Flügel zu Gesicht. Ganz so, als wäre das ein peinliches Familiengeheimnis, ein schizophrener Großvater oder eine Tante mit Bartwuchs. «Was spielst du eigentlich», drangen wir von Zeit zu Zeit in ihn, er aber entzog sich mit einem entschuldigenden Lächeln.

«Nichts. Irgend so was. Meine Mutter will, daß ich übe.»

Mit seiner Mutter also übte er Brahms und Chopin, mit uns die anderen Geschichten, die sich schließlich als wichtiger erwiesen, denn Brahms kam weg, er wurde ins Parterrezimmer gesperrt, Wasyl suchte ihn seltener und seltener auf, schenkte uns all seine Zeit, seine ganze Liebe – Dinge, die unteilbar sind, es sei denn, man ist ein ganz gerissener Hund oder über zwanzig.

Staub bedeckte all die ernsten Platten in seinem Zimmer. Wir schoben sie zur Seite, um in dem Schrank Platz für die zerkratzten Müllscheiben von SBB oder Niemen zu schaffen, die auf diesem Luxusgerät klangen wie das gigantisch verstärkte Brutzeln eines Spiegeleis. Die Musikpostkarten brachten wir gar nicht erst mit. Irgendein abgefahrener Hendrix. Der Kleine hatte ihn aufgetrieben und spielte Hey Joe. Von dieser Gitarre verstanden wir absolut gar nichts, nur Bandurko geriet darüber ins Nachdenken, wiegte sinnend oder bewundernd den Kopf, uns reichte, daß es Hendrix war, daß er schnell gelebt hatte, jung gestorben war und dem Teufel ähnelte, auch wenn Gąsiors Vater behauptete, er ähnele einem Affen.

Also hat es wohl keinen Anfang gegeben. Alles war seit ewig in unaufhörlicher Metamorphose da, ein Durcheinander von Tod, Liebe, Frauen, Stadt, alles in Bewegung, ein Gestöber von Ereignissen und Gegenständen, durch das wir uns mit aufgeknöpften Jacken, mit bloßen Köpfen und nassen Schuhen hindurchkämpften, vom Verlangen getrieben, der Wind wehte durch unsere halbgeöffneten Innenräume, unsere halbnackten Innereien, und wir spürten nichts als Hunger, unstillbaren Hunger.

Für den Bruchteil einer Sekunde surrte das alles irgendwo zwischen uns ab wie ein Film, wie ein in wahnwitzigem Tempo abgewickeltes und schon wieder aufgerolltes buntes Band, und für einen Moment, der nicht der Zeit, sondern einer Art intuitiver Erleuchtung zugehörte, sah ich sein Gesicht: faltenlos, fast kindlich, von Schatten gereinigt, das Gesicht eines kleinen Jungen auf dem Fußballplatz, wo wir in den frühen Nachmittag entschwanden, während er im leeren Tor vor dem Hintergrund des Himmels zurückblieb, hinkniete und seinen Schuh zuschnürte.

Ich streckte die Hand aus und wollte seine Schulter berühren, aber im selben Moment ging die Tür auf. Gąsior stand einen Augenblick unentschlossen da, sah sich um und ging dann auf Kostek zu. Er hockte sich nieder und sagte etwas zu ihm. Kostek sprang auf.

28 Wir sprangen einzeln. Wie Fallschirmspringer aus einem Flugzeug. Die Luft zerklirrte unter meinem Gewicht wie Wasser, das im ersten Frost zusammengeschreckt ist. Es mußten unter 20 Grad sein. Ich spürte die feurige Zunge auf dem Gesicht. Noch im Lauf streifte ich den zweiten Träger des Rucksacks über. Hoch am Himmel stand der weiße runde Mond. Die vielverzweigten Weiden am Fluß warfen komplizierte Schattennetze auf den Schnee. Ich meinte die Fata Morgana eines Gestrüpps zu zermalmen, dieses Knacken war in Wirklichkeit das Knirschen des Schnees, ich aber konnte mich des Eindrucks nicht erwehren, daß unter meinen Füßen Zweige zerbrachen. Dieser Lärm erschreckte mich. Mein Schatten huschte neben meinem linken Fuß wie ein gigantischer schwarzer Hund, wie ein Alb, der sich in meinen Körper verbissen hatte, eine Trauerfahne, die mich im weißen, stillen Tal verriet. Ja, ich hörte das Flattern. Ich rannte nach links, Wasyl hatte es so befohlen. Ich stieß auf eine ausgetretene Spur, die ungleichmäßigen Stapflöcher der anderen mit den Rucksäcken. Ich geriet in tiefe Öffnungen, ich strauchelte und hörte absurdes Getöse, das Echo jedes Atemzugs, das geringste Rascheln. Der Weg führte im Mondschatten der nackten Bäume am Ufer des Flüßchens entlang, zur Linken hatte ich den kahlen, flachen Hang mit der Mähne des Waldes auf dem Berggipfel. «Lauf nach links, einfach nach links, die ganze Zeit.» – Ich wiederholte mir diesen Satz von Bandurko fast laut, denn mich lockte die schwarze Wand der Bäume hinter dem Bach. Das Mondlicht war grausam und unbeweglich. Alles außer mir war unbeweglich. Und still. Ich wollte auf die andere Seite laufen und mich ins Dunkel zwischen den ersten Stämmen stürzen, dort tief drinnen erstarren, mich in eine Spalte dieser

versteinerten Landschaft zwängen und den Atem anhalten. Ich spürte, wie ich in der harten und stimmhaften Luft vielfache Vibrationen hervorrief, wie klirrige Teilchen gegeneinanderstießen und schon der ganze Himmel, dieser ganze gläserne Schirm von meiner Präsenz zitterte, mich an den entferntesten Winkel der Welt verriet. Vielleicht bestand auch alles aus Zelluloid? Der Himmel, die Erde, die Bäume, der Schnee und ich selbst, denn dieses Knacken und Knirschen lähmte mich doch, und ich hatte nur noch den Wunsch, taub zu werden und meinen Kopf in etwas Weiches, Dichtes, Regloses zu stecken.

Der Fluß kam mir in den Weg. Ich geriet auf windgefegtes Eis. Plötzlich wurde alles still. Schmerzen in Knie und Ellbogen rissen mich aus der Bewußtlosigkeit. Ich rappelte mich auf alle viere und sah mich um. In dem schwarzen Klumpen der Schutzhütte leuchteten drei gelbe Fenster. Ich horchte, konnte aber nichts wahrnehmen als das Hämmern des eigenen Herzens, das aus halboffenem Mund kam. Nichts zu hören. Weder auf der einen noch auf der anderen Seite. Und dabei sollten dort vorn die beiden, Gąsior und Wasyl, sein, und von hinten sollte der Kleine mit Kostek angerannt kommen. Nicht das leiseste Geräusch, nur ein vom Frost gepreßter Baum knackte irgendwo. Ich ging den unsichtbaren Pfad weiter. Der Bach war jetzt links, der Wald näherte sich dem Weg und erhob sich über ihm, denn an dieser Stelle verengte sich das Tal, und zu beiden Seiten türmten sich bewachsene Hügel. Die Spur teilte sich. Die ausgetretene lief geradeaus, nach rechts ging eine unregelmäßige, in den frischen Schnee gegrabene Schnürspur ab, die fünfzig, sechzig Meter über den nackten Berghang führte und im Wald verschwand. Aus dieser Richtung hörte ich einen Pfiff.

Wasyl hockte hinter einem Schlehenbusch direkt am

Waldrand und wartete. Von hier aus hatte er einen idealen Blick auf den Pfad. Man konnte sogar die Stelle sehen, an der ich gestürzt war. Die Mondstrahlen schälten eine silbrig vereiste kahle Stelle aus dem bläulichen Schnee.

«Wo sind Kostek und der Kleine?» flüsterte er so außer Atem, als hätte er eben diesen wahnwitzigen Lauf zurückgelegt.

«Ich weiß nicht. Keine Ahnung. Als ich abgehauen bin, war er schon fertig. Er wartete auf den Kleinen.»

Weit links, unten, sah man durch das Weidengeäst den goldenen Widerschein der Schutzhüttenfenster. Wir schauten in diese Richtung, starrten auf die Stelle, wo der Pfad sich aus dem Schatten löste und über die weiße Ebene zur Furt hin lief. Da rührte sich nichts. Nichts war zu hören. Um nicht hinzugucken und nichts zu sagen, begann ich, meine Schuhe zuzuschnüren. Sie waren längst nicht getrocknet. Ich spürte unter den Fingern, wie sie im Frost steif wurden. Ich knöpfte den Rucksack zu, aus dem der Schlafsack heraushing. Wie Innereien aus einem aufgeschlitzten Bauch. Ich zog den Jackenreißverschluß hoch, um mit dem Schweiß nicht den Rest Wärme zu verlieren. Auch so kühlte schon alles aus, klebte mit eisiger Berührung an mir.

«Schon fünf Minuten», sagte Wasyl, und ich war sicher, daß er zwischen Pfad und Zifferblatt hin und her sah, das Blei der tröpfelnden Sekunden spürte, und als das Gewicht der Uhr unerträglich wurde, drehte er sein Gesicht in meine Richtung und sagte leise «sechs» und dann etwas lauter: «Wir müssen... hör mal, wir müssen. Es gibt keine andere Möglichkeit.»

Er wartete auf eine Antwort von mir, ich aber warf einfach den Rucksack über und zog von diesem Dornenhügel zwischen Wacholder und breitästigen Zwergkiefern los, um unter einer von ihnen auf Gąsior zu stoßen, der fertig zugeknöpft mit vorschriftsmäßig aufgesetztem Rucksack dastand und wohl auf mein «Gąsior, hau'n wir ab» wartete, denn er schloß sich wortlos an, und wir verschwanden zwischen den ersten Bäumen, ohne uns um Bandurko zu kümmern, der uns bald eingeholt hatte und die Führung übernahm.

Dieser Wald erinnerte an einen Park. Wir gingen auf breiten Alleen zwischen stämmigen Säulen. Immer wieder öffneten sich von so grellem Glanz übergossene Waldlichtungen, daß ich unwillkürlich die Augen zusammenkniff. Alles geschah wie im Traum. Wasyls Gestalt war deutlich und irreal. Die erstarrte, reglose Szenerie verbannte unseren Eilmarsch ins Reich der Phantasie. Ich drehte mich nach Gąsior um. Er ging dicht hinter mir. Das schwarze, stellenweise versilberte Gesicht strahlte ein unruhiges, gemischtes Licht aus. Ein lebender Leichnam, ein noch nicht ganz Gestorbener, jemand, der gerade der Welt entschlüpft, der auf dem schmalen Grat zwischen Tag und Nacht, zwischen Alltäglichkeit und Wahnsinn entlangirrt. Dennoch gab er Geräusche von sich. Ich hörte seinen Atem und das Reiben des Stoffes an dem synthetischen Rucksack.

Es ging sich gut. Bisweilen zog Wasyl das Tempo an, und wir rannten beinahe, um dann auf Gąsior zu warten. Niemand sagte ein Wort. Lichtflecken, Schattenflecken, eins um das andere. Man sah das geringste Hindernis, aber es gab nicht viele, hier mußte jemand aufgeräumt, die Erde geglättet haben, keine umgestürzten Stämme, keine Spur von zeckigen Brombeersträuchern, flach, eben und glatt. In dieser Hypnose nahm ich auch schon mal einen schrägen Schatten für einen umgestürzten Baum. Das Herz wollte stehenbleiben, doch das Bein strauchelte nicht, und alles lief wie geschmiert. Ich heftete den Blick auf Bandurkos Spuren, denn obwohl ich ihn selbst bisweilen für ein Gespenst hielt, war diese Furche im Schnee ziemlich real.

Ich hätte nie geglaubt, daß der Mond soviel Licht von sich geben kann, und so dicht, so stofflich. Dieses Licht war metallisch wie Zinn, wie kullerndes Quecksilber. Es fand in jede Ritze, leuchtete aber nur halbherzig. Seine Eigenschaft bestand darin, daß es unsichtbare Dinge hervorholte.

«Haltet an... haltet an, Jungs. Ich kann nicht mehr.»

Es war nicht die Atemlosigkeit, die Gąsior zu diesem Aufruf trieb. Er mußte, und sei's nur für einen Augenblick, in normale menschliche Dimensionen zurückfinden. Wasyl hielt einen Sekundenbruchteil an, als hätte jemand «Hände hoch!» geschrien, er hielt an wie jemand, der aus dem Schlaf gerissen wird. Er stand einen Moment mit dem Rücken zu uns, dann drehte er sich ganz langsam um und kam auf uns zu.

«Wir können nicht anhalten. Wir müssen fliehen.»

«Wohin? Die Spuren sind ja sogar jetzt bei Nacht zu sehen.» Gąsior wollte um jeden Preis, selbst um den Verlust der Illusionen, ein paar Minuten heraushandeln. «Ich kann wirklich kaum noch.»

«Den Rucksack», sagte Bandurko. Wir packten Gąsiors Klamotten und Essensreste in die anderen Säcke um. Das schlaffe Bündel gaben wir ihm zurück.

«Es muß sein. Wir gewinnen vielleicht eine Stunde, vielleicht bis zum Morgen. Vielleicht lassen die es gut sein.» Wasyl brach ab, ich sprach für ihn weiter.

«Sicher lassen sie es gut sein. Nur hängt es nicht von ihnen ab. Es hängt davon ab, was unser Führer ihnen sagen wird.»

«Es waren nur zwei», Gąsior setzte sich gegen das

Gestell seines Rucksacks. Seine Augen glänzten, vom

Fieber oder vom gespiegelten Licht.

«Nur zwei. Sie sind zu Fuß gekommen. Haben bestimmt das Auto irgendwo zurückgelassen, um nicht steckenzubleiben. Nur zwei...»

«Das wird sich sofort ändern. Sie haben Funk im Auto. Dann wimmeln hier zehn, zwanzig. Sie werden die Bullen der ganzen Wojewodschaft auf die Beine bringen. Und den Grenzschutz.» Wasyl sprach sehr langsam, als staunte er über die eigenen Worte. Er sprach sehr langsam, und eigentlich hätte man ans Ende jedes Satzes ein Fragezeichen setzen können.

«Geht nicht anders. Wir müssen», schloß er mit energischer Ratlosigkeit. Vielleicht machte er sich gerade klar, daß jetzt er de facto der Führer war.

Wir zogen anfangs mit gestrecktem Schritt los, waren aber bald geschafft und marschierten nur noch, strauchelten auf ebenem Weg, spürten unsere Muskeln hart werden, als wären die Kälte und Anstrengung der vergangenen Tage eine reale, schädliche Substanz, die in die Adern sickerte und jetzt dickflüssig wurde, gerann, um uns zu erstarrten, knarrenden Figuren zu machen, die mitten im Wald, auf einer sinnlosen Reise, festgehalten werden. Manchmal geschahen seltsame Dinge. Der Augenblick, als Kostek zu mir und Bandurko gekrochen war und sagte, wir sollten ihm folgen, um uns dann auf unserem Zimmer mitzuteilen, daß die Bullen in der Hütte waren, schien mir genauso weit zurückzuliegen wie der Anfang unserer Expedition, eine banale Episode aus der Serie all jener idiotischen, zufälligen und unnötigen Szenen, aus denen das Leben sich zusammensetzt. Ich ging. Mir war egal, ob wir irgendwo ankommen würden. Man kommt immer irgendwo an. Ich fragte Wasyl nicht. Ich wollte ihm keine Unannehmlichkeiten bereiten. Ich wußte, daß die dort in der Hütte uns unmöglich schützen konnten, selbst wenn sie gewollt hätten. Die ganze Bande hatte uns gesehen, alle fünf. Es war nur eine Frage von Stunden, vielleicht bis zum Morgengrauen, bis zum Mittag. Und Gąsior wußte das, Bandurko auch. Ich war ihnen dankbar, daß sie nicht viele Worte verloren, sondern taten, was in dieser Situation zu tun war: abhauen, abhauen, ehe sie dich schnappen. Ein tierischer Instinkt, also bestimmt vernünftig.

Es ging jetzt leicht bergab, ein Paß oder so was, dann wieder bergauf, der Weg war immer noch gut, nur wir wurden schlechter. Gąsior blieb jetzt eigentlich ständig zurück, wir mußten immer wieder stehenbleiben und warten, bis er uns mit pfeifendem, röchelndem Atem eingeholt hatte. Wortlos ging es weiter, und nach zweihundert Metern dasselbe, manchmal wußten wir nicht einmal, ob er noch vorankam. Eine Minute Stillstand, schon spürten wir, wie der Frost Ritzen in der Kleidung fand, wie er in die Ärmel schlich, über den Rücken kroch und sogar die Kopfhaut unter der Mütze erstarren ließ. Still flockte der Mond Metallstaub aus, und auf dem Paß war es so hell, daß wir links und rechts zwei langgestreckte Täler sahen, Bäume, Gebüsche, weit entfernt die schwarzen und weißen Flecken der Landschaft, und kein einziges Licht, völlige Wüste. Wir waren allein auf der Welt. Seltsames Gefühl. Aber gleich kamen wir wieder in den Wald, die Einöde kondensierte, umhüllte uns, und der Schwindel verging. Es war bald drei. Der Mond hatte längst seinen Zenit erreicht und sank jetzt in Richtung Westen hinab. Ich hatte die ganze Zeit den Eindruck, das silberne, polierte Gegenbild der Sonne würde die durchdringende Kälte ausstreuen und durch eine absurde Analogie müßte jetzt der Frost nachlassen, und wartete, bis er ganz verschwunden, hinter einem Berg untergegangen

wäre und wir freier atmen könnten, nicht durch blen-
 dende Dampfschwaden, die sich auf den Brauen niederschlugen.

Wasyl blieb stehen und wartete. Als ich zu ihm kam, stellte sich heraus, daß er auf Gąsior wartete, dessen Existenz ich eine Zeitlang vergessen hatte. Wir sahen beide zu, wie die schwarze Silhouette unendlich langsam den sanften Hang erklomm. Er befand sich noch immer auf offenem Feld. Vielleicht kletterte er, vielleicht stand er auch still.

Wir hatten keine Lust, nach unten zu steigen und wieder hochzuklettern. Also warteten wir. Das war auch ein Akt der Nächstenliebe. Diese Nächstenliebe reichte bei mir nur noch für einen, deshalb fragte ich Wasyl schließlich doch:

«Wohin gehen wir?»

Er schwieg einen Augenblick und antwortete dann ruhig und präzis.

«Jetzt nirgendwo mehr hin.»

«Hübsches Plätzchen», erwiderte ich.

«Ja.»

Wir blieben noch eine Weile stehen. Gąsior bewegte sich nicht. Seine Silhouette verharrte am selben Ort. Er sah aus wie ein einsamer Strauch.

«Wir sollten zu ihm gehen, was?»

«Ja, schon», erwiderte er, und ich fühlte, daß er sich seiner Worte keineswegs sicher war.

Gąsior kniete im Schnee. Wir näherten uns ihm mit jedem Schritt langsamer, schlichen uns beinahe an. Er hatte die Augen geschlossen. Wasyl hockte nieder und schüttelte ihn an den Schultern.

«Gąsior, Gąsior, was ist los.»

Er hob in einer unendlich langsamen Bewegung die Augenlider. Weiß und abscheulich glotzten uns die pupillenlosen Äpfel an. Der Rauhreif auf Mütze und Schal verlieh seinem Gesicht einen drolligen Saum aus weißem Flaum, so als wäre das ein Pelz und er ein zehnjähriges Mädchen. Wasyl rüttelte noch einmal an ihm.

«Gąsior!»

Die Pupillen fanden sich. Sie schwammen unter den Lidern hervor, richteten sich aber auf den Punkt, auf den ihre eigene Trägheit und Schwäche sie eingestellt hatten.

«Steh auf, du erfrierst.»

Ich rüttelte nun von meiner Seite an ihm, versuchte, ihn auf die Beine zu bringen, aber er ließ sich nicht bewegen. Sein ganzes Gewicht war nach unten gerutscht und in den Knien, die im Schnee staken, geronnen.

«Steh auf, du Arschloch!» schrie Bandurko aus vollem Halse und schlug ihm dann ins Gesicht. Der Kopf wackelte und fiel auf die Brust. Er hob ihn und suchte uns mit dem Blick.

«Nein, Jungs... nein», sagte er in schläfrigem, flehendem Ton. «Wozu...»

Wasyl schlug noch einmal zu.

«Schon gut, schon gut... Aber laßt mich, schlagt mich nicht.»

«Du Wichser!»

«Laß doch», versuchte ich ihn zu beruhigen, aber in ihm war gerade etwas angesprungen.

«Hör zu», sagte er fieberhaft, «wir müssen diese Leiche auf die Schulter nehmen oder was. Siehst du dort», er zeigte in das Tal zur rechten Seite, «das ist ein altes Dorf, kurz nach dem Krieg niedergebrannt, fast nichts übriggeblieben, eine demolierte Hütte, und auf dieser Seite die Ruinen einer Kirche. Als ich letztes Jahr hier war, standen sie noch. Wir müssen ihn dort hinschleppen und ein bißchen aufwärmen. Es sind nicht mehr als zwei Kilometer, die ganze Zeit bergab.»

Als wir uns seine Arme über die Schultern warfen, brabbelte er etwas, sträubte sich aber nicht. Irgendwie ging es. Tatsächlich bergab. Zwischendurch ging er selbst, aber manchmal zogen wir ihn ganz einfach, machten alle dreißig, vierzig Meter Rast. Runter ließen wir ihn nicht mehr. Ein zweites Mal hätte niemand diesen Packen hochbekommen. Wir zogen den Hang schräg hinunter, um den Talgrund etwa in der Mitte zu erreichen, denn dort sollte es sein. Wieder war es heiß. Wasyl stürzte einmal, ich zweimal. Ein wirklicher Kreuzweg, nur daß Gąsior für ein Kreuz zu schlaff war. Der Mond hing direkt über dem Waldrand, es grenzte an ein Wunder, daß Bandurko die schwarze, gekrümmte Silhouette noch vor dem Einsetzen der Dunkelheit entdeckt hatte. Wir gingen geradewegs nach unten, um in den letzten Strahlen die dunklen Umrisse der Kreuze auf dem Kirchhof wahrzunehmen. Wir schleppten unseren Sack durchs Schlehengesträuch, etwas peitschte mein Gesicht, statt einer Tür gab es nur ein gähnendes Loch, danach die völlige Dunkelheit der Vorhalle, wo wir gegen Gerümpel stießen und Wasyl das Feuerzeug anzündete, um den Eingang zum Kirchenschiff zu finden. Ein Flügel des Tores hing noch dort, wo er sein sollte. Wir zerrten unseren Kollegen hinein, zogen ihn an den Händen über die hohe Schwelle, spürten die harte, festgetretene Erde unter den Füßen. Wasyl fragte mich nach einem Stück Papier. Ich nahm die in Gardlica gekaufte Landkarte aus der Rucksacktasche und reichte sie ihm. Er ging mit dem Feuerzeug in die Vorhalle, hämmerte, zerbrach etwas und kam wohl mit Holz zurück, denn er zertrümmerte es mit dem Absatz auf dem Boden, zerkleinerte es dann in den Händen, schließlich nahm er mir die Karte ab, zerknüllte sie und zündete sie an. Im Licht der Flamme sah ich, wie er kniete und noch die kleinsten Holzteilchen sorgsam auflegte. Schließlich gaben sich die morschen Splitter dem Feuer hin.

Gąsior saß mit weit von sich gestreckten Beinen und rieb sich die Augen. Als das Feuer ungefährdet war, ging Wasyl in die Vorhalle, um die nächste Portion Holz zu holen. Er brachte einen ganzen Armvoll Bretter, zerbrach sie mit bloßen Händen und stapelte sie nach Pfadfinderart. Er tat das ohne ein Wort. Die Konstruktion war symmetrisch und präzis. Als er fertig war, kniete er neben der Gletscherleiche nieder.

«Wie fühlst du dich?»

«Weiß nicht. Mir ist heiß, kalt, weiß nicht, bin schwach.»

«Beweg die Füße. Spürst du die Zehen?»

«Glaub schon. Weiß nicht genau. Mir tun die Beine weh.»

Ich schnürte ihm die Schuhe auf und legte die Füße ans Feuer. Dann zog ich die Schlafsäcke hervor und hüllte den Patienten darin ein, unter den Hintern schob ich ihm einen Haufen Unterhosen und Pullover. Wir sammelten uns am Feuer. Ich spürte die Wärme auf dem Gesicht, aber diese Berührung hatte noch immer etwas von einem frostigen Hauch. Langsam wich die Dunkelheit. Die roten Zungen des Feuerscheins leckten hier und dort die Wände, zeigten Stellen, an denen der dünne Putz abgefallen war und breite Balken sichtbar wurden. An den Wänden ragten Reste des verfaulten Bodens. Erhalten war nur das Podest des Presbyteriums, das von unserer Seite durch das Gerippe des Ikonostas versperrt war. Einige Säulen besaßen noch Spuren ihrer Vergoldung, die Schnitzerei war zerbröselt wie mürbes Gebäck. Dort, wo die Ikonen herausgerissen waren, gähnten Rechtecke wie die Fenster eines ausgebrannten Hauses. Die zwei echten Fenster aber, gut zwei Meter über der Erde, hatten die Mehrzahl der kleinen quadratischen

Scheiben behalten. Hoch oben, im Dachgebälk über unseren Köpfen, von Rauch und Dunkelheit verhüllt, ließen sich schemenhafte Figuren erahnen.

Ich suchte in der Tasche, fand aber keine Zigaretten. Wasyl reichte mir ein Päckchen. Ich nahm eine. Sie war feucht. Ich hielt sie ans Feuer und drehte sie zwischen den Fingern, bis sie eine harte, knisternde Konsistenz bekam.

«Woher hast du Popularne?» fragte ich.

«Weiß nicht.»

Sie hatte einen angenehmen scharfen Geschmack. Dunkler Tabak ohne Filter. Ich nahm ein paar Züge und gab die Zigarette an Gąsior weiter. Er nahm sie und rauchte, den Blick im Feuer. Er hatte ein rotes Gesicht. Er rauchte, bis der Stummel ihm die Finger verbrannte. Er wickelte sich fester ein und stützte das Kinn auf die Knie. Wasyl ging wieder mit dem Feuerzeug in die Vorhalle.

«Ich habe, glaube ich, eine Taschenlampe», sagte ich, er aber kehrte nicht um, sondern begann, zerbrochene Bretter in die Kirchenmitte zu werfen, er riß sie irgendwo mühelos ab, schleuderte eins, dann noch eins, bis sich ein großer Haufen gesammelt hatte. Dann kam er zurück, legte im Feuer nach und zog ein langes, breites Brett aus dem Stapel, aus dem er einen Sitz bastelte. Ich zog den Reißverschluß meiner Jacke auf. Mein Schal war weg. Ich mußte ihn verloren oder liegengelassen haben. Gąsior neigte sich zur Seite. Er hatte die Augen geschlossen.

«Gib mir die Lampe», sagte Wasyl. Wieder verschwand er draußen in seinem Eldorado und kam mit zwei breiten Brettern zurück. Sie waren hellblau mit einem gelben Streifen am zerbröckelten Rand.

«Er muß ein bißchen Schlaf bekommen.» Er legte die Bretter ans Feuer, dann zwangen wir Gąsior, sich in zwei Schlafsäcke packen zu lassen. Unter den Kopf bekam er Unterhosen und Schuhe. Den Pullover nahm Wasyl und zog ihn über. Er trug nur ein Hemd unter der Jacke.

«Wir halten Wache», sagte er.

«Was? Damit sie uns nicht im Schlaf überraschen?»

«Ach hör auf. Jemand muß nachlegen. Wenn du willst, schlaf. Ich habe keine Lust.»

«Ich auch nicht. Ich werde mit dir sitzen.» Wir lachten leise.

«Sitzen, genau», erwiderte er.

«Tod oder Leben, comendante, nicht?»

«Si, señor. Vida o muerte.»

Wir lachten wieder. Ich sah ihm in die Augen.

«Hast du Angst?»

Er reichte mir eine Zigarette.

«Jetzt nicht mehr. Glaube ich», er hob ein glühendes Holzscheit. «Jetzt, glaube ich, nicht mehr. Dort oben habe ich noch Angst gehabt. Daß ich noch irgendwas tun müßte. Aber jetzt... Jetzt muß ich nur Holz nachlegen. In zwei Stunden wird der Morgen dämmern. Weißt du, ich habe ein bißchen Kaffee im Rucksack.»

29

Ich zog die Uhr vom Handgelenk und schob sie in die Hosentasche. Soll sie in meinem Körper ticken, dachte ich. Soll sie ticken, zusammen mit jener gehässigen Uhr, mit der ein Jemand uns das Leben versüßt hat, vermutlich, damit wir nicht überschnappen. Ich wollte nicht alle Augenblicke auf das Zifferblatt gucken, auf diese armseligen Fragmente, diese Splitter eines Kreises, der dummen und zufälligen Ereignissen den Anschein einer sinnvollen Kette verleiht, die uns fesselt, und ehe wir uns versehen, sind wir zu Hofhunden ge-

worden. Sollte Wasyl das als erster entdeckt haben?
260 Schon damals, vor langer Zeit, als wir uns auf banale
und quälende Art vergnügten? Jetzt hatte er es in diese
Worte gefaßt: «Ich hatte Angst, daß ich noch etwas tun
müßte.»

Er hatte Zeit genug, das alles zu verstehen, während er lange durch die Fluchten seiner Wohnung spazierte, zwischen der grünen, sanften Unordnung des Parks im Osten und der entfernten Skyline der Stadtmitte, deren vereinzelte Hochhäuser aussahen wie Schornsteine, die aus einer Brandstätte ragen – das war der Blick aus dem Fenster nach Westen. Das gemessene Knarren des Parketts verstummte dort, wo der Boden mit einem Teppich oder einem Flechtwerk aus exotischen Fasern bedeckt war. Er hatte immer mehr Zeit, wir dagegen immer weniger. Vielleicht hat ihn diese ungeheure Anzahl von Sekunden, die in der großen Wohnung, in den kubischen Räumen eingeschlossen war, so sehr interessiert, daß er ihre Eigenschaften zu studieren begann, oder er tat es aus Langeweile, vielleicht aus Überdruß. Sie streiften ihn unablässig, berührten seine Hände, sein Haar, man konnte sich nicht von ihnen befreien. Sie waren in der Küche, die Dampfschwaden über der Badewanne konnten sie weder verschlucken noch vernichten, sie vermischten sich höchstens mit ihnen und machten sie dadurch noch stofflicher. Eine Masse Zeit. Weder der Wasserdampf noch die Klänge der Musik aus dem silbernen Phillips, der im östlichen Zimmer stand, kamen gegen die Stofflichkeit der Stunden, Tage, schließlich Jahre an.

Zimmer, Flur, zweites Zimmer, in das eine, in das andere, unterwegs vorbei am Eingang zur Küche, zum Bad und einem weiteren Zimmer. – «So gehe ich stundenlang», gestand er mir einmal. «Ich mag das. Weißt du, die Aussichten aus den beiden Fenstern sind so unterschiedlich. Das ist beinahe wie eine Reise.»

Wir saßen in dem Parkzimmer, das heißt, ich saß, er stand barfuß, im weißen, fast knielangen Hemd, mit dem Hintern ans Fensterbrett gelehnt. Eine Platte drehte sich, hatte schon lange ausgespielt, aber die Automatik war defekt. Wir rauchten, der Qualm floh aus dem offenen Fenster, und wir waren beide dreißig. Der Abend begann. Das Telefon im Flur klingelte. Wasyl ging abheben, und ich hörte, wie er mit dem Apparat ins andere Zimmer, das westliche, ging und die Tür hinter sich schloß. Als er zurückkam, war es fast dunkel.

«Laß uns irgendwohin gehen», sagte ich. «Ich hab ein bißchen Knete dabei.»

Er schwieg einen Augenblick, als zögerte er oder legte sich eine Lüge zurecht, schließlich sagte er ganz einfach nein, heute könne er nicht. Auf diese Weise verteidigte er die zerbrechliche Welt, die er sich in der von uns hinterlassenen Leere aufgebaut hatte. Er verteidigte sie schüchtern, um etwas Eigenes zu haben, um es durch die Verteidigung ins Leben zu rufen. Eine Seifenblase, vor die er sich mit entblößter Brust hingestellt hätte.

Ich hatte einen schlechten Tag und brauchte Gesellschaft.

«Kannst du das nicht verschieben?» fragte ich.

«Nein», und dann, nach langer Pause, als die so plötzlich materialisierte, schwere Stille nach diesem «Nein» verklungen war, fügte er sanfter hinzu: «Ich habe schon genug verschoben. Jetzt kannst du mal was verschieben.»

Langsam ging ich die Treppe hinunter. Stufe für Stufe. Unten an der schweren Eisentür kam ein ganz junger

Knabe an mir vorbei. Er sah mich an, senkte rasch den Blick und lief mit leichtem, zierlichem Schritt nach oben. Ich betrat die schmale, leere Straße. Die Zeit ist Leere, dachte ich, aber sie ist auch eine Art Materie. Die Stadt war nur eine Variante von Wasyls Wohnung. Weder besser noch schlechter.

Ich schnitt die Kreuzung und ging die Belwederska entlang. In dieser Kneipe Zum Meeresauge trank ich billigsten Brandy und hatte seinen Geschmack noch auf der Zunge, als ich den dunklen Park bergauf ging. Ich ging ziellos, so dachte ich jedenfalls. Ein Betrunkener torkelte mir entgegen. Er wollte etwas sagen, aber seine Beine trugen ihn von selbst die Allee hinab. Die Heineken-Kneipe leuchtete im Gesträuch wie die Titanic zwischen Wasserpflanzen. Ich kam auf die Puławska. Die Menge beleckte mich kaum, denn ich tauchte sofort in die Madalińskiego ein. Ohne daß ich es gewollt hätte, kam ich vor Gąsiors Haus. Die Mansardenfenster waren dunkel. Gąsior war mit seiner Frau in Schweden. Anders als Regres waren sie nicht auf das Gold von Lappland aus. Sie verdienten Geld auf sichere und effektive Art. Ich hatte keine Ahnung, wie. Ich hatte sie sehr lange nicht gesehen. Ich verdiente auch Geld, weil ich keine andere Beschäftigung finden konnte. Genauso sinnlos hätte ich in den Bus oder ein Taxi steigen können, dachte ich, ans andere Ufer des Flusses fahren und meine eigenen Fenster angucken können. Sie waren erleuchtet, aber das hatte keine Bedeutung. Auch dort hätte ich auf dem Bürgersteig fünf Schritte auf und ab gehen und in Ruhe eine Zigarette rauchen können. Aber ich tat es nicht. Ich wußte, das konnte ich immer noch.

Ohne Absicht bog ich in die Niepodległości und ebenso unabsichtlich in die Rakowiecka ein, um wieder in die Puławska zu kommen und in die Marszałkowska zu schlüpfen, in der die Menschenmenge mich nicht störte. Im MDM kippte ich einen Korn und zog weiter. Die Fenster des Kleinen waren hell. Aber ich trat nicht in das runtergekommene Treppenhaus, auch nicht in den Fahrstuhl, der ständig auf und ab fuhr, ohne anzuhalten. Ich hatte keine Lust. Ich rauchte nicht gern im Bad und ertrug ungern die schweigenden, hektischen Durchmärsche durchs Zimmer, dies hingeworfene «Du weißt, du mußt morgen früh aufstehen». Ich wußte auch gar nicht, ob der Kleine zu Hause war, und jemanden anzurufen, der das Telefon abgestellt hat, war ein sinnloses Unternehmen.

Die Leute ringsum kauften und verkauften in einem fort. In der Unterführung lagen die einen im Sterben, andere eilten nach Hause. Vor dem Hotel kam ich wieder an die Oberfläche. Die Taxifahrer lehnten an ihren Fahrzeugen und sahen sich nervös nach allen Seiten um. Ich tauchte in die Aleje ab. Hinter der Krucza dünnte die Menge etwas aus, hinter dem Nowy Świat war es schon fast menschenleer. Das KZ lag strahlendweiß wie die Nachhut der Helligkeit, denn dahinter erstreckte sich nur noch Nacht, Nacht bis ans andere Flußufer. Die Lichterreihe an der Poniatowski-Brücke erinnerte an einen Reißverschluß, mit dem jemand den dunkelblauen Himmel zugezogen hatte. Ich betrat die Brücke und kam an dem quadratischen Turm vorbei. Der schmale Fußgängersteig lief perfekt geradeaus. Das Wasser hatte eine schwarze ölige Farbe. Die Autos rasten halsbrecherisch. Mir fiel das Lied «Nicht für mich die Schnur der Autos und der bunten Lichter Sterne sind» ein, das einzige Lied, das ich aus dem Mund meiner Mutter gehört hatte, als sie noch jung war. Oder doch nur aus dem Radio? Ich blieb mitten über dem Fluß stehen. Ich wandte den Blick nach Süden. Das Stahlgeländer zitterte. Das Heulen der Autos, das Dröhnen der Straßenbahnen formten zusammen

mit der Dunkelheit und dem quecksilbrigen Licht eine riesige, geometrisch perfekte Kuppel, deren höchster Punkt genau über meinem Kopf, am Himmel, lag. Ich warf einen Blick nach links, nach rechts. Keine Menschenseele weit und breit. Das hellgraue Band des Bürgersteigs verengte und verengte sich, bis es zu einer dünnen Linie zusammenlief und sich an den Rändern der Brücke verlor. Ich nahm die Hände vom Geländer und ging weiter. Die ersten Menschen sah ich am Kreisverkehr. Ich überlegte, ob ich durch den Park oder die Waszyngtona gehen sollte. Ich nahm die Straße, denn an der Międzynarodowa war so eine kleine Kneipe, in der ich im Vorbeigehen einen kippen konnte. Ich trank einen einfachen rumänischen Brandy. Er hatte einen seltsamen Kräutergeschmack. Ich überquerte die Straße und betrat die Ausläufer des Parks, seinen äußersten Rand, ein Anhängsel mit jungen Bäumen und weiten Rasenflächen. Ich fand einen Steg über den Graben und kam an der Stanisława-Augusta neben dem Parkplatz in der Grochowska wieder hinaus. Ich machte einigen Typen Platz, die die Kobra verließen, schlüpfte hinein, rief die blonde Barfrau an die Theke und bestellte einen Wodka Stolitschnaja.

Die Grochowska war fast menschenleer. Die Sechs fuhr nach Gocławek. Die ganze Straße war in fades, rosiges Licht getaucht. Die Funken der Straßenbahnen blitzten wie Raketen. Vor der Mulatka beratschlagten zwei Säufer. Sie betraten das Geschäft an der Ecke, wo es immer Obstwein gab. Ich bog in die Podskarbińska ein. Das Kino stand verlassen und dunkel wie die Grünanlage auf der anderen Straßenseite. Ich verlangsamte meinen Schritt. Im zweiten Stock, hinter grünen Vorhängen, brannte Licht. Ich nahm eine Zigarette. Die Streichholzschachtel war leer. Eine Weile stand ich da und drehte das letzte, abgebrannte Stückchen Holz zwischen den Fingern. Ich ging in die Grochowska zurück. An der Bushaltestelle grub eine erschrockene Frau lange in ihrer Handtasche, ehe sie ein Feuerzeug fand. Die Linie F kam gerade, deshalb streifte die Flamme kaum die Spitze der Zigarette. Ich ging in Richtung Wiatraczna. Im Säulengang fand ich einen Fernsprechautomaten. Er funktionierte. Den Chip bekam ich von einem Alten, der sein Gespräch gerade beendet hatte. Ich wählte Wasyls Nummer. Lange hob er nicht ab.

«Kann ich vorbeikommen?» fragte ich.

«Jetzt?» konnte ich mit Mühe verstehen.

«Ja. So in einer Stunde. Ich kaufe unterwegs was ein.» Jemand ging vorbei. Ein kleiner Hund sprang mich kläffend an. Die Leine riß ihn zurück.

«Was sagst du? Ich hab nichts verstanden. So ein Köter...»

«Hör mal. Heute nicht. Tut mir leid, mußt du verstehen.»

Ich wartete, bis er auflegte. Das dauerte sehr lange, denn er wartete vermutlich auf das gleiche.

Die Zeit also war Leere und eine Art Materie zugleich.

Ich glaube nicht, daß die Lektion, die ich an diesem Abend bekam, beabsichtigt und geplant war. Er handelte nicht vorsätzlich, und der Wunsch, jemanden zu verletzen, war ihm völlig fremd. Er war immer der Verletzte, und er litt dann gewiß mehr als ich mit meinem leeren, verschissenen Abend. Er saß in dieser hastig aus Bruchstücken zusammengesetzten Welt, er wußte, wie zerbrechlich und unecht sie war, nur eine Erwiderung, eine ferne traurige Abspiegelung unserer Welten, hoffnungslose Konstruktionen aus Angst und Verzicht.

Meine mehrstündige Wanderung. Welches Gewicht besaß sie, verglichen mit seinen endlosen Gängen durch die leeren Zimmer, wenn niemand ihn besuchte und das Telefon die umgekehrte Version unseres Gesprächs vom Abend wiederholte. Stunden, die von Fall zu Fall angeboten wurden, Augenblicke, in denen unsere Köpfe ohnehin mit etwas ganz anderem beschäftigt waren, mit jener scheinbaren Vielfalt der Welten, die sich immer in der gewöhnlichen Praxis langweiliger und als unabdingbar, als lebens-, ja erlösungswichtig geltender Tätigkeiten offenbarte. Wie weich war der Schild, mit dem er sich zu schützen suchte. Weich und edel zugleich im Vergleich zu unserer trivialen Schale, in der wir wuselten wie ein Insekt. Der Solidität unseres stumpfen Lebens, das keine Fragen stellte, setzte er brüchige Bemühungen entgegen. Jene Knaben, die in der Dämmerung erschienen und morgens weghuschten, um ihn in doppelter Leere zurückzulassen: volle Aschenbecher, leere Rotweinflaschen, der Plattenspieler mit kaputter Ausschaltautomatik, das Knacken der Platte in der letzten Rille, die nichts als Stille spielte.

«Wasyl, warum spielst du nicht mehr?» hatte ich ihn einmal gefragt.

«Ich kann es nicht mehr», antwortete er teilnahmslos. Gleich darauf bereute ich diese Frage, schließlich hatte er das Spielen schon seit längerem aufgegeben, und dieses langsame Aufhören hatte begonnen, als wir das erste Mal in sein Haus gekommen waren, auf diesem Pfad durch silberne Fichten. Unser Erscheinen hatte jedesmal die Musik unterbrochen, so als wären Räuber auf einem Ball erschienen.

Sie verstummte, entfernte sich, der Flügel wurde zu einem absurden, unnützen Möbel, schon ein blödes Glas hinterließ Ringe auf der Politur. Später kümmerte uns nicht einmal das mehr. Besonders nachdem seine

Mutter gestorben war. «Endlich Platz für Feten, was?» Damals gelang es ihm, neu anzuknüpfen. Eigentlich begann alles noch einmal von vorn. Die Zeit war ein bißchen zurückgedreht. Unsere Vergnügungen waren etwas mörderischer, aber in einem gewissen Sinne kamen wir zum zweiten Mal das erste Mal in sein zweites Haus. Es war etwas weiter zu fahren. Straßenbahn, Bus, schließlich wurden wir größer, also schrumpfte die Stadt, kein Problem.

Wie hat das alles gutgehen können? Wie durch ein Wunder starben wir nicht am Alkohol, an Zigaretten und Schlaflosigkeit, als wir nach dem Abschluß all der beschissenen Schulen für Wochen, ja Monate in den drei Zimmern kampierten. Unsere Körper machten mit und verlangten nach mehr. Wasyl spazierte über dieses Schlachtfeld wie ein gutmütiger Feldherr und betrachtete entzückt unsere Ohnmacht, unsere Entkräftung, die uns ständig in seiner Nähe hielt. Wir gingen, kamen, bisweilen suchte jemand intensiveren Kontakt zur Wirklichkeit, beugte sich der Verzweiflung seiner Mutter, suchte Arbeit, fand sie und gab sie wieder auf. Ja, das war das einzige Arbeiterwohnheim mit einem Flügel. Gąsior klebte Plakate, der Kleine war Fensterputzer, ich Bote – ganz romantische Tätigkeiten, niemand gedachte in die Fußstapfen seines Vaters zu treten. Ich weiß selbst nicht, vielleicht war ich Fensterputzer und Gąsior Bote? Was soll's, wir putzten ja auch Waggons, lasen Zähler bei den Leuten in der Wohnung ab, malochten auf zivilen und kirchlichen Baustellen, fuhren als Begleiter mit Reis- und Zuckersäcken, alles ein, zwei Monate lang, immer zwischen zu Hause, Wasyl und dem Rest der Welt, die ganze Zeit in Bewegung, nicht anzutreffen, aufzuspüren, unsichtbar und unfaßbar, hungrige Seelen und unzerstörbare Leiber. Manchmal verschwand jemand für länger, schließlich war die Welt voller mehr oder weniger ernsthafter Gżankas, es gelang uns sogar, manche davon in unser Lager zu locken, sie fanden aber meist keinen Gefallen an der Atmosphäre oder waren deprimiert, daß sie in der Minderheit auftraten, das heißt eine gegen alle. Wir gingen nämlich allein auf Jagd, abwechselnd, nie verschwanden wir alle drei, damals noch nicht, und wenn einer weg war, schlossen die übrigen sich in Verachtung und Eifersucht zusammen.

Wie waren diese Fäden miteinander verknüpft? Wie bei einem unerhört strapazierfähigen Gewebe in hundert Farben. Schuß und Faden, Zufall und Chaos. Es schien, als wäre er, Wasyl, das einzig beständige Element. Er harrte unbewegt im Zentrum der Wirrsal aus und wahrte das Gleichgewicht. Vielleicht stimmte es ja, vielleicht wären wir ohne ihn auseinandergestoben, im fremden und feindlichen Chaos untergegangen. Er war da, er war einfach da. Eigentlich ging er nie aus dem Haus. Wenn er es tat, dann nur ungern, wie in Vorahnung sämtlicher Listen und Tücken der Welt. Er absolvierte sein Lyzeum und strich die Realität. Er wischte sie aus. Es ist unerhört, aber er hatte einfach nichts zu tun. Manchmal fuhr er zu seiner Tante nach Krakau, um ihr ein paar Lügen zu erzählen und ein bißchen Knete lockerzumachen, die er eigentlich nicht brauchte, denn seine Mutter hatte gut für ihn gesorgt. Er kam mit Geld und Anekdoten von einer verrückten Frau zurück, die sich mit einem Porträt von Marschall Piłsudski unterhielt und am 1. Mai und am 22. Juli schwarze Rollos herunterließ.

Manchmal schleppten wir ihn mit Gewalt in die Stadt, in die Nacht, ins Getümmel und ins Chaos der Ereignisse, die wie Narkotika wirkten, solange sie dauerten. Er aber leistete Widerstand, als hätte er Angst vor einem Raum, in dem sich fremde Menschen bewegen. Ähnlich war es, wenn wir alte Kumpel mitbrachten, die er nicht kannte. Majer, Regres, wer immer, er machte sich sofort starr wie ein vom Hund beschnüffelter Kater und stellte Fragen der Art wie «Was trinken sie wohl, Kaffee oder Tee». Wir kommen aus der Wohnung, und Uriasz sagt: «Die Bude ist in Ordnung, aber Wasyl sollte 'n bißchen relaxen.» Wir sagten nichts, und das lief darauf hinaus, daß wir einfach die Räume okkupierten und den Inhalt mit in Kauf nahmen.

Er blieb und wartete auf unsere Rückkehr, heute, morgen, in drei Tagen oder nie.

Der Becher, in die Glut geschoben, dampfte, aber das Wasser wollte nicht zum Sprudeln kommen. Ich schüttete Kaffee hinein und wartete, ob er nicht endlich zu Boden sinken würde. Gąsior schlief wohl. Manchmal drehte ich mich mit dem Rücken zum Feuer, denn der Frost kroch mir über den Nacken. Ich drehte mich wie auf dem Grill. Ohne die herausgerissene Tür wäre es etwas wärmer gewesen. Wie in diesem Sibirienwitz, wo der Typ morgens aufsteht und sich vor Freude die Hände reibt, weil das Thermometer nur – 25 °C zeigt. Oder war das gar kein Witz? Jedenfalls hatte ich die Pointe vergessen. Unter dem hohen Gewölbe störte wenigstens der Rauch nicht. In dem Dach, das an das Innere einer Pyramide erinnerte, konnte ich menschliche Silhouetten ausmachen. Unser Vater Adam ruhte ausgestreckt, auf den Ellbogen gestützt, und zeigte mit der anderen Hand nach oben, ins Dunkel, das gewiß Himmel und Schöpfer in einem war. Im lebhaften und launischen Feuerschein wurde der Leib beweglich, die Hand hob sich und senkte sich wieder, so als stieße der Urvater die dräuenden Himmel von sich oder fragte: «Was tat ich Dir, daß Du mich schufest», als legte er sich schon nach dem ersten Atemzug mit Gott an, ahnte schon, wie das alles enden würde. Sein nackter Leib hatte einmal eine graubraune, unidentifizierbare Farbe, dann wieder entflammte er in flimmerndem Rot, lebendig, heiß und blutend. Der Lehm brannte im Feuer aus, aber statt hart zu werden, zeigte er alles, was wehrlos und empfindsam an ihm war.

Als ich meinen Rücken etwas auftauen fühlte, wandte ich mein Gesicht zum Feuer. Jetzt konnte ich, wenn ich den Kopf hob, Kain und Abel sehen. Zwischen ihnen geisterte eine undeutliche Gestalt, bestimmt eine Rauchsäule, die zum Himmel stieg. In dieser Dunkelheit waren sie durch nichts zu unterscheiden. Eigentlich hätte die Geschichte auch ganz anders ausgehen können.

Wasyl legte im Feuer nach. Er tat es bedächtig, suchte für jedes Scheit, jeden modernden Splitter eine Stelle. Er ordnete das Holz zu einem komplizierten Bau an. Wenn etwas abrutschte, legte er es wieder zurecht, stellte die Ordnung wieder her, keine Abweichung vom Plan. Brettchen neben Brettchen, dann über Kreuz, und so weiter, bis etwas in der Art eines Brunnens oder Turmes entstand. Dann nahm er längere Stücke, lehnte sie schräg gegen den oberen Rand des Bauwerks, so daß das Ganze in ein Zelt oder eine Pyramide eingeschlossen war. Die Konstruktion hielt wenige Minuten, dann fraßen die Flammen sie von allen Seiten an, bis sich alles in einen Trümmerhaufen aus roten und schwarz werdenden Kohlestückchen verwandelte. Dann begann er die ganze Arbeit von neuem. Er bereinigte das Trümmerfeld, glättete den Gipfel und baute seinen Turm zu Babel wieder auf, der allerdings immer mehr einer lodernden Sanduhr glich, deren Sinnlosigkeit es mit der Zeit aufnehmen, sie vernichten, sie zum Narren halten sollte.

«Erinnerst du dich an das Wolfsecho?» fragte ich.

Er hob den Blick. In den tränenden Augen spiegelte sich der rote Schein. Die Ränder der unteren Lider, wo das Wasser sich sammelt, glänzten.

«Was hast du gesagt?»

«Ich habe gefragt, ob du dich an das Wolfsecho erinnerst, diesen Film.»

«Klar.»

«Weißt du noch, wie Bruno O'ya mit Irena Karel in den Ruinen der griechisch-katholischen Kirche sitzt?»

«Sicher.» Er überlegte eine Weile. «Aber das war im Sommer. Ja, im Sommer.»

«Und sie hörten die Wölfe heulen, wie der Titel sagt.»

«Das ist Unsinn. Die Wölfe sollten im Winter heulen. Im Sommer macht das Geheul überhaupt keinen Eindruck.»

«Ja», stimmte ich zu. «Und weißt du noch, was für eine Pistole O'ya alias Słotwina hatte?»

Er runzelte die Stirn, schob die Mütze vor und zurück, zerknüllte sie auf dem Kopf, schnalzte mit der Zunge.

«Warte, warte, gleich... ich hab's. So eine wie Janek aus den Panzerfahrern. Eine Mauser. Sehr revolutionäre Waffe. In den russischen Western trägt jeder Kommissar eine Lederjacke und so einen Prügel.»

«Oder einen Trommelrevolver. Und wie hieß Perepetschko? Schnell!»

«Aldek Piwko!»

«Und welche Nationalität hatte Ryszard Pietruski? Drei Sekunden...»

«Ukrainer natürlich! Grausam, bösartig und feige dazu.»

«Drei Punkte. Weshalb wollten sie nach Stettin? Na?»

«Weil das am weitesten war.»

«Und was war wirklich furchtbar? Hier hast du Be-
 denkzeit.»

«Was kann da schon furchtbar gewesen sein. Ist doch eine Komödie. Nein, warte, warte... Weißt du, wie O'ya mit diesem Bösewicht im Bunker sitzt? Rauch, alles brennt, und die Überreste dieses Kerls liegen unten in dem Schacht?»

«Ja.»

«Dort konnte man nichts erkennen, in diesem Schacht, und deswegen war das irgendwo so, brrr. Und dann diese Fresse in der Gasmaske. Ich erinnere mich bis heute. Und dann noch der mit dem gestreiften Hemd. Er hatte eine fürchterliche Visage.»

«Ich fand gut, wie O'ya mit dem Gummischlauch geprügelt wurde. Hübsches Geräusch.»

Irgendwann kochte der Kaffee doch. Ich steckte einen Stock durch den Henkel und zog den Becher von der Glut. Er war voller Asche, Krümel und Kohlestückchen aus Wasyls Bauwerk. Gąsior bewegte sich in seinem Gelump. Er rollte sich zusammen.

«Vielleicht tragen wir ihn etwas weiter weg», sagte ich. «Sonst brennt noch der Schlafsack an.»

«Laß ihn. Soll er schlafen.»

Bandurko stand auf, suchte ein Brett und begann, die Glut von dem gelbvioletten Kokon wegzuschieben.

«Soll er schlafen. Soll er wenigstens ausschlafen.»

«Spielen Sie weiter, Kandidat?» fragte ich.

«Verdammt kalt, wenn man seinen Platz verläßt.»

«Das kommt von der Tür. Wenn eine da wäre, würde sich's aufwärmen.»

«So zieht wenigstens der Rauch ab.»

Ich versuchte, den Kaffee zu trinken. Nur rostige Nägel hätten noch gefehlt. Aber er war angenehm heiß in Hand und Mund. Ich zerkaute kleine Aschebröckchen. Sie hatten einen schmierigen, weichen Geschmack.

«Ich frage mich, wo auf der Welt jetzt der Morgen graut. Aus welcher Richtung das kommt. Aus Osten, was? In Moskau wird's bestimmt schon hell.»

«Keine Ahnung, Wasyl.»

30

Ja. Dieses Morgengrauen rückte uns näher. Es kroch. Ich konnte mir eine große Landkarte oder den Globus vorstellen, über den die Grenze zwischen Licht und Dunkelheit zog. Wie das Rasiermesser, das den Schaum von der Wange streift. Das immer weitere Meridiane, Städte, Dörfer und einzelne Menschen bei ihren unanständigen Geschäften, bei der Liebe oder einfach beim Umherirren in der Dunkelheit entblößt, sie auf halbem Schritt ertappt, plötzlich und ohne Vorwarnung. Die einen freuen sich, andere huschen in ihre Löcher oder jagen der entfliehenden Schwärze nach, um sich noch eine Weile in ihr zu verbergen. Die Geografielehrerin demonstrierte uns das anhand eines Globus und einer Lampe an einem biegsamen Metallarm. Wir haben wohl sogar die Fenster zugezogen. Ich hätte nicht geglaubt, daß ich dieses Experiment noch einmal so deutlich miterleben würde. Der Tag war tatsächlich eine hauchdünne Grenze, eine Schneide, die in unsere Richtung zog. Diese Schneide sollte alles von uns abschaben, was bisher gewesen war. Genau wie ein Rasiermesser auf der Haut. Ich konnte mich nicht losreißen von all den Orten, Städtchen, aus denen dieser Besen die Finsternis fegte. Kleine Diebe stopften eilig die Säcke voll, Mörder flohen die erkaltenden Leiber. Ich sah dieses Zittern unter Millionen Bettdecken, das Hämmern der Herzen von Menschen, die früh zur Arbeit aufstanden, wütend oder verbissen, alle in der einen Hoffnung, diesmal möge es nicht so kommen, diesmal möge die Nacht dauern und dauern, etwas an der Himmelsmechanik möge kaputtgehen. Der Schrekken der blauenden Dunkelheit, das Stigma von Monotonie, Wiederholbarkeit und allgemeinem Wahn. Die scharrenden Pantoffeln des Vaters, die Geräusche im Bad, das so kalt, unmenschlich und weiß war, wenn das Schwarz aus den Fenstern wich und Blau sich auf die Scheiben legte, eine Farbe, eisiger als alle anderen.

Dabei war das ja auch weder Monotonie noch Wiederholbarkeit, eigentlich gab es keine Abfolge von Tagen, es war ein und derselbe Tag, die weiße Schneide schälte die Erde, immer wieder dieselbe Erde unter derselben Sonne. Schälte sie wie einen Apfel. Unsichtbare Schalen mußten abfallen und in der Leere des Kosmos kreisen. Immer neue Schichten desselben Tages, derselben 24 Stunden. Also hatten auch wir uns seit Anbeginn der Welt nicht verändert? Und das Krähen des Hahnes in dem Dorf hinter Berg und nächstem Tal war der Hahnenschrei, den Petrus gehört hatte? Und meine Angst? War sie nicht verwandt mit jener Angst und dem Ekel, wenn ich aufstehen, ins Bad gehen mußte, wo noch der Geruch der väterlichen Rasiercreme hing, und im Waschbecken Tröpfchen weißen Schaums mit schwarzen Bartstoppeln fand, wenn ich in die Kälte hinausmußte, und dann in diese eisige Realität des frühen Morgens, die alle vergangenen Realitäten wiederholte und alle künftigen ankündigte bis in alle Ewigkeit?

Das war Lebensunlust. Unlust auf einen Tod, der löffelweise verabreicht wurde, reingestopft wie Milchbrei dem widerspenstigen Kind. Ein paar Unbequemlichkeiten, nichts weiter. Ein bißchen Abscheu.

Ein häßliches, kleines Gefühl. In Kazan wurde es bestimmt schon Tag. Milchbrei, dachte ich.

Wasyl war auf seine Bauklötzer zurückgekommen. Vielleicht beschäftigte er sich lieber mit dem Raum? Der ist immer faßbarer, er läßt sich einigermaßen in den Griff bekommen. Man kann irgendwo von oben herunterspringen. Kann sich eine Handgranate in den Arsch stecken und sich im Raum verteilen. Auch ich versuchte, auf etwas zurückzukommen. Der zickzackgerillte Schneeabdruck eines Schuhs lag direkt am Feuer und dachte gar nicht daran zu tauen. Das freute mich so wie eine stehende Uhr. Vielleicht war doch etwas stehengeblieben. Vielleicht war der Frost so streng, daß er die Luft hartgeschmiedet hatte, die nun die ganze Erde und mit ihr die Stratosphäre und den ganzen Kosmos im Griff hatte, unbewegt das Weltall. Und alles steht still. Wiederholt ein und dieselben Tätigkeiten oder verharrt regungslos. Ich sitze immer hier, Wasyl baut immer seine Konstruktion, und die Leute, die uns kriegen wollen, tun immer den einen Schritt, wie bei dieser Trickaufnahme in der Fußballübertragung, und wenn die Temperatur noch weiter fällt, verzichten sie sogar auf diesen Schritt und warten wie Eisskulpturen auf die Erwärmung. Aber ich konnte meine eigenen Gedanken nicht ertragen.

«Laß uns reden, Wasyl», sagte ich.

«Über Filme?» Er unterbrach seinen Zeitvertreib nicht. Er hielt nur einen Moment die Hand mit dem nächsten Holzstückchen still, um mich anzusehen.

«Über irgendwas. Meinetwegen auch über Filme.»

«Mir fällt keiner ein. Mir fällt überhaupt nichts ein. Blödes Gefühl. Ich denke an gar nichts.»

«Ich will nicht, daß du denkst. Reden will ich.»

«Langweilst dich, was?» Er steckte das Stöckchen an eine nur ihm bekannte Stelle, zog die Zigaretten heraus und warf mir eine hin. «Rauch eine. Tut immer gut. Verkürzt die Zeit», lächelte er spöttisch, aber dann kroch ihm dieses Lächeln vom Gesicht und machte einer verlorenen, schuldbewußten Grimasse Platz.

«Die Zeit», sagte ich gedankenlos. «Die Zeit verkür-

zen, die Zeit verlängern. Geht das? Und wenn es sie gar nicht gibt?»

«Wen?»

«Na, die Zeit.»

Er stieß gegen einen wichtigen Teil der Konstruktion, denn plötzlich rutschte alles weg, stürzte zusammen wie das Holzdach eines brennenden Hauses.

«Die Zeit?»

«Ja. Wenn es sie nicht gibt.»

Er ließ von seiner Spielerei ab, richtete den Blick auf einen Punkt neben mir und sagte:

«Dann gibt es gar nichts. Nichts ist passiert. Die Ereignisse stehen ganz am Anfang...»

«Und du bist nie geboren...»

«Und Rudy Griszka hat mir nicht das Bein gebrochen?»

«Nein, hat er nicht.»

«Und damals in der Nacht, weißt du noch, da hat Gąsior nicht dieses Mädchen mitgebracht, das sich im Bad erbrochen hat, und später war mein Geld weg. Weißt du noch, ich wollte nicht spielen, aber sie wollte auf dem Flügel tanzen, nackt.»

«Ja. Auch das hat es nicht gegeben, und Gąsior hat niemanden mitgebracht. Das Geld...»

«Ach laß. Ich hab es bestimmt verloren, oder verlegt. Ein paar Złoty, aber damals waren wir völlig blank.»

«Wir waren immer blank, Wasyl. Immer, so weit ich zurückdenken kann.»

«Und erinnerst du dich an jenen Morgen, als wir die Nacht durchgemacht hatten und in aller Frühe nach Siekierki fuhren? Der Bus kam durch ein Dorf, es war Frühling, denn hinter den Zäunen blühten die Bäume. Es war so früh, daß die Hochhäuser im Stadtzentrum, als wir schon über dem Fluß waren, noch fast schwarz dastanden, und als die Sonne aufging, irgendwo über Praga, sahen wir sie noch nicht, nur das Zentrum loderte schon goldrot, als stünde es tatsächlich in Flammen. Hat es das auch nicht gegeben?»

«Nein.»

«Schade. Das war schön. Ringsum so ein dunkles Grün, dunkles Wasser und dort am Himmel diese Helligkeit. Minutenlang. Dann kamen auch wir in die Sonne. Alles verschwand, und der Kleine zeigte uns diese Bruchbude, in der der letzte echte Sandmann wohnte. Er hatte zwei Boote und diesen Kahn, der weit draußen auf dem Wasser festgemacht war. Fürchterliche Bruchbude, sein Haus. Hütten, Hüttchen, alles überwachsen, und die Hähne krähten.»

«Ja. Eine Bruchbude, denn der Fluß hatte ihm ein paarmal alles überschwemmt, aber er wollte nicht hinter den Deich ziehen.»

«So vieles umsonst, für nichts und wieder nichts. Weißt du, meine Erinnerung gleitet jetzt ab. Worauf ich auch komme... Als hätte es nichts gegeben. Auch das nicht, als wir damals auf diesen Güterzug sprangen, der am Signal hielt. Wir wollten nach Danzig...»

«Und kamen bis Nasielsk. Dort stand er so lange, bis wir die Schnauze voll hatten. Vielleicht ist er gar nicht mehr weitergefahren.»

«Der Kontrolleur erwischte uns in der Elektrischen. Es war schon Nacht. Der Zug fast leer. Wir hatten Angst abzuhauen, obwohl der Kleine uns zuredete.»

«Das auch nicht?»

«Nein, Wasyl, das auch nicht.»

Er legte das Gesicht in die Hände und rieb es, als juckte es ihn oder als versuchte er sich wach zu reiben. Durch die Finger klang die Stimme gedämpft, verzerrt.

«Furchtbarer Gedanke. Alles umsonst, hätte genausogut nicht sein können. Es stimmt, daß wir uns nie bemüht haben, aber vielleicht hatte das ja einen Sinn... ansatzweise. Ich halte das im Kopf nicht aus. Es tut nicht weh, aber ich halte das alles nicht aus. Was haben wir 1980 gemacht?»

«Das Übliche. Nichts.»

«Und 81?»

«Auch nichts.»

«Zweiundachtzig?»

«Dasselbe.»

«83 lag Gąsior im Krankenhaus. Wir sprangen über den Zaun, um mit ihm zu reden. Er lag im zweiten Stock, und wir mußten laut sprechen. Der Hausmeister kam immer und verjagte uns.»

«Dann ließ er es, weil wir ihm zu trinken gaben.»

«Später hat er uns nicht wiedererkannt, und wir mußten ihm wieder was einflößen. Schließlich liefen wir im Dunkeln einem anderen in die Arme. Er rannte und rief die Bullen. Ein Abstinenzler, oder auf Entzug.»

«Gąsior meinte, auf Entzug.»

«Ja. Wir glaubten nicht an diese Bullen. Erst als Gąsior aus dem Fenster rief, eine Funkstreife kommt. Ich hab mir den Fuß am Zaun verstaucht.»

Er nahm die Hände vom Gesicht und sah mich mit zusammengekniffenen Augen an. Er runzelte die Stirn und biß sich unwillkürlich auf die Unterlippe. Er sah aus wie jemand, der sich zum Nachdenken zwingt. «Also wo ist das alles passiert, wenn wir daran nicht beteiligt waren, wo?»

«Vielleicht in unseren Köpfen, sonst müßte man sich ja zu Tode langweilen.»

«Das heißt aber, wir könnten alles auch ganz anders ordnen, nicht wahr? Etwas umstellen oder ganz austauschen. Dieser Kumpel von dir, Majer...»

«Ja. Majer.»

«Ja, also der wäre nicht verrückt geworden.»

«Nicht ausgeschlossen, daß er gar nicht verrückt geworden ist, daß er etwas anderes macht. Vielleicht ist er ein anständiger Kerl, hat ein Kind, ein Auto.»

«Und wir nicht. Nur Gąsior. Und der auch nicht mehr. Er sieht doch aus, als sollte er gerade geboren werden.»

Oder sterben, denn er lag so regungslos da, daß wir ihn völlig vergessen hatten. Er sah aus wie eine zusammengerollte, riesige Raupe. Dick und bunt. Wasyl beugte sich zu mir, und das Feuer beleuchtete jetzt sein Gesicht ein bißchen von unten, verwandelte es in eine rote Maske mit schwarzen Augenhöhlen. Er flüsterte fast.

«Hör mir zu. Wenn das alles wahr ist... mit der Zeit, daß es sie nicht gibt, dann können wir jetzt gehen. Wir gehen einfach raus und laufen vor uns hin. Verstehst du? Es wird nichts passieren. Wir gehen unten in dieses Tal, bis zu der Stelle, wo die zwei Gebirgsbäche sich kreuzen, und dann nach links, den Bach entlang, drei Stunden, bis wir auf die Straße stoßen, irgend jemand kommt bestimmt vorbei und nimmt uns mit. Hör zu...»

Seine Stimme wurde fieberhaft und hastig. Er beugte sich so weit vor, daß das Feuer sein Gesicht erreichte, aber er spürte nichts, keine Hitze, als hätten seine eigenen Worte ihn narkotisiert, hätten ihn in einen harten Panzer geschlossen, der alles ringsum als unwesentlich und unwahr abwehrte.

«Es sind nur drei, vier Stunden, und du hast recht, alles, was bisher war, gibt es nicht, es wird auch von jetzt an nichts geben, denn warum sollte sich plötzlich alles ändern. Es ist alles nur eine Sinnestäuschung. Wir mußten an irgend etwas denken all die Jahre, um nicht vor Langeweile zu sterben, man kann nicht in der Leere leben, es geht nicht, so haben wir gedacht, die Zeit füllt die Leere aus, sie verleiht den Ereignissen Sinn, ohne sie sind wir wie Tiere, die geboren werden und unverändert eingehen, weil es keine Zeit gibt, und weil es die Zeit nicht gibt, können wir gehen, nichts wird passieren, niemand wird uns aufhalten. Drei, vielleicht vier Stunden, und wir sind auf der Straße. Was sollen wir hier rumhocken, wir haben hier nichts verloren, wir kühlen aus, erfrieren, hier können wir lange warten, nichts geschieht. Was sollen wir sitzen, lieber aufstehen, abhauen, bis zur Flußgabelung und nach links, ein leichter Weg, unten im Tal entlang, nirgendwo hochklettern, keine Sträucher, eben wie ein Tischtuch. Du hast doch gesehen, der Schnee liegt nicht hoch, kaum bis zu den Knöcheln, untendrunter ist es gefroren. Husch, husch, und wir sind da. Ich kenne den Weg. Sogar Busse fahren dort. Drei, vier Stunden, und abends sind wir Gott weiß wo. Ich hab noch Knete. Hier oder dort, ist egal. Du hattest recht mit dieser Zeit. Ich hab das früher nicht verstanden, aber es hat mich immer verfolgt. Wie im Traum: du gehst irgendwohin und kommst nicht voran, weil sich alles mit dir bewegt. Hör mal…»

Sein Flüstern wurde zu einem Zischeln. Die Luft entwich aus ihm und trug die Worte gleich mit hinaus, vielleicht etwas wie ein Stoßseufzer, ein rasches Gebet, lieblos heruntergesagt, oder kurz vor dem Tod, um noch zurechtzukommen.

«Wasyl!»

«Was?»

«Hör auf. Gąsior kommt keine zehn Schritt weit.»

Er richtete sich auf. Die rote Maske war weg. Er sah mich aus dem Halbdunkel an, auf einmal sehr weit entfernt und sehr real.

«Gąsior? Wozu Gąsior? Ohne Gąsior. Ich weiß, daß er nicht wegkommt. Ohne Gąsior. Er schläft. Er ist nicht da. Wozu soll er sich quälen.»

In einem seltsamen Ton, als würde er mir etwas ganz Hirnrissiges vorschlagen, sagte er:

«Soll er schlafen. Ich weiß, daß er's nicht schafft. Drei, vier Stunden scharfen Fußmarsch. Lassen wir Gąsior hier. Wir legen Holz nach, viel Holz, damit er nicht erfriert. Es ist doch ohne Bedeutung, ob er geht oder hierbleibt, das weißt du selbst. Überhaupt hat das alles keine Bedeutung. Wir können alles tun. Denn wenn es so ist, wie du sagst, und es ist sicher so, dann sind wir frei, niemand braucht uns. Weder Gąsior noch die anderen, noch irgend jemand, und jetzt weiß ich, dazu bin ich in Wirklichkeit hierhergekommen, um das zu erfahren, ich war mir nicht sicher, Ehrenwort, ich habe darüber nachgedacht, konnte aber keine Antwort finden. Aber jetzt weiß ich es, und deshalb sage ich dir: Gehen wir hier weg, du wirst sehen, daß nichts passiert. Kein Schwein fragt danach. Versuchen wir es, solange es geht. Du hast recht, es war nichts, nichts ist passiert. Alles nur in unseren Köpfen, Phantome...»

«Geh doch», unterbrach ich ihn. «Geh allein. Du hast recht, geh allein. Du hast recht, es ist völlig egal, was wir tun. Deshalb geh. Ich habe einfach keine Lust. Geh, Wasyl.»

Da sah ich, daß seine Gestalt dunkler wurde. Das Feuer war nur noch ein Haufen roter Kohlen, aber Wasyls Silhouette verschwand nicht im Dunkel, sie wurde deutlicher, fast schwarz. Ich hob den Blick. Das Fenster blaute. Es war noch ein dunkles Blau, fast Tinte, aber das Innere der Kirche begann schon grau zu werden. Als hätte jemand Asche in der schwarzen Luft zerstäubt, als hielte die Nacht die Gegenstände und unsere Körper noch fest, während der Raum sich schon von ihr befreite.

Er hatte es schon bemerkt. Sein Kopf folgte meinem Blick. Er sagte nichts. Er saß da, schaute gebannt auf die mit jedem Augenblick heller werdenden Fensterscheiben und schwieg, als würde dieses langsame Eindringen des Lichts ihm die Worte in der Kehle zerdrükken, oder vielleicht war er nicht fähig, diese Worte aus der durchsichtigen Materie zu kneten, die unsere Gestalten wirklicher werden ließ. Vielleicht eignete sich die Durchsichtigkeit nicht für Geschwätz, waren die Worte zu schwer, um in etwas so Unfaßbarem und Widerstandslosem zu flattern wie der Luft der ersten Morgendämmerung. Ich stand auf und ging in die Vorhalle. In dem Halbdunkel, das schütterer war als im Kirchenschiff, fand ich ohne Schwierigkeit die Stelle, an der er die Bretter herausgerissen hatte. Auf der Erde, zwischen massiven Balken, die früher den Boden getragen hatten, lag eine Menge Holzmüll herum. Ich mußte nichts herausreißen. Ich sammelte einen Armvoll federleichter, vermoderter Scheite, fand ein hartes, trockenes Stück Rundholz und trug alles zum Feuer. Dann ging ich wieder zurück.

Dicht vor dem Eingang lagen Reste der Kirchenkuppel. Das blecherne Kuppeldach war wie eine Tiefseetauchkugel zur Hälfte vom Schnee bedeckt. Hier mußte einmal ein Zaun gewesen sein, denn gegenüber dem Eingangstor ragten zwei Pfosten mit einer Überdachung aus verrotteten Schindeln. Schlehdorn und die graugrünen, glatten Stämme junger Eschen bildeten eine wilde Hecke. Ich mußte ein paar Schritte gehen, um mich zu orientieren. Das Gotteshaus stand an einem Hang. Der Talgrund lag noch tief im Dunkel, die schwarzen Baumstämme waren undeutlich, in Bläue gehüllt. Unsere Spur lief dicht neben dem Friedhof nach oben. Die reifbedeckten steinernen Kreuze wirkten leicht und zerbrechlich. Ich passierte sie und kam ins Offene. Im Osten begann hinter einem langen, flachen Bergkamm der Himmel aufzuhellen. Das war noch keine warme, goldene Farbe, aber das Blau wurde schon lichter, fast weiß, wie geschmolzenes Silber. Zum Spazierengehen war es zu kalt. Ich kehrte zum Tor zurück. Eine kaum spürbare Wärmewelle schlug mir von innen entgegen. Ich blieb in der Vorhalle stehen und sah zu, wie die durch die Büsche schimmernde Landschaft mit jedem Augenblick weiter wurde, die Baumkronen an Schärfe gewannen und hinter ihnen immer neue und neue auftauchten, bis hin zu dem weißen Berghang und dem dunklen Streifen Wald auf seinem Gipfel.

Wasyl schlüpfte an mir vorbei und lehnte sich mit der Schulter an den Rest des Türrahmens. Er zog eine Schachtel Popularne. Ich nahm eine und steckte sie an seiner Kippe an.

«Schläft er?» fragte ich.

«Ja. Offenbar ist ihm warm.»

«Er war völlig fertig.»

Der Zigarettenrauch mischte sich mit den Atemwolken und roch nach nichts.

«Hier war ein Dorf», sagte Bandurko. «Daher soviel leere Fläche. Das waren alles Felder und Wiesen.»

«Gehst du?» fragte ich.

«Ja. Ich muß los. Bald geht die Sonne auf. Hier früher. Dort unten wird noch Schatten sein. Siehst du die fünf Bäume in einer Linie? Da führt ein Weg entlang. Jetzt ist er weiß und glatt, keine Spuren. Im Sommer kommt man nach einem Regen kaum durch. Lehm und Spurrillen von Lastwagen. Manchmal transportieren sie dort Holz. Aber nicht jetzt. Von Herbst bis Frühling ist es zugeschneit. Ein Tourist auf Skiern kommt mal vorbei, das ist alles. Weißt du, als ich im Sommer hier war, habe ich auch in dieser Kirche geschlafen. Ein Vogel lebte im Turm. Nachts hörte ich ein Flattern und so eine schrille Stimme, eine Art Quieken. Ich hatte ein bißchen Angst. Dort neben der Kuppel habe ich ein Feuer gemacht, aber geschlafen habe ich in der Kirche. Ich wollte sehen, wie das ist, nachts in einer leeren Kirche. Das war im Juni, die Nächte kurz, ich schlief erst ein, als es hell wurde. Im Dunkeln war dieser Raum zu groß. Ich fühlte mich wie... was weiß ich, als hätte ich irgendwo in der Luft, im schwarzen Himmel einschlafen wollen.»

Ich hörte ihm zu, konnte mich aber nicht von der Vision seiner kleiner werdenden Gestalt befreien. Ich sah, wie er diese hundert Meter bis zur Linie der Bäume hinabstieg, die er mir gezeigt hatte, wie er diesen verborgenen Weg fand, ein langes weißes, nur in seiner Phantasie existierendes Band, wie er darauf nach links ging und direkt gen Osten zog im pudrigen flachen Schnee und die Eiskruste unter seinen Füßen leicht knirschte, aber nicht einbrach. Er sollte unter meinen Augen zu einem Pünktchen, einem Stecknadelkopf schrumpfen, schwarz und endgültig vereinsamt, unterwegs ans Ende der Welt in seinem zierlichen, unbeirrten Marsch, mit den Händen fuchtelnd, keuchend, überzeugt davon, es werde ihm gelingen, dem eigenen Leben endlich und endgültig zu entwischen. Ich blinzelte, aber die Vision verschwand nicht. Er bewegte sich weiter in der Landschaft, die ihm ständig folgte, ihn einholte, schließlich überholte. Ein kleiner graugrüner Vogel mit einem Blutfleck auf der Höhe des Herzens, bis zu den Grenzen der Luft flatternd, in eine Leere, in der die Flügel keinen Halt mehr finden. Ich sah ihn im finsteren Wald verschwinden, als die Berggipfel schon von der Sonne erhellt wurden, wie er vorwärts ging in der Hoffnung, es werde ihm am Ende gelingen, er werde alle Fäden zerreißen, sich aus den Schlingen befreien, selbst um den Preis, alles, auch das Gedächtnis zu verlieren. Ich sah, wie er seine Weg- und

Flußgabelung fand, wie er unruhig in den Himmel blickte, ob die Sonnenstrahlen ihn nicht in eine Falle lockten, wie er zurückschaute, um beim Anblick der eigenen Spuren von Entsetzen gepackt zu werden, den Schritt zu beschleunigen und kleine Schneefontänen aufzuwirbeln, die schon bald, im vollen Licht des Morgens, glänzend und funkelnd seine Anwesenheit in dieser erstarrten Landschaft verraten würden. Dann würde er seinen grünen Lkw oder einen Bus kriegen, später in einen Zug steigen, der eine wahnwitzige, gewundene und nicht mehr zu verfolgende Strecke fuhr, um auf irgendeinem Bahnhof in Poznań, Lublin oder Jelenia Góra auszusteigen und im Glauben an seine Unsichtbarkeit mit gerecktem Kopf vor dem riesigen gelben Fahrplan zu stehen, etwas Schnelles, Sicheres zu finden und in Anwendung der von ihm selbst erdachten konspirativen Regeln erster Klasse zu fahren oder die ganze Fahrt über in der Toilette zu stehen, um im Zentralbahnhof auszusteigen und sich davon überzeugen zu müssen, daß er in einem längst vergangenen Frühling angekommen war und sein Aufzug Gelächter und Gekicher bei den Dreizehnjährigen in dünnen Kleidchen hervorrief und an den weißen Wagen mit Sodawasser die Preise standen: ein Złoty fünfzig mit Saft, fünfzig Groszy ohne. Dann würde er nervös in der Tasche wühlen, um Geld für ein Taxi zu finden, würde zehn Minuten später an Ort und Stelle sein, die Treppe hochstürmen, um, wie üblich die Klingel vergessend, heftig an die Tür zu klopfen, die ihm eine alte Frau mit grauem, kurzgeschnittenem Haar öffnen würde. Sie würde ihn einen Sekundenbruchteil anschauen und sagen: «Gott, endlich, ich habe mir schon solche Sorgen gemacht.» – Und alles würde seinen eingefahrenen, altbekannten Gang gehen bis zu dem Tag, als wir vor der Pforte warteten, hinter der ein Spalier silbriger Fichten stand, und einer von uns wird sagen: «Jungs, das hat keinen Sinn, hau'n wir ab.» Und er wird aus dem Fenster unsere Silhouetten in der Tiefe der Lindenallee verschwinden sehen. Wir werden die Hände in den Taschen haben, die Kragen hochgestellt, es wird regnen, aber unsere Gedanken werden in eine ganz andere, unbekannte Richtung gehen.

«Geh schon», sagte ich. «Ich versuche, sie irgendwie aufzuhalten.»

Er schien es nicht zu hören.

«Es war so eine warme Nacht. Vielleicht konnte ich deshalb nicht schlafen. Ich wälzte mich von einer Seite auf die andere. Und dieser Vogel. Ich hörte, wie er mit den Flügeln gegen das Gebälk des Glockenturms schlug. Genau, es muß warm gewesen sein, denn ich hatte im Schlafsack nur die Unterhose an, und wenn ich hinausging, um am erlöschenden Lagerfeuer zu rauchen, zog ich nur das Hemd über. Es war so still. Ich konnte einen kleinen Bach rauschen hören, der einen halben Kilometer weiter unten fließt. Vielleicht war er vom Regen angeschwollen. Weiß nicht mehr. Aber in dem Sommer hatte es kaum geregnet. Ich hatte so ein kleines Zelt mit, das nichts wog. Habe es fast nie aufgeschlagen, der Schlafsack reichte. War fast zwei Monate unterwegs. Letzten Sommer. Den davor auch. Obwohl, nein. Das war im Herbst, wie konnte ich das vergessen, die Hirsche röhrten doch schon. Und Rauhreif am Morgen, alles weiß, erst wenn die Sonne aufging, konnte man es aushalten. Menschen bin ich kaum begegnet. Das war mein Plan, niemandem begegnen. Ich nahm Abkürzungen. Wenn ich einen Pfad oder eine Spur sah, riß ich aus. Das muß so gegen Ende Oktober gewesen sein. Es wurde schon feucht, und die Blätter fielen von den Bäumen. Meine Sachen wurden naß, sie ließen sich nicht trocknen, schimmelten im Rucksack.

Ja, das war Ende Oktober. Zu der Zeit wird es hier wirklich abscheulich, alles sieht gleich aus, grau in grau, kein Unterschied zwischen den Himmelsrichtungen, Sonne nur in homöopathischen Dosen. Weißt du, ich möchte mal im Frühling herkommen, so Ende April, wenn die Tage länger und wärmer werden. Bei uns wird schon alles grün, hier fängt es erst an. Ich mag den Frühling. Hier muß es wunderschön sein, Blumen auf den Wiesen, wir müssen mal im Frühling herkommen...»

«Wasyl», ich drehte mich zu ihm, erst diese Geste unterbrach seine Erzählung, die er für sich selbst spann, denn mich hatte er wohl vergessen oder betrachtete mich als Teil seiner Erinnerung, so daß er erst jetzt, als ich mich bewegte, den Blick abwandte und aussah, als wäre er aus einem Traum aufgewacht.

«Du mußt gehen.»

Er atmete tief aus, als wollte er mit der Luft auch die Wortreste ausstoßen, diese unsinnige Geschichte loswerden, wie ein Säufer, der glaubt, mit einigen Zügen frischer Luft auch gleich das Bewußtsein wiederzuerlangen. Er nickte.

«Ja.»

Er zog sich ins Innere zurück, ich ging ein paar Schritte und kam aus dem Gesträuch in die offene Landschaft. Im Osten hellte der Himmel auf. Dieser ferne, flache, lange Bergrücken teilte die Welt in zwei Hälften. Auf dieser Seite ließ das bläuliche Morgenlicht Tausende Gestalten erkennen, einzelne Bäume, Gehölze, Gebüschkämme, die die Wasserläufe am gegenüberliegenden Berghang säumten, alles hatte schon seine Kontur, war aber flach, gestaucht, in durchsichtige Düsternis getaucht. Dort, auf der anderen Seite, dagegen nur Luft. Sie war von blaßgoldenem Glanz erfüllt. Der Abgrund an Licht war so tief, er schien bis an die Ränder des Vorstellbaren zu reichen. Nichts als Licht, Licht und Licht, von dem sogar die Luft verging, alle Teilchen der Materie, all die Wasserstoffe, Sauerstoffe und Stickstoffe wurden vernichtet von einer Helligkeit, die so scharf war, daß ich an die härtesten und edelsten Dinge denken mußte.

Ich hörte ein Knirschen im Schnee. Er blieb einen Schritt entfernt stehen, den leeren, schlaffen Rucksack auf den Schultern, die Strumpfmütze über die Stirn geschoben.

«Hör zu», sagte er.

Ich packte ihn an den Schultern und drehte ihn in Richtung bergab, zu den fünf Bäumen, ganz so, wie man einen kleinen Jungen nimmt und ihm sagt: «Na geh, geh schon zur Tante.»

«Los, zisch ab und denk an nichts.»

Ich gab ihm einen Schubs. Er tat einige lange, ungeschickte Schritte, sah sich um, hob aber nicht die Hand. Er rückte den Gurt des leeren Sacks zurecht und schnürte quer den Hang hinunter. Ich wartete, bis seine Konturen unscharf wurden.

Ich ging nach oben, vorbei an der Kirche und noch höher hinauf, bis zum Friedhof. Unsere Spur war deutlich zu erkennen. Sie kletterte über die weiße, ausgebauchte Ebene und verlor sich im milchigen Licht der Morgendämmerung. Wenn die Sonne aufgeht, wird sie noch tausendmal deutlicher sein, dachte ich, sie wird glitzern und zerrissene Schattenstücke aufbewahren – die einzigen in diesem weiten, unbefleckten Raum.

Wir waren nackt. Keine Chance. Seltsam, wie lange ein solcher Gedanke braucht, um ins Bewußtsein zu dringen. Vielleicht erreicht er es nie wirklich. Wir sterben nicht vor Angst, sterben nicht an schlechten Neuigkeiten, sterben nicht an der Gewißheit, daß wir sterben müssen.

Ich hatte keine Angst. Dazu war mir zu kalt. Ich kehrte zu Gąsior zurück. Er lag so da wie zuvor. Ich legte im Feuer nach. Ich mußte die Glut anblasen.

31 Die Zeit. Wir taten nichts, als ihre Befehle auszuführen. Wir wurden älter. Es gab keinen Ausweg. Sie hatte uns unter ihrer Obhut, sämtliche Winkel des Lebens waren mit ihr ausgepolstert, mit ihr angefüllt wie mit Luft. Keine Erschütterungen. Es reichte, sich ihrem Willen zu unterwerfen. Ein ewig grauer Greis, der alle anderen Ewigkeiten in sich enthielt. Jedes graue Menschenhaar seit Ewigkeiten. In seinem Inneren vollzog sich all das und wird sich alles übrige vollziehen. Und einen Ausweg gibt es nicht. Wasyl hatte vielleicht schon seine Weggabelung erreicht. Zwischen den Bäumen versuchte er, jenen Pfad zu finden, den er im Sommer zurückgelegt hatte. Damals war er gelblich, staubig gewesen, die Steine hatten wie weiße Schädel herausgeragt. Keine Spur war auf ihm geblieben. Jetzt standen seine Chancen eins zu tausend. Das ist viel für jemand, der versucht, seinem Schicksal zu entrinnen.

Die Flamme schoß in die Höhe. Blaß, durchsichtig, sie hatte nicht mehr die nächtliche Dichte. Die Sonne war aufgegangen. Waagerechte Strahlen fielen durch das kleine, vergitterte Fenster in der Wand des Presbyteriums. Das Feuer wurde fast unsichtbar. Im kalten Licht erstarrten die Rauchfahnen wie graue Schleier, einer über dem anderen, bis unter den Gipfel des Gewölbes. Rings um die Feuerstelle ein Saustall. Durcheinandergeworfene Kleidungsstücke, der Trümmerhaufen der Bretter, Gąsiors Körper im grellen Kokon – lebend oder schon tot, ein Müllhaufen wie nach einem Geister- oder Gespenstergelage. Alles mit einem

Schlag erstarrt, der nervösen Regsamkeit beraubt, die in der Nacht die Augen keinen Moment zur Ruhe kommen ließ. Als hätte ein Traum aufgehört. Das langsame Erwachen, wenn wir morgens die Lider heben und im Zimmer keine Spur von den Gespenstern ist, die uns eben noch schwitzen ließen. Ein leises Knacken des Feuers war das einzige Geräusch. Die Dunkelheit war fort – kein Vorhang mehr, der den Lärm eines Atems oder das Schniefen einer verstopften Nase ersticken konnte. Gąsior war noch nicht tot. Er rührte sich endlich. Erst stöhnte er, rollte sich noch enger zusammen und streckte sich schließlich, schob den Kopf heraus. Scheußlicher Anblick. Große bunte Raupe mit kleinem grauem Kopf. Er bekam eine Hand frei und setzte sich mit Mühe auf. Er sah mich mit glasigem Blick an, dann schaute er sich um. Er öffnete die von trockenem Speichel verklebten weißen Lippen und flüsterte sich selbst und dem, was er sah, zu: «Was sage ich zu Hause…»

Witz und Grausamkeit verloren hier langsam jeden Sinn, deshalb antwortete ich nicht. Ich rückte den Becher mit aschiger Plörre ans Feuer und wartete, bis das Frühstück warm war. Gąsior ließ den Blick über die Wände, die Decke, den verdreckten Fußboden schweifen und es schien, als wäre sein Hals ein Muskel ohne Knochen und Gelenke. Das sah aus wie eine Art langsamer Gymnastik oder ein Anfall von flüssiger Katatonie.

«Was ist das?»

«Eine Kirche. Wie geht's dir?»

«Ich habe Durst.»

Ich reichte ihm den warmen Becher. Er trank ohne Zögern.

«Ich erinnere mich, daß ihr mich irgendwohin gezogen habt.»

«Du wolltest erfrieren.»

«Und an das Feuer erinnere ich mich.»

«Du bist fast gleich eingeschlafen.»

«Ich habe geträumt.»

«Du hast Fieber. Ist dir nicht kalt?»

«Weder ja noch nein. Schüttelfrost. Ich bin völlig naß. Wenn mir kalt ist, dann von diesen durchgeschwitzten Lumpen. Ich würde gern noch einen Schluck.»

Ich ging vor das Gotteshaus und schüttete den Bodensatz aus. Der Schnee blendete. Ein paar Handvoll stopfte ich in den Becher. Ich stellte das Gefäß auf der Schwelle ab und kletterte nach oben über den Friedhof. Ich konnte nicht widerstehen. Unser Pfad lag funkelnd und leer. Das schreiend grelle Grün des Waldes erinnerte an die Farbe einer Soldatenuniform.

«Wo ist Wasyl?»

Gąsior hatte sich bis zur Hüfte ausgegraben und wärmte die Hände über dem Feuer. Ich suchte nach dem besten Platz für den Topf. An der Wand lagen einige flache Steine. Ich holte sie her, legte sie übereinander und schob sie in die Glut. Auf dieses Postament stellte ich das Gefäß und bedeckte es mit einem Schiefersplitter.

«Er ist gegangen. Frühmorgens.»

«Wohin?»

«Weiter.»

«Allein?»

«Mit wem sonst?»

«Sieh einer an, so ein Scheißkerl», sagte er leicht verwundert. «Sieh an, der Scheißkerl ist abgehauen...»

«Ich habe es ihm gesagt. Ich habe gesagt, er soll gehen...»

Er schwieg einen Augenblick und sagte dann ausdruckslos:

«Sie kriegen ihn sowieso. Sie kriegen alle.»

«Das ist nicht gesagt.»

«Doch. Es ist klar.»

Er streifte den Schlafsack ganz ab und begann, sich die Schuhe anzuziehen. Er schnürte sie an jedem Loch fest zu, die Riemen verknotete er oberhalb des Knöchels. Er stand auf und schwankte.

«Mir dreht sich alles.» Er tat ein paar Schritte. «Kritisch. Aber wir können es versuchen.»

«Was willst du versuchen?»

«Dasselbe. Verduften.»

Ich fühlte, wie eine Last sich auf meine Schultern senkte. Ich fühlte, daß ich um nichts auf der Welt aufstehen würde, daß meine Hände und Beine kraftlos waren, daß ich eine Lumpenpuppe war, ausgestopft mit nassem Sand.

«Gąsior, du kommst keinen Kilometer weit.»

«Ich versuche es, jeder hat eine Chance.»

Mit nervöser Lebhaftigkeit machte er sich hier und dort zu schaffen. Wahllos begann er, die rings umherliegenden Gegenstände in seinen Rucksack zu stopfen. Unterhosen, seinen Schlafsack, meine Taschenlampe. Er sah sich um, was man noch einpacken könnte, trat gegen ein Stück Holz, um sich zu überzeugen, daß nur ein Fetzen fettiges Papier darunter lag.

«Hast du die Axt gesehen? Wer hatte die Axt?»

«Der Kleine hat sie immer getragen. Wozu brauchst du die Axt?»

«Und dieses Bajonett?»

«Keine Ahnung. Das letzte Mal habe ich es in der Hütte gesehen. Vielleicht auch der Kleine...»

«Gib mir deine Uhr.»

«Wozu, zum Teufel, brauchst du eine Uhr?»

«Ich muß wissen, wie spät es ist. Ich weiß nicht, wo meine ist. Meine Schuhe sind nicht getrocknet.»

Er schnallte die Riemen des Rucksacks mit raschen, fahrigen Bewegungen zu. Ich hörte, wie das Plastikgeflecht rauh durch die Klammern glitt.

«Weshalb habt ihr mich nicht geweckt? Weshalb wird alles hinter meinem Rücken entschieden?»

Er drehte sich wie eine Hummel, weil er die Jacke zuknöpfen und gleichzeitig in den Taschen nach den Handschuhen suchen wollte. Einen hatte er schon an, als er merkte, daß er nichts auf dem Kopf trug.

«Die Mütze. Wo ist meine Mütze? Hast du sie nicht gesehen?»

«Als wir dich in den Schlafsack packten, hattest du die Mütze auf. Ist dir sicher im Schlaf runtergerutscht.»

Er setzte den Rucksack ab und begann, in meinem Schlafsack zu wühlen. Er steckte den Kopf hinein und tastete blindlings. Er fand nichts. Er machte sich an den Rucksack. Wieder der Kampf mit den Riemen, und als sie nachgaben, schüttete er den ganzen Inhalt auf die Erde. Er warf die Lumpen auseinander, eine vergessene Konservendose glänzte auf, er beachtete sie nicht, packte nur seinen Schlafsack, hob ihn an den Ecken hoch und schüttelte. Ein grüner Ballen fiel ihm vor die Füße. Er griff sofort danach, zog ihn über die Ohren und begann erneut zu packen, indem er alles mit den Fäusten hineinstopfte. Am Ende stand er fast stramm, bereit, Schweißtropfen rannen ihm über das Gesicht, und die Augen schossen in die eine, dann in die andere Richtung, als rechnete er damit, daß in den Wänden oder hinter seinem Rücken das Böse lauerte.

«Ich gehe. Niemand hat mich geweckt...»

«Wohin? Du kennst die Gegend nicht, du kommst keinen Kilometer weit...»

«Man muß es versuchen. Vielleicht klappt's. Ich folge seiner Spur. Hauptsache, er kennt die Gegend, die Spur wird mich hinausführen.»

«Du wolltest noch was trinken.»

Unter dem steinernen Deckel puffte Dampf hervor. Ich packte das Gefäß durch den Pulloverärmel und setzte es ab.

«Du wolltest trinken. Hast alles Wasser ausgeschwitzt. Du kannst doch unterwegs keinen Schnee fressen.»

Er stand unentschlossen. Schließlich kniete er mit dem Rucksack auf dem Rücken nieder.

«Heiß.»

«Wird dir guttun.»

Er packte den Becher, versuchte einen kleinen Schluck zu nehmen, aber das Gefäß war sogar durch die Handschuhe zu heiß.

«Ich hole Schnee», sagte ich.

Als ich zurückkam, kniete er, die Hände auf den Schenkeln, und starrte den Topf an. Ich warf die weiße Kugel hinein. Sie verschwand sofort.

«Versuch jetzt.»

Er schlürfte vorsichtig.

«Hast du Zigaretten?» fragte ich.

Er stellte den Becher ab und durchsuchte alle seine Jackentaschen.

«Ich habe vergessen, Wasyl zu sagen, daß er mir ein paar hierläßt.»

«Ich hab welche, irgendwo hatte ich ... warte.»

«Vielleicht im Rucksack.»

«Nein, bei mir.» Er stand auf und wühlte jetzt in den Hosen. Schließlich zog er eine zerknitterte Schachtel Mars aus der großen, ausgebeulten Seitentasche.

«Ist noch die Hälfte drin. Ich lasse dir welche hier», er zog vier heraus und legte sie auf das Brett.

«Rauch eine. Unterwegs wirst du nicht viel Zeit haben.»

«Hab schon jetzt keine Zeit mehr», erwiderte er,

steckte aber in einer Art Zerstreutheit die Zigarette in den Mund und saß mit der hängenden Lulle da, als wüßte er nicht, was er damit anfangen sollte.

«Ich muß pissen», sagte ich.

Ich ging nach draußen. Ich konnte nicht widerstehen. Die dreißig, vierzig Meter lief ich fast nach oben. Es war so leer wie zuvor. Wenn ich unsere Spur noch einen Augenblick länger betrachtet hätte, hätte ich dort alles mögliche gesehen, dessen war ich mir sicher.

Er verharrte in unveränderter Position. Die Augen halb geschlossen. Vielleicht dämmerte er vor sich hin.

Ich nahm ein glühendes Holzstück und hielt es ihm unter die Nase. Die Zigarette zitterte ihm zwischen den Lippen. Er mußte mit der Hand helfen, die keineswegs sicherer war. Er nahm einen tiefen Zug. Hob den Becher, trank alles aus und stellte ihn ab. Er nahm einen zweiten Zug und schnippte die Zigarette ins Feuer.

«Ich gehe», sagte er. «Und du?»

«Ich nicht. Keine Lust. Selbst wenn ich es versuche, schaffe ich es nicht, verstehst du?»

Er hörte mir gar nicht zu. Er ging schon zum Ausgang. In der Vorhalle stolperte er und blieb im Tor stehen.

«In welche Richtung ist er gegangen?» rief er mir über die Schulter zu.

«Nach links. Bergab.»

Ich ging ihm nach. Er war schon auf Wasyls Fährte. Er strauchelte, schwenkte mal den einen, dann den anderen Arm. Wenn das mal gutging.

Ich suchte meinen Beobachtungsposten auf. Im Schatten des Gebüsches, das den Friedhof säumte, blieb ich stehen und guckte. Der Blick glitt, schlitterte über den weißen, gefältelten Spiegel. Ich versuchte zu erraten, wohin unsere Spur führte. Sie brach am Rande einer sanften Ausbeulung ab, hinter der sich die nächste Schneefläche erhob, die sich bis zum fernen, schwarzen Streifen Wald auf dem Paß erstreckte. Ich schaute nach unten. Gąsior hielt auf die schüttere Baumgruppe zu, die den Weg markierte. Ich dachte daran, daß mir das Feuer ausgehen würde, und wollte zurückkehren. Aber ich konnte es nicht lassen und schaute noch einmal hin. Da sah ich sie. Es konnte alles mögliche sein. Kleine Pünktchen, die sich an derselben Stelle vom dunklen Waldstreifen lösten, an der auch wir bergab gestiegen waren. Vielleicht sah ich gar keine Pünktchen, vielleicht war das nur eine Bewegung in der absolut regungslosen Landschaft. Gąsior hatte die Bäume erreicht und mußte jeden Augenblick aus meinem Blickfeld verschwinden. Ich wollte rufen, aber kein Laut kam über meine geöffneten Lippen. Ich zog mich zwischen das trockene Unkraut zurück. Dachte an Ferngläser, an das plötzliche Aufblitzen, wenn die Sonne auf die Linsen fällt. Zu viele Filme im Leben. Zwanzig Minuten, eine halbe Stunde? Die Gegend belebte sich plötzlich. Ein Baum, noch einer, Grabsteine, eiserne Kreuze, steinerne, ein vertrockneter Koloß, der hoch über die Linie der Kronen am gegenüberliegenden Berghang hinausragte, das alles wirbelte mit mir zusammen, denn ich drehte mich, während ich mich umsah, als hätte ich etwas verloren und suchte jetzt danach. Ein Loch, einen Bruch, eine Spalte in der Landschaft, einen Riß in dieser läppischen Theaterdekoration. Zwanzig Minuten, eine halbe Stunde? Drei Kilometer? Oder nur zwei? Oder sogar vier? Wieder richtete ich den Blick in die Ferne. Das schwarze Pünktchen kroch bergab. Es verschwand hinter der Erhöhung. Ich wartete, bekam aber nichts mehr zu sehen. Ein letztes Gedankenpünktchen. Zwanzig Minuten, eine halbe Stunde. Zum ersten Mal seit langem spürte ich, daß mir warm war. Auf dem Friedhof sprang ich von einem Schattenfleck auf den nächsten und kam zum Tor. Ich stopfte in den Sack, was sich gerade fand. Die Schlafsäcke rollte ich samt Sand und Holzstückchen zusammen, alles sehr schnell, obwohl die Last dem ganzen Körper unerträglich zuwider war. Ich bekam den Rucksack kaum hoch. Auch er war voll nassem Sand. Zwanzig Minuten, vielleicht eine halbe Stunde. Das Feuer war nur noch ein Haufen Kohlen. Wenn ich laufe, werde ich sie einholen, dachte ich, erst Gąsior, dann wir zusammen Wasyl, und dann rasen wir drei wie die Geister, und solange wir in Bewegung bleiben, wird uns niemand etwas tun, weil wir unsichtbar sind. Die anderen sind erschöpft, sind seit dem Morgengrauen unterwegs, auch nur Menschen, die ihre verdammte Pflicht, ihre beschissene Schuldigkeit tun, deshalb sind wir bei diesem Rennen bestimmt im Vorteil und werden schließlich einen Ort erreichen, an dem die Erde nackt und hart ist, selbst wenn es das kahlgefegte Eis eines Baches wäre, den wir stromab laufen könnten, in die Täler, wo der Schnee zurückgeht und es von Städten, von Asphaltstraßen nur so wimmelt, die Menge ist ein besseres Versteck als der dichteste Wald, und wenn wir schnell genug wären, würden wir einen Ort erreichen, auf dem nicht der Fluch der Spuren lastete. Eine halbe Stunde, vielleicht zwanzig Minuten. Diese Kette mußte irgendwo abreißen, diese Naht im Schnee konnte nicht ewig halten, man brauchte nur zu rennen, rennen, ohne sich umzusehen, wie im Märchen.

Das alles dachte ich, aber die Angst vor dem offenen Raum hielt mich noch immer im Innern der Kirche zurück. In der Vorhalle wurde mir bewußt, daß ich auf Zehenspitzen ging. Ich wollte seitlich, dicht an der Wand entlang, das Tor erreichen, einen Blick um die Ecke werfen und erst dann rausspringen und losrasen. Zwanzig, vielleicht fünfzehn Minuten. Ich schlich mich an der von Wasyl demolierten Wand entlang, immer langsamer und langsamer, und hatte immer mehr Angst. Dann stellte ich plötzlich fest, daß hinter diesem gefledderten Holzverschlag Finsternis herrschte. Ein Brett hing fast lose. Ich bog es zur Seite. Innen war ein schmaler Flur. Im Halbdunkel konnte ich erkennen, daß zwischen dem eigentlichen kubischen Raum der Kirche und ihrer Außenverschalung so viel Platz war, daß dort ein Mensch hineinpaßte. Offenbar führte der Korridor um das Gotteshaus herum. Ich warf den Rucksack hinein, lief zum Eingang, zog die Jacke aus und scharrte damit einen Haufen Schnee zusammen. Das Bündel trug ich zum Feuer. Ich hatte aufgehört zu denken, wußte aber, daß das Feuer ausgelöscht und die Holzkohle kalt sein mußte, damit die anderen sich hier nicht zu lange aufhielten. Ich mußte sie zur Eile zwingen. Es zischte. Der Dampf stieg wie eine Wolke auf. Der ganze Schnee verschwand. Ich lief, um die nächste Ladung zu holen. Jetzt warf ich immer nur eine Handvoll darauf, damit keine Spur von Weiß blieb. Ich schüttelte die Jacke vor der Tür aus und tauchte in das schwarze Loch ab. Zwanzig, vielleicht fünfzehn Minuten. Dieser Korridor lief doch nicht rundherum. Nur die Vorhalle war so schmal, daß sie etwas Raum ließ. Das Kirchenschiff war breiter und versperrte den Durchgang. Ich blickte nach oben. Drei Meter über mir öffnete sich das Turminnere. Leerer Raum mit einem Gewirr von Balken. Sehr weit oben entdeckte ich etwas Licht. Ich setzte den Rucksack auf. Ertastete die Querbalken, die das Skelett der Vorhalle bildeten. Versuchte hinaufzuklettern, fiel aber von der senkrechten Wand herunter. Der Rucksack zog mich nach unten. Ich löste die Träger, und beim zweiten Mal gelang es mir, das Bündel so hoch zu schleudern, daß es auf der Decke der Vorhalle landete. Jetzt arbeitete ich mich zu einer Stelle hoch, an der ich den oberen Rand zu packen bekam und mich zum Rucksack hochziehen konnte. Ich befand mich nun zwischen der Decke und dem Dach der Kirche, auf ihrem Dachboden. Ich tat einen Schritt, das morsche Brett brach, und ich steckte bis zum Knie in einem Loch. Gestützt auf die Balken, arbeitete ich mich aus der Falle. Setzte den Rucksack auf. Ich wollte so weit weg wie möglich, hatte aber Angst, in die Dunkelheit einzudringen. Die vier dicken Pfeiler des Turms waren durch ein Dickicht kleinerer Schrägbalken verbunden. Wie eine Treppe in einem Brunnen, dachte ich. Mit ein bißchen Glück komme ich ganz nach oben und bin in dieser Dunkelheit unsichtbar. Zehn, fünfzehn Meter.

Ich stieg auf den ersten Balken. Den nächsten konnte ich erreichen, er war aber zu hoch, um draufzuklettern. Erst in der Mitte des Turms lagen sie näher aneinander. Ich löste mich vom Pfeiler und setzte vorsichtig einige Schritte voran. Jetzt hatte ich den oberen Balken in Brusthöhe. Ich sprang, hangelte mich hoch und setzte mich rittlings darauf. Der nächste war zu hoch. Stehend hätte ich ihn erreicht, aber ein Schwarzenegger war ich nicht. Er reichte erst am Pfeiler an meinen heran. Ich rutschte auf dem Hintern in diese Richtung. Umarmte den wuchtigen, kantigen Pfeiler und kletterte die nächsten anderthalb Meter hoch. Es ging irgendwie. Ich achtete nur darauf, sicheren Halt zu haben und mich nicht vom eigenen Rucksack in die Tiefe ziehen zu lassen. Je höher ich kam, desto heller wurde es.

Schon sah ich das kleine Fensterchen, eine Öffnung in der Größe von vier Zigarettenschachteln. Sie lockte mich wie die Motte das Licht, ich klammerte mich ans Holz, wie die Spinne ans Netz, und kletterte. Drei Meter, vielleicht fünf Minuten. Manchmal klebte ich wie der Vogel am Zweig und horchte. Die Stille war absolut. Nur mein Herz tobte in diesem Turm. Es wurde immer enger. Ich hätte mit ausgestrecktem Arm die gegenüberliegenden Wände erreichen können. Auf dem vorletzten Balken verlor ich das Gleichgewicht. Ich fühlte, wie ich fiel. Flatterte mit den Händen und flog nach vorn statt nach hinten. Wie durch ein Wunder bekam ich die Latte zu packen, auf der die Planken des Schindeldaches aufgenagelt waren, und baumelte daran. Die rechte Hand hatte ich mir an einem Nagel aufgerissen, die linke war unversehrt. Zehn, fünfzehn Meter. Vielleicht fünf Minuten. Der Balken, von dem ich gefallen war, befand sich einen Meter entfernt in Höhe meiner Hüfte. Ich versuchte, ein Bein darüber zu schwingen, hatte aber nicht genug Kraft. Ich stieß mir nur das Schienbein. Ich suchte Halt für meine Füße. Es gab keinen. Das Schrägdach des Turms entfloh. Die Schuhe berührten gerade einmal die Dachschindeln. Die nächste Latte war irgendwo über oder unter mir. Ich fühlte, wie die Finger sich von selbst öffneten. Langsam glitt ich vom Holz ab. Mehrere Zentimeter. Erst die linke, dann die rechte Hand. Eigentlich riskierst du nichts mehr, dachte ich und schaukelte mich in Schwung. Beim zweiten Anlauf gelang es mir, ein Bein über den Balken zu werfen. Das letzte Stück bewältigte ich wie in Zeitlupe. Jede Bewegung setzte sich aus einer Vielzahl kleinerer zusammen. Ich setzte mich auf einen horizontalen Dachsparren, krallte mich an den Rand der Öffnung und atmete tief durch.

Ich sah das weite, sonnenüberflutete Tal. Der Turm reichte höher als alle Bäume, die um die Kirche herumstanden. Ich sah die Spur, die Wasyl und Gąsior eingetreten hatten. Sie lief über die weiße Ebene, führte durch einen Horst schwarzer, zwergenhafter Bäume und verlor sich in einer Vertiefung zwischen den Wipfeln von Tannen und Fichten. Ich spürte die frostige

Luft im Gesicht. Auf der anderen Seite war gar keine Öffnung. Auch in den zwei übrigen Wänden nicht. Nicht die kleinste Spalte zwischen den Schindeln. Unter mir graue Dunkelheit. Ich setzte vorsichtig den Rucksack ab und hängte ihn mir um den Hals. Wühlte unter dem Latz ein Unterhemd hervor, knüllte es zusammen und verstopfte damit die Öffnung. Finsternis umfing mich. Ich steckte mir den Lappen unter die Achsel. Ich wollte noch gucken. Alle Gefühle hatten mich verlassen, ich mußte mich beschäftigen, um das Donnern des eigenen Herzens nicht zu hören. Ich dachte an gar nichts. Nur vielleicht daran, daß ich sie nicht kommen sehen würde, aber sehen würde, wie sie ihre Spur aufnahmen.

Ich hoffte, Gąsior würde weit kommen, damit sie ein tüchtiges Stück laufen müßten. Ich hoffte, Gąsior würde die Klappe halten oder völligen Stuß reden, wenn sie ihn fänden. Vielleicht würden sie überhaupt nicht hier entlang zurückkehren. Wasyl hatte etwas von einer Straße gesagt, die weiter entfernt verlief. Vielleicht würden sie Gąsior dorthin führen und ein Auto rufen. Jedenfalls hatte Wasyl eine Chance. Wenn sie drei haben, dachte ich dann, ist es unwichtig wie ein Pickel am Arsch, ob man noch zwei weitere schnappt, also werde ich bis an mein Lebensende in diesem Turm hocken, so wie Wasyl bis an sein Lebensende mit Lastwagen, Bussen und Zügen unterwegs sein wird. Meine Situation war auf jeden Fall unkomplizierter. Ich zog die Handschuhe hervor. «Ich werde versuchen, sie aufzuhalten», hatte ich zu Bandurko gesagt. Ein bißchen würde Gąsior sie aufhalten, der Kleine und Kostek hatten sie auch aufgehalten. Drecksminuten, Zeitabfall. Jetzt sollte sich zeigen, ob die Zeit wirklich platzt, ob sie sich in der Mitte durchbrechen läßt wie ein Waffelröllchen. Eigentlich fand ich das sogar spannend. Auch in diesem beschissenen Turm. Wasyl hatte recht gehabt. Hier lebte ein Vogel. Alles war voll von seinen vertrockneten, gefrorenen Andenken. Sie drückten mich am Hintern, zerbröselten unter den Fingern. Ich war gespannt, welchem Herrn wir bald dienen würden. Dem alten, dem wir schon immer gedient hatten, oder würde sich etwas ändern und unsere Erinnerung bei Null beginnen. Eine zweite Geburt, sozusagen. Und dabei sollten wir doch auf die erste zurückkommen, so hatte es sein sollen, ganz gleich, was sich sonst jemand unter diesem Winterausflug vorstellte. Ich hatte Lust auf eine Zigarette, auf den Rauchgeschmack, vermischt mit der frostigen Luft des Tales. Die hohe, sonnengefüllte Luft. Man hat so Gelüste. Aber ich war feige und rauchte nicht, auch wenn das Tal traumhaft schön war. Durch einen langen, flachen Bergkamm verschlossen, gabelte es sich am Ende und führte mit seiner rechten Zunge geradewegs nach Süden, wo ein Gipfel dem anderen wich und der Blick nicht reichte, um auch die letzten noch zu erkennen. Man mußte sie sich vorstellen. Dieser Berg da vorn sah auch nicht übel aus. Grün und Braun, die in der Sonne fast rote Farbe der nackten Buchen. Ihre Kronen verwirrten sich zarter als das erlesenste Spitzenmuster. Vereinzelte Bäume, auf die weißen Wiesen gestreut, erinnerten an schwarze Schattenrisse, ihr Schatten war nur einen Ton heller. Nicht der leiseste Hauch. Der Frost ließ die Luft erstarren wie Wasser. Alles war phantastisch. Ich mußte nur mal pissen.

Ich hörte sie gar nicht. Ich spürte es einfach. Die Holzkonstruktion übertrug die leiseste Vibration. Ich spürte, wie sie die Vorhalle betraten. Das zarte Zittern durchlief das ganze Gotteshaus. Erst dann hörte ich ihre Stimmen. Undeutlich, gedämpft von der Entfernung und der Masse des Holzes. Ich verstopfte mein

Loch zur Welt. Mir war heiß. Ich sah ihre Gesichter. Teilnahmslos, rasiert, rosig vom Frost. Mit Fußtritten durchsuchten sie den Haufen Trümmerholz, jemand kniete nieder, bestimmt ein Oberleutnant oder so was, und näherte die Hand dem erloschenen Feuer, nahm vielleicht sogar einige Kohlen in die Hand, um sich davon zu überzeugen, daß sie ebenso ohne Leben waren wie der Rest des Gebäudes. Bestimmt trugen sie Feldjacken, sibirische Fellmützen und hohe Stiefel.

Einige gemeine Soldaten drängten sich, auf Befehl zurückbleibend, am Eingang, die Kalaschnikows in den Händen. Die Berufssoldaten gingen zuerst rein, der Rest stand vielleicht noch in sicherer Entfernung. Bestimmt hatten sie diese Pistole im Schnee nicht gefunden, und ihre Befürchtungen waren nicht ganz unbegründet. Sie gingen um den schwarzen Kreis herum, enttäuscht, daß sie weiterziehen mußten, vielleicht sogar böse. Auf jeden Fall steckten sie sich jetzt Zigaretten an. Jemand ging auf der Suche nach Spuren um die Kirche und fand die einzige einfache und unübersehbare. Nicht ausgeschlossen, daß sie uns haßten, so wie man Dummköpfe haßt, die die etablierte Ordnung grundlos zerstören. Bestimmt waren sie etwas enttäuscht, daß niemand aus dem Hinterhalt auf sie schoß, dann hätten sie die ganze Angelegenheit rasch erledigen können.

Sie unterhielten sich kaum oder sehr leise. Manchmal glaubte ich einer Sinnestäuschung zum Opfer gefallen zu sein, und dort unten war gar niemand, sie waren noch nicht gekommen oder schon gegangen. Im Dunkeln und Stillen kann alles mögliche passieren. Meine Hände wurden steif von dem krampfhaften Griff. Der rechte Handschuh war voller Blut. Es war noch nicht getrocknet, deshalb zog ich ihn mit den Zähnen ab und begann, die Wunde zwischen den Fingern zu lecken. Der Nagel hatte die Haut durchstochen und sie dann zerrissen. Ich fühlte die kleinen Fetzen unter der Zunge.

Aber das tat fast gar nicht weh. Beim Geschmack des Blutes fiel mir mein leerer Magen ein. Und ich mußte unbedingt pissen.

Die Geräusche von unten waren karg und leise. Sie boten keine Ablenkung. Ich machte eine kleine Spalte im Fenster. Die Helligkeit blendete mich. Ich spürte, wie der Lichtstrahl die Pupille durchschlug und hinten gegen den Schädel trommelte. Ich mußte meine Augen lange gewöhnen. Das kleine, unregelmäßige Loch erfaßte einige Meter von Wasyls Pfad und einen kahlen Strauch. Mickriges Stück Welt, aber immerhin. Wenigstens ein Auge war beschäftigt. Ich verfluchte die da unten. Tut was, verdammt, tut etwas, dachte ich. Die einzelnen, tropfenweise kommenden Geräusche waren eine Qual. Mir wurde schwindlig vom Horchen. Die Uhr hatte ich in der Tasche. Ich wagte nicht, nach ihr zu greifen. Ich sah sie schon hinabfallen, gegen die Balken stoßen, mit jedem Augenblick größer und größer, bis sie die Decke durchschlug und wie eine Bombe explodierte. Ich versuchte bis zehn zu zählen, bis hundert, aber jedes eingebildete oder tatsächliche Geräusch machte die Zählung zunichte, und ich ertappte mich dabei, wie ich unbewußt wiederholte – sechzig zwölf, sechzig zwölf –, immer wieder, und nicht aufhören konnte, so wie man im Fieber nicht aufhören kann, mit den Zähnen zu klappern. Also heftete ich den Blick auf diesen Fetzen Landschaft, nagelte die Pupillen auf den Schatten, den der Strauch warf, und ich sah, hätte ich schwören können, daß dieser Schatten wanderte, wie in einer Sonnenuhr. So sehr sehnte ich mich nach einem Ereignis. Ich spürte, wie mein Körper unvorstellbar schwer wurde, wie mein Hochsitz knirschte und jeden

Augenblick zusammenbrechen mußte, wie das Skelett meines Gefängnisses knackte, ohne daß ich etwas dagegen tun konnte. Aber es war nur meine Blase, die hart und schwer wie Stein war. Ich lehnte mich mit der Schulter gegen die Wand. Vorsichtig nahm ich den Rucksack von der Schulter und ließ ihn zwischen die Schenkel herab. Mit der freien Hand schnallte ich die zwei Gurte ab und öffnete die Klappe. Mit dem Schlitz ging es relativ leicht. Ich schmiegte das Bündel an mich und befreite mich von Schmerz und Last.

Bald darauf duftete es nach Rauch.

32

«Ereignisse müssen her.» Sätze, die nicht den geringsten Sinn hatten, kehren plötzlich und unerwartet aus der Tiefe des Vergangenen zurück, mit einer Wucht, die der Gleichgültigkeit, mit der wir sie das erste Mal aufnahmen, nicht nachsteht.

«Passiert dir noch zuwenig?» fragte ich.

«Eigentlich passiert nichts», hatte mir Kostek Górka vor einem Jahr geantwortet, als wir die Francuska-Straße in Richtung Kreisverkehr gingen, benetzt vom morgendlichen Bier in der Paris-Bar, hinter uns eine zufällige Party, fast unbekannte Leute, aber ein großes Haus, deshalb hatten wir ein bißchen Schlaf bekommen. Wir genehmigten uns noch eins im Horst und standen unentschlossen – fahren oder einfach weitergehen.

«Es gibt keine Ereignisse.» Kostek kam unbeirrbar auf seine Replik zurück, ich aber war nicht scharf darauf, ihn auszufragen, denn der Morgen war hell, licht und frostig. Ein Düsenjäger glänzte golden in der Sonne. Er flog nach Süden. Eigentlich tat es mir sogar leid, daß ich nicht allein war. Ich hatte Lust auf den um diese Zeit leeren Park, vielleicht ein oder zwei Bier in

der Tasche, um die angenehme Explosion des Alkohols in den Arterien zu spüren, eine Explosion, wie man sie nur nach einer stur durchsoffenen Nacht erleben kann.

«Schau sie dir an», und er zeigte auf die Menge, die auf diesem breiten Zugang zum Stadion zog.

«Na und», versuchte ich ihn zu entmutigen, aber er sprach im Grunde zu sich selbst. Die Hände in den Hosentaschen, ging er mit erhobenem Kopf, den Blick irgendwohin über diese Menschenmenge gerichtet, die zum Kaufen und Verkaufen pilgerte, und ich mußte ihn am Ellbogen festhalten, weil er bei Rot über die Straße wollte. Wir gingen in Richtung Park, aber er blieb auf dem Bürgersteig stehen und suchte in der Tasche nach Zigaretten, die er nicht hatte, also gab ich ihm eine, und wir steckten uns welche an.

«Na ja, was soll's. Aber mich frappiert immer, wie zufällig sich so eine Menschenmasse verhält. Wenn man überlegt, daß fünf Milliarden eines Tages etwas ganz anderes tun werden, als alle erwarten, etwas Unvorhergesehenes ...»

«Vergiß die Milliarden. Nicht mal ich weiß, was ich morgen tun werde. Du auch nicht.»

«Ja, genau. Alles hebt sich gegenseitig auf. Es bleibt nichts.»

«Wie hättest du's gern? Sollen sie alle losziehen und Konstantinopel zurückerobern? Essen wollen sie. Nix Zufall.»

«Sie haben zu essen. Sie könnten ganz woanders leben und ahnen es nicht mal.»

Er schnippte die Zigarettenhälfte in das trockene Gras und warf mir einen raschen Blick zu.

«Gehen wir?» Er zeigte mit dem Kopf in Richtung Stadion.

Ich hatte keine Lust, mich an fremden Menschen zu

reiben oder Ozeane von Gegenständen zu betrachten, Müllberge phantastischen Strandguts. Nicht zu glauben, was für Dinge die Menschen alle gebrauchen können. Ich wollte in den Park, zwei Bier kaufen, baden, noch ein Stündchen schlafen oder zwei Kaffee trinken. Mittags mußte ich auf der Arbeit sein.

Er zuckte nur die Schultern und überquerte die Zieleniecka-Straße, ohne sich um Autos und Straßenbahnen zu kümmern. Jemand hupte sogar, doch er war verschwunden, hatte sich aufgelöst in der grauen Masse, die stromaufwärts floß, ebenso grau wie das Wasser, nur rühriger, hurtiger, ich sah ihn noch einen Augenblick, wie er unterwegs andere überholte, beinahe rannte, um endlich oben auf dem Stadion zu stehen und Flut und Ebbe der Menschenwogen zu seinen Füßen zu beobachten.

Damals hatte ich dafür nur ein Achselzucken übrig. Zufrieden, daß er sich verzogen hatte, kehrte ich zum Kreisverkehr zurück, kaufte, was ich hatte kaufen wollen, und tauchte in den Park ab. Ich kam an den See und trank auf der Bank ein Bier. Sorglose Unruhe ergriff mich. Die Fabrik auf der anderen Seite roch nach Schokolade und stieß Dampfschwaden aus. Enten trippelten auf dem ufernahen Eis, aber ich hatte nichts für sie. Sehr angenehmer Morgen. Hinter mir erfüllten sich Tausende von Menschen ihre Träume. Nicht schlecht, dachte ich. Die Hoffnungslosigkeit fand behende Formen, sogar mein Leben schien stimmig zu sein, ich hatte noch eine Stunde Ruhe, mußte nichts tun, obwohl ich vieles hätte tun sollen. Ich hätte zum Beispiel, heute weiß ich das, Kostek nachgehen und seine Schritte verfolgen, seine Blicke auffangen und ihn listig dazu bringen sollen, Worte, Sätze und Gedanken auszusprechen, die sich gerade erst in seinem präzisen, besessenen Hirn herausbildeten. Aber die Schönheit dieses Morgens führte in Versuchung und hieß, sich mit jedem Hinterhalt und jeder Gefahr abzufinden. Der stille Park voller deutlicher Konturen, helle, gesonderte Farben, Licht und Schatten scharf geschieden. Grünlich schimmerte die Skulptur einer nackten Frau. Die Reglosigkeit der Luft ließ die Welt als ein für allemal geformtes Ding erscheinen. Nichts dräute, nichts drohte. Ich aber hätte damals Kostek nachgehen und ihm, sanft und geschickt, all die Ahnungen, die Gedanken entlocken sollen, die ihn nachts gewiß nicht schlafen ließen, auch wenn sie noch keine konkrete Gestalt besaßen, Gefühl waren, etwas Störendes, Unbestimmtes und Beunruhigendes, das nach Verwirklichung verlangt, weil wir es sonst nie erkennen. Ich hätte zusehen sollen, wie er eine Schachtel Kosmos-Zigaretten kaufte, sie öffnete und dann schräg durch die Menge trieb, begeistert von dem Gedanken, daß diese Menge nichts von seiner Existenz ahnte, während er selbst sie mit all seinen Gedanken umfaßte, all die Menschen hier im Stadion und alle Menschen seit Anbeginn der Welt. Und während sie alle mit sich selbst beschäftigt sind, beschäftigt er sich mit ihnen, versucht die Gesetze von Ohnmacht und Bewegungslosigkeit zu durchdringen, dank deren wir, an die wirbelnde Kruste geschmiegt, existieren können – fügsam, gehorsam, wunschlos. Er muß das alles mit Hilfe von Bildern durchdacht haben, muß sich das Leben angesehen haben, um auf die Idee zu kommen, daß das Leben korrekturbedürftig sei. Kostek Górka, Schriftsteller, für den Papier etwas zu Leichtes und zu Glattes war – die Hand rutscht darüber und die Seele hinterläßt keine Spuren auf ihm, es gibt überhaupt keine Spuren, kaum ist etwas zu Ende, gilt es schon, etwas Neues zu beginnen. Jetzt schob er sich bestimmt durch die Menge, musterte Gesichter, betastete Rücken mit dem Blick, sog den Geruch der Körper ein, fasziniert von der Stofflichkeit der Existenzen, der Vielzahl unnötiger und chaotischer Verkörperungen, und erwog vermutlich die Neuerschaffung der Welt, neue Gesetze, wobei er sich selbst die bescheidene Funktion des vernunftbegabten Schicksals vorbehielt. Ich hätte bei ihm bleiben, hätte auf all die scheinbar abgerissenen und zufälligen Sätze hören, hätte vor allem selbst anfangen müssen, an das zu glauben, woran er allmählich glaubte. Die Welt ist voller Verrückter, deshalb wäre dieser Glaube das Schwierigste gewesen. Aber wenn es mir gelungen wäre, wenn es einem von uns gelungen wäre, gäbe es das alles jetzt nicht. So aber waren wir Kostek Górkas private Welt geworden, er konnte uns verschieben wie Figuren auf dem Schachbrett, dieser Fünf-Złoty-Demiurg aus Łódź. Aber wenn jeder Mensch eine ganze Welt oder, wie in unserem Fall, eine Halbwelt für sich ist, dann hatte er sein Ziel mit schlafwandlerischer Sicherheit erreicht, und Leben oder Tod lag in seiner Hand.

Wären wir etwas offener für Philosophie gewesen, so hätten wir ihm dankbar sein müssen, daß er unsere Lebenswege entwirrt, uns geradewegs ans Ziel geführt und uns die Entscheidung ebenso abgenommen hatte wie die Angst, wir könnten uns falsch entschieden haben.

War es da ein Wunder, daß ich mich freute, seine Silhouette durch mein quadratisches Fensterchen zu sehen? War es ein Wunder, daß mir das Herz bis zum Halse schlug? Er war eigentlich schon dabei, dort zu verschwinden, wo Wasyl und dann Gąsior verschwunden waren. Er folgte ihrer Spur, und einen Augenblick war ich sicher, daß es sich um eine Halluzination handelte, daß das gleißende Tageslicht lediglich ein Bild in der Tiefe des Schädels freilegte – aber wenige Sekunden darauf sah ich den Kleinen. Nach einer Minute war auch er verschwunden. Ich wollte schreien, aber die Angst fühlte sich schon wie zu Hause in meinem Körper und machte ihn steif und empfindungslos. Ich öffnete gerade mal den Mund. Die Gesichtshaut knarrte, und ich spürte ein Knirschen in den Kiefern. Ich seufzte nur, stöhnte vielleicht, um sogleich wieder zu erstarren und mit angehaltenem Atem in die völlige Stille zu lauschen.

Schließlich wurde ich den Rucksack los. Gegen die Balken schleudernd, flog er hinab, prallte auf die Decke, durchschlug das morsche Holz, und etwas Licht kam von unten in meinen Stollen. Der Abstieg war eine Frage von weniger als einer Minute.

Das Gotteshaus war hell und leer. Eine Fahne blauen Rauchs stieg von der erlöschenden Holzkohle auf. Ich fand eine der vier Zigaretten. Zündete sie an. Ich mußte etwas tun, etwas ganz Einfaches, um zum Leben zurückzufinden. Die anderen konnten mir nicht weglaufen. Sie bewegten sich wie Gebrechliche. Vielleicht hatte ich auch einfach Angst, sie einzuholen und zu fragen, was passiert sei. Ich zog die Uhr. Es war bald elf. Ich hockte am Restfeuer und rauchte. Wärmte mal die eine, mal die andere Hand. Ich rauchte sehr lange. Damit die anderen alle so weit wie möglich kämen. Der Kreis war zu einer losen Kette einsamer Gestalten zerfallen. Sie noch weiter zu dehnen hieß, sie zu schwächen, schließlich zu zerreißen. Ich stand auf, holte den Rucksack aus der Vorhalle und trat in die Sonne. Eine Weile mußte ich meine Augen gewöhnen. Ich sah die Spur, auf der wir alle hergekommen waren. Ganz unwillkürlich bezog ich meinen Beobachtungspunkt und ging dann weiter, bis ich mich mitten auf der leeren, blendenden Ebene befand. Nichts rührte sich, so weit das Auge reichte. Die Luft war regungslos und warm. Ich nahm eine Handvoll Schnee. Er backte gut. Ich formte eine kleine Kugel und steckte sie in den Mund. Aber ich ging nicht diesen Weg, sondern kehrte um. Ich ging ihnen nach, bergab.

Mein Pfiff brachte sie sofort zum Stehen. Die lange, schattige Schneise führte durch einen Fichtenwald. Sie war eng und gewunden, manchmal verlor ich die anderen aus den Augen. Sie mußten sehr erschöpft sein. Alle Vorsicht hatten sie fahrenlassen. Ich war auf zwanzig Meter herangekommen, sie hörten mich immer noch nicht. Ich mußte pfeifen. Ihre Gesichter unterschieden sich gar nicht mehr. Ein und derselbe Ausdruck, aufgepflanzt auf Körpern unterschiedlicher Größe.

«Was ist passiert?» fragte ich.

«Nichts», erwiderte Kostek. «Wir gehen euch nach.»

«Was ist dort passiert?» Ich sah den Kleinen an. Der nutzte sofort die Gelegenheit, seinen Rucksack in den Schnee fallen zu lassen und sich zu setzen.

«Auch nichts», lächelte er dümmlich, als hätte er einen dämlichen Witz auf Lager. «Sie sind gar nicht unseretwegen gekommen. Sondern wegen dieses Kameraden. In der Hütte muß ein Telefon oder ein Funkgerät gewesen sein. Als der Keiler zu sich gekommen war, sann er auf Rache. Wir waren dabei, als sie den Kerl schnappten. Wir waren schon startklar. Wollten gerade aus dem Zimmer gehen. Der Keiler zeigte auf ihn als gefährlichen Verbrecher, sie hauten ihm eine rein, legten ihm Handschellen an und führten ihn ab. Ende der Geschichte. Ach ja, und Jola schlief. Es war sinnlos, euch nachts nachzujagen. Wir warteten bis zum Morgen. Das heißt er, denn ich habe geschlafen.»

«Wo sind die anderen?» Kosteks Stimme war leise und gespannt.

«Dort.» Ich wies mit dem Kopf nach vorn.

«Weshalb habt ihr euch getrennt?»

«Das geht dich einen Scheißdreck an», schrie ich fast. Er musterte mich mit starrem Blick aus verengten Lidern und sagte ruhig: «Ich will einfach wissen, woran wir sind.»

«Von wegen wir. Nichts da mit ‹wir›. Weißt du, woran du bist? Am Arsch bist du, du...»

Aber ich fand kein Wort, das unflätig genug gewesen wäre. Ich wollte wohl mit einer einzigen rotzigen Geste all die Stunden der Feigheit wettmachen, denn ich stürzte mich mit sinnlos ausgestreckten Armen auf ihn, wie um ihn an der Kehle zu packen, aber der Kleine trat nur einfach zwischen uns, zu meinem Glück, denn ich sah im Augenwinkel, wie dieser Hund nach mir treten wollte.

Das war's. Wir zogen weiter. Mehrjähriger Fichtenbestand verdichtete sich um uns, wurde wieder schütterer, so etwas wie eine Kette kleinerer und größerer Lichtungen, sonnenüberflutet. Es war beinahe so wie letzte Nacht. Einmal im Schatten, dann im Glanz. Wir gingen am Grunde eines engen Tales mit steilen Wänden. Es war warm. Weiße Pfötchen rutschten hin und wieder von den Zweigen, das einzige Geräusch außer dem Knirschen unserer Schritte. Spuren von Rehen und Hirschen kreuzten unseren Weg. Ansonsten geschah nichts. Nur einmal bemerkte ich neben unserem Pfad eine runde, in den Schnee gedrückte Vertiefung und war sicher, daß Gąsior hier die Kräfte verlassen hatten. Aber ich hielt die Klappe. Diesem Moses, der uns erst in die Waldwüste geritten hatte, um uns jetzt mühsam hinauszuführen, wollte ich keinen Tip geben. Ich lasse ihm ein bißchen Zeit, dachte ich. Der Kleine ging vor mir, ich kam nicht in den Rhythmus seiner Riesenschritte. Es mußte Mittag sein. Selbst in den Engpässen lag kein Schatten. Kostek hetzte nicht. Als er sich nach den anderen erkundigt hatte, meinte er Wasyl. Ohne ihn war er blind. Ohne ihn glitt er selbst gefährlich in den Zufall ab, ins Unerwartete, in den Hinterhalt des eigenen Unterbewußtseins. Er muß verdammt sicher gewesen sein, daß es niemandem von uns in den Sinn kommen würde, die anderen im Stich zu lassen. Das ging mir jetzt auf. Und Wasyls mußte er so sicher gewesen sein wie seiner selbst, denn das waren seine Augen, seine Ohren. Mir ging auf, daß diese Maschinerie zu stottern begann, und ich bekam so etwas wie Angst. Denn Kostek Górka verlor allmählich die Kontrolle über unser Schicksal. Er begann, unser Schicksal zu teilen. Und das konnte die übelste aller üblen Varianten sein.

Ich hätte ihn an jenem Wintermorgen nicht allein lassen dürfen. Ich hätte sein Sancho Pansa werden und ihm seinen Wahn stehlen sollen. Wir alle hätten zu seinen Knappen werden sollen.

Wir hätten ihm schon damals die kalte Schulter zeigen sollen, als er das erste Mal auftauchte, aber wir behandelten ihn wie einen von uns. «Setz dich, Kostek, trink was.» Daß Kostek nicht einfach trank, um zu trinken, daß er nicht um des Stromerns willen mit uns stromerte, daß er nicht für das Vergnügen von Langeweile und Gefahr seine Zeit vergeudete – darauf kamen wir gar nicht. Wir waren zu dumm. Wir hätten ihm die kalte Schulter zeigen oder ihn bei der ersten Gelegenheit mit einem Arschtritt vor die Tür befördern sollen. «Hau ab, du Pfeife. Du bist hier das fünfte Rad am Wagen.»

Ich ging als letzter, und diese beschissenen Erleuchtungen kamen mir fünfhundert Kilometer von zu Hause und einige Jahre zu spät. Ich entdeckte einen zweiten Abdruck von Gąsiors Hintern. Zweihundert Meter weiter noch einen, aber so verschmiert, als hätte er sich mühsam wieder hochgearbeitet, und außerdem glaubte ich einen Tropfen Blut zu sehen. Ich wußte, daß wir ihn

jeden Augenblick aufspüren mußten. Die Uhr zeigte Viertel vor eins. Ich sagte kein Wort, wozu auch. Er lag quer über dem Pfad auf der Seite. Er versuchte zu sitzen. Er sah aus wie in seiner Wohnung auf dem Ledersofa vor dem Fernseher. Die Beine untergeschlagen, die Schenkel eingeklemmt. Blut rann ihm aus der Nase. Er wischte es ab, als er uns sah. Der Kleine hockte sich hin, ich neben ihm.

«Bist nicht weit gekommen», sagte ich leise.

«Nein, nicht weit», sagte er ganz ruhig, ohne eine Spur der Paranoia einige Stunden zuvor.

«Alles unnötig, Gąsior, Mensch. Niemand verfolgt uns.»

«Schade», versuchte er zu lächeln. «Was machen wir dann jetzt?»

«Irgendwas müssen wir schon machen», sagte der Kleine. «Es läuft dir aus der Nase. Kannst du gehen?»

«Schlecht. Die Beine verhakeln sich. Ich geh ein Stück und falle hin.»

«Gut, daß es nicht mich getroffen hat.»

«Weshalb?»

«Würdest du mich tragen wollen?»

Wir lachten alle drei. Gąsior faßte sich gleich an die Nase, und unser Kichern verstummte, denn es wollte nicht zu der absoluten Stille des Waldes passen. Kostek stand ein paar Schritte von uns entfernt und guckte in die Karte. Er schob sie unter die Achsel, nahm den Rucksack ab und sagte: «Wartet. Bin gleich wieder da.»

Er folgte Wasyls Einzelspur und verschwand zwischen den Bäumen.

Wir setzten Gąsior auf. Er bekam Lust auf eine Zigarette. Wir rauchten alle.

«Woher hat er die Karte?» fragte ich.

«Aus der Schutzhütte», antwortete der Kleine.

«Weißt du was von seiner Idee?»

«Er sagt nichts. Verschlossener Typ. Erzähl, was mit Bandurko ist.»

«Er hat sich für die Freiheit entschieden. Ich selbst habe ihm zugeredet. Im Morgengrauen hat er die Kirche verlassen.»

Der Kleine wiegte den Kopf, sah mich schräg an und sagte: «Komisch, daß mir niemand zugeredet hat.»

«Bist in der falschen Gruppe abgehauen.»

«Ich konnte nicht schneller. Kam kaum voran.»

So plauschten wir. Ich erzählte ihm, wie er vor einer guten Stunde den Verfolger gespielt hatte.

«... also wir sitzen beim Kaffee, und du pinkelst fünfzehn Meter über uns in den Rucksack? Warte, wie hat der Alte gesagt? Es gibt unterschiedliche Vergnügen...»

«Und Jola schlief, sagst du?»

«Sie schläft bestimmt jetzt noch. Sie ist wie ein Bär.»

«Schade um Maciek.»

«Liebe, da kannst du nichts machen. Falls er nicht durch irgendein Wunder erfährt, in wen er da sein Gefühl investiert hat, wird er seine Zeit mit flammendem Herzen und im Bewußtsein, ein Held zu sein, absitzen. Jungfernstolz und so 'n Zeugs. Schlüsselburg wird ihn nicht brechen.»

«Haben sie ihn übel zugerichtet?»

«Als wir dabei waren, hat er nur eine reingekriegt. Aber ich glaube, sie haben ein Tänzchen mit ihm veranstaltet. Der Keiler kannte die Bullen gut.»

«Und woher wußtet ihr, wo ihr abbiegen sollt?»

«Du Pfeife, du hast deinen regenbogenfarbenen Schal fünf Meter neben dem Pfad liegenlassen, als geheimes Indianerzeichen. Ich habe ihn im Rucksack.»

Gąsior hielt sein Gesicht in die Sonne und deckte die Nase mit Schnee ab. Picknickstimmung kam auf.

«Ich bin hungrig», sagte ich.

«Wir haben sogar gefrühstückt. Ist nicht viel von übrig. Etwas Brot, vielleicht ein bißchen Speck. Ich weiß nicht, was der da hat.»

«Gąsior hat eine Konserve.»

Aber wir aßen nichts. Kostek kam. Er blieb bei uns stehen, zögerte eine Weile, hockte sich hin und ließ den Blick über unsere Gesichter huschen. Er senkte den Blick und sagte: «Hört mal, ihr müßt mir sagen, was mit Wasyl ist. Vielleicht geht mich das einen Scheißdreck an, aber jetzt hat die Situation sich geändert.» Er zeigte mit dem Kopf auf Gąsior. «Wir müssen was mit ihm machen.»

«Am besten erschießen, Herr Kommandant. Bei den russischen Fallschirmjägern ist das so üblich.»

Niemand lachte über den Witz des Kleinen. Nicht einmal er selbst. Ich weiß nicht mal, ob es ein Witz sein sollte, denn der Kleine sagte es leise und in einem seltsamen Ton, wie eine Drohung.

«Ich muß wissen, was mit Wasyl ist, wo er hingegangen ist.»

Das konnte mir piepegal sein. Er war schon weit, unerreichbar.

«Er hat diesen Weg vor sieben Stunden genommen. Bestimmt sitzt er schon im Zug. Ist nach Hause gefahren. Er scheißt drauf. Ende, Kommandant.»

Er schluckte. Hob den Blick nicht. Knetete im schwarzen Handschuh einen Klumpen Schnee.

«Diesen Weg muß man fünf Kilometer weit gehen, um an die Straße zu kommen. An dieser Kreuzung gibt es nichts. Völlige Einöde. In der einen wie der anderen Richtung sind es mehrere Kilometer bis zum nächsten Dorf. Aber nach knapp einem Kilometer geht ein Weg links ab. Ein gewöhnlicher Waldweg. Er ist eingezeichnet. Er führt zu einem Steinbruch, insgesamt sind es so drei Kilometer. Ich bin bis zu der Stelle gekommen, wo er anfängt. Keine Spuren. Da steht ein Schlagbaum mit einem Verbotsschild. Ich wette, dieser Steinbruch ist im Winter geschlossen. Dort sollten wir hin. Das ist wenigstens ein Platz, nicht mitten im Wald. Bis dort können wir ihn hintragen. Aber zehn Kilometer weit kommen wir nicht mit ihm.»

Wir sahen nicht Kostek an. Wir sahen Gąsior an.

«Gebt mir die Karte», sagte er. Er breitete sie auf den Knien aus und ließ sich den Steinbruch zeigen. Drei kleine schwarze Quadrate, zu einer Pyramide aufgeschichtet, mitten im Grünen. Ein schwarzer Faden führte aus ihr hervor und verband sich mit einem anderen schwarzen Faden.

«Wir sind hier», sagte Kostek und zog den Handschuh aus, um den Finger mitten auf diese Wüstenei zu setzen. «Da ist diese Kirche und dort die Schutzhütte.»

Alles stimmte. Unser Kirchlein war ein rotes Zeichen mit orthodoxem Kreuz. Ich suchte nach Häusern, aber das nächste war die Schutzhütte, erst hinter ihr fand sich eine Handvoll verstreuter oranger Krümel.

«Ich weiß nicht. Wir werden sehen.» Er stand auf. Der Kleine nahm seinen Rucksack. Er machte zwei, drei Schritte, fünf, zehn, immer schwerer, schließlich suchte er in der Luft nach Halt und mußte stehenbleiben, um alles von neuem zu beginnen.

«Als wenn ich betrunken wäre», sagte er ratlos. «Mir dreht sich alles.» Der Schweiß rann ihm unter der Mütze hervor. Sein Blick bat uns um Entschuldigung. «Wenn ich sitze, merke ich nichts. Aber sobald ich losgehe, weiß ich sofort, daß ich Fieber habe. Bin schon ganz naß. Mir verschwimmt alles vor den Augen.»

Der Kleine reichte Kostek Gąsiors Rucksack. Er faßte Gąsior um die Hüfte.

«Nimm du ihn von der anderen.»

Die verletzte Hand tat mir weh, und wir mußten tau-

schen.

Es ging so halbwegs. Viel langsamer als dort, bergab, aber es ging. Immer wieder blieben wir stehen. Wir erreichten die Stelle, von der Kostek gesprochen hatte. Ein krummer Schlagbaum, rot-weiß gestreift, verwehrte den Zugang zu dem Weg, der wahnwitzig steil nach oben führte. Er drang einfach in die dicht mit Fichten bewachsene Steilwand ein – keine einzige Kehre, keine Serpentine. Es lag auf der Hand, weshalb der Steinbruch im Winter nicht genutzt wurde. Hier konnte man sich mit einem Kinderschlitten den Hals brechen, von einem Lastwagen mit fünf Tonnen auf dem Buckel ganz zu schweigen.

Das schlimmste waren die ersten hundert Meter. Dann wurde es etwas ebener. Gąsior tat, was er konnte, torkelte aber zwischen uns wie der letzte Säufer, die Beine schleiften nach, und wenn sich die Schuhspitzen in den Boden gruben, blieben wir stehen. Wir nahmen Kostek den breiten Milizgürtel ab und legten ihn Gąsior an. Jetzt hatten wir wenigstens etwas zum Festhalten. Schließlich wurde es ganz flach, der Weg führte ideal geradeaus, und wir sahen, daß er etwas weiter erneut steil anstieg. Jemand mußte es mit dem Bau sehr eilig gehabt haben.

Nach einer Stunde verkündete Kostek, die Hälfte hätten wir geschafft. Wir ließen unser Bündel sinken, es ging von selbst in die Knie. Er atmete noch schwerer als wir. Er fraß zusammengescharrten Schnee. Dieser Schnee trat ihm sofort auf die Stirn und rann ihm die Schläfen herunter. Der Himmel war blau, die Luft still, wir hatten keine Kraft mehr.

Aber es war weder die steile Zufahrt noch der Winter, die den Steinbruch verlassen machten. Nach einer schier endlosen Zeit, die sich schmerzhaft durch unsere

Körper bohrte, erreichten wir den Gipfel der Erhebung. Der Wald zur Rechten war verschwunden. Er war einfach mit einem Stück des Weges nach unten gestürzt. Zu unseren Füßen breitete sich ein mehrere Dutzend Meter tiefer Bergsturz, eigentlich ein Abgrund, aus. Große Felsbrocken mischten sich mit weißen, nackten Baumstämmen. Wie Knochen und Steine, wie Steine und Knochen, so sah das aus. Mir wurde schwindlig. Nur Kostek ging bis an den Rand. Dort unten, auf einer taschentuchgroßen Fläche, standen das rötliche Skelett einer Maschine, das dreckbraune Wrack einer anderen und eine graue Baracke, deren verschneites Dach eingesunken war. Es war sehr hell. Wir betrachteten den Steinbruch wie ein Modell im Technikmuseum. Die Sonne beschien die gegenüberliegende Wand. Sie hatte eine gelbliche Farbe. Alles zusammen sah aus wie ein Felscañon inmitten sanfter, bauchiger Berge.

Im Wald umgingen wir das abgerissene Wegstück. Bald ging es bergab. Der Weg machte eine scharfe Rechtswendung. Am Grund des Abbauraums lag schon Schatten.

33

«Wie ein Bagger, nicht?»

«Was für ein Bagger?»

«Na, die am Kanal», sagte der Kleine.

Richtig, immer standen zwei da, teerverschmiert, ramponiert, vor langer Zeit einmal stahlgrau gestrichen. Man mußte das Weidengestrüpp auf der Sandebene durchdringen, in der erhitzten Luft lag ein bitterer Geruch, der an Leder erinnerte. So riechen neue Körbe auf den Marktplätzen der Provinz. Und wenn es vom Wasser her wehte, hatte man gleich Fischgestank in der

Nase, obwohl man die Fische in diesem Kanal an einer Hand abzählen konnte. Vielleicht riechen die Fische nach Wasser, nicht umgekehrt. Zuerst tauchte das Förderband auf. Hoch, vor dem Hintergrund des Himmels. Danach der Rest des verschmierten Rumpfes und das große, vom Stillstand rostige Schaufelrad.

Er stand zehn Meter vom reisigbefestigten Ufer. Vertäut war er nicht, mußte also vor Anker liegen. Wenn gerade jemand an Bord war, schunkelte ein kleines Boot an der Seite. Oder saß vielleicht ständig jemand da? So einen Haufen Eisen konnte doch niemand unbeaufsichtigt lassen, wenn es ringsumher im Grünen von Säufern und Pennern wimmelte, die auf dumme Gedanken kamen. Aber wir haben ihn nie in Aktion gesehen. Auch den anderen nicht, der näher am Hafenbekken zwischen Barken und Schleppern stand. Beide waren gleich leblos. Nur einmal, glaube ich, lief an unserem der Motor – ein leichtes Dröhnen und ein Wasserbächlein, das aus einem kleinen Schlund an der Bordwand gluckerte.

Also wir hatten nie gesehen, daß sich das große Stahlrad drehte und daß eine Barke ihren Rücken unter das Förderband stellte. Sie arbeiteten nicht, weil wir sie immer sonntags sahen. Wir brauchten nur drei Haltestellen weiterzufahren, statt an der Kirche auszusteigen. «Keine Panik, Gąsior. Deine Alte geht um neun.» – «Die Nachbarin wird petzen.» – «Keine Panik, sage ich. Eine Mutter soll ihrem Kind vertrauen, oder?» – Wir gingen um elf. Oder nicht, denn wir gingen immer seltener. Der gottlose Kleine hatte sich ausgedacht, daß man die Messe am Kanal verbringen könnte. Eine Stunde sitzen und zurück mit dem Bus. Es roch nach Weidekörben voller Fische. Das Heizkraftwerk hinter dem Betonviadukt war so riesig, als wäre es vom Himmel gefallen. Auf der Erde gibt es solche großen Dinge nicht. Wir saßen also unser Stündchen ab, betrachteten die Bagger, die reglosen Schwimmer sturer Angler, und so wie wir die Maschinen nie arbeiten gesehen haben, zog auch keiner von denen je etwas anderes aus dem Wasser als den blanken Haken. In jenen Jahren waren die Sonntage immer heiter, also kringelte sich das Himmelsblau über der sandigen Ebene auf der anderen Seite des Kanals und lehnte auf dem Nebengleis, das stets mit einer Reihe graubrauner Waggons verstopft war, die auf irgend etwas zu warten schienen.

Weiße Vögel, Möwen, vielleicht Seeschwalben, glitten über die kleinen, grünlichen Wellen. Ihre Schnäbel blieben immer leer. Wie die Haken der Angler. In dieser pastellfarbenen, von der Hitze leicht angeräucherten Landschaft sahen die leeren Weinflaschen heimischer Produktion grell und albern aus, wie absichtlich plazierte Gegenstände. Malwina, Leliwa, Rajskie, Serenada.

Manchmal gingen wir wortlos den Kanal aufwärts und lasen nur diese Namen ab, die in der Vormittagsstille wie völlig bedeutungsleere Laute klangen. Eines Tages gerieten wir so weit, daß kein Laut von dem kaum noch sichtbaren Viadukt herdrang. Am anderen Ufer reichte das Weidengebüsch bis zum Wasser. Und Gąsior sagte:

«Hört ihr das?»

«Was?»

«Die Glocken. Sie läuten zur Kirchenmesse.»

Der ferne, gedämpfte Klang glitt über den fleckenlosen Spiegel des Himmels. Als flögen unsichtbare Gänse vorüber.

«Sollen sie läuten», sagte der Kleine und zog eine Zenit-Zigarette aus der Brusttasche.

Tatsächlich erinnerte dieses rostende große Vieh an einen Raupenbagger. Der Arm des Förderbandes ragte über unsere Köpfe. Das Gummiband war schon lange zerfallen. Geblieben war das Eisenskelett, vor dem lichten Himmel deutlich und flach wie eine technische Zeichnung. Wir gingen an diesem Leichnam vorbei auf den abgebrochenen Berghang zu. Einige große Gesteinsbrocken lagen ganz unten, dann stieg die Wand schräg an, übersät mit übel zugerichteten und faulenden Baumstämmen, weiter oben verwandelte sich das alles in einen senkrechten Bergsturz mit einem Überhang ganz oben.

«Das werden so dreißig Meter sein, oder mehr», sagte der Kleine. «Gehen wir?»

«Hör auf», erwiderte ich. «Das hängt alles an einem Haar. Du donnerst runter.»

«Es muß abgebrochen sein, als sie die andere Wand in die Luft jagten. Dazu die Lastwagen. Der Kommunismus hatte eine wildöstliche Phantasie, stimmt schon.»

Wir kehrten zu der Baracke zurück. Sie erinnerte an einen Bahnwaggon, nur daß die Abteile zu beiden Seiten des Gangs lagen. Alles aus Brettern, Sägemühlenresten. In einer dieser Klitschen fanden wir das Fenster unversehrt. In der Ecke stand eine Tonne mit Rohr. Das Metall hatte sich fast vollständig in Rost verwandelt, aber wir zündeten ein Feuer darin an. Holz gab es genug. Man brauchte nur in den Nebenraum zu gehen und sich ein bißchen Wand zu nehmen. War nicht übel. Sogar ein Bett gab es. Eine Gefängnis- oder Armeepritsche mit nackten Federn, auf die wir einen Armvoll Fichtenzweige warfen. Auf diesem Armvoll fieberte Gąsior. Mit zwei Schlafsäcken zugedeckt, kaum noch wiederzuerkennen, erzählte er kurze Geschichtchen wie ein nervöser Automat, der gerade sprechen lernt. Wir hörten nicht zu. Kostek saß auf einem kachligen Schemel und starrte in die Karte, als glaubte er noch

daran, daß wir in einer Welt existierten, die sich beschreiben oder aufzeichnen ließ. Wir taten das übrige.
Wir hielten das Feuer in diesem Fäßchen in Gang, tränkten Gąsior mit warmem Wasser und gingen von Zeit zu Zeit raus, um nicht an die vier Zigaretten zu denken, die uns noch geblieben waren.

«Wenn er im Warmen ausgeschlafen hat, müßte er wieder auf die Beine kommen», sagte Kostek, als wir den faselnden Körper betteten. Niemand äußerte sich dazu. «Kalt, kalt... genau so wie damals... such die Zitrone im Kühlschrank...»

Tatsächlich, nur diese Zitrone fehlte ihm noch zu seinem Glück.

In diesem steinernen Krater voll kaputtem Eisen und faulendem Holz herrschte körniges Halbdunkel. Zugedeckt waren wir von einem leuchtenden, goldenen Deckel. Rote, vertikal gestreckte Federchen zeigten den Westen an. Vielleicht gingen wir gerade deshalb raus, um in dieses eigenartige Halblicht, diese unvollständige Dunkelheit einzutauchen, um uns als Gespenster zu fühlen. Soviel Glanz und Helligkeit dort oben, und wir warfen nicht die Spur eines Schattens.

Wir umgingen dieses ganze klinisch tote oder scheintote Unternehmen. Einige Holzpfosten mit Resten von Draht markierten den Weg zu dem schmalen Waldstreifen, der mitsamt der Straße abgerutscht war. Die Überreste einer massiven, hausgroßen Maschine wuchsen unweit unseres Baggers aus dem Schnee.

«Eine Schottermühle», sagte der Kleine, der gewiß so manche Mühle im Leben gesehen hatte. Wieviel interessante Dinge mußten sich unter der Schale des Schnees befinden. Die Hände in den Hosentaschen, schlenderten wir hin und zurück, und von oben, dachte ich mir, müssen unsere Silhouetten nicht größer als Ausrufezeichen gewesen sein. Wir versteckten uns hinter der Baracke und rauchten eine zu zweit. Trotz des

wolkenlosen Himmels war es gar nicht kalt.

«Genau der richtige Ort für diesen Maulwurf», sagte der Kleine. «Er ist wie ein Maulwurf, wie eine Ratte. Hast du gesehen, wie er lacht? Zeigt immer die Zähne.»

«Hab ich gesehen, Kleiner. Viele Male.»

Zwei schwarze Vögel zogen durch das dunkelnde Blau, das silbrige Grün, dann das Gold, um im Rot des Westens zu verschwinden. Sie hinterließen nicht den geringsten Kratzer am Himmel. Sie schwebten sehr hoch, aber wir hörten das leise, lockere Sausen der Luft zwischen den Schwungfedern. Irgendwo dort oben erklang das Bellen des Rehbocks, vielleicht war es ein Fuchs oder etwas anderes.

«Ich würde gern irgendwo weiter oben sitzen», sagte der Kleine.

«Ich auch», antwortete ich.

Er reichte mir die Zigarette. Die Sonne ging hinter einem Berg unter, hinter dem nächsten und hinter noch einem, sie rutschte tiefer und tiefer über den Rand der Erde, schien irgendwo unter uns, immer tiefer, zwang immer andere zum Leben. Uns ließ sie in Ruhe.

Ich konnte an nichts denken. Ich versuchte es. Es gelang nicht. Wir steckten in einem blassen Licht, das die Konturen herausholte, die Farben verwischte. Wir waren Gespenster für uns selbst und die anderen. Gespenster denken nicht. Daß wir müde waren, war natürlich. Wir wollten dahin zurück, von wo wir gekommen waren.

Ich wollte den Stummel in den Schnee werfen, aber der Kleine hielt mich davon ab. Er löschte ihn aus und steckte ihn in die Tasche. Wir gingen wieder in die Baracke zurück. Gąsior stöhnte. Kostek starrte in das dunkelnde Fenster. Der Kleine kramte ein Stück hartes Brot und einen Streifen Speck hervor. Ich nahm meinen

Anteil. Zog den Schlafsack heraus. Er war feucht und stank.

Ich selbst roch keineswegs besser. Ich nahm den Schlafsack unter den Kopf und haute mich neben dem Ofen hin. Das Feuer tobte. Es war nicht kalt. Sie schwiegen. Gąsior redete zu irgendeiner Frau. Ich betrachtete die Tonne. An einigen Stellen hatte der Rost sie völlig durchgefressen, dort sah ich kleine rote Flämmchen. Ich fürchtete ein wenig, der ganze Schrott könnte auseinanderbrechen, die Kohle auf den Boden fallen, die Bude in Brand geraten, und wir könnten in diesem Tal aufblühen wie eine große, orange, übelriechende Blüte. Den Schlaf raubte mir das nicht. Ich flog kopfüber in die Tiefe der Dunkelheit, schlug Purzelbäume, Salto über Salto, die Dunkelheit versuchte mich auszuspucken, aber die Erschöpfung war schwerer als Stein, ich sank in den Schlamm, den Bodensatz aller vergangenen Ereignisse. Sie zogen vorbei, streiften mich kaum, aber ihr Unmaß, ihre Menge und Verworrenheit bewirkten, daß das kein Traum war, sondern ein böses, schweißtreibendes Fieber. Ich war durchnäßt. Man wird naß in der Tiefe. Du kannst nicht über den eigenen Schwanz springen. Und wenn sie auch schwiegen – ich hörte Hunderte von Gesprächen. Wenn sie auch regungslos saßen – ich konnte mich aus dem Gestrüpp der Gesten nicht befreien.

Es mußte aber ein Traum sein, denn manchmal wachte ich auf und sah Kosteks Gesicht im Fenster, eine Maske, vom Mondlicht versilbert. Als verharrte sie seit Jahrhunderten dort, eine Bildsäule, etwas in dieser Art. Eine hohle Bildsäule. Die klingt, wenn man sie anstößt.

«Ist das Nacht... ist das wieder so eine Nacht?»

«Schlaf, Gąsior, schlaf. Nacht. Nachts muß man schlafen.»

Der Kleine sagte das von der Tür her, und das war zu

weit, als daß Gąsior es aus der Tiefe seiner Fieberträume hätte hören können.

«Nacht, immer Nacht, wann hört das endlich auf.»

Helligkeit war ihm wichtiger geworden als Zitronen. Der hatte Ansprüche. Er wimmerte noch ein Weilchen, dann schlug die Woge des Fiebers über ihm zusammen. Jetzt gischtete nur sein pfeifender, abgerissener Atem an die Oberfläche.

Der Kleine stieg über mich hinweg und legte im Ofen nach. Ich drehte mich auf die Seite, um mir die Schultern zu wärmen. Ich spürte die Wärme über den Rükken kriechen und schlief wieder ein.

Nicht ihre Stimmen weckten mich. Es war der Wind. Er hatte irgendwo dort oben Schwung genommen und war bis nach unten in unsere Grube gefahren. Ich roch Rauch. Der Sturm war schwer und abgerissen. Er wälzte eine Kugel aus Luft, drückte sie auf unser Dach und kehrte zurück, um die nächste zu holen. Kalte, bissige Pfiffe sausten über den Boden. Ich hatte den Geschmack von altem Staub im Mund, die fortschreitende Kälte in den Füßen. Der Kleine sagte zu Kostek:

«Such mal richtig. Ich glaube es nicht.»

«Ich sage dir, ich hab's nicht mehr.»

«Such noch mal.» Die Stimme des Kleinen war ruhig. Eigentlich klang es wie eine Bitte.

«Habe ich schon.»

«Aber nicht gefunden. Such.»

Ich drehte mich auf den Rücken, setzte mich langsam auf und lehnte mich an die Wand. Kostek saß auf seinem Platz. Der Mondschein übergoß sein Gesicht und floß wieder ab. Wolken jagten über den Himmel, dieser Glanz war unbeständig, beweglich, wurde immer wieder von Schatten ausgewischt, und dann sah ich nur einen unförmigen Klumpen vor dem Fenster, der kaum an einen Menschen erinnerte. Er hätte aus Lehm, er hätte auch aus Lumpen sein können.

Er bückte sich und hob etwas vom Boden auf. Der Kleine sagte wieder:

«Pack noch nicht. Such.»

«Hier sieht man sowieso nichts.»

«Mach den Ofen auf.»

Kostek richtete sich mühsam auf. Das Mondlicht umriß sein zerwühltes Haar, er sah dem Kleinen ins Gesicht. Dann, als die dunkelblaue Finsternis ihn fast ganz erfaßt hatte, sagte er mit hoher, gespannter Stimme:

«Laß mich in Ruhe, du Arsch.»

Der Kleine löste sich von der Wand.

«Gut, dann suche ich selbst», und er ging auf das Fenster zu, das wieder hell wurde, aber seine Schultern erstickten den Glanz. Ich hörte Kosteks «Laß» und ein Stöhnen. Der Kleine bückte sich, ein kurzes Ringen, und Kostek flog durch die Bude, knallte gegen die Tür und fiel in den Gang. Ich stand völlig gedankenlos auf, schloß die Tür hinter ihm und hielt die Klinke fest.

Der Kleine öffnete den Ofen, es wurde rot. Er drehte den Rucksack um und schüttelte ihn. Dann hockte er sich neben dem Gelumpe hin... Ich spürte ein Rucken. Nicht kräftig, so zur Probe. Der Kleine knöpfte die Taschen auf, wühlte darin herum, ertastete schließlich, wonach er suchte, und brummte:

«Der Hund. Laß ihn rein.»

Ich öffnete die Tür. Die Dunkelheit war kalt und zugig. Ich wartete eine Weile. Schließlich mußte ich ihn rufen. Er streifte mich kühl, ohne jeden Geruch. Er kniete nieder und begann, die Sachen in den Rucksack zu stopfen. Dann setzte er sich auf seinen Platz und sagte mit hölzerner, heiserer Stimme:

«'tschuldigung, Jungs, ich dreh durch.»

Der Kleine schloß den Ofen und machte sich im
 Dunkeln zu schaffen. Ich hörte den Becher klingeln. Er machte Wasser warm, setzte sich neben Gąsior und versuchte, ihn aus dem Fieber zu rufen. Ich hörte die Plastikpackung knistern.

«Gąsior, du mußt das schlucken, hörst du mich?»

Gąsior murmelte, stöhnte, ließ sich aber wohl die Pille in den Mund schieben. Vom Arm des Kleinen angehoben, trank er ein paar Schluck und fiel lautlos auf sein Lager zurück.

Der nächste Schlag fuhr auf die Bude nieder. Der Ofen schnaufte. Funken sprühten aus den Ritzen seiner Tür.

«Bißchen vollgepißt», sagte ich zu dem Kleinen.

Ich zog Wasyls Schlafsack aus dem Rucksack. Er legte sich rücklings neben mir hin. Er zog eine Zigarette, drehte sie eine Weile zwischen den Fingern, robbte dann zum Ofen heran und steckte sie an.

Wir rauchten jeder ein paar Züge. Als noch ein bißchen übrig war, sagte er zu Kostek:

«Hier hast du. Weck mich in zwei Stunden.»

Der nahm den Stummel und sagte, er werde ihn wekken, auch in drei Stunden, denn er sei nicht müde. Ich hörte noch, wie er die Ofentür öffnete und sich eifrig mit einem zu großen Holzbrett abmühte.

Ich hatte keine Träume. Gąsior stöhnte auf dem Bett, draußen stöhnte der Wind. Er riß Wolkenfetzen ab und warf damit nach dem Mond. Eine unruhige Nacht. Die Finsternis pfiff, heulte, verstummte und hob von neuem an. Verdammt viele Geräusche. Ich flog durch die schwarze Luft, jedes kurzzeitige Erwachen schmeckte nach Krankheit, nach einer verkaterten Nacht, wenn dir die Decke auf den Kopf fällt und den Leib mit einer widerlichen, betonschweren Last erdrückt. Ich rollte mich zusammen, wollte zu einem

Strudel von Nerven und Gedanken und dann zu einem Punkt werden, der sich in den Abgründen des leeren Himmels verliert. Das war eine gute Methode. Ich verschwand, ich ließ mich fallen wie ein dunkler, immer kleinerer Stern, der sich in der Tinktur von Unendlichkeit und Leere auflöst. Aber nicht für lange. Ich kehrte auf die Erde, an den Ofen zurück und mußte die Augen öffnen, um zu sehen, wo ich war. Vielleicht hatte ich doch noch Hoffnung. So, wie man nach allen abscheulichen Taten die Hoffnung hat, ganz woanders aufzuwachen, wo die Welt aufgeräumt und vielleicht sogar jünger ist, wie eine neu aufgelegte Platte. Alle Schalen weggefegt, die Kotze aufgewischt, der Wodka zurück in der Flasche und die Unternehmungen zurück im Kopf, in seinen geheimsten Winkeln.

Der Kleine lag auf dem Rücken und schnarchte. Manchmal kam es mir vor, als schnarchte ich, manchmal, als schliefe ich. Von Zeit zu Zeit öffnete Kostek den Ofen und warf im Feuer nach. Sein gestaltloser Schatten war riesenhaft und rötlich. Ich hatte keine Ahnung, wie spät es war. Die Nacht kannte keine Grenzen. Sie ergoß sich in alle Richtungen, trat über die Ufer, und ich dachte lieber gar nicht daran, wie weit sie reichen mochte. Es war so, als hätten wir für immer in ihr bleiben müssen. Schwer zu glauben, daß auf der Welt auch andere Dinge passierten, daß Menschen sich bewegten, durch erleuchtete Straßen gingen, um etwas zu essen, zu trinken, zu ficken. Kaum zu glauben. Da galten allzu komplizierte Regeln, diese Rollenteilung überstieg mein Fassungsvermögen. Die Ofentür gab einen schrillen Mißton von sich. Die Bude knarrte. Nichts von der hektischen Musik, die zu dieser Partyzeit gepaßt hätte.

Mitternacht, vielleicht schon darüber, welcher Wochentag war überhaupt, vielleicht Sonnabend, in all diesen kachligen Kneipen für Rumhänger in feinen

Klamotten hüpften Titten und Hintern auf und ab,

während wir hier mit einer Leiche, einem Fanatiker und einer ungewissen Zukunft hockten. Ich konnte nichts tun. Ich konnte an den Rest der Welt denken. Fürchterliches Chaos im Kopf. Davon schlief ich ein, und das weckte mich auf.

Wir waren zu reglos in diesem Sarkophag. Wenn es eine Auferstehung gibt, dann müssen im Jenseits alle den Verstand verloren haben. Vom langen Warten.

Ich fragte den Kleinen, ob er schlafe.

«Natürlich, was sonst», antwortete er.

«Ich auch. Würde gern eine rauchen.»

«Sind noch zwei da.»

«Eine können wir.»

«Gut. Reichen sowieso nicht ewig.»

Er rührte sich im Schlafsack, das Feuerzeug flammte auf, seine gewölbte Hand färbte sich rosig wie eine fleischige Laterne, wie ein Lampion aus Haut. Er atmete den Rauch aus und fiel auf den Rücken.

«Du, was hast du mit der Kippe gemacht?»

Kostek brauchte lange, um zu begreifen, daß er gemeint war.

«Ich? Weggeworfen. Was sonst.»

«Dann such sie und leg sie irgendwohin.»

Diese Zigarette brannte allzuschnell ab, sie drohte uns untätig zu hinterlassen.

«Gib ihm auch», sagte der Kleine.

Ich faßte in die Dunkelheit. Seine Hand war kalt und verschwitzt. Er stolperte, als er an seinen Platz zurückging. Seine Anwesenheit atmete etwas Stickiges. Ich spürte, daß er immer mehr Angst hatte. Du hättest ihm damals nachgehen und ihn töten sollen. Oder an einem der nächsten Tage. Wenn er so scharf darauf war, daß etwas geschah, hätte er nichts dagegen haben dürfen. Wir würden jetzt alle ganz woanders sitzen, alle gesund, bei guter Laune, und über irgend etwas Dummes und Nützliches nachdenken. Unsere Erinnerung an ihn wäre so plötzlich verschwunden, wie er bei uns aufgetaucht war. «Kostek? Keine Ahnung. Vielleicht ist er doch noch nach Portugal gefahren?» So hätte ich gesagt, und alle hätten es geglaubt, oder keiner, auch das wäre in Ordnung gewesen.

«Es schneit, glaube ich», sagte er von seinem Fensterplatz.

«Werden sich die Kinder freuen», erwiderte der Kleine.

Ich lag eine Weile und krabbelte dann aus dem Schlafsack.

«Ich gehe gucken.»

Wie ein nasser und kalter Lappen. So wickelte mich das Schneegestöber ein. Der Schnee lag bis in den Flur.

Ich tastete mich an der Wand zurück.

«Es schneit», sagte ich. «Schneit aus allen Löchern.»

«Wird alle Spuren zuschneien», sagte der Kleine.

Ich zog die Schuhe aus und kletterte in den Schlafsack. Er war noch nicht ausgekühlt.

«Du kannst dich hinlegen», sagte der Kleine zu Kostek.

Sie tauschten die Plätze. Das Fenster war jetzt dunkel wie eine Wand, ich sah die Silhouette des Kleinen nicht. Lichtkrumen bröselten aus dem Ofen. Unter Gąsior quietschten die Federn. Sein Atem erinnerte an das Schnarchen eines Betrunkenen. Er schlief nun schon die zweite Nacht hintereinander und konnte es gar nicht so schlecht haben, dachte ich. In der Stadt schlief er nie aus. Er stand früh auf, ging spät zu Bett, und niemand trug ihn. Hier klingelte kein Telefon, alle Drähte abgerissen, und das Meer schwankte endlos.

Wir reisten sogar im Liegen, im Schlafen. Man hätte

glauben können, da regelte sich etwas von selbst. Und

als wir schon weit waren, als die weiße Dunkelheit uns von allen Seiten in der Gewalt hatte und mit ihrer Hand sogar unter die Baracke fuhr, sie aus den Fundamenten riß und über die Bergrücken schleuderte, als uns eigentlich gar nichts mehr drohte, da krachte etwas im Flur, die Tür schlug auf und ein Mensch erschien darin, der heller war als die Dunkelheit und aussah wie ein Spuk.

«Hab ich mir gedacht», sagte er und schüttelte den Schnee von sich ab wie ein Hund das Wasser. «Hab's im letzten Augenblick geschafft. Eine halbe Stunde später, und ich hätte keine Spuren mehr gefunden. Es geht fast bis zu den Knien.»

Er stieg über unsere Leiber hinweg, kniete am Ofen nieder und knöpfte seine Jacke auf. Wir schwiegen, denn man gewöhnt sich rasch an alles und wundert sich über nichts mehr. Ein bißchen Schnee, ein bißchen Frost, Nacht, und schon dürfen sich auch Gespenster an dein Bett setzen.

Dann berichtete der Kleine kurz und fragte nach Zigaretten. Als wir alle rauchten, jeder seine Marlboro, erzählte Wasyl Bandurko uns seine Geschichte. Wie er diese Straße erreicht hatte, die weiß, glatt und rutschig war, und wie er mitten im finstersten Wald einen Lastwagen mit langer Schnauze angehalten hatte, der himmelhoch mit Fichtenkloben vollgedonnert war. Sie nahmen ihn ohne weiteres mit, er kletterte zwischen drei abgerissene, gutgelaunte Typen, richtige Faschingsstimmung, nur der Fahrer schien etwas nüchtern. Sie quälten sich auf irgendwelchen Serpentinen durch die Dörfer, bis sie dorthin kamen, wo sie sagten, weiter nicht, nur bis zum Gütergleis, und zum normalen Bahnhof waren es noch vier Kilometer. Also raus aus dem Wagen, sie lachten nur, als er was löhnen wollte. Da stand er in diesem Krähennest mit fünf Ein-

familienhäusern und einem Kiosk. Er ging erst mal in die Kneipe, um was zu essen. Er aß, trank Bier und einen
Wodka dazu und fühlte, daß ihm genau das gefehlt hatte. Zutiefst zufrieden, ein Lächeln auf dem Gesicht, schläfrig trotz zweier Kaffee, ging er zum Busbahnhof, um nachzusehen, wann etwas zurückfuhr. Die restliche Zeit verbrachte er beim Bier, stieg dann in den Bus, der ein gutes Stück vor dieser Kreuzung kehrtmachte, so daß er den Rest zu Fuß zurücklegte, es war schon Nacht, aber noch hell, sogar als es schneite, konnte er noch was sehen. Er sah unsere Spuren, bog ab und war nun hier, mit Marlboros, einem großen Laib Brot, drei Konservendosen, einem gewohnheitsmäßig gekauften Päckchen Kaffee und einer Flasche Wodka gegen die Angst, denn Angst hatte er fürchterliche.

Er erzählte uns das, und wir fragten nicht nach. Die Lullen waren uns genug. Dazu Schweinehack, kalt, fett, dicke Scheiben auf dem frischen, knetbaren Brot. Wen hätten wir auch fragen sollen. Kaum hatte er sich an den Ofen gesetzt und die Knie umschlungen, war er im Bauch der Nacht eingeschlafen wie ein erschöpfter Embryo.

34

«Heiß, sehr heiß», sagte Wasyl, und der Kleine zertrümmerte mit Fußtritten die Bretter, die schräg an der Wand lehnten. Gegen Morgen war er eingeschlafen und das Feuer ausgegangen. Jetzt war es grau. Draußen fiel der Schnee senkrecht, von den sanften Flocken aus den Filmen über den Bären Colargol keine Spur. Ich stand am Fenster und versuchte etwas zu erkennen. Vergebliche Mühe. In einer Entfernung von zehn Metern gab es nichts Interessantes, dahinter überhaupt nichts mehr.

Kostek lag. Vielleicht schlief er, vielleicht nicht. Seine Augen waren geschlossen. Das Feuer begann in dem Blechbauch zu summen. Der Kleine ging Schnee holen. Bandurko stand über Gąsior. Er musterte erst seine Stirn, dann seine Hand, vermutlich erstaunt, daß er sich nicht verbrannt hatte.

«Geht ihm nicht gut», sagte er.

«Das wissen wir, Führer», erwiderte ich wütend, weil mir vor dem Morgenkaffee die Stimmung verdorben wurde. «Uns geht es auch nicht gut.»

Der Kleine kam mit gefüllten Bechern zurück, stellte sie aufs Blech und sagte:

«Mein Stiefel ist im Arsch. Auseinandergefallen. Von der Hitze vermutlich. Ich hab gedöst und die Füße direkt am Ofen gehabt. Nichts gemerkt.»

Geschwätzig ist er geworden, dachte ich. Er schüttelte das Bein, die Sohle baumelte schlaff. Der Tag fing nicht gut an. Dazu wurde noch Gąsior wach. Er warf einfach die Decke zurück und setzte die Beine auf den Boden. Die Augen vom Fieber verklebt. Er rieb sich das Gesicht mit den Händen. Es war weiß, schmutzig, von Stoppelbüscheln bedeckt. Dann, mit dem Blick auf unsere Tonne, fragte er:

«Was ist das?»

«Ein Steinbruch. Außer Betrieb», erwiderte der Kleine.

«Die Kirche war auch außer Betrieb. Gebt was zu trinken.»

Er bekam einen Becher warmes Wasser, schlürfte ihn aus und fiel sofort auf sein Lager zurück. Er lag da und keuchte.

Ja, allmählich hörten wir auf, uns zu unterscheiden. Ich sah ihre Gesichter an. Sie hätten den Suffköppen vom Ostbahnhof gehören können. Aufgedunsen, teigig, fettglänzend, die Lippen mit leichenhaftem Make-

up nachgezogen. In den Augen spiegelten sich nur Schnee und schmutzgraues Licht, trüb wie das Wasser,
das wir tranken. Der Tag war nur wenig heller als die Nacht. Wir machten Frühstück. Jeder nahm sich ein Stück, eine Scheibe, schluckte und wartete auf die Kaffeeplörre, eklig und heiß. Sie war nicht mal aufgekocht. Wir schlürften und seihten den Kaffeesatz durch die Zähne. Gąsior wollte nichts. Nicht mal eine Zigarette, und wir rauchten eine nach der anderen, als wollten wir uns im Rauch verstecken, wollten uns in ihm einhüllen oder die Münder mit ihm verstopfen, um nicht mehr reden zu müssen. Ich trank aus und ging hinaus. Keine Berge zu sehen. Wir hätten sonstwo sein können. Das Schneegestöber verhüllte die Welt, der Schnee schlug ins Gesicht und machte blind. Ich suchte Zuflucht hinter der Wand. Wenn über uns Himmel war, dann war er aufgeplatzt wie ein praller Bauch und hatte dieses ganze kaum greifbare, bewegliche Chaos aus sich entlassen, mit dem er angefüllt war. Das Blau des Himmels ist eine Illusion. Oben toste es. Das waren all die vom Wind niedergedrückten, gespannten, duldsamen Bäume. Ich hatte keine Ahnung, aus welcher Richtung es wehte. Auf dem Grund unseres Trichters wirbelte die Luft, biß sich in den Schwanz, schlug gegen die Steilhänge, suchte einen Ausweg. Manchmal glaubte ich schwarze Stämme zu sehen, eine in den Rand des Abhangs geschlagene Palisadenwand, aber das Schneegestöber verhüllte das sofort, fuchtelte mit seinen Bandagen, Leinwandfetzen, Windeln, Laken und Schleiern, alles zerrissen, ich konnte mich von diesem Eindruck nicht befreien. Die Luft stank nach Karbol, ich roch Lysol darin, das Frösteln ließ an die nächtliche Reinigung endlos langer, steinerner Korridore denken. Ich schnipste meine Kippe weg. Der Krümel Rot zersprühte und verschwand.

Ich trat mitten ins Schweigen. Ihre Gesten waren langsam und schwerfällig, der Kleine hob mit Mühe die Wodkaflasche an die Lippen, so als enthielte sie Quecksilber. Behutsam schob er die Unterlippe vor und wartete, bis die dicke, metallische Flüssigkeit herauslief, vielleicht hatte er Angst, sich zu verbrennen. Kostek saß. Der rote Fleck des Schlafsacks war auf dem Boden ausgelaufen und kühlte aus. Bandurko hockte am Bettrand und schaukelte leicht. Der Kleine streckte ihm die Flasche entgegen. Er schüttelte den Kopf, und ich nahm das Teil. Auch ich hatte keine Lust zu trinken, dachte aber, dem Kleinen könnte der ausgestreckte Arm lahm werden, oder ich wollte ganz einfach, daß wieder Reglosigkeit herrschte. Unvollendete Gesten irritierten die Teilnahmslosigkeit, mit der Körper und Geist sich vor der rauhen Berührung der Zeit schützten. Ich trank einen Schluck. Es schmeckte wie Wind und Regen im November. Lief kalt runter und blieb auch so.

«Den Verschluß», sagte ich zum Kleinen. Er warf ihn her. Ich packte ihn so fest, daß er sich verbog. Ich stellte die Flasche neben meinen Rucksack. Es war tatsächlich so. Ich hatte keine Lust zu trinken.

«So ein Scheiß, so ein Scheiß», stammelte Wasyl. Das rutschte ihm zwischen einem Schaukeln und dem nächsten raus. «Wir sollten ihn auf die Schultern nehmen und irgendwohin tragen.»

«Ich habe ihn schon getragen», sagte der Kleine. «Jetzt seid ihr an der Reihe. Das heißt du und der da. Ihr hattet Urlaub. Ihr seid erholt.»

Wasyl stand auf, ging zum Ofen, kam zurück, stieß an das Bett und schaute auf die Uhr.

«Zwanzig nach acht. Kostek, hör zu, wir müssen etwas beschließen. Er kann nicht so liegenbleiben. Bald sind wir völlig eingeschneit, es geht schon bis zu den Fenstern...»

«Das ist nur eine Schneewehe, Bandurko, immer mit der Ruhe, das sammelt sich nur an der Ecke», erwiderte der Kleine.

«Ganz egal, wir müssen etwas tun.»

«Wem sagst du das? Ihm? Bei ihm ist die Luft raus. Er kombiniert doch selbst, wie er hier wegkommt.» Der Kleine sprach mit der Zigarette zwischen den Lippen, die Beine von sich gestreckt. Der Wodka hatte etwas bei ihm freigespült, hatte die Kontakte gereinigt und irgendwelche Funken in seiner Installation überspringen lassen. «Aber er kommt nicht weg», schloß er gleichgültig.

Bandurko beugte sich über Gąsior.

«Kannst du dich bewegen, kannst du aufstehen?»

«Laß ihn. Wir haben ihn hierhergetragen. Getragen, begreifst du?»

«Gąsior, kannst du?» Er rüttelte ihn an der Schulter, erreichte aber nur so viel, daß der Entschlafene sich mit dem Gesicht zur Wand drehte.

«Ich will schlafen... liegen. So ist es gut...»

«Heiß und naß...»

«Aber seit gestern bestimmt ein oder zwei Kilo leichter. Ich sage dir, man muß ihn tragen.»

Bandurko wandte sich einen Schritt hierhin, einen Schritt dorthin, stieß gegen uns, ging schließlich raus und kam weiß und gerötet zurück.

«Schon mit leeren Händen kommt man kaum vorwärts.» Er blieb bei Kostek stehen und fragte: «Was machen wir?»

Der saß regungslos, die Schultern an der Wand; seit er aufgewacht war, hatte er sich kein Haarbreit bewegt, der hochgestellte Kragen machte sein Gesicht noch hagerer. Er hob nicht mal den Blick.

«Wir müssen warten, bis es aufhört zu schütten.»

«Und?»

«Nichts. Warten.»

«Wie lange? Einen Tag, zwei, drei? Mit ihm geht's zu Ende, Mensch...»

«Konstanty spielt auf Zeit, weiß aber nicht, ob er viel davon hat oder wenig. Wasyl, wenn du schon da stehst, reich mir den Behälter.»

Bandurko nahm die Flasche, drehte den Verschluß ab, trank einen Schluck, schüttelte sich wie eine Katze und trug den Fusel zum Fensterbrett.

«Auf den Frühling», sagte der Kleine. «Wir sitzen eine Weile und plaudern, und wenn der Schnee taut, kehren wir mit dem Maibaum unter die Menschen zurück. Eine Strohpuppe haben wir schon.»

Eigentlich ein angenehmer Anblick, dieser zunehmende Verfall. Ja, unsere Gesichter unterschieden sich kaum noch. Ich saß an der Tür und wußte nicht, wohin, hatte keine Idee, keine Kraft. Wenigstens gab es Zigaretten. Langsam wurde es wärmer. Die Scheiben beschlugen. Auf der Tonne hüpfte der Becher. Wir waren die Besatzung eines U-Bootes, und solange die Luft reichte, war es mir scheißegal, wann wir auftauchen würden. Ich konnte damit rechnen, daß das weiße, launische Meer uns irgendwo an der Küste eines fremden Landes ausspucken würde, wo wir unsere Namen ändern wollten, alles übrige wäre Schicksal. Dieser Gedanke tat mir gut. In Reglosigkeit verharren, wie der Nagel in der Wand, solange das Haus und die Wände nicht zerdeppert werden. Abwarten und nichts tun. Wie auf der Parkbank, wie im Bus von einer Endhaltestelle zur anderen, und noch einmal und wieder, alles geschieht von allein, streift die Haut, das Blut altert langsam und die Bilder berühren die geöffneten Augen kaum, sie wandern vorüber mit den Haltestellen, Linie H, Zieleniecka, Francuska, die Brücke, das Kriegsmuseum, die Marszałkowska, bis hin zum fernen Okęcie, wo die Flugzeuge starten und nichts als Gedröhn über den grünen Feldern zurücklassen, verschlungen vom Himmel, und man nie weiß, was danach aus ihnen wird. In unseren Bussen hätten wir bleiben sollen, um ihnen jetzt nicht nachzutrauern, nicht in kalten Fahrzeugphantomen zu reisen. Linie H, Linie C, Bus 133, Brücken und Viadukte, von denen aus sich Stadtpanoramen entfalteten – fern, präzis und verkleinert. Fähnlein steckten darin, wie in Generalstabskarten, Wimpel blutfarben, in allen Tönen, die das menschliche Auge gesehen hat, Glaube, Hoffnung, Liebe, bunte Mensch-ärgere-dich-nicht-Figuren, die durch die grauen Straßenschluchten gerückt, auf den Feldern der Parks verschoben wurden, ein Spiel, bei dem man immer wieder gewinnen konnte. Wir hätten nicht aussteigen, hätten die Papierdekoration nicht zerreißen sollen, kindliche Neugier, es war nichts dahinter, absolut nichts, auch im Bauch eines Teddybären ist nur Sägemehl.

«Ich gehe», sagte Wasyl.

«Wohin?» Der Kleine leckte sich die Lippen, als schmeckte ihm das. Ich nahm ihm die Flasche ab.

«Irgendwohin, in ein Dorf, ich weiß nicht. Wenn man ihn nicht raustragen kann, muß man ihn rausfahren. In ein Dorf...»

«Mal was von Potemkin gehört? Nicht dem Panzerkreuzer, sondern dem richtigen?»

«Es können nicht mehr als zehn Kilometer sein. Hauptsache, erst mal zur Straße, dann nach links oder rechts. Da sind Dörfer, ich weiß es, bin doch gestern dort langgefahren. In der anderen Richtung, vor der Grenze, ist auch was. Die Karte... Ich nehme jemand mit einem Schlitten... Gegen Bezahlung kriegt man so einen Bauern. Es ist neun, bis drei bin ich zurück.» Er ließ Worte kullern wie Erbsen. Sie fielen zu Boden, hüpften auf und ab und wurden still, wenn er aufhörte

zu sprechen. Erstarrten. Jedes fiel in eine Spalte.
340 Leichte Hysterie gegen unsere Melancholie. Kostek rührte sich. Er hob die Schultern von der Wand. Alle Gesten abgerissen, alle Gespräche unvollendet, die Sprachen vermischt, die Busse in den Depots wurden naß, denn dort, hätte ich wetten können, peitschte sie jetzt der Regen, und die Menschen erinnerten an durchfeuchtete Schattenrisse oder alte Fünfzig-Złoty-Scheine. Wer war darauf? Ein Bergmann auf dem Fünfhunderter, eine Frau auf dem Zwanziger. Vielleicht ein Hüttenarbeiter oder ein Fischer mit Kapuze, gerade richtig für den kalten Schauer?

«Was anderes kommt nicht in Frage. Zehn Kilometer, siebzig Kilo, wir können uns doch kaum auf den Beinen halten. Ich habe Geld, wenn man den Bauern bezahlt, ist er willig, ich kenn mich mit dem Bauern aus...»

«Eh, Bandurko, träumst von einer Troika, einer Schlittenfahrt mit Janitscharen, vielleicht noch Musik gefällig? Was sollte die ganze beschissene Konspiration, wenn wir uns jetzt eine Kapelle bestellen? Ein Bauer kommt mit dem Schlitten zu uns, der andere macht sich auf die Socken zum nächsten Sitz der Exekutive, ja? Sie kassieren jeder eine halbe Million und trinken drei Tage lang auf unser Wohl, Wasyl...»

Er war in zwei Schritten bei dem Kleinen und entriß ihm die Flasche.

«Hör auf zu trinken, wir haben zu reden.»

«Ja und? Widerspricht sich das?»

Bandurko setzte sich auf den Bettrand, die inzwischen vergessene Flasche baumelte ihm in der Hand, wie im Park, wenn man darauf wartet, daß die Allee sich von Eindringlingen leert.

«Von mir aus kannst du gehen, wohin es dir gefällt, du armer Teufel. Ich jedenfalls werde hier im Warmen sitzen und überlegen, ob ich Lust oder Interesse daran habe, auf dich zu warten. Und gib mir bitte das Gefäß zurück, wenn du es nicht benutzt.»

Etwas polterte über unseren Köpfen. Der Wind schälte die losen Eternitplatten vom Dach. Staub rieselte von der Decke. Es pfiff und heulte wie etwas Lebendiges. Wir waren allein und waren es doch nicht. Vielleicht haben dieses Getöse und die Bewegung uns davor bewahrt durchzudrehen. In der Stille wären wir uns sicher gegenseitig an die Gurgel gegangen. Um nur die Stille auszufüllen.

«Gut», sagte Bandurko und stand auf. Was er mit diesem «gut» meinte, war nicht ganz klar, denn die Flasche blieb auf dem Boden stehen. Er machte sich in der Kajüte zu schaffen, knöpfte die Jacke zu, fand einige verstreute Dinge, die Mütze, den Schal, Handschuhe, er zog das Portemonnaie und guckte hinein, holte dann eine frische Packung Marlboro raus und warf sie aufs Bett, prüfte, ob alles verschnürt, zugeknüpft war, ob ihm nicht irgendwo etwas heraushing, das Hemd aus der Hose, ein Stück Körper aus dem Anzug. Auch ich hätte keine Lust gehabt rauszugehen. Niemand von uns rührte sich. Wir waren mit unseren eigenen Angelegenheiten beschäftigt. Der Kleine dachte an die Flasche, ich an die Lullen, Gąsior wollte nur liegen.

«Gut», sagte Bandurko. «Nachmittags müßte ich zurück sein. Macht, was ihr wollt.»

Er zog die Jacke straff, ich wartete nur auf ein Hakkenknallen, er aber drehte sich ganz normal um und ging mit gesenktem Kopf zur Tür. Aber als er nur noch einen Schritt von ihr entfernt war, schon die Hand zur Klinke ausstreckte, riß Kostek sich hoch, so schnell, als hätte er die ganze Zeit Kraft für diesen Sprung gesammelt. Er stellte sich dazwischen und lehnte sich mit der Hand gegen den Türrahmen.

«Nein, du gehst nirgendwohin. Der Kleine hat recht

mit diesem... Orchester. Und mit dem anderen. Ehe

wir uns versehen, sind sie schon hier. Wir müssen uns zwei, drei Tage auf die Lauer legen...»

Wasyl packte seine Hand und versuchte, sie wegzuziehen. Sie rangen eine Weile miteinander. Schließlich flog Bandurko, vor die Brust gestoßen, zurück.

«Eh, du!» Der Kleine ging zur Tür. Er schob Wasyl beiseite wie einen Gegenstand, wie eine Gardine.

«Du! Schon das zweite Mal fällst du mir unangenehm auf. Schubst meinen Kameraden von der Grundschule. Wenn nötig, weise ich ihn selbst zurecht, halt du dich da raus.»

Kostek stand noch immer in der Tür.

«Er wird nirgendwohin gehen, du weißt selbst, daß er nicht kann, daß das Blödsinn ist.»

«Aber nicht du wirst ihn aufhalten. Verpiß dich. Zurück ans Fenster.»

Er sprach langsam, geradezu gutmütig, eigentlich hätte das auch ein Scherz sein können. Kostek rührte sich nicht vom Fleck, also packte er ihn an den Jackenaufschlägen und schickte dieses große Stoffbündel quer durchs Zimmer. Wasyl konnte gerade noch beiseite springen, der Ofen erbebte von dem Aufprall, Kostek Górka knallte gegen die Wand und rutschte auf ein Knie hinunter.

«Rühr dich besser nicht weg von hier», sagte der Kleine und hockte sich neben der Ofentür nieder. Er legte ein paar Späne nach. Wasyl huschte zur Tür, und weg war er. Der Kleine drehte sich nicht mal um.

«Geh und hol was, sonst geht es aus.»

Ich nahm die Axt und trat in die Eiseskälte des Flures. Am Ausgang sah ich Bandurkos Spuren in einer kleinen Schneewehe. Im Nebenraum war kaum noch was zu holen. Ich ging auf die Suche nach etwas Unangetastetem.

Unter dem Hieb zersplitterten die Bretter der Länge nach, man brauchte nur gut zu zielen, damit die Nägel sich auf den Bruchlinien befanden. Es fiel von selbst ab. Durch eine zertrümmerte Fensterhälfte drang Schnee herein. Ich sammelte einen Armvoll und ging zurück.

Der Kleine lag mit dem Gesicht nach unten und versuchte aufzustehen. Er sah aus wie ein in seinen Bewegungen verlangsamter, gestrandeter Schwimmer oder ein Fliegenmensch, dem es eingefallen war, Bodenübungen zu machen. Ich ließ das Holz fallen und wußte nicht recht, was tun. Er war schon auf allen vieren und bewegte den Kopf in allen Richtungen, als wollte er eine Last abschütteln.

Ich half ihm aufstehen, half ihm, sich auf den Bettrand zu setzen. Er stöhnte und betastete sich den Hinterkopf. Die Finger waren blutverschmiert.

«Damit hat er mir... ich hatte es extra beiseite gestellt, damit es trocknet, zum Anzünden.»

Es war nicht dick, war ja sogar auseinandergebrochen. Es lag auf dem Boden wie die anderen Bretter, die als Brennstoff dienten. Ich untersuchte seinen Schädel. Nichts Besonderes. Aufgeplatzte Haut, eine beginnende Beule.

Ich ließ ihn allein und ging vor die Bude. Er mußte gerannt sein, denn die Stapfen im Schnee waren groß und weit auseinander. Das Schneetreiben verschlang sie. Der Kleine kam mir nach, stützte sich auf meine Schulter und blickte in dieses tobende Weiß. Es fiel, fuhr auf, eine bewegliche, federnde Wand. Man hatte den Eindruck, sie würde jeden zurückstoßen, der es wagen sollte, in sie hineinzugehen.

«Wir müssen ihnen folgen», sagte er. Er ließ mich los und lehnte sich gegen die Wand. Ich nickte.

Die Spur verlor sich. Ich ging blind. Es ging bergauf, der Wald begann, und ich konnte wieder etwas erkennen. Wo die Bäume weiter voneinander entfernt standen, bildete der Schnee halbrunde Wehen, die an die Schneiden einer Waffe erinnerten. Ich versuchte etwas zu entdecken, aber da war nichts. Der Himmel stürzte zur Erde, zerbrach die Baumkronen. Ich hörte meinen eigenen Atem nicht, ich spürte, wie die Luft heiß und hart herein- und hinausging, aber ich hörte nichts. Ich wollte schnell gehen. Wieviel Vorsprung hatten sie? Fünf? Zehn Minuten? Dreihundert, vierhundert Meter? Trotzdem Scheiße. Ich konnte nur wenige Schritt weit sehen. Ich hielt mich nur an ihre Spur. Bergauf und bergab. Ich meinte mich im Kreise zu drehen, wie in völliger Dunkelheit, wenn man nicht mal die Wand oder ein Möbel ertastet. Endlich wurde es eben. Ich spürte, wie der Schmerz in den Beinen und der Brust nachließ. Ich blieb stehen. Die Schachtel Zigaretten dort fiel mir ein. Hinsetzen und rauchen. Ich ging weiter. Die Spuren ließen sich nicht deuten. Sie waren einfach da, führten tief ins Weiß hinein. Ich konnte etwas schneller gehen. Sie auch. Ich dachte, ich könnte sie an einer Böschung einholen. Oder auch nicht. Die Bäume zur Linken verschwanden. Der Schnee kam jetzt aus der Erde. Die Luftwirbel warfen weiße Wolken in die Höhe, wie dichter Dampf über dem Kochtopf, so sah das aus. Die Spuren führten an den Rand, der Schnee war aufgewühlt und zertrampelt. Niemand da. Ich ging die Stelle ab. Nichts zu finden. Ich kehrte an den Rand zurück. Ich hatte Angst, bis ganz nach vorn zu gehen. Man konnte nicht unterscheiden, was dort Festland, was Illusion war.

Ich ging zurück. Erzählte alles dem Kleinen. Wir kamen an den Fuß des Felsabhangs. «Wir müssen da hoch», sagte er.

Es war steil, aber Steine und abgebrochene Bäume boten Halt. Wir kletterten in einiger Entfernung voneinander im Zickzack hoch, mit tastendem Blick, und sahen von Zeit zu Zeit zueinander hinüber, um durch das Schneegestöber unsere stummen und verneinenden Gesten zu erahnen. Als ich die Stelle, von der wir ausgegangen waren, nicht mehr sah, hörte ich den Pfiff des Kleinen. Weit links und höher. Das Lehmgeröll rutschte mir unter den Füßen weg, als ich platt wie ein Frosch in seine Richtung kroch.

Es war Bandurkos grüne Jacke. Er lag auf dem Bauch, den Kopf nach unten, die Beine hatten ihm nachwollen und waren in seltsamem Winkel abgeknickt. Wir drehten ihn vorsichtig auf den Rücken. Er war weich und schwer. Auf dem Gesicht trug er eine Maske aus Blut und Erde. Wir nahmen ihn unter den Achseln und stiegen ab. Das ging leicht, unter dem eigenen Gewicht. Wir mußten nur die Steine umgehen. Unten faßte der Kleine ihn vorn, ich trug die Beine.

Wir legten ihn neben den Ofen. Ich wusch sein Gesicht. Durch die Haare sickerte Blut.

«Er atmet», sagte der Kleine. «Schwach, aber er atmet.»

Er knöpfte die Jacke auf, um das Herz abzuhorchen. Er hielt mir die Finger unter die Nase. Sie waren rot. Er nahm das Bajonett und schlitzte von unten bis oben alles auf, was Wasyl anhatte. Er war verletzt, eine kleine längliche Wunde, aus der es floß und floß. Die ganze Brust und der Bauch blutrot. Wir deckten ihn mit den Kleiderfetzen und dem Schlafsack zu. Seine Augen waren halb geschlossen und reglos. Ich beugte mich über ihn und rief ihn beim Namen. Der Atem wurde heiser. Vielleicht hörte er mich, oder auch nicht, jedenfalls wollte er etwas sagen, denn er bewegte die Lippen. Ich hielt mein Ohr nah an seinen Mund. Ich hörte zischend und pfeifend die Worte: «Ich hab's ihm gesagt... hab's ihm gesagt...» Ich spürte ein Kitzeln.

Durchsichtige rote Bläschen kamen aus ihm heraus,
 ganz wie Seifenblasen, und ich wartete nur, bis sie sich losreißen, in die Höhe schweben und langsam, majestätisch wie in der stillen, lichten Luft eines Zimmers auf das geöffnete Fenster zuschweben würden, um zu verschwinden, unter den Stichen der Sonnenstrahlen zu vergehen.

«Ich hab's ihm gesagt...»

Wir gingen noch einmal hinauf. Geröll, Lehm, Bäume und lose Steine endeten hier. Weiter oben stand eine Wand aus riesigen Felsblöcken, durch senkrechte Spalten zerklüftet, und noch weiter oben, ganz hoch, ragte die Zunge des Überhangs. Wie eine erstarrte, steinerne Woge. Wir kletterten an den grauen Sandsteinblöcken entlang, klammerten uns daran und schauten in alle Löcher wie in die Fenster einer großen Wand oder in die verwinkelten Gassen zwischen schiefen, alten Häusern. Wir fanden ihn, kamen aber nicht heran. Man mußte auf die andere Seite dieser Wand schlüpfen, in den Schatten des Überhangs. Dort, zwischen der abgerissenen Wand und der steinernen Falle, war so etwas wie ein Korridor: dunkel, kalt und unsicher. Aber wir kamen durch.

Er hatte Pech gehabt. War kopfüber abgestürzt. Er stak wie ein paßgerechter Korken in dieser Spalte. Mit Mühe zogen wir den kraftlosen Körper heraus. Der Kleine kniete nieder, durchsuchte seine Taschen und nahm ihm alle Papiere ab. Dann zogen wir ihn unter die Felswand, direkt unter den Überhang.

«Im Frühling kracht das alles zusammen», sagte er. Wir stiegen ab.

Gąsior rührte sich unter der Decke und brabbelte. Wir schleppten Wasyl auf den Flur. Der Kleine tat das gleiche wie mit dem anderen: er nahm ihm alle Papiere ab und warf sie sofort in den Ofen. Die einen und die anderen. Er stand da und wartete, bis sie in Flammen aufgingen. Wir breiteten Kosteks Schlafsack aus. Rot, solide, mit Metallreißverschluß. Er war genau richtig.

Ich weiß nicht, wie lange es dauerte, aber schließlich hatten wir Wasyl Bandurko nach oben geschleppt. Die lagen nun nebeneinander und berührten sich fast. Der Kleine hob ein bißchen Erde auf und warf. Aber es war nur eine Handvoll Schnee. Sein Gesicht war starr und schwarz, die Augen fast blind vor Anstrengung.

«Schütten wir sie wenigstens ein bißchen zu», sagte ich, obwohl ich überhaupt keine Lust dazu hatte. Der Kleine schüttelte den Kopf und zeigte mit dem Finger nach oben.

«Lieber weg von hier.»

Außer dem Wind hörte man kleine Steinchen herunterrieseln.

Unten durchsuchten wir noch einmal ihre Sachen. Eine Landkarte, eine Bahnfahrkarte, Zeitungsfetzen, ein Notizbuch, alles wurde vom Feuer verschlungen. Den Rest packten wir in die Säcke.

«Ich geh da nicht mehr hin», sagte ich.

«In Ordnung», erwiderte er. Er warf sich die Rucksäcke über die Schultern und ging los.

Gegen zwei Uhr brachen wir auf. Gąsior stöhnte. Unser Ofen stand auf einem dünnen Blech. Wir bogen die Seiten hoch, schnitten es vorn mit der Axt ein und banden es mit einem rostigen Draht zusammen. Schon hatten wir einen Toboggan. Der Kleine mußte noch mal hochklettern, um die Riemen von den Rucksäcken abzuschneiden. Gąsior stöhnte, ließ sich aber zusammen mit den Schlafsäcken einpacken. Wir spannten uns ein wie die Hunde, oder Pferde. Gegen zwei ging's los.

Dem Kleinen war der Schuh endgültig auseinandergefallen. Er suchte in den Taschen nach einer Schnur, fand aber nur die Schlangenhaut. Sie reichte, um ihn zweimal zu umwickeln und zuzuschnüren. Wir gingen zwanzig Schritte und blieben stehen. Wir teilten den Rest Wodka. Wir aßen Schnee. Wo ich vor ein paar Stunden hatte rauchen wollen, rauchte ich jetzt. Wir unterhielten uns nicht. Gąsior sagte etwas. Durch ein Gebüsch umgingen wir den Rand des Abgrunds. Unser Schlitten kippte um. Wir stellten ihn wieder auf und wischten den Schnee aus Gąsiors Gesicht. Er schrie. Wir sagten, er solle die Klappe halten. Gegen zwei brachen wir auf. Der Kleine zeigte auf das Schneegestöber, das über den Rand tobte. «Siehst du?» fragte er. Ich sah es, sagte aber nein, damit er mich in Ruhe ließ.

Dann ging es bergab und wurde leichter. Wir hatten viel Zeit. Ich versuchte, mich an irgendeine Geschichte zu erinnern, eine Lappalie aus vergangenen Jahren, etwas, das mir Linderung hätte verschaffen können, wie ein Schneeklumpen unter der Zunge. Aber meine Erinnerung war leer, sie war durchweht vom Wind, und wo all die Dinge beginnen, die man bei sich tragen und an die man sich erinnern sollte, war es weiß, unruhig und kalt. Ein symmetrischer, monotoner Wirbel saugte Menschen, Jahre und Dinge ein und trug sie fort in einen nicht existierenden, aufgeschlitzten Himmel, und lockere, pelzige Krumen fielen auf unsere Spuren, die jeden Augenblick verschwinden würden.

Ende

Geschrieben im Winter 1993 und Winter 1994

Stefan Chwin

Tod in Danzig

Deutsch von Renate Schmidgall
280 Seiten. Gebunden

Danzig 1945. Die Deutschen verlassen die brennende Stadt. Kurze Zeit später suchen Polen aus den von Rußland besetzten Gebieten in den verlassenen deutschen Häusern ein neues Zuhause. In der Ulica Grottgera 17, der früheren Lessingstraße, verflechten sich die Geschichten der alten und neuen Bewohner. Der Deutsche Hannemann erlebt Danzigs Verwandlung in eine polnische Stadt. Eine aus Litauen vertriebene polnische Familie, Hanka, eine heimatlose Ukrainerin, und Adam, ein obdachloser taubstummer Junge, ziehen in sein Haus mit ein. Als der Junge von den Behörden gesucht wird, die gleichzeitig den Deutschen wegen seiner Vergangenheit bedrängen, verschwinden Hanka, Adam und Hannemann auf unabsehbare Zeit.

Chwins suggestive, oft lyrische Prosa umkreist das Thema des Verlusts und der Heimatlosigkeit. Er schildert die Dinge, die dem Untergang geweiht sind, all die Zuckerdosen, Kerzenleuchter, Fächer und Federhalter, von denen einige nach dem Krieg in den polnischen Haushalten weiterleben. Nicht nur in den Geschichten seiner Figuren, sondern vor allem in der detailgetreuen Beschreibung der Orte erschafft er eine Wirklichkeit, die der Zerstörung nicht unterliegt.